L'étrangère

Serge Quentin

L'étrangère

Roman

LE LYS BLEU

ÉDITIONS

ISBN : 979-10-377-5642-8

Du même auteur

- *Histoire du Fuilet,* Éditions Hérault, 1980 ;
- *Racines d'Anjou,* Éditions du Choletais, 1984 :
- *Histoires d'Anjou,* La Geste Éditions, 2016 ;
- *La dame de Souday*, Quintefeuille Éditions, 2018 ;
- *Catherine de l'Isle Bouchard*, La Geste Éditions, 2019.

Albertine de Nyvenheim (1743-1805), baronne hollandaise à la Cour de France

Prologue

En ce premier jour de juin 1804, voilà déjà dix jours que le Premier consul m'exila à Fontainebleau avec ordre de ne plus apparaître ni aux Tuileries ni à la Malmaison, au demeurant toujours en chantier, ce qui n'était guère confortable pour le visiteur, avouons-le. Pourtant, Joséphine aima m'y accueillir à de nombreuses reprises, et j'aimais aussi la visiter, j'en conviens. Nous fûmes très proches depuis que nous nous rencontrâmes dans les salons de Barras où ma sœur y avait ses habitudes.

Je partage désormais mon existence entre mon mari le marquis de Champcenest, au demeurant bien âgé et surtout fatigué de tous ces tourments, gouverneur en son temps du château de Meudon et du palais des Tuileries. Mais de cela, il y a bien longtemps.

Je suis lasse. Je suis lasse de ce monde, je suis lasse des intrigues et des affaires. Pourtant je ne cesse de ressasser ces trente dernières années qui transformèrent la France, qui la baignèrent dans un bain de sang abject, qui, de la plus grande nation honorée et crainte, fille des rois et fille aînée de l'Église, la plongèrent dans une révolution populaire et bourgeoise qu'aujourd'hui un imposteur par orgueil et mégalomanie entendrait relever.

Nonobstant, cet imposteur, vous dis-je, me fit parfois la grâce de me recevoir, notamment lorsque j'y venais solliciter quelque secours pour des amis proches en danger, mais j'y reviendrai.

Joséphine se montrait loin, bien loin souvent de partager ses décisions et ses emportements.

Maintenant recluse en mon hôtel de Fontainebleau, qu'ai-je de plus à attendre, que me reste-t-il à entreprendre, à plus de soixante ans, qui puisse me conduire à servir la cause des rois, seule capable de relever cette ancestrale nation.

Je suis affaissée, épuisée, à ma table de travail, prête à en finir, pardonnez-moi, il m'arrive d'y songer.

J'ai le devoir de me reprendre, et comme toujours, de tout, je me relèverai, je me remettrai de l'affront de ce Buonaparte.

Je le dois à tous mes amis, hommes et femmes, nobles ou pas, prêtres et religieuses, serviteurs fidèles, tombés sous le couperet de ces braillards hirsutes tant en août 92 qu'en septembre 93 aux Carmes ou encore au cœur de toutes ces prisons improvisées, sous la vindicte de Robespierre, de ses acolytes et de tous ces conventionnels assoiffés du sang de la vengeance sociale.

Je pense au roi, je pense à la reine, déchirés de quitter cette terre, qui laissèrent leurs enfants entre les mains de ces brutes sanguinaires. Je pense à la princesse de Lamballe dont la tête fut promenée dans toutes les rues de Paris jusque sous les fenêtres du temple où était enfermée Marie-Antoinette, je pense à ma famille et à mes nombreux amis disparus.

Mon mari a glissé depuis bien des années dans un mutisme sans retour, lui le fidèle parmi les fidèles, dont la seule mission qu'il se fut fixée fut celle de servir.

Je me lève péniblement de mon fauteuil, retiens ma robe de taffetas blanc, une main appuyée au coin de mon bureau en palissandre, sauvé des nombreuses fouilles et perquisitions. Je me sens chanceler par l'émotion de ces douloureux souvenirs. Je m'approche du grand miroir du salon. Je me regarde, je me cherche, les larmes coulent en silence. J'approche l'index pour en essuyer quelques-unes. Je m'arrête, fixe mon regard. Je suis bien lasse, moi qui ai traversé tant de tempêtes, pour ainsi me laisser aller à cette mélancolie. J'ai toujours eu l'estime de moi et j'ose l'affirmer, une haute estime, je l'assume. Elle me permit d'affronter les temps et les gens, d'aider aussi mes amis à se relever. Je ne peux me satisfaire de cet état.

Je quitte mon miroir, me retourne et me rassois. Je me redresse, approche mon fauteuil, et dans le rai de lumière qui pénètre par la fenêtre qui donne sur le château, je sors quelques feuilles de papier. Je jette un regard furtif sur le marquis, aux yeux embués et hagards, emmuré dans ses souvenirs à tout jamais. Il se tient dans la pénombre. Je prends une plume, la trempe dans l'encrier, l'égoutte délicatement, relève la tête comme pour chercher l'inspiration du premier mot.

C'est décidé, je vais, pour la postérité, écrire et conter ce que furent ces trente années, cette vie, la vie d'une Hollandaise émigrée en France, accueillie, adulée, des humbles et des rois, pour qu'elles ne tombent pas dans l'oubli. Je vais tout dire de ce que je pense de ces temps sombres et comment j'ai traversé cette funeste période, mais aussi décrire les années précédentes si agréables et légères qui me furent permis de connaître tant à la cour de Louis, beau, fier, séducteur mais trop léger, et de son fils tellement agréable, proche des humbles et pétri de compassion pour les malheureux. Dieu ! Qu'il mérite qu'on le réhabilitât.

I
De Nymègue à Paris

Je naquis à Nimègue en 1743, ville hollandaise du nord de l'Europe, proche de la Rhénanie. Ma jeunesse se déroula dans l'insouciance, au cœur d'une famille noble, aimante, peu fortunée, qui n'eut, nonobstant, qu'un seul but : bien me marier, et surtout pas avec n'importe qui, bien entendu.

Mes parents, protestants, n'abhorraient pas l'argent, bien au contraire. Néanmoins, ils se montrèrent peu regardants sur l'origine du futur, du moment qu'il était bien pourvu. S'il était noble, c'était encore mieux.

Vers mes seize ans à peine, ils découvrirent un riche planteur, propriétaire au Surinam, qui appartenait à mon pays. Il leur convint, ils s'en satisfirent, bien que bourgeois, et ce qui fut arrêté se déroula promptement pour mes 17 ans. J'épousais donc Gehrard Pater, de quelques années mon aîné, sans qu'à aucun moment on me fît part de cette décision qui ne m'appartenait pas du moment où je sauvais la famille et lui permettais de se redresser.

Je m'y soumis puisque c'est ainsi dans nos familles, mais je ne cacherai pas que mes premières soirées se passèrent plus dans les larmes que dans les limbes d'un bonheur rêvé.

Mes parents, particulièrement soucieux de mon éducation, m'ouvrirent largement, dès mon plus jeune âge, à la musique, aux arts, aux voyages, à la liberté, aux plaisirs, et voilà que maintenant je devais partager ou tenter de partager la vie d'un négociant, inculte, renfrogné, avare de mots et de compliments, et pour tout dire, peu intéressant. Seulement voilà, il était riche.

Je me résignai tant bien que mal. De surcroît, s'il n'y avait que cela, il était laid, sec et désarticulé. Rien ne m'attira en lui et je ne lui opposai aucune résistance. Je fis mon devoir. Devrais-je pourtant toute ma vie accepter ce sort ? Je m'imaginais un autre destin et chaque nuit que Dieu m'octroyait je laissais aller mes rêves vers des aventures que je me garderai bien d'évoquer au risque de nuire à ma réputation.

Si je devais décrire mes jeunes années, je dirais qu'au physique j'étais plutôt grande et mince, que mon visage retenait les yeux de ceux qui s'y penchèrent, et que l'éducation que j'avais reçue me portait à croire que j'avais les manières et la démarche pour me conduire dans le monde sans être gênée.

J'eus un frère aîné Bernard que mes parents ont, par leurs relations, réussi à installer comme gouverneur en Indonésie à Batavia, et une sœur Catherine, qui attendit qu'un prétendant lui soit dévolu, ce que je réussis plus tard à faire et dans de bonnes conditions.

Je m'ennuyais néanmoins de cette vie convenue pour qui veut bien le comprendre, et cherchais par tous moyens à m'extirper de cette torpeur insupportable.

N'ayant pas fait mon Grand Tour, alors que toutes mes amies à la suite de leurs épousailles l'avaient aussitôt entrepris, il était temps que je m'en ouvrisse à mon mari au terme de deux années d'union, d'autant qu'aucune naissance n'était annoncée, pour ma plus grande satisfaction. Cela ne fut d'ailleurs jamais dans mes préoccupations premières.

Constamment enfoui dans ses comptes des plantations du Nouveau Monde, je me permis un jour de l'en tirer, de me rapprocher et de m'asseoir près de lui dans une bergère. C'est à peine s'il leva les yeux et qu'il s'aperçut de ma présence. D'ailleurs, l'intéressai-je vraiment, lui le bourgeois qui trouva un titre chez les Nyvenheim ?

Il tourna soudain la tête, se releva de ses écritures, le regard toujours pétri d'inquiétude, et se demanda sûrement ce que je souhaitais lui demander ainsi installée dans le fauteuil.

— Auriez-vous, madame, quelque sujet à m'entretenir, vous voyez bien que je suis occupé aux comptes de ma compagnie.

— Mon ami, lui répondis-je, quelque peu espiègle et sur un ton badin qui contrasta avec son air renfrogné, voilà deux années que nous partageons cette douce vie, mais ne pensez-vous pas que nous pourrions enfin entreprendre notre Grand Tour ?

— Voilà bien une idée originale, ma très chère, mais pourquoi pas puisqu'il est de bon ton dans votre famille d'y songer avant qu'il ne soit trop tard, me répondit-il sans sourciller, ce qui me surprit quelque peu. Où pensez-vous que nous pourrions voyager ?

Il me prit de court mais improvisant je lui rétorquai que Paris serait la ville qui me comblerait le plus. Nous profiterions ainsi des relations de notre Père, qui n'a laissé que de bons souvenirs puisque le roi de France l'a pensionné.

— J'accepte volontiers ma chère amie, me répondit-il, en replongeant la tête dans ses registres. Je lui aurais proposé toute autre destination au bout du monde, il aurait tout autant accepté. Je compris qu'il s'en moquait du fait que cette corvée du Grand Tour devait se dérouler au plus vite pour ne pas déroger.

Mon père Johan Giesberg servait il y a peu encore, mon frère à ses côtés, au sein du régiment d'Anholt, au service du roi de France. Pendant la dernière guerre de Sept Ans, il combattit aux batailles de Bergen en 59 et de Rossbach en 57 aux côtés des Français où ils laissèrent sur le terrain plus de trois mille morts et blessés. Notre famille, est-il utile de le rappeler, soutint les patriotes Hollandais et ce choix la rapprocha des Français qui combattaient les Prussiens. Mon frère dans ces combats ne s'en laissa pas compter et se montra même particulièrement remuant. Sa réputation en souffrit un peu mais la cour de France savait qu'elle pouvait compter sur lui le moment venu. J'ajoute que notre père par amour de la France confia notre éducation à un maître Français qui nous en enseigna tant la langue que son histoire et ses coutumes. Je me sentis prête à connaître enfin ce qui me fit toujours rêver.

Louis XV accorda depuis peu une pension à mon père, geste dont il se montra particulièrement fier. Ses amis français lui manquaient à Nimègue et la vie lui sembla bien monotone à l'issue de ces frénésies de combats. Si je décidai de partir pour le Grand Tour à Paris c'est aussi pour lui rendre hommage et me retrouver sur ses pas au royaume de France. La cour du roi Bien-Aimé n'est-elle pas le temple que toute demoiselle bien née rêverait d'approcher ?

Ma mère connut la cour à Versailles et on le dit, sa beauté faisait merveille auprès de toutes ces courtisanes et tous ces courtisans affairés de plaire au souverain.

Nonobstant, tout a son revers et mon père, pour tenir son rang auprès d'une des plus somptueuses Cours d'Europe, dépensa sans compter pour satisfaire aux volontés de ma mère. Il ne le regretta néanmoins pas pourtant, depuis, il dut vendre notre domaine de Driesberg dont nous étions seigneurs depuis des temps immémoriaux et se retirer sur les terres plus modestes de ma mère à Nimègue.

Je n'attendis pas que mon mari se réveillât et puisse revenir sur sa décision pour commencer à organiser sans le consulter notre voyage, puisqu'il s'y désintéressait au plus haut point.

Je pris la plume et m'annonçai au comte de Sparre auprès duquel mon père me recommandait avec une lettre de soutien, sachant qu'il le comptait au nombre de ses amis et compagnons d'armes. Mon père l'eut comme adjoint au régiment et il savait compter sur lui pour nous accueillir.

Mon cœur palpitait à l'idée de rejoindre Paris, ville de la liberté, des philosophes, des idées nouvelles qui se propageaient disait-on, dans toute l'Europe. Mon esprit vagabondait déjà et ma tête s'échauffait de bonheur.

Avant d'échafauder des projets plus affinés, je dus pourtant patiemment attendre la réponse en retour du comte qui, étonnamment, ne tarda pas, ce qui me rassura et combla mon enthousiasme.

Il nous accueillerait, écrivit-il avec grand plaisir et mettrait un appartement rue Saint-Eustache à notre disposition non loin de son hôtel.

J'étais en effervescence, même si la joie n'était pas spécialement partagée mais je m'en souciais peu, tellement ivre de quitter cette ambiance triste et poisseuse.

Nous décidâmes de quitter Nimègue en berline dès le 2 juillet 62 à l'aube. Pour combien de temps laissai-je ma bonne ville et mes parents ? Je ne sais plus et m'en inquiétai-je vraiment ? Bien sûr que laisser mes parents me fendait l'âme mais rejoindre Paris et rencontrer le monde m'inondait de joie.

Comme prévu et sans retard, le 2 juillet par un temps très ensoleillé qui annonçait de fortes chaleurs, le cocher fit atteler quatre chevaux et à peine eussé-je le temps d'embrasser mes père et mère, qu'un postillon se présenta pour se placer à l'avant sur un autre destrier. Il était temps de fouetter et de partir. Les adieux ne s'éternisèrent point.

La voiture, peinte en bleu roi, décorée de guirlandes sur chaque panneau, arborant le blason des Nyvenheim, était prête.

Sonia, notre fidèle femme de chambre avait mis toute son ardeur pour m'aider à me parer. Pour cette première partie du voyage, je choisis de porter une robe de taffetas jaune à manchettes de dentelle blanche. J'avais hésité entre cette robe et une autre de mousseline, plus légère eu égard à la chaleur des jours derniers. Gehrard quant à lui se vêtit d'un habit bleu de soie légère. Peu loquace, il convient de le souligner, il ne négligeait pas pour autant sa toilette et savait donner des ordres pour qu'on lui préparât ce dont il aurait besoin pour se présenter dans le monde.

Les malles, de bois vernis et clouté, chargées à l'arrière et sur le toit de la berline me semblèrent bien arrimées. J'y jetai un regard discret pour me rassurer, combien de berlines se renversèrent sur ces chemins empierrés des Flandres, me rappelai-je. Je pouvais faire confiance au cocher, il veillait sur tout.

Avant de rejoindre son siège, Albert vérifia la tension des courroies de suspension en cuir. Il n'était pas question de prendre des risques et verser en début de voyage. Tout lui sembla normal et il se hissa lestement sur le haut de la voiture.

Je sentis mon cœur battre de joie et de plaisir mais aussi, je l'avoue, d'appréhension non dissimulée.

Mon mari se présenta au marchepied et m'aida à me hisser dans la voiture. Il fit le tour et s'installa à son tour. Aucun domestique ne nous accompagnait. Nous comptions sur les auberges de halte pour satisfaire à nos besoins et à l'arrivée, notre hôte y pourvoirait.

Le cocher, ceint de son habit bleu et chaussé de ses bottes de voyage, se retourna pour attendre le geste du départ. Mon mari lui fit signe. Albert leva la main droite, et d'un geste sec, lança le fouet et les chevaux s'élancèrent.

— La route sera longue, me dit mon mari, une fois casé au fond de la berline, au moins cinq jours pour rejoindre Paris.

La berline disposait de deux banquettes arrière complétées de deux accoudoirs bordés d'un galon doré. En face un seul siège, pouvait accueillir un autre voyageur. Je me sentais bien à l'intérieur de la voiture. Les parois latérales étaient tendues de taffetas de soie vert uni. Tout l'intérieur était recouvert d'un doux velours qui comblait mon confort.

Sonia, nous ayant préparé quelques viandes froides et plusieurs gourmandises pour la journée, nous savions que nous ne manquerions assurément de rien.

Albert devra s'arrêter toutes les quatre heures pour vérifier les courroies, donner à boire aux chevaux. Il serait déraisonnable de s'attarder avant le soir dans une auberge pour se sustenter.

Nous continuâmes après le départ à ranger des effets dans les poches de commodité. La lanterne du plafond nous fut bien utile. Je vérifiai le fonctionnement de la manivelle pour monter ou baisser la vitre de mon côté. Tout s'avéra parfait.

Nous quittâmes l'allée du château et les roues cerclées de fer crissèrent sur les graviers. Nous voilà en route. Paris nous attendait, Paris m'attendait.

Il serait bien inutile de conter tout le voyage, mais je m'attarderai juste sur la halte de Valenciennes, dernière ville flamande avant d'entrer en France. Ce fut pour moi la frontière avant de m'élancer pour Paris.

Nous y parvînmes au soir du troisième jour de voyage. Nous étions fatigués, et avions hâte de nous délasser. La voiture faillit verser à plusieurs reprises. Rien ne nous fut épargné, ni les trous sur la chaussée, ni la poussière, pas même l'étroitesse des chemins et encore moins la monotonie de la morne plaine.

L'aubergiste, bien portant et large d'épaules, tenant le lieu des « bons flamands » accourut à notre arrivée. En sarrau blanc, il descendit le marchepied et s'affaira à me faire descendre avec une telle maladresse que je faillis chuter vers l'avant. Je ne parvins pas à voir son visage puisqu'il garda constamment, jusqu'à ma complète descente, les yeux rivés vers le sol.

Il nous engagea à pénétrer dans la grande salle qu'il nous annonça fraîche, alors que la chaleur de ce beau soir de juillet était encore étouffante.

Étions-nous à peine parvenus sur le seuil que nous fûmes happés par des effluves de soupe et de viande bouillie qui ne manquèrent pas néanmoins de nous inviter à consommer alors que nous avions réellement faim.

Des tables de bois à peine travaillées et dégrossies accueillaient quelques hommes assez gros et bruyants qui se retournèrent sur notre passage. Des rires et quelques hurlements y succédèrent et nous comprîmes que pour certains, il y avait déjà quelque temps qu'ils n'avaient pas croisé de personnes de qualité. L'aubergiste s'approcha d'eux et leur glissa sans discrétion de se calmer. Rien n'y fit et ils poursuivirent leurs propos qui à l'évidence devaient être salaces mais prononcés dans un patois que nous ne comprenions point. Notre honneur fut sauf.

Certains étaient déjà avinés, ce qui ne me paraissait pas très rassurant pour la nuit qui s'annonçait. Les chopes d'étain s'entrechoquèrent et se suivirent jusque tard dans la soirée.

J'aperçus soudain au fond de la salle dans un coin sombre près de l'escalier de bois aussi mal dégrossi, deux jeunes filles échevelées aux robes légères et retroussées qui ricanaient en se retournant contre le mur. À notre approche, elles nous firent face et après une légère courbette, dont elles paraissaient habituées, se dirigèrent vers le groupe des braillards. Les plus jeunes d'entre eux offrirent leurs genoux sur lesquels elles s'affaissèrent dans une gourmandise bien affichée.

L'aubergiste, dont maintenant je pouvais apercevoir le visage, rond et rouge, nous présenta une table au milieu de la salle, table qu'il s'empressa de nettoyer d'un passage du coude pour effacer les derniers effluves de buveurs qui nous avaient précédés.

— Ma belle dame, s'élança notre hôte, souhaiteriez-vous goûter à notre bouillon et à notre bonne viande de cochon qui réchauffe dans l'âtre ?

Il faisait pourtant chaud, mais le fumet nous encouragea d'accepter.

— Bien volontiers, aubergiste, nous y ferons honneur et ensuite nous monterons rejoindre notre couche.

— Vous m'en direz bien des nouvelles et rejoindrez l'étage si repu, que l'escalier vous semblera bien difficile à grimper.

L'aubergiste nous apporta comme convenu, deux grands bols de terre. Il y joignit deux cuillères d'étain sans omettre les chopes de bière que nous acceptâmes avec avidité tellement la poussière de la route nous avait asséchés.

La chope de bière rapidement engloutie, même si ce ne fut pas dans nos habitudes, le bouilli parvint sur la table.

Je dus en convenir, ce fut la première fois que je fus ainsi servie au cœur de gens qui n'étaient point de notre monde et qui, je dois le reconnaître, m'effrayaient.

Notre soif épongée, nous abordâmes la soupe et la viande l'accompagnant. Nous les estimâmes à notre goût.

— Soyez rassuré, aubergiste, votre mets est à notre convenance.

— Merci, madame, vous m'en voyez comblé. Voulez-vous, avant de monter, une poire tapée ?Eelle vous comblera.

Nous acceptâmes et l'avalâmes, à notre grande surprise, en nous échangeant de légers sourires avec mon mari.

Nous décidâmes alors de rejoindre la chambre qui nous fut allouée. Un domestique nous avait précédés avec une malle détachée de la berline afin de changer de linge pour le lendemain.

Nous pénétrâmes dans la chambre après avoir suivi l'aubergiste qui poussa la porte qui s'ouvrit dans un croassement de corbeau.

— Voilà, messieurs-dames, en vous souhaitant une bonne nuit. À quelle heure voulez-vous repartir demain matin ?

— Nous partirons à l'aube.

— Je serai là à vous attendre.

À l'issue d'une toilette sommaire, nous gagnâmes un lit ou ce qui lui ressemblait. Je m'approchai de la couche tandis que Gehrard se passait de l'eau sur le corps à ma suite.

Je tirai l'édredon. Un drap blanc apparut, je le tirai aussi et là ! Stupeur :

— Gehrard, criai-je, en me posant la paume de main sur la bouche, Gehrard, il y a des bêtes qui pullulent dans le lit !

Mon mari posa la serviette humide, le visage rafraîchi, et me rejoignit. Il se pencha sur le lit, inspecta les visiteurs du soir, se releva et d'un ton assuré, me répondit :

— Mon amie, ce sont des puces de lit, vous devrez partager autant que faire se pourra avec elles puisqu'elles se propagent avec la chaleur et il est bien difficile de s'en défaire. Vous les écarterez autant qu'il s'en présentera.

— Gehrard je ne peux m'étendre à leur côté, je préfère occuper le fauteuil de bois aussi inconfortable fût-il.

— Comme vous l'entendrez, pour ma part, je m'allonge, je suis repu et épuisé. Bonne nuit ma mie, me lança-t-il en soufflant sur la flamme de la bougie, posée sur la table de chevet.

Je m'étendis demi-assise sur le fauteuil, après y avoir installé l'édredon en guise de literie.

Mon mari était à peine allongé, plutôt à demi allongé, puisque nous savions que le corps allongé est celui qui rejoint le seigneur en notre dernier jour, quand je l'entendis à son tour crier :

— Aïe ! Aïe ! Mais elles me mordent, elles me sucent ces bestioles.

Il se tourna dans tous les sens et se gratta même jusqu'au sang. Mais par orgueil il ne quitta pas la couche.

Nous ne nous endormîmes absolument pas. Le calme néanmoins semblait revenu dans la salle de l'auberge, enfin le pensais-je.

Je somnolais quand je perçus un râle puissant venant de derrière la cloison voisine. Je retins même mon souffle pour mieux entendre, tendis l'oreille et compris vite qu'une des créatures affriolantes à l'endroit des braillards, nos voisins de dîner, partageait la pièce mitoyenne. Je ne sais si je devais me boucher les oreilles ou continuer à supporter ces puissants ébats. J'aurais dû opter pour la première solution alors que ce fut la seconde qui me gouverna. Je me demandai bien ce qui pouvait conduire ces créatures à se lâcher ainsi. J'étais, je l'avoue, légèrement intriguée.

La nuit fut longue et tout aussi épuisante que le trajet de la veille. L'un et l'autre, nous ne nous sommes guère reposés. Mon mari la peau meurtrie par les morsures de puces, se leva de mauvaise humeur et comme entendu la veille, nous nous présentâmes à l'aube dans la salle où l'aubergiste nous attendait avec un bouillon chaud pour nous permettre de supporter le voyage vers Paris.

À peine parée, mais toilette faite et mal recoiffée, je me mirai dans la glace de la salle au-dessus de l'énorme cheminée. L'ambiance était bien différente ce matin dans l'auberge même si quelques désagréables effluves de graillon imprégnèrent nos vêtements. Nous sortîmes prestement de l'auberge et nous hissèrent dans la berline, avec le concours d'Albert. Mon mari fit signe au cocher et la voiture s'élança. La prochaine étape devait être Paris, mais le cocher nous signala qu'une étape supplémentaire serait de bon aloi vers Compiègne. Mon sang se réchauffa à l'idée de m'approcher de la capitale française tant attendue, même si je devais supporter à nouveau une nuit d'auberge avant de découvrir Paris. Mon mari toujours taiseux et peu expansif sur sa nuit dernière continua néanmoins de se gratter. Il ne s'en ouvrait pas, je ne lui demandais rien non plus. Il laissa tomber sa tête contre l'oreillette de la banquette, regarda vers l'extérieur, les pensées dans ses affaires et à l'évidence, loin de ce qui me préoccupait.

Nous approchâmes de Compiègne, mais avant d'entrer en ville, Albert arrêta la voiture pour resserrer les courroies. J'eus le temps ensuite de laisser mon esprit vagabonder, tandis que la berline repartit et se balançait d'un bord à l'autre, nous faisant souvent sursauter en raison des trous dans la chaussée.

Je pensai à mon frère Bernard installé au poste de gouverneur de Batavia en Indonésie. Il est au bout du monde et je ne sais quand je le reverrais. Je tombais en nostalgie, peut-être en raison de l'éloignement. J'étais très attachée à mes racines et fière de notre identité Batave, tout en étant fébrile à l'idée de gagner Paris.

Les Bataves ont une histoire singulière avec les Pays-Bas. En 1595, des marchands d'Amsterdam organisèrent une expédition vers l'archipel Indonésien et en 1602 nos aïeux créèrent la « Compagnie des Indes orientales ». Jan Pieterszoon Coen gouverneur général de la compagnie y fonde *Batavia*, qu'il nomma ainsi en l'honneur de la tribu germanique des Bataves, nos ancêtres.

Les Chinois étaient nombreux à Java, surtout à Banten et à Batavia, tant est si bien que nous fûmes obligés de leur concéder une certaine autonomie dans la gestion de leurs affaires. Les sultans locaux se succédèrent et leurs règnes furent marqués par la violence. Voyant des complots partout, l'un d'eux fit même assassiner plusieurs membres de sa famille. Des guerres et des tueries de succession s'enchaînèrent. Ces désastres ne firent pas les affaires de la Compagnie. Le problème prit un tour plus grave lorsque le prince Mangkubumi, oncle du sultan Pakubuwono, rejoignit le maquis.

Mon frère débarqua à Batavia dans cet imbroglio qui lui échappait et dont j'espère il allait s'imposer. Je craignais pour lui mais peut-être aussi parce que je ne connaissais pas ces peuples et leurs mœurs.

Le roulis de la berline me ramena à la réalité. Nous parvînmes bientôt aux abords de la bonne ville de Compiègne, si chère au bon roi François, mais seulement après avoir traversé quelques forêts épaisses, quelques plaines et plusieurs villes picardes accueillantes et charmantes. Nous remarquâmes avec intérêt des laboureurs courbés dans les champs, quelques métayères encombrées de marmots, et quelques vagabonds. Nous fûmes bien avisés de nous montrer prudents à l'abord des massifs forestiers, des hordes de bandits barraient parfois les moindres chemins, dépouillant les passagers et belles dames des diligences et voitures en tout genre. Notre cocher, de sa hauteur, était en mesure d'observer et de prévoir. Je savais son regard affûté pour, en cas de nécessité, nous éviter le pire.

Mon mari sortit enfin de sa torpeur, et est-ce l'approche de Compiègne, la ville des Valois, ou à l'idée enivrante de gagner Paris qu'il changea ? En tout état de cause, le voilà qui entendait clairement converser avec moi. J'acceptai volontiers ce nouvel élan.

— Chère Albertine, comme le cocher nous l'a suggéré, si une auberge acceptable veut bien nous recevoir décemment à Compiègne, je vous propose d'y faire halte avant de repartir vers Paris et y parvenir en état présentable pour nos hôtes, vous ne pensez pas ?

— Mon ami, vous avez bien raison, et j'accepte volontiers votre proposition. Demandons au postillon de nous devancer et de régler l'affaire.

Ce qui fut dit fut fait sur le champ et le postillon galopa vers Compiègne.

La traversée de la forêt avant de parvenir à Compiègne me paraissait interminable lorsqu'enfin j'aperçus les tours médiévales d'un château royal. Le cocher fouetta les chevaux, se hâtant de sortir du massif.

Les tours se rapprochaient, quelle bâtisse imposante. J'admirai ces murs défensifs, ils me rassurèrent. Ces tours me faisaient penser aux flèches des grandes cathédrales. Elles s'élevaient vers Dieu même si je savais que leur usage était plus domestique et défensif, mais j'osai croire que leur magnificence fut aussi un hymne à la beauté, qui seule est le reflet de l'âme des Hommes. Compiègne me ravit.

J'aperçus des travaux et des échafaudages. Le parc grouillait d'ouvriers divers. Je me dis que le roi de France devait entreprendre des travaux de consolidation.

Je sortis de ma méditation et m'enquis de savoir si le postillon avait réapparu et nous avait enfin découvert une auberge digne cette fois, je l'espère.

Albert ralentit l'attelage. J'admirai les premières bâtisses et masures de la ville. Nombreuses étaient celles qui étaient parées de briques rouges. Nous traversâmes la rivière de l'Oise, que nous coupâmes à plusieurs reprises. Des chalands occupaient les deux rives. Des charrettes comblaient les rues. Un enchevêtrement de marchands, de crieurs de rues, d'enfants dépenaillés criaient et hurlaient. Ils s'entremêlaient et partageaient le chemin étroit qui conduisait à notre auberge en sortie de ville vers Paris.

Voilà l'auberge qui apparut. Elle me sembla plus accueillante que la précédente. Une diligence était déjà positionnée devant l'entrée mais sans occupant à l'intérieur. Le cocher fit mouvement pour nous laisser la place en vue de débarquer nos malles. Nous pouvions maintenant nous ranger.

Une enseigne pendait au mur de façade et nous pûmes lire : « L'auberge du roi ».

L'aubergiste accourut vers la berline, maintint la porte ouverte et nous salua très bas. Je lui fis signe de se relever et une fois que mon mari m'eût pris le bras, nous nous dirigeâmes vers l'intérieur.

Je confiai discrètement à mon mari que la soirée devrait être meilleure que la précédente. Il acquiesça.

On nous installa à l'abri des braillards, il y en avait nonobstant, mais assez près d'une table autour de laquelle était assis un couple qui nous sembla plus bourgeois.

Certes le décor était rustique. Les tables, de bois à peine dégrossi, comme l'auberge précédente, étaient assez solides pour supporter les coups de poing des braillards en grande discussion. Je prêtai l'oreille mais doutai qu'ils parlassent français, à la différence du couple voisin.

Devinant notre interrogation au parler de ces gens, notre voisin de table tourna délicatement et discrètement la tête :

— Permettez, madame, je crois comprendre que vous ne saisissez point le langage de ces gens. Ce sont des ouvriers picards. Ils parlent un patois qu'eux seuls peuvent entendre. Nous y sommes, comme vous étrangers mais qu'importe, ils sont ivres et devraient sans tarder rejoindre leurs logis.

Je ne me suis point présenté : Robert Chandelier, marchand de toiles à Rouen, et voici mon épouse. Nous sommes partis ce matin de Paris et nous nous rendons à Bruges pour négocier quelque marché.

— Merci, monsieur lui répondit mon mari, prenant la tête de la conversation, et pour notre part nous nous rendons à Paris, après avoir quitté Nimègue il y a quelques jours.

— Est-ce la première fois que vous vous rendez en France ?

— Cela sera la première fois et nous voulons bien que vous nous édifiiez sur le climat que nous allons trouver à Paris.

— Je vois, monsieur, à vos effets et l'épée qui vous ceint, que vous êtes gentilhomme, me trompai-je ?

Vous êtes-vous enquis des dernières décisions du Bien-Aimé, pour le bien de la France ?

— Je dois vous avouer que non, s'empressa de répondre mon mari.

— Voulez-vous, sans prendre sur votre temps, que je vous instruise quelque peu des derniers évènements ?

— Volontiers, ajoutai-je.

— Il y a maintenant bientôt six mois que Choiseul, ministre, a, pour la France, réussi à obtenir un traité de paix avec l'Angleterre, après sept ans de guerre. Le royaume sera enfin en paix après un conflit interminable, d'autant qu'il faisait suite à un précédent avec l'Autriche dont nous eûmes bien du mal à nous remettre.

— Et que dit ce traité ? lui demandais-je, m'abstenant de formuler une quelconque observation, ne connaissant point le sentiment du monsieur.

— Il fait la part belle à l'Angleterre qui nous récupère la nouvelle France en nous cédant les Antilles. Il semblerait que nous gardions quelques terres du côté du Canada, des Terres Neuves, dit-on, et puis nous obtenons un comptoir à Pondichéry. C'est peut-être bon pour le commerce avec l'Orient.

— La France, dans ce que vous me dites, en sort affaiblie même si elle gagne la paix. Quant à la Prusse, je subodore que Frédéric ne s'en contentera point. La paix semble bien fragile, il me semble.

— Vous voilà instruits des évènements et nourris de ce qui pourrait vous servir lors de votre arrivée chez vos hôtes.

— Merci beaucoup de ces précisions qui nous seront certes très utiles pour nos premiers jours.

Nous demandâmes ensuite à notre aubergiste de nous apporter de quoi nous sustenter et aller nous reposer avant de terminer notre voyage.

Nous soupâmes d'un bouilli, de légumes en potée et de pommes au four qui nous ravirent. Nous goûtâmes avec envie et plaisir cette bière brassée en la bonne ville de Compiègne, puis nous rejoignîmes la chambre que notre hôte avait au préalable soigneusement préparée.

Au matin, ragaillardis par un souper et une compagnie agréables, nous quittâmes Compiègne avec regret mais décidés à rejoindre au plus vite Paris qui déjà me faisait tressaillir.

La chaleur de midi nous obligea néanmoins à faire une halte. Le cocher nous proposa un village que nous apercevions au loin. Nous nous arrêtâmes à la hauteur d'un homme qui me parut être un vicaire sur le bord du chemin.

— Qu'est-ce donc ce village ? Mon brave, l'interpella mon mari.

— Je suis le curé de la paroisse. Ce village se nomme Ecouen et il s'y trouve un merveilleux château.

Un garde-chasse, plus loin, nous apprit qu'il fut longtemps réservé aux chasses royales depuis François Ier.

Je pensai à ce beau roi français, que toutes les femmes de l'époque rêvaient d'approcher si ce n'est plus.

Les villageois, bourgeois et gueux, étaient au demeurant les mêmes qu'à Compiègne mais ceux-là au moins parlaient le français.

Nous traversâmes Ecouen et nous arrêtâmes admirer ce magnifique château.

Le cocher demanda son chemin pour ne pas s'égarer et nous repartîmes.

Enfin nous parvînmes aux abords de Paris. Nous pénétrâmes par la barrière Nord. Nous acquittâmes l'octroi et entrâmes dans les faubourgs. Après avoir traversé quelques maraîchages bien entretenus et croisés, moult gens de labeur, nous fûmes sur le chemin de Saint-Eustache, entre l'Église et les halles, comme nous l'avait écrit le comte de Sparre.

La voiture peinait à se frayer un passage par ces ruelles étroites. Les hautes demeures en bois assombrissaient les pavés humides des miasmes et autres détritus de toutes natures. Je laissai la porte bien fermée, parce que l'odeur était suffocante. Je faillis manquer d'air. Paris me surprit de cette hygiène malsaine. Nous longeâmes la Seine, des barques et des pêcheurs occupaient le fleuve par centaines. Nous échappâmes à plusieurs jets d'immondices déversées du haut des immeubles au moment de notre passage.

Les rues étaient vraiment encombrées de voitures et de charrettes en tous genres. Les échoppes me paraissaient assez sombres. Des cris et des injures jaillissaient de toutes parts. Rien ne me rassurait et le silence régnait dans la berline. Le cocher fit très attention à ne bousculer personne. Lui aussi hurlait mais dans notre langue, pour annoncer son passage. Que de pauvres hères, que d'enfants morveux et dépenaillés, que de manants fourmillaient jusqu'à l'hôtel de Sparre qui nous apparut enfin.

II
Premières impressions et premiers frissons

La demeure de notre hôte était édifiée à l'écart de ces hordes et de cette frénésie. Dans la poussière d'été, enfin nous aperçûmes le bout de notre voyage. Le cocher franchit le porche d'entrée, les roues crissèrent sur les graviers et avant que la berline ne s'arrêtât, quelques domestiques se hâtèrent déjà au pied de la portière. L'un d'eux descendit le marchepied, se plaça sur le côté et attendit que je tendisse le bras pour s'en saisir et m'aider à descendre de la voiture.

Mon mari s'arrangea seul pour descendre et me rejoignit avant d'entamer les quelques mètres qui nous séparaient du perron.

Nos hôtes sortirent à ce moment-là pour nous accueillir.

Le colonel, comte de Sparre, de quelques années seulement mon aîné, très élégant dans son habit d'officier, et la comtesse tout aussi ravissante, tenant sa robe jaune et blanche d'une main, nous tendirent les bras l'un et l'autre pour nous faire signe de nous approcher. Ce fut d'un pas pressé que nous nous rapprochâmes.

Les Sparre nous accueillirent dans leur magnifique hôtel de la rue Saint-Eustache qui tranchait fort heureusement avec les abords nauséabonds que nous venions de souffrir à travers le cœur de Paris.

La maison était vaste mais non immense. Nous remarquâmes des fenêtres à balcon de fer forgé et à volutes, dont le dessin affectait la forme d'un blason armorié aux armes de la famille.

Tout à l'intérieur était du meilleur goût : commodes d'amarante, des bonheurs du jour en bois de violette, des fauteuils jaunes à fleurs de soie et des consoles dorées frisées de perles et de feuilles d'acanthe. Tout était vraiment confortable dans ce premier salon.

— Si vous nous le permettez chers amis, nous avons donné des ordres pour que vous puissiez rejoindre la chambre qui vous est réservée pour vous rafraîchir et ensuite descendre afin que nous puissions faire plus ample connaissance et vous présenter à quelques amis que nous avons réunis pour votre arrivée.

— Nous vous en savons gré, répliquai-je.

— Et avec votre permission, madame, ajouta mon mari, nous nous retirerons volontiers quelques instants, nos effets sont pour le moins empesés de la poussière du voyage et avons hâte d'en changer.

Nous nous préparâmes. Quelques domestiques mis à notre service nous aidèrent et c'est toilettés, plus présentables en effet que nous pûmes nous présenter à nos hôtes, qui je le reconnais volontiers, nous attendaient avec un brin d'impatience.

— Mesdames, s'adressa Sparre à son auguste assemblée, dont nous ne connaissions personne, mesdames voici nos amis les Pater, fraîchement arrivés de Nimègue, qui n'ont de cesse que de partager nos conversations et découvrir notre monde à Paris.

— Baronne, si vous me le remettez, je vous présente le duc de Brancas, que votre père a connu et monsieur de Choiseul, notre Premier ministre qui tout à l'heure aura le plaisir de vous instruire de ses projets. Voici les d'Arenberg, mais je sais que vos familles cousinent et enfin les Breteuil, nos voisins.

Je perçus chez ces messieurs un brin de curiosité sur notre arrivée, et dans leurs yeux quelque malice non dissimulée à mon endroit, qui n'échappa point à mon mari. Je ne me cacherais pas derrière une fausse modestie et accepterais volontiers de reconnaître que mon canon de beauté hollandais fut de nature à éclairer des visages avides d'en découvrir plus. Mon assurance, qualité reçue de mes parents, me permit et me permettait déjà, en toutes circonstances, de ne point me troubler mais je l'avoue, cela me satisfit. Je me gardai bien de reprendre que nous venions d'entendre parler de ce monsieur Choiseul dont aussitôt nous faisions la connaissance.

— Baronne ! Mais si votre mari est Pater, quelle est donc votre famille ? me lança sans sourciller le duc de Brancas, plus âgé, particulièrement élégant et surtout galant homme, sachant tout de nous mais voulant éclairer ses amis.

— Je suis la baronne de Nyvenheim de Neuekirke et mon père, vous le savez, servit votre roi lors des dernières campagnes. C'est pour me rendre sur ses traces et connaître son épopée et découvrir ses amis français que nous avons décidé d'entreprendre ce Grand Tour.

— Baronne, et que monsieur Pater n'en rougisse point, vous éblouissez cette assemblée et votre beauté illumine la demeure de notre hôte. Je ne suis point certain, et n'en déplaise à mesdames, au demeurant fort jolies et pour le moins élégantes, qu'un jour je n'ai rencontré une telle beauté.

— Duc, vous me faites rougir néanmoins et vous en faites trop devant ces dames que je saurai devancer et surtout effacer, lui répondis-je, en regardant surtout du côté de ces dames assises près des guéridons posés tout près de la croisée du salon.

À son tour je vis s'approcher le duc de Choiseul, d'un âge mûr et qui voulait me complimenter, je ne doutais point que ces compliments fussent d'une nature différente de ceux de Brancas.

— Madame, si Brancas a tout dit sur votre beauté, n'a-t-il pas omis de vous dire que nous serions avides d'en connaître plus sur monsieur Pater votre mari ?

Mon mari soudain, s'aperçut qu'on s'intéressait à lui, il releva du menton. Je me rapprochai de ces dames et pris une bergère. Ma robe de taffetas crissa sur mon assise, et les regards se tournèrent vers mon cher Pater, quelque peu gêné de participer à la conversation alors qu'il eût préféré et de loin se tenir à l'écart, le monde n'étant pas son plaisir c'est le moins qu'on puisse dire.

— Monsieur le Ministre, je suis un négociant hollandais et ma famille me dota assez jeune de terres au Surinam que nous exploitons. Nous produisons de la canne à sucre comme vous le faites en Martinique. Je reconnais que ma famille y a trouvé quelques intérêts et que nous nous en portons fort bien, d'autant monsieur le ministre que nos souverains nous ont permis comme pour vous-même de vous refaire aux Antilles et au Surinam.

— Ah, monsieur Pater, vous énoncez bien là un problème qui me préoccupe au plus haut point. Vous savez combien je suis meurtri depuis ce fâcheux Traité de Paris et combien je n'ai qu'une idée, le service de l'État. Enfin si nous cédons quelques terres, nous gardons Saint Pierre et Miquelon et surtout les Antilles, auxquelles vous faites quelque peu allusion. Oui, nous rebâtirons notre puissance et nos terres occidentales nous y aideront. Vous savez combien je hais l'Angleterre et souhaite une France digne, droite, et je compte bien reconstruire une marine et une armée bien encadrées afin de montrer la puissance de la France au monde.

Je dois avouer que je sentis chez cet homme un amour patriotique qui ressemblait au mien. Il me plut. Il était beau et grand, aux yeux éclairés surtout. Il était puissant et sûr de sa nature, je venais de découvrir que la France n'entendait pas se faire dicter sa mission.

Choiseul, au risque de fatiguer mon mari peu enclin à écouter longtemps ces raisonneurs politiques, poursuivit sur sa politique économique et libérale, sur les conséquences de la guerre de Sept Ans et surtout sur le tiraillement entre jansénistes et jésuites qu'il ne supportait pas : Les jésuites, me dit-il, ne veulent pas être comme les Capucins un simple ordre religieux, il faut qu'en France, ils intriguent, fassent du bruit, gouvernent le roi, la famille royale, les évêques, et enfin, quelque malheur qui puisse arriver au Royaume, ils croient avoir besoin de gouverner un parti dans l'État pour conserver de la célébrité et alimenter la vanité de leur ordre.

Pour tout dire je pense que Choiseul aimait l'ordre, la rigueur et qu'il se heurtait à ces jésuites, partisans de mœurs trop libérales qui ne lui convenaient point. Cela dit, ce n'était que mon sentiment et à peine arrivée dans ce monde parisien, je ressentis des tensions qui n'allaient pas cesser de m'édifier.

Choiseul avant de s'écarter et me rendre ma liberté, n'omit point de me rappeler qu'il était proche de Voltaire, et qu'il me le fera connaître à l'occasion, qu'il ne prisait pas trop Rousseau qui pourtant le flattait, conclut-il.

Mon mari n'y tenant plus me le remit en main et son discours quitta la politique pour tenter une cour qui s'avéra d'emblée vaine, parce que s'il était intelligent, sa pédanterie et son intransigeance m'oppressaient. Il disparut dans l'assemblée et je me rapprochai de Brancas qui je le pressentis, n'attendait qu'un signe pour se piquer de ma conversation.

— Chère Baronne, s'empressa-t-il, prenant un fauteuil contre le mien, votre père vous a-t-il instruit que ma femme Élisabeth-Pauline de Gand-Vilain-Merode-Isenghien est peut-être de votre cousinage, ou du moins de votre entourage proche ?

— En effet, Duc, nous cousinons sûrement, mais je ne connais que trop peu notre lignée pour la partager avec vous ce soir.

— Paris vous est-il connu ou y faites-vous votre premier voyage ou tout simplement votre Grand Tour ?

— C'est cela, Duc, nous faisons avec mon mari notre Grand Tour et je ne connais absolument pas Paris.

— Goûteriez-vous, avec votre mari bien entendu, à ce que dans les prochains jours, je vous le fasse admirer et connaître afin de vous habituer, et je l'espère, vous plaire ?

— C'est avec grand plaisir, Duc, que nous acceptons votre proposition, et tendant la main vers mon mari se tenant un siège derrière, je lui fis signe d'acquiescer, ce qu'il fit sans se faire prier.

Nous dînâmes, nous échangeâmes, et nous passâmes surtout une première soirée qui nous combla après avoir fait la connaissance de plusieurs partis qu'avec certitude nous étions appelés à retrouver souvent. J'étais enivrée de ces conversations, et surtout je me tardai de visiter ce Paris tant attendu, en compagnie du ô combien charmant duc de Brancas.

Nous prîmes rapidement nos aises chez les Sparre, qui n'omirent rien afin de satisfaire à notre confort. J'étais heureuse et mon engouement pour tout découvrir les comblait.

Comme promis, Brancas s'annonça bientôt auprès de nos hôtes pour nous soutirer à leur intimité et nous conduire en calèche dans Paris.

Moins apprêté que pour la dernière soirée, mais en habit de soie bleu, jabot blanc soigneusement frisé et perruque poudrée à souhait, le duc portait beau, et entendait me séduire, je le devinais. Je ne fus pas dupe et m'en trouvai flatter je l'avoue. Mon mari, fidèle à son air renfrogné et son manque certain d'empathie ne bronchait pas. Je ne me fis pas prier pour me laisser courtiser ce qui était loin de me déplaire.

Nous prîmes place dans sa calèche aux armes ducales.

— Mes amis, s'enquit-il, nous souhaitons vous recevoir ce soir. Je ne doute pas que vous accepterez ?

— Bien volontiers, et nous vous en remercions, repris-je. Mais avant de poursuivre notre visite, je dois vous prévenir qu'il faut pour comprendre le Paris d'aujourd'hui, penser au Paris du moyen-âge. Depuis l'origine, il est composé de rues étroites, mal pavées, sombres et tordues. Notre roi-Soleil pensa lui donner quelques touches de modernité mais c'est notre bon roi aujourd'hui qui s'enquit de commencer par les Grands Boulevards qui ne furent que très récemment tracés. Louis le quatorzième fut le premier à mettre en place un éclairage de nuit, ce qui réduisit d'autant les brigandages et les trafics en tous genres.

Le cocher fouetta et nous commençâmes la visite et nous pûmes admirer ces jolies maisons, hautes et étroites, certaines encore à pans de bois, d'autres recouvertes de plâtre. Nous fûmes néanmoins bien secoués par les pavés irrégulièrement posés. Mon dos ne tiendra pas le voyage si Paris est ainsi fait, pensai-je.

Nous approchâmes d'un pont qui franchit la Seine, non loin de Notre-Dame.

— Vous pouvez voir qu'il n'y a plus de maisons sur ces ponts nous édifie le duc, alors qu'il y a encore vingt ans, ils étaient surchargés de maisons et chalands à pans de bois qui brûlaient régulièrement. Voyez-vous, ce qui ne change pas, c'est le crottin de cheval qui infecte nos rues et que nous avons bien du mal à nous débarrasser. Les paysans des alentours de Paris ont beau se presser pour venir l'enlever et fumer leurs jardins, ils n'y suffisent pas, pas plus que les immondices balancées des fenêtres sans précaution aucune par ces manants, vous devrez lever les yeux pour les éviter. Il n'est pas rare de se voir arroser ainsi lors de la traversée de Paris. Vous pouvez remarquer sur ce pont neuf qui date de 1607 qu'il existe un trottoir. Il est le seul de Paris. C'est bien agréable pour marcher surélevé et ainsi éviter les creux garnis de toute sorte d'excréments.

Je ne sais si c'est parce que notre hôte ne nous épargnât pas les odeurs mais je portai un mouchoir à ma bouche pour me protéger. La visite continua par la Cathédrale Notre-Dame, par les Carmes, et nous revînmes par le quartier Saint-Germain et la rue de Tournon où le duc donna des ordres pour que nous nous reposions d'une aussi harassante visite.

Une fois rafraîchi, le duc vint vers nous pour nous conter l'histoire de sa maison. Il y tenait et en était fier surtout.

— L'hôtel avant de revenir aux Brancas, nous dit-il, fut à l'académie royale, d'équitation. Monsieur François Robichon de La Guérinière, écuyer, enseignait ici, aux jeunes gens de la noblesse, l'art de l'équitation, avec son associé François Nicolas Desprez, parce qu'il ferma son manège du 13 rue de Vaugirard, à la suite de problèmes financiers. C'est un édifice avec comme vous pouvez le remarquer avec une façade et toiture sur rue. Il dispose d'une cour, de jardins, un portail d'entrée, un escalier, un salon et un boudoir à l'architecture remarquable, dessinés par Pierre Bullet.

— Vous nous comblez, lui répondis-je, de nous recevoir ainsi après une aussi belle visite de Paris. Mais Duc, soulignai-je lorsque nous fûmes présentés chez les Sparre, j'aurais bien souhaité que ce monsieur Choiseul nous peignît un portrait de ce qu'est la France aujourd'hui. Accepterez-vous d'y pourvoir ?

— Bien entendu, reprit le duc, se redressant, fier de satisfaire à ma requête.

Nous rejoignîmes une chambre mise à notre disposition pour nous refaire. Il était temps et utile de changer de robe et d'habit pour mon mari. J'avais fait venir, entre temps, une robe mousseline ivoire aux ramages de roses et brodées d'or. Je savais que le décolleté ajusté me présenterait à mon meilleur avantage. Une domestique me coiffa les cheveux tirés vers l'arrière et je me parai d'un collier de perles blanches et de boucles d'oreilles pendantes taillées dans l'ambre de la meilleure essence. Ma taille déjà grande comparée à celles de nos amis se trouvait plus élancée encore avec des chaussures à hauts talons carrés bouclés d'or.

Mon mari opta pour un habit d'un bleu scintillant et qui malgré son aspect peu engagé à briller en société, rehaussait sa personne. Je ne pus m'empêcher de le lui faire remarquer.

— Mon ami, ce soir ces dames s'arracheront votre présence.

Il sourit mais ne répondit pas. Il me fit signe d'avancer pour rejoindre sans retard le salon où ils avaient réuni une société un peu semblable à celle des Sparre plus quelques autres, ce qui ne me fut point pour me déplaire et faire quelques nouvelles connaissances.

Nous rejoignîmes enfin le salon. Brancas me prit le bras au pied de l'immense escalier de marbre. Il m'accompagna vers l'îlot de dames affairées déjà assises autour de la maîtresse de maison. Il me présenta tandis que mon mari avait déjà rejoint Sparre qui l'introduisait auprès de ses amis.

Après ces présentations au demeurant assez brèves et pour m'enlever aux regards suspicieux et envieux de quelques-unes, Brancas me proposa une bergère et s'installa à mes côtés.

— Permettez, avant de vous abandonner à certaines pestes, vous les avez remarquées sans doute, j'entends répondre à vos interrogations sur la situation de Paris qui semblaient tantôt vous intéresser.

— Volontiers, monsieur le duc, lui répondis-je, heureuse d'être ainsi mise en exergue auprès du maître de maison.

Brancas se lança, impatient de combler mes désirs.

— L'accès au pouvoir de Choiseul en 58, débuta dans un contexte de défaites militaires, en Allemagne notamment et vous le savez par votre père, mais aussi, et surtout de conflits intérieurs entre la cour en raison de l'influence de la marquise de Pompadour, sa maîtresse. Depuis la mort de Fleury en 43, la France était en crise politique et déchirée par des luttes intestines. Choiseul y mit promptement fin. À peine installé, il fit nommer Laborde à l'économie du Royaume et nous nous redressâmes.

Notre ami considéra que les traités Franco-Autrichiens avaient été très mal négociés et il les renouvela. Il devint secrétaire d'État à la Guerre et à la Marine, et s'adjoignit Antoine de Sartine, ancien lieutenant général de la police, pour affirmer notre puissance.

Pour sa part, il concentre actuellement ses efforts à l'amélioration, la rénovation et la reconstruction d'une flotte susceptible de rivaliser avec l'Angleterre tout en modernisant notre armée.

Vous savez que la guerre qui durant sept années nous amena que des déboires et l'Angleterre en sortit malheureusement vainqueur. Nous avons perdu le Québec après la défaite de Louisbourg, la Guadeloupe et maintenant les comptoirs indiens sont menacés par les Anglais qui ont mis le siège devant Pondichéry. Et de surcroît la guerre nous coûta fort cher. Nous sommes en déficit et particulièrement endettés. La tâche de notre ami est rude, convenez-en. Dès le début des hostilités, Choiseul était conscient que l'orientation de la guerre était très mal menée. Il ne fut jamais dupe du soutien autrichien, et dès sa prise de fonction il n'eut de cesse que de sortir du conflit du mieux possible avec un double objectif : mettre fin à l'alliance entre la Prusse et l'Angleterre et négocier séparément un traité de paix avec les Britanniques. La mort de Georges II en 60 et le renversement du Premier ministre Pitt en 61 lui offrirent un cadre politique plus favorable pour avancer une demande de paix directement adressée à l'Angleterre.

Cette négociation Franco-Britannique lui permit de séparer l'Angleterre de la Prusse et le 3 novembre dernier furent signés des préliminaires de paix à Fontainebleau entre la France, l'Espagne et l'Angleterre, qui ont été récemment ratifiées à Paris, le 10 février. Frédéric, en Prusse, se sentit trahi par l'Angleterre qui nous rendit Belle-Île par cette signature.

Nous conservons des droits de pêche à Terre-Neuve et dans le golfe du Saint-Laurent. En fin de compte nous faisons de bonnes affaires en acquérant Saint-Pierre-et-Miquelon. Nous recouvrons nos lucratives possessions dans les Antilles, et votre mari sait combien la canne à sucre peut rapporter.

Je n'oublie pas de vous évoquer la récupération des comptoirs de Pondichéry, si souvent disputés avec l'Angleterre.

Choiseul me l'a confié, il était conscient que par ce traité il mettait fin au grand Empire français, mais il m'ajouta à l'oreille : L'Angleterre suivra bientôt. Nous verrons bien.

La France, vous le constaterez, est en période de redressement, les guerres lui ont coûté cher, je vous l'ai dit, et notre économie est exsangue, les paysans, pour la plupart, souffrent de la famine dans les campagnes. Le roi le sait, le ministre devra agir, parce des hommes de plumes et d'esprit, comme ces messieurs Voltaire, Rousseau ou d'Alembert, sans oublier Diderot conçoivent une autre société et se montrent dangereux pour le régime. D'ailleurs Choiseul non seulement le sait mais il ne se cache pas non plus pour entretenir des liens étroits avec Voltaire et comprendre ce qui se passe dans les têtes. Vous apprendrez bientôt à connaître tous ces gens, je n'en doute pas du tout.

Brancas tint là à me brosser un tableau de la France tout en évitant de nous conter ces quartiers de perdition qui eurent pu nous saisir d'effroi. Je ne sais pas non plus si j'avais très envie de m'y colleter. Dans le fond que connaissais-je de la misère en dehors d'en avoir entendu parler. Mes parents à Paris ne connurent que les réjouissances et se tinrent comme tous les gens de notre monde à l'écart, même si dans leurs conversations, ils éprouvaient quelque compassion, mais n'était-ce pas là bien superficiel.

— Merci, monsieur, conclus-je, de ce tableau brossé à souhait pour comprendre l'état de votre pays. J'ai comme vous me le soulignez bien hâte de rencontrer et de partager avec ces messieurs philosophes puisque vous ne m'y évoquez pas de dames.

— Détrompez-vous, chère amie, ce sont ces dames qui tiennent salon dans Paris, vous serez sûrement accueillie chez madame Geoffrin ou chez madame Brancas ou chez madame Breteuil. Les conversations y sont très animées et toutes les idées ferraillent. Vous y éprouverez du plaisir, je m'en porte garant.

Notre hôte me proposa son bras, je me relevai et nous nous rapprochâmes des autres groupes qui déjà se relevaient pour rejoindre la table dressée pour le souper.

Les conversations du souper demeurèrent badines, légères, empreintes de sourires retenus, de messes-basses, de séductions plus ou moins affichées. On s'intéressa à nous, on nous posa d'innombrables questions sur la Hollande, sur nos premières impressions et sur notre voyage. Nous y répondîmes vaguement sans nous livrer, évitant des saillies qui eurent pu parfois choquer, émouvoir et meurtrir certains. Nonobstant cette société-là me plaisait bien et j'avais bien envie de reproduire l'expérience. Il convenait maintenant de nous faire accepter. Il était environ minuit lorsque nous regagnâmes l'hôtel des Sparre dans leur berline. Nous étions passablement fatigués et c'est assez silencieusement que nous allâmes nous coucher et prendre congé de nos amis pour le reste de la nuit.

III
Les salonnières et les philosophes

Les jours qui suivirent nous permirent, avec Géhrard de nous consacrer à d'autres découvertes, d'autres hôtels et de quelques salons qui nous acceptèrent plus rapidement que nous l'avions envisagé.

Paris me séduisait et pourtant les immondices l'envahissaient, Paris puait, et pourtant je n'avais de cesse que de rejoindre après dîner quelque salon en ville. Paris braillait de tous les bruits, de marchands de toutes espèces, de mendiants et de crieurs et je ne saurais dire pourquoi, au-dehors comme au-dedans, je m'y sentis bien d'emblée. Il n'en était pas de même de Géhrard que Paris répugnait. Il lui tardait de repartir vers Nimègue, je le ressentais.

L'opéra du Palais Royal brûla quelques mois avant notre arrivée mais nous pouvions néanmoins nous rendre aux Italiens. Certes j'en ressentis quelques frustrations, nonobstant j'évitai de les montrer, bien heureuse que des amis assidus à notre endroit, nous conduisent en d'autres endroits tels que les Italiens. Nous pûmes entre autres pièces y admirer les Disgrâces de Pantalon et quelques autres pièces. La danse de Ducret tant attendue ne fut pas donnée, il avait pris sa retraite à plus de soixante ans alors que son corps en donnait vingt de moins. Mes parents m'avaient pourtant vanté la beauté de son corps et de sa prestation légère et aérienne, nous en étions privés pour toujours.

Un soir au retour d'un spectacle, je ne saurais dire lequel mais peu de temps après notre arrivée, quelques semaines tout au plus, je sentis mon mari fébrile et pour tout dire mal à l'aise près de moi. Je lui demandais donc si quelque évènement ou quelque réflexion, même de ma part eurent pu le placer dans cet état.

— Non, ma chère amie, ce n'est pas cela, me rétorqua-t-il, tout en se rapprochant de moi, assise sur un canapé, me reposant d'une longue soirée. Je voudrais vous entretenir de nos relations, et de bien autres choses mais dont j'ai bien du mal à présenter tellement elles risquaient de vous surprendre.

— Dites, vous savez bien que je suis femme à tout entendre même les paroles les plus directes qui sont souvent les plus franches.

— Je ne tergiverserai pas Albertine, vous vous êtes, depuis notre arrivée, bien rendue compte que l'ambiance de cette ville de Paris et le commerce de nos amis ne sont pas pour me combler de joie, bien au contraire.

— Que pouvez-vous bien leur reprocher ?

— Cette ville, aux rues étroites et nauséabondes, m'étouffe et le monde, que nous fréquentons, m'insupporte. Je les trouve pédants, suffisants et pour tout dire ils n'en ont que pour vous. Combien de fois n'entendis-je pas qu'on pourrait vous courtiser, combien s'empressaient auprès de vous sans que cela vous embarrassât. Je ressens ma chère une gêne que je n'entends plus dissimuler.

— Si l'on me courtise, monsieur, vous devriez en être flatté. Que souhaitez-vous pour l'heure ?

— J'ai le projet depuis quelques jours de repartir vers Nimègue et vous déciderez selon qu'il vous semblera, ma décision est prise et je vais donner des ordres en conséquence.

— Qu'à cela tienne, monsieur mais je peux sans détour vous répondre que je me plais à Paris et que j'envisage même de m'y installer. Repartez vers la Hollande si cela vous sied, mais sans moi. Je m'en accommoderai.

— Tout est dit ma chère et réglons cette décision sans effusion, demain après avoir donné l'ordre de préparer la voiture, je prendrai congé de mes hôtes, ils comprendront et je ne pense pas qu'ils en seront dérangés.

Monsieur Pater, tel qu'il me le confia, prit congé des Sparre, le lendemain matin, ce qui ne les surprit point le moins du monde. Je ne pense pas qu'il laissait là un souvenir impérissable. Je souffris quelques jours de cette décision, peut-être plus saisie de surprise que de frustrations maritales. Pour tout dire je m'en sentis soulagée. Je ne cacherais pas non plus qu'un sentiment de liberté m'envahit. Qu'allait faire mon mari, demander le divorce ? Peut-être. Qu'elles seraient les réactions de mon entourage ? Une femme seule à Paris. Était-ce bien convenable ? Il fallait vite que je m'enquière d'un hébergement et pourquoi pas plus tard y tenir salon.

Les journées s'enchaînèrent de soirée en soirée, de salon en salon chez les Choiseul, les Breteuil, les Sartine. Je dus sans tarder m'établir. Je pris donc le parti de porter mon dévolu sur un hôtel de la rue de Richelieu non loin du Palais Royal. Les Sparre et les Brancas firent tout ce qui était en leur pouvoir pour me combler et m'installer confortablement.

Je ne tardai pas à domestiquer la maison et une Bretonne venue de sa région lointaine ne se fit pas prier pour se faire engager.

Mon mari, que je sollicitai, ne me priva de rien et fit face à l'ensemble de mes dépenses. C'était un ours mais pour moi il se montrait généreux. Je crois que j'en profitai un peu.

Je n'avais plus de berline. Je choisis un coupé noir aux filets d'or et le fis décorer aux armes de notre famille : *de gueule à la face d'or, avec en cimier, une tête et col de lion de gueule, colletée.*

Libre, je le souhaitais, libre je suis, libre j'entendais me gouverner.

J'avais pris l'habitude deux ou trois fois par semaine d'accepter les invitations des salonniers ou plutôt de ces dames qui nous recevaient non pas pour s'adonner à quelques jeux de cartes, prendre une collation ou tout simplement papoter, mais pour converser sur la littérature, le théâtre, l'art, et les derniers romans du moment. Je ne connaissais pas cette ambiance auparavant, mais le duc très empressé savait me conduire au cœur des meilleures maisons afin que je m'y trouvasse à mon aise. Comment vous décrirai-je ces salons ?

Pour tout dire, c'était le rendez-vous des hommes et des femmes lettrés. Ceux qui ne pouvaient pas tenir la conversation en étaient assez vite exclus. On disait à Paris qu'on y diffusait les idées des Lumières. Je ne compris pas d'emblée ce que cela signifiait mais on m'édifia rapidement. On y discutait de l'actualité de l'époque, de philosophie ou de littérature, et surtout on s'y divertissait, et même je le concède, on disait beaucoup de mal des absents. La noblesse de cour y côtoyait des bourgeois, au demeurant admis puisque cultivés, des écrivains en vue et des artistes à la mode. On y admettait aussi des étrangers de passage. C'est en cette qualité que j'y fus admise. Le salon de madame Geoffrin, l'épouse du directeur de la manufacture des glaces, femme d'esprit issue d'une famille bourgeoise, fut l'un des plus importants du siècle.

Si le divertissement lettré et la recherche du bon mot étaient au cœur de nos rencontres, la maîtrise de soi et du savoir-vivre furent essentiels à la qualité des rapports entre salonniers. Chacun se devait de s'y faire valoir et de reconnaître tout en les respectant les autres invités. Lorsque les conversations s'échauffaient, l'hôtesse intervenait pour en changer le cours et mettre fin aux débats, ce qui au demeurant ne se produisait que rarement eu égard à la qualité de l'éducation des invités.

Si j'ai voulu vous décrire ainsi le salon de cette bourgeoise, c'est que le duc vint ce matin du 15 avril 64, je m'en souviens très bien, m'inviter pour m'y rendre après dîner. J'avoue que je m'en trouvais flattée, d'autant que le salon de la dame Geoffrin était l'antre des politiques, de tous ces écrivains et des autres artistes du moment.

— Baronne, me dit-il, consentiriez-vous à m'accompagner après dîner chez madame Geoffrin, je m'en suis déjà ouvert ?

— Volontiers, Duc, mais y aurais-je ma place, en qualité d'étrangère ?

— Je n'en ai aucun doute, puisqu'invitée par votre serviteur et connaissant votre esprit, vous saurez aisément vous imposer au milieu de ces quelques charognards de passage, car il y en a. Les saillies, les piques, les sarcasmes sont toujours diffusés avec esprit mais toujours dirigés à dessein pour éliminer les plus faibles. C'est une guerre d'esprit comme le siècle en a le goût. Et puis Baronne, continua le duc, se rapprochant près du canapé, votre beauté, vote maintien, vos yeux et votre finesse ne sont-ils pas de nature à séduire la société du Tout-Paris ?

— Duc, ces compliments ne seraient-ils pas ceux d'un gentilhomme qui tenterait de séduire une Hollandaise esseulée à Paris ?

Le duc, s'écarta délicatement me prit la main pour la baiser, se pencha et me demanda de prendre congé.

— Madame ! Vous savez maintenant ce qui fait battre mon cœur et je ne vous en reparlerai plus avant que vous me rendiez ce compliment. En attendant je me présenterai à trois heures après dîner pour vous conduire au salon de notre hôte, et sachez que je trouverai le temps bien long avant de vous retrouver.

Je ne bronchai ni ne répondis au Duc. Je le laissai s'éloigner, fringant et sûr de sa séduction, mais je savais déjà qu'il m'avait bouleversée. Où allai-je ainsi ? Depuis que mon mari avait rejoint la Hollande, même si quelques jeunes gentilshommes tentèrent quelques regards non dissimulés, aucun ne s'approcha autant que le duc et je me sentis ébranlée. Je demeurai prostrée assise sur mon canapé, mon petit chien King Charles sur les genoux, qui me rassurait et me tenait compagnie. J'attendis ainsi jusqu'au dîner que je pris seule, servi par Louise ma nouvelle dame de compagnie bretonne et surtout fidèle consolatrice dans mes moments de solitude.

— Louise, après dîner, le duc de Brancas se présentera pour me conduire chez madame Geoffrin. Je souhaiterais que tu me prépares.

Louise me présenta une robe de soie blanche à ramages dorés. Mes souliers assortis à talons et boucles complétaient heureusement ma parure. J'étais prête pour me hisser dans le coupé du Duc.

Le salon de notre hôte était décoré de tableaux et garni de tapis persans. Sur un guéridon j'aperçus le buste de Voltaire à Fermey. On ne pouvait y échapper. Lorsque nous entrâmes, madame Geoffrin s'élança vers nous. Je saisis qu'elle était très amie avec le Duc. Notre hôte me fit mille compliments avant de nous proposer de rejoindre la grande tablée des autres salonniers. Un invité s'affairait à lire quelques mots pour rendre hommage, au philosophe busté sur le guéridon : « L'orphelin de Chine ».

Je n'en fus pas surprise parce que, par bonheur, mes parents me parlèrent longuement de ce déiste dont ils n'épousaient pas particulièrement les écrits et discours. Ils me disaient que la France depuis quelques années voyait naître des philosophes de sa nature. Je devais, ajoutèrent-ils, en tenir compte dans le commerce que j'entretiendrai à Paris. Me voilà devant le fait. J'entendis ne pas me dévoiler ni trop participer pour cette première, je n'y suis pas assez préparée. Enfin l'estimai-je.

Le duc me tint par le bras, les regards se tournèrent vers nous dès que nous pénétrâmes dans le salon. Quelque vingt personnes s'y étaient regroupées autour d'une grande table préparée pour accueillir des friandises et des fruits d'après dîner. Des coupes, qui me semblèrent venir de Baccarat en Lorraine, n'attendaient que le fameux nectar de champagne pour s'offrir avec gourmandise aux lèvres de ces bavards.

Le silence néanmoins se fit et le duc, attendu à l'évidente, se tourna vers moi.

— Mesdames, messieurs, mes chers amis, permettez, avant qu'elle vienne vers vous, que je vous présente madame la Baronne de Nyvenheim, qui nous vient de Nimègue et dont son père, baron de Nyvenheim, a servi pendant la guerre sous nos couleurs. Elle est notre amie et je vous demande de l'accueillir parmi nous.

Je ne sais pas si je rougis à cette présentation mais je sentis monter en moi une oppression non feinte qui fut plutôt de nature à me faire accepter.

La présentation du duc fut discrètement applaudie sans effluves surannés, comme c'était l'usage.

On me présenta messieurs Turgot et Malesherbes, ministres, en compagnie du duc de Richelieu.

— Messieurs, leur dis-je, vous m'édifierez de la politique de ce Royaume, dès que vous le souhaiterez. Je serai tout ouïe de vos grandes connaissances.

— Madame, nous sommes à vos pieds pour vous combler, répondit l'un d'entre eux que je ne connaissais pas.

Plus loin autour de la table, le duc de Brancas s'approcha de Buffon, pour qui je dois l'avouer, je n'avais pas encore eu d'échos. Il semblait occupé à quelques lectures scientifiques avec celui que mon ami me présenta comme d'Alembert qui ne s'aperçut guère de ma présence. Mon père m'avait édifié de ce monsieur qui travaillait semble-t-il à une encyclopédie, mais dont j'appris qu'il avait cessé le travail à la suite d'une brouille avec son ami Diderot. Pour l'heure je n'en connaissais rien et découvrais ce petit cercle.

On continua en me présentant le prince de Conti, de Mairant, Anne Robert, Diderot, occupé dans ses notes, François Quesnay, le comte de Caylus amateur d'art, Germain Soufflot, et le duc de Choiseul, que j'eus le plaisir de retrouver.

— Quel bonheur, madame, de vous retrouver en cette maison. Vous éclairez de votre beauté et de votre charme cette noble assemblée.

— Merci, monsieur le ministre et vous me trouvez confuse à souhait alors que ce salon rayonne des plus beaux esprits de Paris. Je suis légèrement déçue, monsieur le ministre de ne pas apercevoir monsieur Rousseau, il m'avait été dit qu'il pourrait s'y trouver. Il parle un allemand parfait, m'a-t-on dit, nous aurions pu aisément nous comprendre.

— Il est subitement parti pour la Suisse parce qu'il est proscrit de France à la suite de la publication de son Contrat social. Vous savez que la cour n'a pas apprécié ses propos sur son ouvrage éducatif sur Émile, et sans que pourtant je partage son approche, comme vous, il eût pu nous édifier de sa conception de sa nouvelle société.

Puis ce fut le tour d'être présentée à l'abbé Raynal, puis de Marivaux, dont je souffrais de voir les pièces.

À l'issue de ce tour de table, il me fut offert une place de choix près du duc de Choiseul. Je ressentis sur le champ, l'honneur qui me fut fait et au terme de quelques échanges, je compris que je tenais là l'essence des semaines qui suivront.

Brancas se rapprocha de la maîtresse de maison qui orienta la conversation.

Madame Geoffrin s'adressa à son auditoire en se retournant sur le buste de Voltaire et le montrant, elle nous harangua par un mot du grand homme : « Le langage français est de toutes les langues, celle qui exprime avec le plus de facilité, de netteté et de délicatesse, tous les objets de la conversation des honnêtes gens ; et par là elle contribue dans toute l'Europe à l'un des plus grands agréments de la vie ».

— Voilà mes amis, poursuivit-elle, nous devons maintenir la qualité et l'aisance de notre philosophe et nous en montrer dignes.

Caraccioli, un intellectuel italien, que je n'avais pas aperçu mais peut-être qu'il était arrivé après nous, s'écria à la cantonade : « La jolie Nation ! Ils brillantent tout ce qu'ils disent, ils assaisonnent tout ce qu'ils font. Ce sont les femmes qui veloutent les caractères et qui font naître cette aménité si nécessaire dans le commerce de la vie ».

Puis Karamzine, l'ami russe qui l'accompagnait reprit : « On dirait que vous avez inventé la société ou que la société a été inventée pour vous, tant la politesse et l'art de vivre avec les hommes semblent innés chez les Français ».

On voyait bien là tous les compliments adressés à madame Geoffrin. La séance était lancée, nos orateurs se livrèrent sans ménagement.

Des domestiques nous entourèrent et nous remplirent les coupes dont le contenu rosira bientôt les joues, et déliera les langues affûtées.

Monsieur Le Rond d'Alembert, aux beaux yeux pétillants plantés dans un visage ovale et souriant, surmonté d'une perruque soigneusement poudrée et apprêtée, se leva pour nous parler de l'avancée de son encyclopédie. Je vis ses lèvres charnues et gourmandes s'apprêter à faire jaillir des flots de connaissances scientifiques que peut-être peu en cette assemblée n'étaient habitués à entendre. Il portait un habit bleu nuit par-dessus une chemise au jabot et aux manchettes de la plus élégante dentelle. De sa main gauche il releva la manche droite et nous pûmes à souhait admirer la qualité de sa mise.

— Vous savez mes amis que j'ai abandonné le travail de l'encyclopédie. Il dit cela en se tournant crispé vers Diderot et je compris là qu'entre eux il devait y avoir divergence de vue à l'évidence. Diderot garda la tête penchée et ne la releva que lorsque l'orateur reprit la conversation.

Je vous proposerai si vous me l'accordez de discourir ce tantôt sur l'absolutisme religieux et politique.

Madame Geoffrin le lança :

— Est-il vrai, mon ami, que vous avez décidé de ne plus nommer Dieu, mais que vous lui donnez des : « Créateur » ou « l'auteur de la Nature » ? Vos propos doivent toucher notre cher Voltaire et notre regretté Rousseau, exilé à Genève.

— Vous pouvez à raison souligner ma convergence de pensée avec ses deux amis chers. L'absolutisme tant religieux que politique n'est-il pas de nature à annihiler la pensée de l'homme et le priver de s'exprimer librement ?

Soudain je vis mon protecteur Choiseul se lever et se décider à lui répliquer :

— Monsieur d'Alembert, selon votre conception de la philosophie, notre régime priverait l'homme de s'exprimer, mais alors que faites-vous là si ce n'est vous exprimer ? Vous soupçonnez Notre Église représentée par Louis, notre bon roi, de vous empêcher par son absolutisme de librement exprimer votre façon de penser. Ne pouvez-vous pas vous déplacer librement ? Ne pouvez-vous pas vous rendre librement au théâtre ? Le roi prive-t-il ses sujets de se mouvoir, de respirer, de marcher, de rire, et de penser ?

— Monsieur le ministre, reprit D'Alembert, pourquoi alors monsieur Rousseau est-il exilé à Genève à la suite de la parution de son contrat social ? Est-ce cela la liberté que vous proposez ?

— Monsieur Rousseau, par son œuvre, répondit Choiseul, allait au-delà des pensées parce qu'il insinuait qu'il fallait bouleverser notre régime, en changer l'ordre, ce qui parut séditieux au roi et dangereux en dépassant les limites qui permettent à une nation de vivre en paix.

— Permettez-moi, monsieur le ministre, de vous opposer qu'en aucun cas monsieur Rousseau n'est dangereux pour notre peuple au contraire, il entend proposer des idées pour le libérer de ses jougs qui l'oppressent.

— Cela n'est que votre approche, monsieur d'Alembert, et jusqu'alors le Royaume de France est fidèle à son église catholique et romaine et le roi n'entend pas y déroger.

— Monsieur le ministre, soyez éclairé, écoutez, entendez, le peuple souffre au-delà de sa misère, il souffre de devoir se ranger sans choix tant au roi qu'à L'Église.

— Monsieur d'Alembert, le peuple aime son roi et il le lui fait savoir chaque jour que Dieu fait.

Sur ce, Diderot se leva. Choiseul et d'Alembert se rassirent, se rafraîchissant d'une coupe de champagne bien venue après ces flèches affûtées lancées par des hommes dont j'admirai soudain le prestige et l'intelligence.

Diderot, sans adresser un regard à d'Alembert et bien que brouillé entendit renforcer et commenter ses saillies.

Grand, élancé, portant beau, le menton assuré, aux yeux bleus perçants, il releva la tête avant de commencer à s'exprimer. Il leva le bras et se tourna vers Malesherbes.

— Je me dois, monsieur Malesherbes, avant de compléter, vous dire combien nous, les créateurs de l'encyclopédie, nous vous sommes reconnaissants de soutenir la parution de l'ouvrage. Je tenais à le souligner. Et oui, le roi et vous, monsieur Choiseul, vouliez nous l'interdire, et sans madame de Pompadour et sans monsieur Malesherbes, nous serions aux fers. Notre seule idée, c'est de faire de tout individu, un homme éclairé pour le soustraire à son état d'homme médiéval pétri d'obscurantisme.

Oui mesdames, messieurs, mes amis, nous sommes profondément anticléricaux, et nous ne croyons qu'en l'homme. Oui dans nos travaux nous discutons et cherchons à comprendre l'homme et la femme dans la société, la place de la religion et de la superstition en leur sein. Nous pensons sur le bonheur, la société, la liberté et la tolérance.

Permettez-moi de vous dire que j'ai connu une femme religieuse, Suzanne Simonnin, à qui on fit prendre l'habit de force, contrainte par sa famille. L'Église n'est-elle pas absolutiste lorsqu'elle accueille des femmes contraintes et non libres. Pourquoi ? Pourquoi ne pas accepter qu'un individu puisse vivre libre de son choix ?

J'intervins en son temps pour que cette pauvre femme puisse sortir de son état. Elle mourut avant que son cas soit réglé.

L'autorité est nuisible à la liberté, c'est le frein de l'émancipation. J'en appelle, messieurs les ministres, à vous pour nous entendre, et comprendre que le peuple doive vivre libre et heureux.

— Le roi, monsieur Diderot, n'a que le souci de son peuple. Vous remettez en cause tout ce qui fait le socle de notre royaume.

— Que dites-vous de l'attentat contre Louis par le dénommé Damien ? Vous avez soutenu dans l'ombre les causes qui l'ont conduit à s'en prendre à la personne du roi. Les idées qui vous gouvernent ne s'imposent pas par la force et le terrorisme. L'église n'impose à personne d'entrer dans les ordres. Ce sont les familles qui sont à blâmer mais pas les pères de l'Église que vous blâmez lorsque vous promouvez cet anticléricalisme constant. Les pères, vous le savez sont au service des pauvres, au service de Dieu, pour sauver l'humanité de ses maux.

Brancas dans le sillon de Choiseul défendit l'ordre de la Monarchie et l'Institution de l'Église, piliers de notre Nation pour empêcher l'anarchie inhérente en toute liberté.

Madame Geoffrin, sut faire la synthèse de ses brillants exposés et sans prendre le contrepied de Diderot, se fit équilibre entre une Nation bien conduite et un nécessaire besoin de liberté du peuple.

— Ma question à venir conclut-elle, serait de discuter sur la place de l'Homme, est-il une entité individuelle ou s'inscrit-il seulement au sein d'un collectif sur lequel il doit se ranger ?

Les domestiques apportèrent force gâteaux et rosis par le champagne, aucune animosité se vint perturber le départ des salonniers prêts à en découdre au prochain salon.

Nous allions avec le duc prendre congé de madame Geoffrin quand un cavalier de Maréchaussée haletant et nerveux se présenta au porche.

— Madame, j'ai un message pour monsieur de Choiseul et au nom du roi, je vous demande à tous de revenir sur vos pas, l'affaire est de la plus haute importance.

Pétris d'inquiétude, nous rejoignîmes monsieur de Choiseul demeuré dans le salon.

— Monsieur le ministre, je suis porteur, à la demande du roi, d'une triste nouvelle. Haletant, il reprend son souffle, frotte sa moustache, rehausse du buste.

— Allons ! Allons dites-nous.

Il se lance :

— Madame de Pompadour, monsieur le ministre, mesdames messieurs, vient de rendre son âme à Dieu. J'ai vu les larmes dans les yeux du roi, il souffrait. Monsieur le ministre, le roi vous mande à Versailles.

Choiseul salua aussitôt ses amis, et sans aucun autre mot se précipita dans sa berline pour rejoindre Versailles.

— J'ai du mal à comprendre. Madame de Pompadour à ce que je sache, n'est que la maîtresse du roi, dis-je à mon chaperon. En quoi le royaume est-il ainsi bousculé ? J'aurais bien là besoin de votre éclairage parce que vous devez avoir un avis sur le sujet que je vous présente.

— Ma chère Baronne, la présence de la maîtresse du roi à la cour est une histoire très ancienne voyez-vous, me répondit-il, me prenant par le bras et m'invitant à monter dans la voiture qui s'était approchée. Le cocher m'aida à m'y hisser et je m'installai sur la banquette un peu lasse de ces conversations mais curieuse de ce que le duc aura à me dire sur cette Pompadour.

Le duc, leste, gaillard et fier, je le ressentis, de se montrer à mon bras, me rejoignit, content aussi d'être enfin seul à mes côtés. J'avais bien compris que, depuis des mois que je fréquentai les salons, je provoquai chez bien des gentilshommes et pas toujours mais souvent, un quelque chose qui semblait s'apparenter à ce besoin naturel de plaire et de séduire. J'en étais certes flattée mais j'entendais bien garder ma liberté de choix même si ceux qui s'avançaient étaient, en plus d'être séduisants, beaux et plaisants. Peu s'en fallut à plusieurs reprises que mon cœur soit submergé.

Le duc, par le balancement de la berline, se pencha à plusieurs reprises contre moi et j'en frissonnai. Je me reprenais et ne voulus point le montrer.

— Baronne pour commencer sur la Pompadour, m'accordez-vous quelques instants qui peuvent néanmoins être longs ?

— Allez, Duc, éclairez-moi.

— Voilà, Jeanne-Antoinette Poisson, marquise puis duchesse de Pompadour, fut introduite à la cour par relations, et le roi la remarqua aussitôt.

Elle était d'origine très modeste, il faut en convenir. Son père, à la suite des régiments, commit quelques malversations et fut poursuivi à telle enseigne qu'il dut s'exiler. Un fermier général du nom de Le Normant prit la mère et l'enfant sous sa coupe et très épris de la dame fit leur bonheur. Il donna à Jeanne son neveu en mariage et les dota grassement, ce qui permit à la jeune femme de se faire introduire en peu de temps à la Cour. Elle s'y fit remarquer par sa beauté, sa grâce et sa culture puisque le Normant lui en a fait donner chez les sœurs.

Le roi fut séduit et avec lui vous le savez peut-être, tout va très vite lorsqu'il entend obtenir les faveurs d'une dame.

Ma chère, ajouta-t-il, me regardant maintenant bien dans les yeux et me souriant d'une ride charmante, elle devint sa conseillère et fut sur le souverain particulièrement influente en tant que favorite et ce jusqu'à aujourd'hui, et voilà pourquoi le roi rappela Choiseul auprès de lui.

Il lui avait fait construire le petit Trianon comme résidence et lui offrit le domaine de Pompadour, ce qui lui permit de devenir marquise et d'acquérir la noblesse, qui lui manquait, puisque seulement bourgeoise par Le Normant. Le roi lui offrit bien d'autres domaines et châteaux et je ne vous nommerai que celui de l'Élysée, qu'au demeurant, elle n'occupa que très peu.

Je dois vous avouer que nos amis ne lui ont jamais pardonné son origine et surtout d'avoir obtenu du roi autant de faveurs. Vous comprenez bien que quelques dames eurent voulu s'inscrire à la place de la modeste bourgeoise, beaucoup étaient et sont encore prêtes à sacrifier leur vertu pour obtenir les faveurs de la couche royale.

Nonobstant, il y a bien des années que la Pompadour ne partageait plus les ébats du Souverain, mais conservait un réel ascendant. Le roi l'aima et lui garda toute son amitié, ce qui ne fut pas le cas de ses précédentes maîtresses dont il serait bien trop long de vous faire la liste.

Voyez-vous, c'est elle qui encouragea l'aménagement de la place qui porte le nom du roi, c'est elle qui créa la manufacture des porcelaines de Sèvres. C'est elle qui acquit le palais d'Évreux, et pour vous surprendre, nous quittons quelques philosophes, c'est elle qui les encouragea, au risque de déplaire au roi, pour la publication de l'encyclopédie, c'est dire que le roi lui permettait tout.

Ces dernières années la Marquise se tenait dans ses appartements et entretenait avec Choiseul, qui vient de nous quitter, d'interminables conseils de guerre, auxquels le roi se mêlait bien souvent. La marquise suivait tout, cela peut vous surprendre, mais le roi ne voyait que par elle et Choiseul était séduit. C'est dans sa maison de Chanteloup à Amboise que Choiseul recevait. Je peux vous dire mon amie, que la marquise y avait ses entrées. On le dit sans jamais l'avoir confirmé qu'ils furent amants et vous comprendrez maintenant pourquoi sans coup férir il partit tout à l'heure fouettant les chevaux pour parvenir au plus vite à Versailles.

Ce soir, Baronne, il y a trois veufs à la Cour, le mari, le roi et le Premier ministre.

— Vous m'oppressez mon ami, par votre histoire de cette marquise ! Quel parcours ! Et le peuple de France sait-il que la marquise dirigea comme elle l'entendit le pays ?

— Pendant longtemps les Français suivaient les pamphlets et se liguaient pour critiquer la marquise, mais depuis la dernière bataille de Rossbach, à laquelle votre père fut à nos côtés, alors que tous savaient qu'elle suivait les préparatifs, elle se trouva réhabilitée auprès d'eux et j'ajouterai aussi, auprès de nombreuses personnes à la Cour, ce qui est surprenant et comme quoi tout peut arriver. Ces dernières semaines la marquise était fatiguée et demeurait à Choisy mais était revenue à Versailles depuis le 6 avril dernier. À Choisy elle demanda même au valet de chambre du roi, Champlost de la soutenir pour se déplacer. Elle n'avait que quarante-deux ans et pour l'avoir vue à Choisy elle en paraissait cinquante. J'eus même du mal à la reconnaître telle qu'elle fut dans sa splendeur. Je savais que la nouvelle qui nous parvint aujourd'hui devait nous parvenir sans que cela nous surprenne.

Me raccompagnant à mon hôtel, à peine fûmes-nous parvenus dans le salon, et encore debout à déposer nos effets dans les mains de Louise que le duc s'en vint à poursuivre l'histoire de la marquise. Nonobstant et sans connaître cette royale maîtresse, son histoire m'intéressait beaucoup et je ne saurais dire pourquoi. Il y a, me dis-je, dans cette personne quelque chose qui tient à la fois du rêve et du conte de fées en même temps.

— Chère amie, chère Albertine, me permettez-vous maintenant que nous sommes seuls ?

— Bien sûr, nous sommes amis ? Enfin je veux le croire.

— Vous savez compter et saurez toujours compter sur mon amitié Albertine, me répondit-il prenant ma main et me la baisant, alors que nous nous asseyions sur une banquette, l'un à côté de l'autre et nous faisant face.

Je voudrais vous entretenir d'un lieu que la Marquise, dit-on, régentait et dont, ce n'est pas impossible, elle dirigeait tout, voyait tout, décidait tout pour le roi. Je vais vous parler d'un lieu très particulier à Versailles : Une maison au parc aux Cerfs, une maison qu'on disait réservée aux ébats du roi avec de jeunes filles du peuple ou de la bourgeoisie qui venaient libres pour certaines ou contraintes pour d'autres comme des esclaves pour satisfaire au plaisir de Louis. Il faut dire que ces souhaits n'étaient pas faciles à combler. Il n'est pourtant pas certain que le roi y consommait en ce lieu mais il y choisissait.

On dit à Versailles qu'il y avait celles qui y étaient allées et celles qui en secret d'alcôve en rêvaient… c'est tout dire !

Le roi, par l'entremise de son valet de chambre Lebel, faisait venir à Versailles de jolies roturières, la plupart du temps mais parfois de jeunes bâtardes de la noblesse, pour satisfaire ses fantasmes royaux. Lebel fit aménager un petit appartement non loin de la chambre du roi, un appartement que seul Louis pouvait rejoindre. Le valet de chambre, par une entrée dérobée, y faisait entrer ses « protégées ». Champlost et Champcenest, cousins, les autres valets de chambre en quartier, se tenaient dit-on à l'écart de ce stratagème. Les connaissant bien, ils sont d'une autre nature. Mais il était difficile de tenir la discrétion pour ce lieu qu'on finit par appeler « le Trébuchet » et Lebel trouva ce lieu du Parc aux Cerfs où le roi pouvait en toute discrétion s'y rendre sans attirer les regards, pour faire son choix.

Le roi, au Trébuchet ne gardait ces filles souvent qu'une seule nuit mais pour d'autres il entendait les recevoir à sa guise. Ce sont celles-là qui furent admises au plaisir royal et entretenues comme telles. Il n'y avait que peu de filles admises à la fois mais le peuple qui apprit assez rapidement ces désordres fit courir le bruit que le roi y possédait un harem. Voyez mon amie ce qui s'y déroulait. Tout y était aménagé pour le plaisir des sens. Pour tout dire Albertine, le roi se réserva un lieu comme beaucoup en avaient dans Paris ou Versailles. Il convient d'abriter nos amours pour qu'elles demeurent secrètes, ne pensez-vous pas ?

— Louise ! Fais-nous porter du champagne et prends tes dispositions pour te retirer, je te sonnerai en cas de besoin.

— Bien sûr, madame la baronne, répondit Louise, sourire au bord des lèvres, s'exécutant rapidement pour apporter coupes et breuvage.

Le duc se saisit d'une coupe et me la tendit. Il prit le breuvage et remplit les deux coupes du pétillant champagne.

Nous échangeâmes nos coupes et les portâmes à nos lèvres.

Nous reposâmes nos coupes sur un proche guéridon. Nous nous regardâmes et nous tûmes. Le duc me prit par la taille laissa sa tête se pencher au cœur de mon cou et y déposa un baiser. Nous nous tînmes par les deux mains. Je glissai et n'entendis plus me retenir. Le duc était charmant, attentionné, cultivé et me plaisait. Je versai la tête en arrière, le duc la releva et nous nous livrâmes l'un à l'autre.

— Et si nous rejoignions un endroit plus discret que ce salon me proposa-t-il ?

— Je suis tout à vous mon ami, répondis-je, me relevant et entraînant mon nouvel amant vers l'antre qui devint notre Parc aux Cerfs.

Le duc se montra doux, caressant et délicat. Il me fit découvrir ce qu'en aucun cas mon mari, reparti pour la Hollande, ne me fit jamais découvrir. Je vécus mon premier moment d'extase. Libre je suis, libre entends le demeurer.

En une soirée, au-delà de me livrer à Brancas, j'avais fait la connaissance de politiques, le Premier ministre entre autres et de philosophes. De plus le Tout-Paris et moi-même venions d'apprendre la mort de la maîtresse du roi qui dirigeait selon le duc, la France à sa guise. Devais-je souffler, prendre un peu de repos. Pour tout dire je n'en avais nulle envie. Au contraire j'entendais poursuivre en ce sens et j'avais hâte d'avancer. J'avais, je le ressentis, fait bonne impression à Choiseul, et par l'intermédiaire de mon amant je pouvais peut-être me faire admettre à la cour.

Après le départ de Brancas tôt le lendemain matin, je pris le temps de me faire apprêter par Louise afin que personne ne pût deviner l'ombre de ma nouvelle liaison.

Louise ne s'aperçut de rien non plus mais comme elle me trouva suffisamment gaie et virevoltante, elle comprit aisément que la nuit m'avait permis de découvrir le bonheur. Nos yeux se croisant n'eurent nullement besoin de confirmation et nous en restâmes là.

Au cours d'un après-dîner et pour m'inviter à souper, le duc se présenta rue de Richelieu.

— Albertine, ne pensez-vous pas qu'il serait temps à votre tour de recevoir dans ce salon, beaucoup de nos amis y aspireraient et je ne doute pas qu'ils en seraient charmés.

— Qu'à cela ne tienne, mon ami, souris-je au duc, et tellement heureuse de sa présence et de sa proposition. Lançons les invitations sur le champ.

— Je vous donne les adresses et nous nous y attelons.

Ce qui fut dit fut fait, et le soir même nous remettions à un porteur la dizaine de lettres à remettre en mains propres.

Je ne voulais surtout pas décevoir mes invités et je me sentis envahie d'une pression telle que je ne l'avais jamais encore ressentie, du moins à ce point.

Nous avions, puisque je mettais le duc au cœur de cette affaire, convié nos salonniers pour le 2 mai après dîner.

— J'oubliais de vous conter, poursuivit le Duc, qu'hier je me trouvais au convoi de notre pauvre marquise et qu'après la cérémonie où nous pouvions nous compter à demeurer entre amis, j'appris l'anecdote suivante qui ne manque pas de sel. En ce 17 avril eurent donc lieu les obsèques. La marquise avait depuis longtemps donné ses instructions et souhaitait être ensevelie à Paris, au couvent des Capucines. Auparavant, on donna l'absoute à Notre-Dame de Versailles où plus de cent prêtres, vingt-quatre enfants de chœur, six chantres, deux bedeaux et un suisse, précédaient le corbillard. Derrière quarante-deux domestiques en livrée suivaient le convoi. Mais il manquait quelqu'un pour la marquise, et malgré ce train, il y avait un manque réel : le roi.

Depuis le décès de la marquise, le roi s'était réfugié dans son salon particulier qu'il ne quitta pas tant que sa favorite demeurait dans la chapelle ardente qu'on avait dressée à l'Hôtel des Réservoirs. À six heures du soir, au moment où le cortège quittait Versailles par le chemin de Paris, un violent orage éclata. La pluie éteignit les flambeaux comme un signe de présence et de recueillement. À une fenêtre donnant sur la cour de marbre, deux personnes se penchèrent au balcon. Le roi, le roi en personne, avec à ses côtés son cher Champlost, son valet de chambre de quartier, osa braver la bourrasque de pluie cinglante. Le roi s'appuya sur son valet, je le sentis souffrir et Champlost que je connais bien, me dit, il n'y a pas une heure, que le souverain en voyant passer le convoi, eût un grand soupir et murmura : « Voilà bien les seuls devoirs que je puis lui rendre », en ajoutant, changeant de ton, comme pour passer à autre chose : « Madame la marquise a un bien vilain temps pour son voyage ».

— Vous m'émouvez, Duc, et me faites trembler même si je n'ai pas connu cette marquise, j'aurais peut-être pu être son amie.

À peine les cartons reçus, que le duc de Choiseul, s'empressa de répondre favorablement à l'invitation mais qu'il souhaitait se faire accompagner du duc de Richelieu. Il ajoutait dans sa lettre en retour qu'il était l'entremetteur du roi pour ses friponneries et que je devais en tenir compte pour l'orientation des débats.

Je me devais, comme maîtresse de maison, de mettre en place un plan de conversation afin de diriger ces échanges. Je choisis tenant compte de la lettre du Premier ministre de les faire discourir sur ce qui pouvait intéresser sans nuire et transformer le débat en pugilat. Je décidai donc de porter mon dévolu, sur les propos tenus par monsieur Rousseau sur la Monarchie, mais aussi sur l'éducation alors qu'il était soutenu par madame de Pompadour. Ces deux thèmes, me dis-je, devraient nous conduire à une heure tardive où les invités se sépareraient.

Les quelques jours qui nous séparaient de la réception furent tous occupés aux préparatifs. Je ne voulus pas qu'il manquât une once de gâteries à l'endroit de mes invités qui, je le savais, venaient aussi pour assurer à l'extérieur la critique qui pouvait se montrer très féroce. Je ne voulais pas porter le flanc à ces moqueries, bien au contraire, je souhaitais que l'on propageât, que chez la baronne de Nyvenheim on se sentait chez soi.

Le duc de Choiseul demanda à me rencontrer avant la réception, il voulait me parler de l'abbé Raynal :

Choiseul n'abusait pas mais trouvait toujours moult prétextes pour pénétrer rue de Richelieu. Au demeurant ses visites me comblaient mais je n'étais pas innocente de ce qui se tramait dans sa tête. Choiseul avait constamment plusieurs idées en ébullition. Je compris plus tard que c'était un fin calculateur, et un stratège de prestige.

Il entra, me baisa la main, s'assit élégamment sur une bergère au tissu d'indienne auprès de moi et Louise nous servit une tasse de thé des Indes, alors que je ne goûtai peu au café que j'estimais trop amer.

— Ma chère baronne, commença-t-il, si je m'empresse de venir vous entretenir c'est pour vous parler de l'abbé Raynal que vous rencontrâtes chez madame Geoffrin et qui resta bien silencieux. Pourtant et malgré son âge, plus de cinquante ans, il tient bien son rang pour défendre ses idées parfois très abruptes. C'est un féroce défenseur des libertés.

Après des études chez les jésuites à Rodez, Raynal entra sans contrainte dans la Compagnie de Jésus et devint prêtre en 33. Il enseigna au collège de Pézenas, à Clermont puis à Toulouse, puis quitta les jésuites en 46 pour être nommé à Saint-Sulpice. Il est toujours précepteur de quelques familles amies. On le dit aussi proche des protestants, ce qui devrait vous rapprocher. Nonobstant, il vendit souvent des sermons à des confrères moins inspirés que lui, et cela déclencha un scandale lorsqu'on découvrit qu'il avait accepté d'inhumer des protestants en les faisant passer pour catholiques. Voilà le prélat, ma chère.

Plus tard, il s'éloigna de Saint-Sulpice et abandonna le sacerdoce, mais on dit toujours, l'abbé Raynal. C'est ainsi qu'il s'abonna aux salons de madame de Tencin, puis de madame Geoffrin où vous le rencontrâtes, et maintenant chez vous.

C'est aussi un apôtre de la liberté. Il s'est constitué une jolie fortune en imprimant ses œuvres dont il assura lui-même la diffusion, et rédigea pour moi quelques textes. Pour le remercier je le fis placer comme directeur du *Mercure de France* en 50. Cette même année d'ailleurs, il devint membre de l'Académie royale des sciences et des lettres de Berlin.

Ami de Diderot, parmi les tenants de la liberté, il écrivit il y a une quinzaine d'années l'histoire du Stadhoudérat et voilà pourquoi je voulus que vous soyez édifiée sur la personnalité de cet abbé qui entend bien vous parler des Hollandais, connaissant votre penchant pour ces patriotes de Gueldre.

Le 2 mai à deux heures du tantôt, les premiers salonniers se présentèrent au porche, que je fis accueillir et conduire au salon, puisqu'ils s'y rendaient pour la première fois, hormis, bien entendu, Choiseul qui ne montra aucunement trop bien me connaître et je lui en sus gré.

Raynal et Soufflot arrivèrent par la même berline, tandis que le duc de Choiseul accompagnait le duc de Richelieu. Ils se succédèrent assez rapidement et le duc de Brancas d'une fidélité sans pareille tint à me soulager pour les présentations des autres amis rencontrés certes chez madame Geoffrin, mais dont je n'avais pas eu beaucoup de temps pour converser.

On me fit d'agréables remarques sur mes nouvelles tapisseries venues d'Aubusson et des quelques tableaux de l'école hollandaise que mon père et mon mari s'étaient chargés d'envoyer afin que l'hôtel eût le meilleur effet sur mes salonniers, et salonnières puisque plusieurs forts heureusement étaient accompagnés de leurs belles et charmantes femmes.

— Mes amis, les saluai-je, nous avons le grand plaisir d'accueillir pour nous entretenir, l'abbé Raynal et monsieur Soufflot. Bien entendu que vous les connaissez mais ce dont ils auront à nous entretenir pourra sûrement nous surprendre et nous éclairer. L'abbé nous fera un exposé sur sa conception de la liberté tandis que monsieur Soufflot, notre admirable architecte lyonnais nous parlera de son projet de l'Église Sainte-Geneviève.

Il est dommage que nos amis Diderot et D'Alembert soient retenus par ailleurs, parce qu'ils nous auraient parlé des écrits de monsieur Rousseau. Mais il nous sera possible d'échanger sur ses écrits traitant de l'éducation mais aussi de l'avenir de la Monarchie selon lui bien entendu. Nous pourrons en deviser à souhait.

Les coupes, mes amis sont sur la table, le champagne est à votre disposition et les gâteaux de Louise devraient vous combler. Je me tournais vers elle et elle en rougit de confusion.

L'abbé se leva, les traits quelque peu marqués par l'âge et par la vie mondaine assurément depuis qu'il avait quitté la prêtrise, regarda notre auguste assemblée et après avoir chaleureusement salué chacun d'eux, entama son propos.

— Mes chers amis, mon ami Diderot pourrait mieux que moi vous exposer sa conception de la liberté, j'en ai ma propre analyse et je souhaiterais que nous puissions en échanger ne possédant pas l'apanage de la vérité.

J'ai quitté la prêtrise et c'est pour moi un acte de liberté, mais de quelle liberté ai-je le souhait de débattre, est-ce de la liberté ou du libre arbitre ? Possédons-nous notre libre arbitre ? Quelles sont les contraintes du choix ? Sommes-nous prédestinés ou serions-nous libres de l'exécution de ce qui serait décidé ou pas, pour nous ?

Dans la religion catholique, Dieu décide pour nous, nous devons nous en remettre à la providence. S'il y a providence et programmation, quel serait le degré de liberté restant ?

Je ne suis pas comme Diderot, athée, et je ne le trahis pas en le disant puisqu'il l'écrit et le dit à qui veut l'entendre. Je voudrais croire mais croire que Dieu ne souhaite que nous conduire vers le bien, et pourquoi nous prédisposerait-il vers le crime, la bestialité, et tout ce qui fait un homme abject ?

Si nous acceptons cette théorie de la prédestination autant se soumettre et admettre sans se relever de l'adversité.

Je ne pense ni ne crois à ce dogme. Dieu nous invite à nous diriger vers le bien et nous avons selon moi la liberté du choix des moyens pour y parvenir. Si l'homme choisit le chemin du mal, il contrevient au chemin tracé pour lui et s'inscrit dans un cycle de choix qui lui appartient en propre, à charge pour lui d'avoir un jour à en rendre compte.

Nous avons notre libre arbitre mes chers amis et il me plairait de savoir ce que vous en pensez.

Ce propos lancé par l'abbé ne laissa pas son auditoire indifférent.

Choiseul le premier, se leva pour lui répondre.

— L'abbé, vous connaissez mon sentiment sur le libre arbitre et vous savez que je défends la liberté en religion. Je vous suis bien entendu sur le libre arbitre et que nous resterait-il si l'homme devait dès sa naissance s'enfermer dans sa prédestination et attendre. Il attendrait quoi en ne faisant rien ?

L'homme ferait-il les choses, guidé par une quelconque force, Dieu ou le Créateur, sans en mesurer l'intelligence du choix ? Aurait-il la possibilité seul de dire non. Était-ce lui qui déciderait de tuer ou laisser en vie son ennemi. Est-il guidé dans son choix ? Si je vous réponds que je suis certain d'un libre arbitre, pour autant, comme tenant de la liberté, je suis conscient que derrière l'homme, il y a une âme, une conscience au-delà de la chair et du matériel, même du cerveau qui nous insuffle le choix, qui nous freine sur l'impulsion, qui retient notre bras avant d'agir. Pour moi il s'appelle Dieu, aidé de l'ange gardien, pour d'autres et je les respecte c'est le cerveau de l'homme qui déciderait de tout, parce que pour ceux-là lorsque la chair meurt, plus rien n'est. Pas pour moi. Le cerveau n'est pas une machine de choix, l'âme si !

— Qu'en pensez-vous, Baronne ? m'interpella malicieusement Choiseul, tandis que Brancas se tenait en retrait, n'entendant pas se livrer en qualité de janséniste dévot.

— Vous savez, monsieur l'abbé, que je suis protestante et qu'en cette qualité, le libre arbitre pour moi est l'essentiel. Je suis chrétienne et sais que Dieu guide, conseille, motive notre conscience mais nous laisse le choix pour mieux certes nous reprendre.

— Et maintenant que nous avons exposé l'analyse du libre arbitre par rapport à notre foi, qu'en est-il vis-à-vis du gouvernement ? reprit l'abbé.

Vous êtes protestante et il y a peu, les réformés n'avaient pas leur libre arbitre et aucun choix de religion. Ils devaient se conformer à la religion catholique ou s'effacer. Leur libre arbitre n'existait pas. En politique peut-on penser autrement que le souhaite le souverain, peut-on écrire ce que l'on veut. Ma réponse est non. Où est monsieur Rousseau sinon exilé pour raison d'abus de son libre arbitre ? Combien de fois Diderot fut enfermé pour ses choix de pensées ?

Choiseul s'étant rassis, il se relève pour répondre à l'abbé.

— Monsieur l'abbé vous savez aussi que laisser le libre arbitre se dérouler sans se soumettre à une quelconque loi, conduirait notre société à l'anarchie. Faut-il un État sans loi pour que chaque homme puisse décider à sa guise et assumer son libre arbitre sans contrainte, que pouvez-vous répondre à cela ? Le roi, lorsque c'est possible au moment où lui aussi est soumis ou non à son libre arbitre, ne contraint pas par simple plaisir, mais pour tenir la société. Certes les lois contraignent et les lois imposent mais elles sont nécessaires à la vie collective et sans ces contraintes et si l'anarchie régnait le libre arbitre conduirait à l'infâme.

Le roi et Dieu pour l'aider sont là pour nous protéger. Oui le libre arbitre dans la vie sociale est contraint mais par nécessité absolue de vie commune.

— J'aimerais, rétorqua l'abbé que les dirigeants, et vous en êtes, soient plus enclins à respecter nos libertés individuelles sans pour autant nuire à la collectivité. Le libre arbitre évite d'étouffer. L'homme a besoin de cette liberté, sinon il se révolte.

Le roi dernièrement fut victime de la révolte d'un homme Damien. Mû par une force de révolte il attenta à la vie du roi. Si demain des Damien sont en nombres, ce pourrait aussi devenir un temps anarchique.

Il me revenait de conclure et d'émettre une prochaine rencontre sur cette liberté qui semblait passionner mon auditoire.

— Ne pourrions-nous pas une prochaine fois nous pencher sur ce que serait une Liberté indéfinie ? Une liberté acquise en appellerait d'autres, mais jusqu'où ? Vous nous ferez le plaisir monsieur l'abbé, je n'en doute pas, de revenir vers nous, nous livrer votre analyse qui sera, nous n'en doutons pas, à la hauteur de ce que nous attendons tous.

Nous avons pour l'heur bien fait le tour mes amis de cette question passionnante de Liberté. Si maintenant, proposai-je à nos amis, nous entendions notre éminent architecte monsieur Soufflot, nous conter son magnifique projet de la création d'une église nouvelle sur la montagne Sainte-Geneviève.

Soufflot, grand voyageur mais surtout architecte lyonnais,

Se leva à son tour et fier de sa mission, commença par nous expliquer comment la commande lui était parvenue.

— Le roi, à la suite de la grave maladie qui le mit en danger de mort à Metz, fit le vœu pour remercier Sainte Geneviève, patronne de Paris, d'y faire construire une chapelle. Il confia au marquis de Marigny directeur général des bâtiments de missionner un directeur des travaux. Cette mission m'échut, et c'est après avoir dernièrement posé la première pierre en présence du roi que je me présente devant vous et peux vous livrer ce que sera l'édifice. L'aspect monumental du sanctuaire me fut inspiré par Saint-Pierre de Rome. J'envisage d'y édifier une coupole, élevée sur une colonnade, qui sera du plus heureux effet. En voici le plan.

Soufflot, présenta ainsi à nos amis le projet encore secret il n'y avait pas trois jours.

— Merci, monsieur Soufflot, pour la présentation de cette entreprise qui à n'en pas douter devrait s'étaler sur quelques années, lui répondis-je.

— En effet, Baronne, au moins deux ou trois dizaines d'années seront nécessaires avant d'y célébrer la messe.

Soufflot reçut des applaudissements d'usage et chacun dans son for intérieur se demandait bien entendu s'il verrait la fin du chantier.

M'adressant ensuite à toute notre assemblée, je pris le risque de demander qui serait volontaire pour nous parler de la Monarchie selon Rousseau et que nous puissions à tour de rôle commenter ses vues.

Brancas qui s'était tenu à l'écart jusqu'alors, ne voulut pas demeurer en reste et s'y résigna. Je le savais au plus haut point contraire aux idées du philosophe et je pensai que c'était pour mieux le contrer qu'il se lança. Le duc de Richelieu demeura quant à lui néanmoins muet durant ces présentations lorgnant sur toutes et tous, il était plus à l'aise et habitué aux salons du souverain. Il put ainsi se rendre compte des débats de gens qui, hormis Choiseul et Brancas, ne fréquentaient pas ou peu Versailles.

Se levant et en pourpoint rouge au jabot de dentelle blanche, Brancas brandit son bras droit vers le plafond à caissons, qu'au demeurant j'admirais depuis mon arrivée.

— Rousseau ? Vous m'avez demandé de m'épancher sur le contenu de sa philosophie et je ne me permettrais pas devant vous de porter un quelconque jugement sur sa personne.

Seule sa pensée m'intéresse et je dois le dire, me contrarie quant à son existence même. Je sais que notre chère madame Pompadour l'aimait et le protégeait.

Je vis Choiseul baisser du chef, lui qui fut en pâmoison devant la maîtresse royale, pour tout d'ailleurs, tant sa beauté subliminale que son sens politique.

Brancas s'en aperçut bien entendu mais reprit sans se départir.

— Que nous dit-il notre cher philosophe exilé, s'agissant de sa théorie de l'Égalité ou plutôt de l'inégalité ? Pour faire simple, et puisque je dois me résumer, il estime que l'origine de l'Homme le place d'emblée et naturellement sur un plan inégalitaire et que ce serait le rapport d'homme à homme qui serait à l'origine des différences. L'homme, pour parvenir à fabriquer ou construire ou toute autre activité, fût-elle manuelle ou intellectuelle, eut très tôt besoin d'un autre homme et ce rapport créa immédiatement un sujet de dépendance. Pour Rousseau ce service rendu gratuit ou payant fut source d'inégalité et de dépendance. La politique selon lui doit corriger cette inégalité, puisqu'il a été désigné soit par élection ou par sa naissance pour faire le bien des membres du Royaume.

Sa théorie de l'Égalité parfaite, mes amis, puisqu'il l'a fait remonter à l'origine, est pour ma part, une utopie, puisque nous savons tous que nous ne vivons pas sur cette terre au sein d'un monde idyllique et parfait. Ce n'est pas seulement une utopie, c'est aussi contraire à l'ordre des choses pour l'équilibre des sociétés. Imaginez mes amis que tout un chacun jalouse ou méprise celui qui le dirige celui qui le dépasse ou celui qui par sa naissance d'emblée lui est supérieur. Dans quelle anarchie vivrions-nous ? Quelle pourrait être cette société qui par la force d'un État conduirait à rétablir ce statut de dominant dominé ? Cette société serait constamment en ébullition. Et puis, où chercherions-nous les exemples, les modèles ? Ne viennent-ils pas de ceux que nous regardons comme supérieurs ? L'ambition mes amis est la source de la progression. Combien parmi nous sont-ils issus des bourgeois alors que nos pères ont œuvré pour rejoindre le premier ordre ? Quelle n'aurait pas été leur frustration si un État leur avait dit dès le départ qu'ils n'auraient eu d'autres choix que de demeurer vivre dans leur propre État ? Je vous le demande ? Qui continuerait à travailler ? Qui continuerait à fabriquer ? À construire ? L'homme a besoin de montrer son image et d'en tirer de la reconnaissance, de l'estime et d'être valorisé. Le mérite doit être récompensé et oui je le reconnais il crée de l'inégalité et cette une chose naturelle. Je suis étonné que notre bon monsieur Rousseau, si attaché à la nature, n'ait pas eu cette réflexion poussée à l'extrême. Bien entendu il l'a compris et volontairement il a omis de reconnaître l'histoire de l'homme pour construire sa théorie. Dans chacun de ses écrits, il omet sciemment d'étudier et de reconnaître l'histoire des choses pour en émettre de nouvelles. Il en va ainsi de son sens de la monarchie.

Que nous dit-il ? Il nous dit que dans la monarchie nous sommes dirigés par l'hérédité et que si cette succession conduit un fou, un incapable à gouverner, à nous diriger, quand bien même il aurait reçu l'éducation pour le faire, il nous conduirait à notre perte. Il se pourrait qu'un enfant devienne roi et nous serions ainsi gouvernés par un enfant. Notre philosophe, mes amis, ternit à l'extrême les conséquences néfastes d'un tel régime en omettant une fois encore d'en établir les avantages. Dans un système électif, nous serions obligés de remettre en cause le pouvoir régulièrement et confier à l'inconnu notre destin. N'était-ce pas là tout aussi néfaste ? Que retient-il de la stabilité de notre régime ? N'avons-nous pas des possibilités indirectes pour éviter de nous faire gouverner par un fou, ou un incapable ? Jamais nous n'avons eu d'incapables en dix siècles et une fois un fou, notre bon roi Charles VI, et pourtant le royaume continua d'être pris en mains tant par sa femme que par sa famille. C'est vrai que ce ne fut pas la meilleure période de notre histoire. Mes amis j'attends pour l'heure que vous me répondiez et que vous me contrecarriez si nécessaire, nous sommes en salon ce tantôt pour cela et progresser.

Choiseul l'applaudit et toute l'assistance fit de même. Elle était gagnée à cette cause.

Il fallait bien que quelqu'un tentât des questions ou des remarques pour enrichir le débat, alors je m'y lançai, ce qui chez lui amorça un léger sourire du coin des lèvres, sourire qui en disait long sur ce qu'il me dirait plus tard en aparté en fonction de ce que je serais amené à répondre.

— Duc, si vous me le permettez, s'agissant de l'Égalité, n'estimez-vous pas, pour ne pas contredire toute la théorie du philosophe, que trop d'inégalités nuisent au bon équilibre d'un peuple ? Que de les réduire apaiserait et refroidirait les ébullitions populaires ?

— Sans aucun doute, Baronne, et je vois bien là ma chère Albertine, votre côté protestant.

— Ce n'est pas parce que j'épouse la religion de monsieur Rousseau que j'épouse sa philosophie, mais j'aurais tendance à penser que pour qu'un peuple puisse vivre en paix il lui faut de l'équilibre et surtout de l'adhésion.

— Vous vous engagez un tant soit peu sur le deuxième point par cette adhésion. En effet il en faut, et pensez-vous que le peuple adhère à la présence du roi, pensez-vous qu'il l'aime ?

C'est Richelieu qui se leva, le plus près d'entre nous auprès du roi et seul peut être habilité à connaître les tréfonds de la pensée royale.

— Je puis vous assurer que lorsque nous parcourons avec le Souverain les campagnes et les quartiers, le roi est adulé et applaudi des gens simples. Ne le surnomment-ils pas le roi Bien-Aimé ?

Le peuple aime le régime monarchique qui le protège. Le peuple cherche dans un souverain celui qui saura pour eux prendre les bonnes décisions, faire face à ses malheurs lorsque cela se produit, disettes, épidémies, et autres grands fléaux. Si le peuple devait se réunir chaque fois qu'il fallait décider, comment se concentrerait-il sur sa tâche, son métier et son labeur ? Le peuple a besoin d'un guide et c'est dans le roi et avec l'aide de Dieu qu'il le trouve.

— C'est bien pour cela, reprend Brancas, que peu d'entre nous ici, épousent la théorie de notre cher Rousseau qui entend remettre à Dieu ce qui lui revient dans la sphère privée et à l'État ce qui est de sa partie, tout cela dans un monde bien séparé.

Il se trompe, et pourtant il est chrétien et devrait retenir que le roi puise sa force et son énergie dans le Divin qui le soutient et le guide à son tour pour le bien du peuple tout entier. Le roi est l'âme de la France et sans lui la France n'existerait pas.

Un tonnerre d'applaudissements clôt cette synthèse de Brancas qui fit de mon salon, l'endroit où l'on aimera revenir, je l'ai ressenti dès cet instant.

Brancas ne voulut point que nous nous séparassions de sitôt et relança les débats en haranguant Choiseul.

— Monsieur le ministre, l'interpella-t-il, si vous nous parliez de ce qui vous occupe ces temps-ci ! Je suis persuadé que cette auguste société serait fort aise de vous entendre.

Choiseul en robe longue, blanche, qui lui servait de veste, qu'il portait à merveille, releva du chef, porta sa main à la perruque qu'il portait les rouleaux plus bas que les oreilles au contraire de Brancas qui la portait à mi-oreille.

— Mon cher Duc, et Baronne de Nyvenheim, chère Albertine qui nous recevez, souffrez maintenant, comme vous me le proposez, que je vous évoque comment j'envisage à l'avenir la politique étrangère de la France. Vous connaissez mon appétit pour la politique méditerranéenne, mais avant, je voudrais vous dire que tout ce que je proposerai au roi sera de nature à contrer l'Angleterre et je tenterai toutes les alliances qui me permettront d'arriver à mes fins. Je suis désolé, vous le comprenez, de l'alliance que contracte l'Autriche avec la Russie et je serais favorable à soutenir l'Empire ottoman dans une éventuelle guerre avec la Russie.

La Russie inquiète le bassin méditerranéen. Il faut que je parvienne à desserrer l'emprise russe sur la Pologne où le prince Poniatowski vient d'être élu roi, par la protection de Catherine II. Je vous le dis en avance aujourd'hui, je m'apprête à envoyer un ambassadeur à Constantinople pour convaincre les Ottomans d'entrer en guerre s'il le faut avec la Russie. Je vais par la même occasion soutenir les confédérés polonais. Si j'opte pour cette décision c'est que je pense que les Russes seront humiliés par les ottomans et que le temps qu'ils perdront avec eux, ils ne se tourneront pas vers l'Europe et nous laisserons en paix.

Je repris la main pour répondre.

— Ne pensez-vous pas que soutenir les Ottomans risque d'affaiblir la France et qu'elle pourrait se retrouver bien seule à choisir cette option alors que tous craignent la Russie ?

— Je le sais parfaitement madame et c'est un pari que je prends de les laisser s'écharper pour les écarter de chez nous.

Votre plan est machiavélique et je vous avoue que vous ne nous rassurez pas pour autant Duc, puisse Dieu vous conseiller et vous guider pour notre plus grand bien.

Mes invités après l'intervention du ministre, se levèrent et prirent congé du salon, me remerciant chaleureusement de la réception.

J'étais comblée et la confiance qui m'habitait décupla à partir de ce moment. Le soutien que je voyais poindre dans les yeux de Choiseul était de nature à me faire espérer d'autres horizons.

Je ne fis pas part de mes sentiments à Brancas et voulus les garder de vers moi, je le répète seule ma liberté compte et je n'entendais pas qu'on vienne l'entraver. D'ailleurs ne risquai-je pas ma liberté avec m'affichant constamment avec Brancas qui me voudrait pour lui seul. Certes, j'en conviens il a permis tout ce qui m'arrive, mais son empressement m'oppressait. J'avais besoin de respirer.

IV
La cour et ses complots

Je me prélassais sur une bergère du salon, occupée à lire un passage de l'esprit des Lois de Montesquieu, je le découvrais, lorsque Louise m'annonça monsieur de Brancas.

— Qu'il entre, qu'il entre, m'empressai-je de lui ordonner.

Il ne se fit pas prier. À peine avais-je ordonné à Louise de le faire entrer qu'il se présenta devant moi.

Je me trouvai en robe de taffetas jaune au large décolleté et mes cheveux tirés éblouirent mon ami, je le vis dans ses yeux brillants et émus.

Lui-même me ravit dans son élégant habit de soie bleue et ses souliers, à boucles d'or, claquèrent sur le parquet fraîchement ciré.

Il s'avança, se courba en grand gentilhomme. Je lui tendis le bras tout en restant assise. Il s'en saisit délicatement et baisa en l'effleurant le dos de ma main, que j'eus du mal à reprendre.

— Mon ami, prenez une bergère, lui dis-je en indiquant la plus près de moi.

— Merci, Albertine et pardon de vous déranger dans votre lecture pour laquelle je suis sûr que vous vous passionnez.

— Elle peut attendre, Duc, même si j'ai hâte de découvrir ce que monsieur de Montesquieu entend nous éclairer pour un nouveau mode de gouvernement.

— Albertine commença-t-il, vous ne savez pas combien vous fîtes impression lors de votre réception et aussi lors de celles où vous fûtes reçue. Savez-vous qu'on ne dit plus, nous nous rendons chez madame Geoffrin mais on se plaît d'ajouter que tantôt nous nous rendons chez la Baronne de Nyvenheim. D'ailleurs, qui ne se targue pas de lancer à la cantonade : quand reverra-t-on la Baronne ? Vous plaisez et j'en suis fort aise, mais je ne vous cache pas en ressentir quelque gêne.

— Ces compliments me vont droit au cœur, Duc, et pourquoi vous sentiriez-vous gêné ? Et que leur répondez-vous à ces gens qui se languissent de me voir ?

— Je leur réponds que vous êtes très occupée dans votre hôtel et que pour l'heure vous vous reposez.

— Je ne me repose pas Duc, je vous obéis en demeurant toute à vous. Vous savez bien mon ami que néanmoins j'ai une grande envie de sortir dans Paris, de quitter mon hôtel et que si j'y demeure, c'est seulement pour vous plaire. Vous me répétez sans cesse que trop d'empressements auprès de moi risqueraient d'entacher notre relation.

— C'est, vous le concéderez, ce qui pourrait se passer, me répondit-il, un tant soit peu gêné de ma franchise. Ne voyez-vous pas ces messieurs brûler de tous les feux pour vous ? Votre beauté est comme excessive et me fait peur.

— Peur de qui et de quoi, grand Dieu ?

— Mais de vous perdre, madame. Je suis tout à vous et veux le demeurer.

— Vous souhaitez faire de moi votre prisonnière et m'empêcher de fréquenter d'autres lieux ? C'est cela que vous souhaitez pour moi. J'imaginais que vous vous sentiez, j'ose le dire, fier que je vous accompagne et que ma présence vous éblouissait autant que nos amis.

— Je sais que je ne le pourrais pas à l'infini mais c'est un peu cela en quelque sorte.

— Vous me blessez, monsieur par ces propos et je n'accepte pas votre position à mon endroit. Au lieu de rechercher à me plaire, vous prenez l'option du contraire.

— Mais Albertine qu'adviendrait-il demain si au-delà d'éblouir, vous faisiez tourner la tête de ces messieurs mes amis ?

— Je ne le sais pas, Duc, et cela me regarderait seule. En tout état de cause, je ne demeurerai pas ainsi très longtemps en me soumettant à votre garde. Je vous l'ai souvent dit, j'aime ma liberté et je déteste en être privée.

Brancas comprit que sa présence n'était soudain plus souhaitée.

— Permettez Albertine que je me retire et pour que je me représente, je ne m'y risquerais plus sans billet.

— Nous n'en sommes pas là, Duc, mon salon vous est entièrement ouvert mais vous devez comprendre que je savoure la Liberté et ne saurais m'en priver pour personne pas même pour vous.

— C'est entendu Albertine, je vous la rends et demeurons-en là et restons bons amis, voulez-vous. Il se retira en souffrant de l'amour qu'il perdait. Pauvre homme.

Je devinais quelques larmes délicates couler sur les joues de mon amant ayant saisi que son état était achevé.

Brancas prit ma main, la baisa pour se retirer et quitta la pièce. Je ne regrettais rien pour autant, je ne suis pas de cette nature à cacher mes intentions. Je préférai la franchise au mensonge des sentiments qui pourraient me conduire au trouble et à la manigance des situations.

Je me trouvai ainsi dans mes réflexions sans avoir repris ma lecture lorsque Louise vint me porter un billet.

— Madame pendant que vous vous entreteniez avec monsieur le duc de Brancas, un messager s'est présenté et vous a remis ce billet, me dit-elle, me le tendant plié et déposé sur un plateau d'argent. Je le dépliai et le lus avec empressement, pendant que Louise se retirait discrètement.

Madame de Nyvenheim, le roi serait heureux de vous recevoir à la Cour. On lui a dit le plus grand bien de vous et entend vous dire combien votre absence est déjà de nature à le faire attendre.

Je m'étais relevée pour prendre connaissance de la lettre royale mais je me rassis brusquement. La tête me tournait tout à coup, j'appelai Louise.

— Louise, apporte-moi à respirer le flacon d'eau de la reine de Hongrie qui se trouve dans mon cabinet.

Louise se précipita vers le cabinet et revint me présenter l'onguent tant convoité. Elle m'en versa sur un mouchoir et je repris peu à peu mes esprits, non que je me sentisse mal, mais l'émotion fut telle que je me sentis faillir.

Je relus plusieurs fois la lettre. J'ai craint un instant que l'on testait ma vanité mais je devais me rallier à l'idée que le contenu était très sensé. Elle était signée Choiseul, et en dessous : « à qui vous manquez beaucoup ». Qui d'autre eût pu signer une telle déclaration ?

Mon sang ne fit qu'un tour, je tremblai, mes yeux s'humidifièrent, pourquoi étais-je dans cet état ? À la Cour, près du roi. Je pensais à mes parents, à mon père qui combattit dernièrement avec les Français. Quelques minutes suffirent pour que mes tremblements cessent.

Je fermai quelques instants les yeux pour comprendre ce qui m'arrivait. Qui pouvait avoir parlé au roi ? Brancas ? Choiseul ? Richelieu ?

Je devais me reposer et demandai maintenant à Louise de me rejoindre et me préparer à me coucher et remercier le ciel de tant de bienfaits.

Je vais être présentée au roi, c'est un honneur et une angoisse à la fois.

Quelle saillie va-t-il faire ?

Que lui répondrais-je ?

Vais-je m'empêtrer dans le choix des mots ?

Ou suis-je une idiote, ou plais-je au point que je pourrais en perdre la tête ?

Je vais jouer mon avenir, je ne dois pas me perdre. Devrais-je accepter de me livrer ainsi. Et si je devenais ainsi une marionnette de gens de cour ? Et si, et si, et si ?

Je me posais autant de questions métaphysiques et savais pourtant au fond de moi que j'allais accepter.

Je devais vraiment me reposer maintenant. Demain sera un autre matin et j'aviserai.

Je fis ma prière comme tous les soirs, mais j'eus bien du mal à trouver le sommeil.

Le lendemain, aidée de Louise, je me parai de ma plus belle robe ornée de filets d'or pour écrire au duc de Choiseul et le mander de me rejoindre au plus vite.

Dès le début de l'après-dîner, le duc se présenta à l'hôtel et je le reçus haletante, ce qui n'était pas dans mes habitudes.

Il s'avança, me fit quelques politesses d'usage et nous nous assîmes sur une banquette.

— Duc, hier votre billet m'a fortement troublé. Ce soir, j'en suis remise mai j'ai quelques incertitudes avant de vous dire oui. Puis-je me permettre de vous interroger pour comprendre.

— Bien entendu Baronne, je suis à votre entière disposition. Que pourrais-je vous refuser ?

Je faillis me troubler.

— Le roi, me répondit-il, ne s'astreint qu'une fois par semaine à cette existence publique. Les autres jours, il abandonne de bonne heure ce qu'on nomme les « Grands Appartements » et se retire dans les « Petits Appartements ». Il donne à un chambellan la liste des personnes qui, ce soir-là, seront admises à partager son repas et à passer la soirée avec lui. Le chambellan appelle les impétrants, et les autres se retirent. Ce cercle intime se compose de trois ou quatre femmes, et de cinq ou six hommes. C'est dans ce cercle que le roi veut vous introduire Albertine.

Malheureusement il faut pour cela que vous soyez « présentée » et que vous soyez admise à ce qu'on nomme les « Honneurs de la cour ».

Cette « présentation » et les « honneurs de la cour » sont généralement réservés aux personnes qui peuvent prouver que leur noblesse remonte à une date antérieure à l'année quatorze cent, ce qui n'est pas un obstacle pour les Nyvenheim, à ce qui me semble.

— Vous savez que ma famille remonte à la nuit des temps mais en qualité d'étrangère il y aura peut-être quelques difficultés.

— Non, Baronne, au contraire, c'est le roi qui donne son agrément, et même lorsque les circonstances familiales ne sont pas totalement réunies, il décide, voilà tout et pour vous il a déjà tout décidé.

Si vous acceptez, il vous revient de désigner quelqu'un appartenant déjà à la Cour, qui accepterait de faire la « Présentation ».

— Je choisis qui j'entendrais ?

— Oui et pour votre gouverne, je vous enjoins, si vous vous décidez, à porter votre dévolu sur une des personnes les plus en vue à la Cour. Il convient que cela se remarque.

— Et ensuite ?

— Ensuite, la personne désignée vous prend par la main, vous conduit devant le roi, et vous présente. Le roi prend à son tour la vôtre, vous adresse quelques paroles aimables, et vous embrasse.

Votre choix est si important que cette personne doit répondre de vous devant le roi.

— Il me faut donc trouver une femme qui accepte de se porter garante pour ma naissance. Mais elle ne prend pas un grand risque, aucun d'ailleurs.

— Si vous me le permettez Albertine, si vous m'autorisez à vous nommer par votre prénom, je voudrais vous faire une proposition qui enchanterait le roi puisqu'il faut aussi plaire au souverain.

— Je vous y autorise duc, Albertine, soit. Et qu'elle est cette personne ?

— Madame de Richelieu.

— Pourquoi la femme du duc ?

— Parce que c'est la femme du plus grand séducteur de la cour, et le roi comprendra que le duc n'est pas étranger au choix qui a été fait de vous présenter. Et connaissant les goûts du duc, il est certain de ne pas être trompé.

— Duc, j'accepte, non pas pour le duc de Richelieu qui m'est encore inconnu mais parce que je ne peux refuser l'honneur qui m'est fait ! Je m'en remets au roi, je m'en remets à vous, que la volonté de Dieu s'accomplisse.

— Le duc vous est inconnu certes mais pas de la cour bien au contraire. Il a l'entière confiance du roi et l'on dit beaucoup de choses sur lui qui sont parfois fausses, mais comme dans toute rumeur, il y a une part de vérité. La première est que le personnage, sans être sulfureux, s'affirme et se revendique libertin. Pour tout vous dire, c'est un amoureux inconditionnel des femmes. Peut-être moins aujourd'hui, eu égard à son âge avancé, mais hier aucune ne lui résista.

— Parlez-moi de lui et de sa femme aussi, que je ne me sente pas niaise lorsque nous serons présentés.

— Albertine, si je dois vous décrire le duc aujourd'hui ce ne sera pas le duc d'hier. Mais permettez-moi quand même de vous le décrire physiquement au mieux. C'est un homme élégant, il le fut de tout temps. Il a le visage fin et ovale que vous connaissez, au nez droit barrant un visage avenant et souriant. Imaginez-le dans son habit noir bordé d'or, ses épaules surmontées d'un manteau-cape galonné d'or, portant en dessous un petit gilet aussi d'or. Il brille. Ajoutez à cela son collier du Saint-Esprit et vous avez là votre chevalier servant. J'ajoute qu'il ne se sépare jamais de son chapeau noir à plumes blanches, comme vous-même aimez les plumes tombeuses et colorées dans votre chevelure, ce qui, souffrez que je l'avoue, vous sied à merveille.

Le duc est le petit-neveu du Cardinal et surtout, son père fut le filleul de Louis le quatorzième. La cour l'adule.

Aujourd'hui âgé de près de soixante-quinze ans, il porte encore beau, et dans sa jeunesse, il se battait constamment en duel et fut emprisonné pas moins de dix-sept fois. Rien ne l'arrêtait, ni les duels ni les conquêtes nombreuses qui lui furent attribuées. Claudine de Tencin, Charlotte d'Orléans, et une certaine Jeanne du Barry, une demi-mondaine enfin une princesse, Marie de Rohan.

Ce fut un grand militaire et la France lui doit sa victoire de Fontenoy et il se montra un grand chef à la tête de l'armée de Hanovre. Je ne doute pas que votre père le connut.

Enfin, ce fut un grand amateur de cuisine et même pendant ses campagnes, il emmenait son cuisinier, voyez-vous. Je dois à ce sujet vous instruire de plusieurs anecdotes le concernant en gastronomie, sinon vous ne saurez rien de lui dans le Monde. S'il vous invite à dîner, il vous servira son boudin blanc truffé, servi avec des amandes, que l'on nomme le « boudin Richelieu » et puis cette fameuse sauce, qu'il n'oubliera pas de vous servir, une sauce que son cuisinier inventa aux Baléares, lorsque le duc prit le fort Mahon. Ne sachant comment la nommer, ils lui donnèrent le nom de Mahonnaise qui devint par déformation mayonnaise et qui est un délice, je vous l'assure.

— Vous voilà bien gourmand de propos à l'endroit de ce duc de Richelieu, mon cher ministre, êtes-vous dans ces faveurs ?

— Oui, bien entendu et pour tout vous dire, c'est par son entremise pour vous conduire jusqu'au roi que je fis la démarche.

— Je vous serais constamment reconnaissante cher Duc, et j'espère assez tôt pouvoir dire au duc combien il me comble. Et la duchesse de Richelieu, qui est-elle ?

— Si le duc est l'ami du roi, et je ne m'avance pas, la duchesse est d'essence royale. Sa mère est une Castille et Marie Sophie est de Lorraine. Vous imaginez comment cela jasa à la cour lorsqu'on apprit cette union. Le roi sut éteindre les velléités et tout s'apaisa. Voltaire, ami du duc ne fut d'ailleurs pas pour rien dans ce mariage. Cela pourrait vous surprendre que Voltaire, ce philosophe pour le moins sulfureux soit l'ami des Richelieu, comme celui de la Pompadour au demeurant, les idées de ces messieurs, voyez-vous sont, je ne m'avance guère le tournant d'une civilisation à venir, tous en conviennent. La cour mais aussi toutes les Cours devraient s'y préparer. Lorsqu'après les guerres d'Italie, les Florentins, mais aussi leurs mœurs, dévalèrent sur le Royaume, ce fut une tempête et nous n'en traitons plus pourtant. L'avenir nous le dira et nous en reparlerons chère Albertine.

Je viens de rapidement vous brosser le tableau de ceux à qui vous devrez votre proche avenir, je vous le souhaite ardemment.

— Merci, Duc, vous m'édifiez de ces gens qui vont me prendre en main et me conduire vers le souverain. Je dois maintenant me préparer au cours des semaines à cette présentation, je ne dois commettre aucun impair et me montrer digne de ceux qui s'engagent pour moi, j'en ai pleine conscience.

— Je me rapproche des Richelieu et reviens vers vous au plutôt, clôt le duc avant de prendre congé.

Le duc me quitta plein d'empressement et je sentis chez lui, un désir secret et discret peu dissimulé.

Je rencontrai comme entendu les Richelieu dans les jours qui suivirent. Je fus reçu en leur hôtel place Royale, proche de celui des Guise qui je crois leur appartient aussi. Je ne retins juste que le duc en âge avancé savait encore plaire et séduire lorsqu'il se trouvait en présence d'une personne qui eût pu lui plaire en d'autres temps.

— Chère Baronne de Nyvenheim, m'accueillit-il, à la suite de mon passage en votre salon et après m'en être ouvert à Choiseul, je n'eus de cesse que de vous faire admettre aux honneurs de la cour, vous y avez votre place et ce jour est venu. La duchesse, comme c'est l'usage, vous y conduira.

— Je sais, Duc, ce que je vous dois et sachez, lui répondis-je aussi librement, que non seulement vous m'honorez, mais nous savons l'un et l'autre que nous nous retrouvons sur bien des idées. Je vous sais proche du roi mais je vous sais aussi épris des idées de liberté qui se propagent dans nos milieux. Je vous sais proche de Voltaire. Sachez que j'épouse de tout mon cœur et souhaite qu'un jour le corset qui étreint notre société puisse se fendre avec le soutien royal et que la France n'ait pas à en souffrir.

La duchesse demeurée en arrière sur une bergère demeura impassible et si elle acceptait de me conduire près du Monarque, je ne suis pas certaine qu'elle épousât pour autant notre sens de la Liberté, ou que plutôt plus justement, elle comprenne ce dont on évoquait.

— Baronne ! me sourit-il, j'en conviens, Voltaire est mon ami mais sachez qu'à l'académie je me heurte aussi aux philosophes parce que j'entends que la Religion demeure d'État et que rien ne me fera me parjurer.

— Duc, nous nous rejoignons aussi. La France et toutes nos nations, si elles abandonnaient le soutien de la Religion et vous me savez protestante, iraient à l'anarchie et que le lien à Dieu et à ses serviteurs est le cordon ombilical qui tient notre société. Continuons à le défendre ardemment !

Nous étions assis, le duc se leva, la duchesse le suivit, je compris que l'entretien s'achevait sur une entente cordiale.

— Nous nous retrouverons le jour convenu par le roi, chère Baronne.

Je saluai mes hôtes et me retirai. Je courrai vers mon destin.

Louise se montrait inquiète pour choisir ce qu'elle allait me préparer et me conseiller pour le grand jour. Je l'avais chargée, elle s'en montrait capable, de me proposer une toilette et je m'en remis à son goût.

— Madame, puis-je faire venir près de vous le couturier qui devra vous habiller, il voudrait prendre des mesures pour que cela soit ajusté au plus près de votre corps sublime.

— Louise ?

— Madame je ne répète que ce qui se dit dans Paris.

— Tu m'effrayes Louise. Que se dit-il donc ? Parlerait-on de moi dans Paris ? Qu'ai-je donc fait, pour mériter un tel mépris ?

— Madame, non, aucun mépris, au contraire, on est que louange pour vous. Mesurez donc : Je reprends, madame, ce qui se dit, sans en ajouter. Vos beaux yeux tombants, votre teint blanc, vos cheveux bruns font tourner toutes les têtes des amants en herbe et des autres aussi. On dit aussi que vous avez beaucoup d'esprit, et que votre sagesse se bat constamment avec votre penchant au plaisir, et que parfois vos émotions sont si fortes que vous pleurez sans savoir pourquoi.

— Louise, mais où as-tu recueilli cette description et qui peut sans me connaître de tels propos à mon endroit ?

— Madame, les gens de la maison de Lambesc, des princes, et ceux de Richelieu les propagent et sûrement parce qu'ils les ont ouïs.

— N'en retiens pas une once, Louise. Je ne suis qu'une Hollandaise à Paris, et si l'on me prête quelques qualités, c'est sûrement parce que je ne ressemble peut-être pas aux Parisiennes qui m'entourent. Demeurons-en là.

— Baronne, votre toilette est à ravir et s'avère à la hauteur de votre beauté exceptionnelle.

Le duc, venu pour me conduire à Versailles, m'accueillit avec élégance et force compliment au pied de mon hôtel.

Il m'aida à me hisser dans son coupé et non partîmes pour Versailles où la duchesse nous attendait. Dans la malle arrière, j'avais fait mettre par Louise ma robe et mes bijoux en vue de la présentation.

Je ne connaissais pas Versailles et j'avais peine à imaginer la magnificence du Palais.

La duchesse de Richelieu m'accueillit dans ses appartements avec le plus grand soin. Elle mit un cabinet à ma disposition et je pus me préparer pour le grand moment.

J'en sortis en robe d'argent et broderies d'or. Mes souliers blancs à boucle d'or aussi et un collier de pierres noires me donnaient j'espère cette aisance qui me permettrait de calmer mon angoisse naturelle. Je tremblai pour tout dire à l'idée de rencontrer Louis le quinzième, Louis le bien-aimé.

Le duc et la Duchesse m'inspectèrent et sourirent de satisfaction. Je compris que tout était en ordre.

La Duchesse me tendit son bras. J'en acceptai le soutien et nous partîmes ainsi vers la grande galerie me dit-elle.

Je traversai je ne sais combien d'appartements, de couloirs et nous parvînmes dans une immense galerie recouverte sur tous les murs de glaces et boiseries dorées qui m'émerveillèrent.

— Nous voilà dans la galerie des Glaces, Albertine, me dit la Duchesse, c'est là que tous les courtisans attendent le passage du roi ou de la reine.

Que de courtisans maintenant me regardaient, enfin je crois, ou que peut-être ils m'ignoraient, enfin la tête me tournait et je ne sais plus.

— Albertine ! me souffla-t-elle à l'oreille, nous devons traverser la galerie et saluer chacune des personnes qui nous regardent.

Nous cheminâmes ainsi toute la galerie et rejoignîmes la salle où le roi devait m'accueillir. Nous entrâmes et une foule de courtisans se retournèrent sur notre arrivée.

Nous prîmes la place qui nous fut indiquée et attendîmes. Je compris que toutes les personnes qui se trouvaient là étaient dans la même position que nous. Toutes étaient comme moi chaperonnées.

Un héraut annonça le roi. Il nous salua d'un léger sourire. Que de charme et de prestance il dégageait, que de force je sentis en lui, je fus subjuguée. Devant moi maintenant se tenait l'amant de la Pompadour, que l'on me conta amplement.

Le roi s'installa sur le trône et j'entendis soudain qu'on appelait la Baronne de Nyvenheim.

— Sire ! Que maintenant s'avance pour vous être présentée, la baronne Albertine de Nyvenheim au bras de la duchesse de Richelieu, cria l'huissier.

En entendant le nom de Richelieu, le roi releva la tête. Il aimait le duc, assurément.

Nous avançâmes. La duchesse me tenait la main haute. Nous approchâmes et elle me lâcha. Je m'avançai seule, droite et fébrile devant le souverain. Je fis ma révérence et attendis.

— Relevez-vous Baronne, et approchez.

Je m'approchai et attendis que le roi m'acceptât.

Le roi me parla librement, s'épancha sur mon plat pays hollandais et je compris qu'il cultivait le luxe de s'instruire en avance sur les qualités des personnes qu'il admettait.

— Baronne, cette maison de Versailles vous est maintenant ouverte, faites-nous le plaisir de vous y voir le plus souvent possible, nous en serons comblés.

Je faisais maintenant partie de la cour et je venais d'être admis aux « honneurs de la Cour. »

Je revins seule dans la galerie où je pus apercevoir et me réunir à tous ceux que j'avais l'habitude de rencontrer en ville et qui me manifestèrent sur le champ leur contentement, les Choiseul, les Brancas, les Richelieu, et tant d'autres.

— Mes amis, ce soir, pour marquer l'entrée à la cour de la baronne, nous donnons un bal en notre hôtel.

Le duc de Choiseul marqua ainsi mon entrée dans le Monde. J'étais de la cour de Versailles, je rêvais, je pense que je ne voulais plus me réveiller.

Le bal allait s'achever quand le duc me conduisit dans un petit salon pour m'entretenir de choses le préoccupant.

Nous nous assîmes sur un canapé de la bibliothèque. Il me prit la main, je la lui tendis. Il la baisa, puis porta son regard dans le mien.

— Baronne, Albertine, je brûle d'amour pour vous, je ne vis que par vous, rien que pour vous. Ainsi le Duc, me déclara-t-il sa flamme.

Mes yeux s'embuèrent, je tressaillis, de peur ou d'angoisse, je ne saurais le dire, mais je lui répondis :

— Duc, je vous remercie pour tant d'empressement, je suis comblée par tout ce que vous fîtes et dites pour moi, mais je ne peux vous rendre cet amour. Oubliez votre déclaration et demeurons amis, voulez-vous.

— Je pensais…

— Non, Duc, je n'ai, à aucun moment, je pense, usé de charme pour vous séduire, je m'en serai bien gardée. Oublions, voulez-vous.

— Pardonnez-moi, Albertine, et rejoignons nos amis encore là.

Nous nous séparâmes amis et jamais nous n'en reparlâmes.

Le roi mit dès lors à ma disposition un petit appartement au palais près des Grands communs avec fenêtres donnant sur la ville. Ce n'était pas au plus près des galeries mais je m'en contentai. Je gardai néanmoins mon hôtel de Richelieu qui me permettait de rejoindre Paris et d'y reprendre, lorsque je le souhaitai, mon indépendance. Il me fallait souffler parfois, l'étiquette à la cour s'avérant souvent étouffante. Briller à la cour avait sa contrepartie. Être là et plaire au roi. À Versailles, les espaces permettaient à une cour nombreuse de vivre à demeure auprès du roi. Selon les jours ce furent plus de trois mille personnes qui s'y pressaient et formaient une société très hétéroclite et hiérarchisée. Certains étaient là par droit de naissance, d'autres par obligation sociale, d'autres encore par intérêt ou par curiosité, d'autres enfin pour gagner leur vie. La haute noblesse y était assidue, briguant les faveurs du maître de Versailles. Il revient aux courtisans de suivre l'Étiquette. Ces règles pointilleuses marquaient les préséances, décidant qui pouvait approcher des grands personnages de la Cour, où et quand. Les attitudes et le langage étaient également codifiés et variaient subtilement selon les circonstances. Ainsi en était-il de l'usage des titres pour s'adresser à l'un ou à l'autre, du droit de s'asseoir, d'utiliser un fauteuil, une chaise, un tabouret. Si les princes de la famille royale et les titulaires de grandes charges disposaient d'appartements donnant sur les jardins, les courtisans de moindre importance étaient logés du côté de la ville ou dans les dépendances du Château, au Grand Commun, dans les Écuries.

Parmi les courtisans, ceux qui avaient une charge étaient dits « établis » à la Cour. Cette charge, obtenue par héritage ou achetée souvent fort cher, correspondait à une fonction ou un office. Pour les plus importantes, l'agrément du souverain s'avérait indispensable. Ce fut le cas notamment des secrétaires d'État. Mais pour un simple valet de chambre-barbier, l'accord du Grand chambellan suffisait. Le logement au Château était aussi très convoité. Il dispensait des allées et venues et offrait une retraite pour les moments où l'on ne faisait pas sa cour.

Vous comprenez pourquoi même si j'en retirai moult agréments, le besoin de m'éloigner et de reprendre ma liberté me préoccupait au plus haut point, cette liberté qui ne devait plus me quitter. Si j'étais installée à la cour et que j'en avais rêvé, j'avais fait le choix de garder mon libre arbitre. Il me revenait, en y songeant, les discours de ce monsieur Rousseau.

L'appartement qui me fut réservé se composait de deux pièces que l'on meubla de seconde main. Je m'y retrouvai tout de même puisque je n'eus pas à faire venir de Paris des meubles qui m'eurent encombrée. J'eus l'insigne privilège aussi de bénéficier d'une garde-robe et de commodités avec chaise. Peu en bénéficiaient et je reconnus là la délicatesse du grand chambellan à mon endroit.

Être une courtisane à Versailles en fonction de son rang donnait des privilèges mais aussi des devoirs. La vie était réglée par l'étiquette qui précisait l'ordre d'arrivée dans les pièces, la possibilité d'assister à certaines cérémonies, les habits que l'on pouvait ou non porter. Nous pouvions assister aux chasses et nous adonner aux jeux. Vous savez, la cour avait de multiples divertissements : des concerts, des représentations de danses et de pièces de théâtre plusieurs soirs dans la semaine.

Ce qui me surprit le plus ce fut ce cloaque du Palais. Par peur du gel, il n'y avait pas d'eau qui circulait. Les courtisans se soulageaient un peu partout dans des cabinets installés depuis peu derrière des rideaux ou dans un placard dédié. L'odeur qui s'en dégageait était infecte. Il y avait bien des latrines publiques situées dans plusieurs ailes du château qui permettaient aux nombreux visiteurs de se soulager en toute quiétude. Mais le palais était vaste et, pour éviter les accidents, on plaçait régulièrement des chaises percées derrière des paravents dans certains couloirs. Ce qui n'empêchait pas les sujets de Sa Majesté de s'oublier dans les recoins ou dans les jardins. On tenta en vain de masquer ces odeurs en plantant des parterres aux senteurs puissantes comme les jacinthes, narcisses ou jasmin, mais l'effet attendu n'était pas toujours au rendez-vous.

Pour vider toutes ces chaises malodorantes, une armée de valets s'affairait sans arrêt vers la trentaine de fosses d'aisances réparties sous le corps central et dans les différentes ailes du château. Il était en effet interdit de jeter les excréments par les fenêtres, une pratique malheureusement trop courante dans le Royaume.

Je vous ai instruit de mes premières impressions à Versailles. Je dois avouer que je n'avais pas ainsi vécu en Hollande et même à Paris où je faisais usage de commodités plus adaptées dans mon hôtel.

Il fallait bien que j'eusse quelque vanité pour accepter de vivre à la Cour. J'avais le choix de revenir à Paris mais j'avais préféré, pour plaire au souverain, de demeurer au Palais.

Comment occupions-nous notre temps à la cour ? Nous suivions le roi et l'assistions en tout, promenades, jeux, visites du parc, des travaux en cours. Les soirées se tenaient plusieurs soirs par semaine de sept heures à dix heures. Le jeu tenait une place importante à la Cour. L'hiver, il constituait à côté de la conversation, le principal divertissement. Une distinction était établie entre les jeux de hasard, basette, lansquenet, joc, ou le trou-madame en principe bannis, et les jeux de commerce, piquet, trictrac, whist, faisant appel à notre l'intelligence. La reine, souvent présente prisait fort le cavagnole.

Des pièces étaient réservées et aménagées pour chacune des activités de jeux : le cabinet du Billard, dans le salon de Diane, le salon de Mercure, était exclusivement réservé au jeu de la famille royale.

Je me fis à cette nouvelle vie et m'habituai à rencontrer de nouveaux amis qui m'adoptèrent aisément. J'en fus flattée. Les Duras, les Sartine, les d'Argenson, les d'Aiguillon, n'eurent de cesse que je prisse mes marques au palais mais peut-être avaient-ils déjà quelques vues sur le rôle que je pouvais y jouer, car chacun jouait la pièce qui lui était dévolue.

Le duc de Choiseul, bien que je l'aie éconduit dans sa tentative de séduction, n'en prit pas ombrage et demeura près de moi. Nous partagions la même philosophie et il prit mon avis notamment lorsqu'il dut s'interposer entre les jésuites et les dévots. Il connaissait mon sentiment de tolérance pour la religion et ne me brusqua pas.

— Albertine, chère Baronne, se présenta-t-il à nouveau, je voudrais vous entretenir d'un certain projet dont je n'ai parlé qu'au roi et qui me préoccupe chaque jour que Dieu fait, surtout depuis que je suis revenu de mon ambassade à Vienne, il y a de cela, maintenant bientôt six années. Je sais que vous êtes la personne qui puisse mener à son terme cette entreprise.

Je dois, pour ma politique étrangère, élaborer un plan pour nous rattacher l'Autriche et mettre fin à plus de trente années de bain de sang.

— Vous avez un ambassadeur, Mercy qui devrait pourtant faire ce que vous entendez, Duc ? Pourquoi vous en ouvrir à moi, qui n'ai aucune influence et qui ne connais pas la cour de Vienne ?

— Parce qu'il s'agit d'une histoire reliant des femmes de pouvoir et de diplomatie, et vous avez, ou tout du moins, je vous en ressens les qualités.

Je me demandais bien ce qui se tramait dans l'esprit de Choiseul mais sentis l'intrigue sinon l'influence occulte de ce qu'il allait m'entretenir.

— Pour nous rattacher l'Autriche, il faut aller au-delà d'un traité et nous assurer une alliance. Autrefois, on pensa déjà Autriche pour le mariage du roi. Le moment est venu je pense de repenser la situation dans les mêmes conditions pour le dauphin.

— Mais il est si jeune, Duc. Vous souhaiteriez unir Berry à Antonia d'Autriche ?

— C'est bien de cela qu'il s'agit, je connais Marie-Thérèse. Je ne doute pas un instant qu'elle se ralliera à mon idée. Nonobstant, depuis la mort de l'empereur, son fils ne sera peut-être pas de l'avis de sa chère mère, il nous faudra le convaincre. La petite est encore jeune, elle se laissera guider.

— Vous, dites-« nous », Duc, auriez-vous quelque idée de me mêler à votre projet ?

— Je voudrais pouvoir compter sur votre dévouement, Albertine, puisque vous parlez la langue de Mozart, et que votre antique nom est de nature à convaincre une cour comme celle d'Autriche.

— Mais vous ne m'avez encore rien demandé. Êtes-vous si certain que je vais accepter si facilement votre proposition ?

— Je ne me pose absolument pas la question, je sais que vous ne me le refuserez pas, me trompai-je ?

Il me disait cela d'un ton particulièrement assuré et je pris pourtant le temps de lui répondre.

Je levai les yeux au ciel comme pour chercher l'inspiration et peut-être faire semblant de le faire patienter. Il n'y fut-il pas dupe, habitué qu'il était aux diplomates. En tout cas, il attendit sans maugréer.

— Duc, je ne peux rien vous refuser et pour tout dire, s'il faut me rendre à Vienne, vous pensez bien que je suis déjà partie.

— Vous ferez le voyage dans la voiture que je ferai apprêter pour vous et madame Geoffrin. Elle connaît tout et sait tout sur les Mercy et l'ambassade, cela nous sera d'un précieux poids. Quant à moi je me ferai accompagner dans une autre voiture, celle de Kaunitz, ambassadeur d'Autriche. Ses conseils éclairés ne seront pas de trop pour remplir notre tâche ? Nous devrons revenir à Paris le contrat obtenu.

J'avais, en cette mi-mai 66, quelques semaines encore pour me préparer. Louise pourvoirait à tous, c'était une fée.

Je me trouvai en ce matin ensoleillé de mon hôtel, quand Choiseul se fit annoncer. Je dois ajouter que son hôtel est aussi rue de Richelieu et qu'il n'a pas grand-peine pour me rejoindre. Il ne baisse pas la garde. Je l'ai certes éconduit mais se dit-il, peut être changera-t-elle d'avis. Il tint ferme mais voilà, j'entendais garder pour l'heur ma liberté.

— Albertine, prenez vos dispositions, cet après-dîner, nous sommes attendus chez le prince de Conti pour entendre la musique du jeune Mozart, de passage à Paris avec ses parents. Pour ma part, je ne l'ai pas encore vu, j'étais à Vienne en 63, et nous ne devons passer à côtés sous aucun prétexte.

— Vous me comblez duc de cette invitation, j'ai tellement entendu parler de ce jeune prodige que je brûle d'impatience de l'écouter au clavecin, mon instrument préféré.

Menuets et allégros furent au programme de cette réception qui me combla de bonheur. Je pus m'entretenir quelques minutes avec le papa du prodige, mais pas assez, enfin juste le temps d'apprendre qu'ils ne seront pas à Vienne pendant notre séjour, ils demeureront quelque temps à Lausanne.

En effet, le 2 juin 66, nous sommes enfin prêts pour le voyage. Il règne autour de moi trop d'effervescence pour que je puisse demeurer sereine.

— Madame, prenez grand soin de vous, me dit Louise avant de partir.

Choiseul était partout, voyait tout, régentait tout. Il jouait la carte de la France à Vienne. Il se devait de ne rien laisser au hasard.

Notre voyage de Paris jusqu'à Strasbourg en passant par Reims et Verdun dura onze longs jours. Je vous fais grâce des routes semi-empierrées, poussiéreuses à souhait, aux forêts noires et angoissantes, aux auberges sordides et poissantes. J'eus hâte de rejoindre le Danube qui nous permit de rejoindre Vienne par le coche d'eau et parvenir à notre destination.

Il nous fallut tout de même plus d'un mois de voyage pour être accueillis enfin à la cour de Vienne.

Marie-Thérèse mit tout en œuvre pour nous être agréable et au-delà des tractations, entre le prince, frère d'Antonia et sa mère, conduites par Kaunitz et Choiseul, je demeurai le plus souvent auprès de la promise pour la sonder, en mesure de rapporter sa personnalité au duc qui transmettrait le tout au roi.

Une semaine de réceptions et de concerts s'en suivit. L'entretien que Choiseul et Marie Thérèse conduisirent combla les deux partis, même si le frère qui détestait la France s'y opposait fermement.

La petite Maria-Antonia, onze ans, vivait dans un palais plus libre qu'à Versailles. L'étiquette n'y était pas aussi sévère pour les enfants. À Versailles, on aurait pu dire qu'elle bénéficiait d'une éducation plus sauvageonne. Elle était très épanouie et je m'inquiétai déjà pour son arrivée future à Versailles si cela devait aboutir.

Avant de quitter la Cour, j'assistai aux côtés de Choiseul au dernier entretien.

— Madame l'impératrice, au-delà des préparatifs qui seront les vôtres pour amener Maria Antonia Johanna, à voyager pour Paris, il serait utile que des précepteurs soient envoyés de Paris, pour la nourrir de la culture de la cour de Versailles. Ils lui seraient d'un grand secours, vous connaissez trop Versailles pour que je vous en fasse le déroulé.

— Duc, soyez assuré que tout sera mis en œuvre à la cour de Vienne pour préparer la future dauphine à ses nouvelles tâches.

Approchons-nous maintenant du cabinet des titres où nous sommes attendus pour signer le projet de contrat à remettre au roi de France.

Je ne cacherai pas que j'étais assez émue lorsque je vis le duc s'approcher et signer l'avenir du Royaume de France à Vienne, à travers la promesse des deux Nations à l'endroit d'enfants de onze et douze ans.

La future dauphine ne dut pas comprendre tout à fait ce qui lui arrivait mais en tout état de cause son sort était scellé. Elle sera reine de France.

Nous pouvions retourner en France et subir les affres du voyage retour avant que le duc se présente au roi pour lui rendre compte. Je ne fus certes pas conviée, ce n'était pas ma place et je m'y tins.

Le roi, fatigué depuis quelque temps, était aussi particulièrement neurasthénique à la suite de tant de décès en si peu de temps. Le souverain avait même, je l'avoue, beaucoup de courage.

Ce mois de mai 68 clôt pour Louis XV une décennie ponctuée de décès dont les victimes étaient souvent encore jeunes : celui de sa fille aînée, la duchesse de Parme qui n'avait que 32 ans, morte en décembre 59, de son petit-fils aîné héritier en second, mort enfant en mars 61, de sa petite-fille archiduchesse d'Autriche appelée à devenir impératrice, morte à 22 ans en novembre 63, de sa favorite en titre sincèrement regrettée, la marquise de Pompadour, « une amie de vingt ans » morte en avril 64, de son gendre Philippe Ier de Parme, mort à 45 ans en juillet 65, de son fils et héritier le dauphin, mort à 36 ans en décembre 65, de son beau-père Stanislas Leszczynski, duc viager de Lorraine et de Bar en février 66, de sa belle-fille la dauphine Marie-Josèphe, morte en mars 67 âgée de 36 ans comme son mari qu'elle avait soigné jusqu'à la fin. Enfin mourut la reine, la discrète Marie Leszczynska, en juin dernier. La coupe paraissant assez pleine pour un roi déjà passablement déprimé naturellement.

— Sire, vous ne pouvez ainsi vous réfugier en boudant le monde. Quittez cette torpeur, et permettez que je vous y aide.

C'est ainsi que j'appris par lui-même, comment le duc de Richelieu décida de s'engager une énième fois auprès du roi. Quel était donc son projet ?

— Le roi, me confia-t-il, est fortement épris de la beauté féminine. Et si j'arrivais à découvrir et lui présenter une créature de nature à vraiment l'enchanter, je remplirais une réelle mission royale. Sortir le roi des crabes qui rongeaient son âme.

— Duc, avez-vous déjà pris des dispositions pour présenter ou tenter de présenter au roi quelqu'un de cette nature ?

— Oui, Albertine, bien entendu mais avant de soumettre au roi une proposition, je dois sceller quelque accord avec Lebel, le premier valet de chambre, gouverneur du Parc au cerf, tombé bien en désuétude en ce moment, en raison de la torpeur du roi

— Quel est cet accord, Duc ? m'enquérais-je, assez impertinente je le concède.

— Lebel qui a toute ma confiance pour les plaisirs royaux, sait s'entourer et dénicher les meilleures créatures. Il me faisait part dernièrement avoir rencontré un certain Jean de Serre, plutôt Jean de Barry, mais avec ses personnages, il est difficile de trancher. En tout état de cause, ce monsieur confia à Lebel qu'il voyait une délicieuse personne, de vingt-quatre ans, d'une beauté exceptionnelle et d'une vigueur amoureuse insoupçonnée, si vous comprenez mon propos.

— Je comprends fort bien, Duc, ajoutai-je sans plus de remarque.

— Cette jeune personne vaque tous ses jours au sein d'une maison fréquentée par des membres de la noblesse qui ne dérogent pas en s'y rendant. Vous savez, du Barry est déjà âgé de quarante ou quarante-cinq ans et n'est plus d'une première jeunesse.

— Vous non plus Duc, lui dis-je, m'amusant.

— Certes, mais pour la dame, du Barry est en peine et elle chercherait un amant à sa hauteur et lui a-t-elle dit, elle voudrait s'élever. Ce qui est là pour nous intéresser.

— C'est en effet une manière de parvenir à ses fins.

— Elle s'appelle Jeanne Bécu me dit-il, ensemble avec son mari, ils logent rue des Petits Champs. Elle est sous son emprise. Il sait qu'elle le trompe parfois mais n'en dit mot. D'ailleurs il sait que Lauzun et Fitzjames l'ont plusieurs fois rencontrée et il s'est tu.

— La dame doit posséder des charmes certains, lui souriais-je, connaissant Lauzun ?

— En effet, Albertine et c'est pour cette raison, que je sais pouvoir découvrir en elle tous les ingrédients de nature à satisfaire le roi.

— Depuis, Albertine, Lebel me rapporta comment il put sans peine s'entretenir avec la dame Bécu. Il se fit inviter à souper une ou deux fois rue des Petits Champs et fit tant de compliments à Jeanne qu'elle en rougit et comprenait très bien selon lui où il voulait en venir.

Lebel me fit part de cette beauté et je m'en ouvris au roi qui rapidement voulut la rencontrer. La chose était en route.

— Richelieu, me dit le roi, convenons d'un appartement à Versailles mais que la rencontre soit entre amis et que j'y figure sous un autre nom, pouvez-vous m'organiser cela ?

— Bien entendu, Sire, vous vous annoncerez sous le nom de Baron de Gonesse et l'affaire sera entendue.

— Organisez Richelieu, organisez !

Je laissais la part matérielle à Lebel, qui convoqua au souper, plusieurs femmes qui prirent la dame sous leur coupe dès son arrivée au bras de du Barry. Je figurai au souper, tout comme le marquis de Chauvelin.

Jeanne Bécu se sentit honorée de figurer à un souper en si bonne compagnie sans pour autant savoir qu'on la présentait au roi, qu'elle ne reconnut bien sûr pas. Elle s'amusa, elle soupa et se plia à toutes les conversations parfois salaces ce qui ne la fit nullement frémir. Le baron de Gonesse, la prit en main, la charma et lui proposa de demeurer la nuit à Versailles. Elle s'y résigna sans prières et même y sentit me dit Lebel une élévation certaine, venant lui ajouta-t-elle, d'une « maison » plus sordide.

Elle fut, le lendemain matin à l'aube, raccompagnée rue des Petits Champs mais Lebel reçut aussitôt l'ordre de retourner chercher cette dame qui revint sans coup férir et surtout comblée. Le baron de Gonesse la complimenta, lui offrit un bijou d'émeraudes qui, dit-on, mouillèrent ses yeux. Elle faillit chanceler à la vue des pierres.

— Jeanne, la nuit que nous avons passée fut la plus heureuse depuis des années pour moi et vous êtes la reine des maîtresses qui eurent le loisir de me contenter, commença le roi, enfin le baron de Gonesse.

— Monsieur, lui répondit-elle, j'ai rarement connu une telle élégance pour m'honorer.

— Non, pas monsieur, Jeanne, c'est sire à partir de cet instant.

Jeanne se figea, me dit Lebel qui espionnait. Elle s'assit, le roi la releva, la pressa contre lui, et un baiser passionné les étourdit au point que Lebel les laissa pour le reste de la nuit.

Le Bel reçut le jour même, l'ordre de revoir du Barry et de faire un marché avec lui pour que Jeanne soit dorénavant hébergée à Versailles. Telle était la volonté du roi qui sortait de sa torpeur, j'avais rempli ma mission.

— Que va-t-il se passer maintenant avec une maîtresse non officielle cachée à Versailles, cela va jaser assez tôt, tout se sait, tout s'apprend, dans ce Palais ?

— Je ne peux vous dire, mais je sais le roi épris, assez fou de ce nouvel amour charnel.

— Le roi sait-il d'où elle vient ?

— Non, pour l'instant Albertine, mais Lebel entend l'éclairer assez vite. Il ne voudrait pas que le roi lui reproche de l'avoir trompé.

Richelieu me fit part dans les jours qui suivirent que le roi en était maintenant informé et qu'il avait confié à son valet de chambre et non moins confident que Jeanne était dotée d'un charme inouï et qu'elle possédait des talents aux jeux de l'amour insoupçonnés. Il ajouta à Lebel qu'il avait recouvré une nouvelle jeunesse.

Il voudrait même en faire sa nouvelle favorite.

— Mais il ne peut pas, elle n'a pas été présentée.

— C'est une difficulté mais je ne doute pas que Lebel mette en place une stratégie pour y pallier.

Ce qui fut pensé, imaginé, se concrétisa les jours suivants. Le roi a dit si nous voulons, tel est l'adage.

— Pendant que Lebel s'affairait à trouver une solution, le roi ne sortit plus de son antre avec sa nouvelle maîtresse, me dit plus tard Richelieu. Non seulement son origine ne le rebuta point mais il s'en satisfit et s'en trouva comblé au point de tout oublier.

On dit que la dame Bécu connaissait une pratique qu'on appelait dans les maisons : le saut de l'anguille.

— Le saut de l'anguille ? éclatai-je, surprise.

— Oui, Albertine, mais je ne permettrais pas d'insister et de vous manquer de respect en poursuivant.

— Au contraire, Duc, poursuivez, poursuivez, je suis curieuse vous savez !

— Madame, je n'irais pas vous conduire dans des détails qu'en l'état j'ignore mais sachez qu'il est difficile de retenir une anguille avec les mains et que si cette Jeanne y parvint c'est qu'elle avait du talent.

— S'agissant d'imaginer un stratagème de présenter la dame à la Cour, Lebel me fit, pas plus tard qu'hier, une proposition que je vous expose, Albertine.

L'entremetteur, Jean du Barry, ne pouvait épouser la dame pour être présenté, puisque déjà marié, mais l'idée était de faire venir le cadet de Jean, Guillaume et de le marier à Jeanne. Moyennant de le rémunérer à la hauteur de son engagement, il accepterait de monter à Paris et de contracter mariage. Je pense qu'une rente à hauteur de cinq mille livres ferait l'affaire, et qu'une ou deux terres combleraient sa vanité. Un cousin se chargera de les marier en l'église Saint Laurent, lieu qui nous était proche.

Le 1er septembre, revint me dire le duc, le père tertiaire franciscain Gomard de Vaubernier bénit l'union de Guillaume et de Jeanne, comme entendu. Elle devint la belle-sœur de son amant du Barry et proxénète tandis que son mari, Guillaume, muni de la pension de cinq mille livres, fut immédiatement renvoyé dans sa Gascogne natale. Guillaume reçut également le comté de L'Isle-Jourdain, de considérables établissements en Gascogne orientale, le duché de Roquelaure près d'Auch et le château attenant du Rieutort. Jean-Baptiste du Barry l'amant, reçut de son côté le vidamé de Châlons-en-Champagne. La messe était dite, Jeanne du Barry, comtesse pouvait être présentée et devenir officiellement maîtresse royale. Les plaisirs du roi n'avaient assurément pas de prix.

Le duc de Richelieu qui m'édifiait au jour le jour comme Choiseul me confirma que la présentation aurait lieu le 22 avril prochain, et que j'y serai invitée en qualité de personne ayant déjà reçu les honneurs de la cour.

Le jour dit, la présentation eut lieu et je puis en témoigner. Au bras de la comtesse de Galard, sollicitée par Richelieu, et au prix de payer ses dettes, la comtesse du Barry, nom sonnant quand même mieux que Bécu, remonta la grande galerie pour s'approcher du roi. Pourtant, personne n'était dupe et tous savaient la qualité de la dame. Plusieurs tournèrent la tête pour ne pas croiser son regard. Déjà ses ennemis se nommaient. La comtesse de Galard reçut plus de réprobations que de compliments, mais elle y trouva aussi son compte.

Jeanne fut, vous vous en doutez, accueillie très froidement, et à la différence de madame de Pompadour, elle s'adapta parfaitement aux usages de la Cour, sans toutefois goûter aux affaires politiques, ce dont Louis XV lui sut gré, à ce que m'en dit Choiseul, tenu dans la confidence.

Nonobstant, le duc de Richelieu me confirma qu'elle influença parfois et discrètement son royal amant, afin d'obtenir la grâce de plusieurs condamnés à mort. C'est à souligner.

Un matin, le duc de Richelieu vint m'entretenir de mon ami Choiseul et du roi. Leurs relations s'étiolaient en raison du comportement de la sœur Choiseul épouse de Grammont. Elle en faisait trop quant à ses propos sur la du Barry.

— Albertine, la duchesse de Grammont épie, lance des quolibets, des pamphlets contre la comtesse et par là, froisse le roi qui entend faire cesser ces pratiques

— Qu'attendez-vous de moi ?

— Que vous ayez une influence sur notre ami Choiseul, pour qu'il gouverne sa sœur. Ma chère, il y risque son avenir.

— Le roi envisage de sermonner le ministre Duc, vous avez ma parole, je ne cacherai pas à mon ami ce dont vous venez de m'informer.

Le duc ajouta que les relations de la du Barry à la cour, et plus précisément avec Choiseul, étaient devenues épouvantables.

Je n'avais pas encore eu le temps de faire le discours à Choiseul, retenue par d'autres occupations que le roi l'avait pris en aparté. Cela se présenta justement au moment où je me rendais dans les appartements de Choiseul pour l'entretenir.

Je me trouvai très près parce que je le cherchais mais le roi fut plus rapide que moi.

Il s'approcha de Choiseul en souriant :

— Duc, je me suis donné une société agréable, ceux qui s'y rendent se regardent comme très favorisés lorsque je les invite et je vois avec peine que vous ne m'avez pas demandé dernièrement de vous y admettre.

— Sire, lui répondit Choiseul, la multiplicité des tâches dont votre Majesté me charge ne me permet pas de donner trop de temps à mes plaisirs.

— Oh, vous n'êtes pas si occupé au point de ne pas perdre quelques heures avec les dames, et il me semble que je vous rencontrais autrefois assez fréquemment chez madame de Pompadour.

— Sire, elle était mon amie.

— Et pourquoi la comtesse du Barry ne le serait-elle pas à son tour ? Qui a pu vous mettre dans la tête qu'elle vous était contraire. Vous la connaissez mal. C'est une femme excellente. Elle ne vous hait point, mais encore elle ne désire rien tant que d'être avec vous.

— Je le crois puisque votre Majesté me l'assure, mais mes charges…

— Vos charges ne sont pas une excuse.

Le roi cessa la conversation, quelque peu impatienté par les répliques de Choiseul qui ne se dérobait pas. Une fois seul, je le rejoignis, interloqué d'avoir été ainsi sermonné.

— Duc, le roi a raison, non seulement parce que vous déplaisez, mais parce que vous êtes ministre et que votre charge est auprès de lui et le servir. Vous vous devez à lui et vous ne devez en aucun cas cautionner les adversaires de sa favorite. N'étiez-vous pas l'ami de sa précédente favorite ?

— Oui, bien sûr, mais elle n'était pas une prostituée. Le roi déshonore sa fonction et l'autorité royale. Je suis heurté et ma sœur aussi. Elle ne lui pardonne pas de se livrer ainsi dans la fange.

— Prenez garde cher ami, je tiens de Richelieu que le roi est furieux après vous.

— Je tiendrai compte de vos conseils, Albertine, me lança-t-il retournant à ses affaires.

Cependant, le clan Choiseul, guidé par la duchesse de Grammont, sœur du duc, ne désarma pas. Il fit publier des libelles à l'origine des attaques dont madame du Barry était dès lors constamment l'objet. Il diffusa, ou suscita, des chansons grivoises, des pamphlets injurieux et même des libelles pornographiques. Par la force des choses, madame du Barry se trouva soutenue par le parti dévot, hostile à Choiseul, ce qui était bien le paradoxe : Choiseul, lui, l'apôtre de la liberté, ami de la pompadour et proche de Voltaire.

Et pour avoir préparé à Vienne le mariage du dauphin et de Marie-Antoinette, je pensai que le Premier ministre s'estimait intouchable, et avait de fait pris de l'assurance.

Quelques jours seulement après avoir été sermonné, et bien incapable d'obtenir raison de sa sœur, il demanda audience au roi qui la lui accorda.

— J'ai cru comprendre Sire, et ai pu le constater, dit-il au souverain, que ma famille intrigue et je ne peux la retenir. Je m'en repens Sire devant vous.

— Je suis, Choiseul, très mécontent, sachez-le, lui répondit-il froidement.

— Il est difficile Sire de faire entendre raison aux dames !

Le roi ne répondit pas cette fois, mais demeura glacial dans son regard.

Soudain, il reprit la conversation.

— Toutes ne sont pas ainsi, votre femme par exemple, est un modèle de raison et de sagesse.

Choiseul comprit la leçon, lui qui ne voyait que peu sa femme ou presque.

— Je vous demande de faire en sorte que votre sœur de Grammont changeât de langage vis-à-vis de la comtesse, sinon je l'en ferais se repentir.

Le roi éleva la voix, cette fois.

— Si elle a quelque amitié pour vous, elle doit vous le prouver. Que votre intérêt lui ferme la bouche. Je suis pourtant satisfait de vous, Duc, et de vos services. Aimez-vous de surcroît madame du Barry ?

— Je ne l'aime ni ne la hais, lui rétorqua le duc, mais je vois avec peine qu'elle reçoit chez elle tous mes ennemis.

— À qui la faute ? dit le roi, sinon à vous qui n'avez pas voulu paraître dans son salon. Elle vous y aurait vu avec plaisir, et j'eus été charmé de vous y rencontrer.

Ces derniers mots firent tressaillir le Duc, ses yeux s'animèrent et répondit :

— Sire est-il absolument nécessaire au bien du service que je tâche de conquérir la bienveillance de madame du Barry ?

— Non, lui opposa le roi.

— Votre majesté aurait-elle mis en moi plus de confiance ?

— Non.

— Alors, permettez, Sire, que les choses en demeurent ainsi. Il m'en coûterait trop de me brouiller avec ma famille, puisque ce sacrifice ne vous est pas utile et qu'il ne changerait rien à ma position auprès de vous.

Le roi demeura impassible.

— Duc, je ne prétends pas vous imposer les chaînes, je vous ai parlé en ami plus qu'en souverain. Surtout faites tout pour ne pas tourmenter une dame que j'aime profondément.

— Comme vous ne la connaissez pas et que vous ne pouvez avoir contre elle que des intentions fondées sur des rapports et des commérages infidèles. Je vous invite à souper ce soir chez moi avec elle et je me flatterai, lorsque je vous désignerai pour faire son jeu, que vous voudrez bien ne pas avoir de raisons toutes prêtes pour nous abandonner.

— Je sais ce que je dois à votre majesté, répondit le duc en s'inclinant profondément.

— Faites par devoir d'abord ce que je me plais à croire que vous ferez ensuite par plaisir, duc de Choiseul. Ne vous laissez pas influencer par des conseils qui vous seraient nuisibles. Ce que je vous demande ne saurait vous compromettre, mais j'aimerais qu'autour de vous on demeurât tranquille, qu'on ne luttât pas contre moi, tout en ayant l'air de ne combattre qu'une tierce personne. Ne me répondez pas, vous savez parfaitement ce que je veux vous dire et je sais aussi à quoi m'en tenir. À ce soir, Duc.

Le duc revint vers moi pétrifié, non pas d'avoir échangé avec le roi, il en avait l'habitude, mais de rencontrer celle avec qui il s'opposait depuis son arrivée. Je compris que les hommes de pouvoir, lorsqu'ils sont dans leur action, sont intransigeants, mais que lorsqu'ils doivent se confronter à notre sexe, il leur faut un courage qu'ils peinent à trouver.

À la Cour, j'étais assidue et je m'adonnais à toutes les conversations pour lesquelles il m'était offert de participer. Le duc de Richelieu fut mon entremetteur depuis que Choiseul était un tant soit peu en froid avec les amis de la comtesse, bien qu'il eût répondu à l'invitation de Louis mais sans participation très active. Il figura tout simplement et cela lui suffit amplement.

J'essayais au mieux de me tenir à l'écart de ces différents. Je n'en aurais tiré aucun intérêt et surtout que des désillusions.

— Madame la baronne de Nyvenheim ?

Je me retournai et je fis face à un très beau gentilhomme que je n'avais pas encore rencontré. Il me parut bien jeune mais son élégance et sa mise me laissaient à penser qu'il s'agissait d'un Prince. Son habit de soie aux larges manchettes de dentelle, fouillée de motifs, fendait l'air à chacun de ses mouvements.

— Prince de Lambesc pour vous servir madame.

— Je suis très honorée, Prince de votre intérêt pour ma personne, ai-je à converser avec vous sur un sujet qui vous préoccupe ?

— Non, Baronne, mais je voudrais juste faire connaissance avec vous, puisque je vous admire, vous observe bien souvent et suis sous le charme de votre esprit.

— Vous me confondez, Prince, lui répondis-je en me rapprochant. Il en fit de même. Nous nous sourîmes. Serez-vous au grand souper ce soir ?

— Oui me répondit le Prince, satisfait d'avoir obtenu en quelques secondes que nous nous rencontrions à nouveau.

— Mais je ne sais si la place qui me sera dévolue à table sera près de la vôtre.

— Mais baronne je ferai en sorte que ces tables soient orientées en ce sens et je ne cesserai d'intervenir pour de nouveau vous redire combien j'aurai du plaisir, et plus à vous couvrir de compliments.

Ce qu'il me prédit se réalisa et je me retrouvai à sa table sans tambour ni trompette et sans aussi que personne ne me posât de question. Qui pouvait d'ailleurs me soupçonner d'aborder un prince pour me rapprocher de la personne du roi.

— Baronne, quel bonheur de vous accueillir à ma table lança-t-il à la cantonade, sans se départir et sans me compromettre.

— Je ne sais rien de votre famille princière, commençai-je.

— Je suis issu de la famille de Lorraine.

— Comme l'est madame de Richelieu ?

— Tout à fait baronne, nous cousinons.

— Permettez que je me présente en plus de détails.

— Vous m'éclairerez avec plaisir. J'étais en effet curieuse de connaître le jeune homme qui m'aborda tantôt avec tant d'assurance.

— Madame souffrez que je réitère mes compliments à votre endroit, et je suis ébloui par tant de charme. Je fonds Baronne.

Maintenant voici qui est celui qui vous abordât avec impétuosité.

Je me prénomme Charles Eugène et suis de Lorraine avant tout, surtout avant Lambesc. Je n'ai pas encore mes dix-neuf ans. On dit que je suis le dernier représentant de la maison de Guise. À ce titre, le roi me considère comme membre d'une famille souveraine étrangère résidant en France et me traite avec les égards et les privilèges dus à mon rang. Je peux sans rougir épouser une princesse souveraine et aussi y renoncer après avoir succombé au charme d'une princesse de cœur.

En 61, mon père a rejoint le tout puissant tandis que ma mère Louise-Julie-Constance de Brionne, amie intime du duc de Choiseul, Premier ministre, conserva les charges de mon père en ma faveur. Je suis ainsi et cela vous surprendra par héritage de mon père, gouverneur et lieutenant-général en Anjou, gouverneur d'Angers et des Ponts-de-Cé.

— Voilà bien d'énormes responsabilités pour un jeune homme comme vous mais je ne doute pas que vous vous y atteliez avec toute l'énergie que requièrent de telles charges.

— Vous avez raison et vous ne pouvez imaginer combien j'aime me rendre en Anjou, goûter cette lumière unique et m'adonner au plaisir de la chasse en forêt de Chambiers.

— Peut-être aurais-je le loisir de vous y voir à mes côtés à la bonne saison, je veux dire la saison de la chasse mon sport préféré. Y êtes-vous opposée ?

— Bien sûr que non, Prince, votre enthousiasme à me parler de votre Anjou et de vos chasses passionnantes, ne peuvent que me convaincre d'accepter le moment venu et si mes responsabilités au palais m'en laissent bien entendu le loisir.

— Mes amis dissertaient sur vous il y a peu, cachés dans l'alcôve, en termes plus qu'élogieux et cela bien avant que je vous croise dans la galerie. Ils me dirent entre autres : elle est pétillante, intrigante, brillante, elle donne une allure d'amoureuse, elle est sensuelle et libre. Elle est toute pour vous Lambesc.

— Vous entendez vous arrêter ou continuez à me couvrir d'adjectifs qui peut-être sont loin de moi.

— Baronne, je n'accepte pas votre modestie. Vous vous savez d'une exceptionnelle beauté, et tous, nous vous admirons. Je vous admire et je n'ai plus envie de porter mes yeux ailleurs que dans les vôtres.

— Que disent-ils d'autre aussi ?

— Ils me disent que vous en imposez, que vous êtes différentes des autres femmes de la Cour. Elle en impose, mais elle est simple avec les domestiques, ce qui surprend ici. On vous dit aussi hautaine mais je ne les crois plus. Enfin on dit tellement de choses, que je voulais connaître par moi-même et maintenant je sais.

— Que savez-vous, Prince ?

— Je sais que je ne vous quitterai plus de sitôt.

Dans les jours qui suivirent Lambesc me conduisit partout, à l'opéra, dans les salons, aux plus beaux appartements de la Cour, j'étais étourdie. Jeune il est vrai, il connaissait tout, tout le monde et m'enivrait. Surtout il me rapprochait du pouvoir et j'en tremblai.

Un soir après le souper, quelques jours après cette rencontre, alors que nous rentrions de chez les Choiseul, je ne quittai pas son coupé, entre Paris et Versailles, le prince prit une initiative irréversible. Il disposait d'un grand appartement près de celui du dauphin. Lorsque nous franchîmes la grille du château, le cocher n'arrêta pas les chevaux devant l'entrée de mon logis et poursuivit sur les pavés grinçants vers la porte principale des grands appartements royaux.

— Mais Prince, vous auriez dû faire arrêter les chevaux à l'entrée pour me déposer chez moi.

Il se pencha vers moi, il faisait nuit, les lueurs des lampions effleuraient nos visages, il me prit la main, me tendit ses lèvres que je lui offris à mon tour. Ce qui devait, depuis le premier jour, arriva et me sublima tellement que j'en pleurai de bonheur.

La rumeur de notre relation se répandit assez vite au palais, mais personne n'en prit ombrage. Moi, la baronne hollandaise, la maîtresse du prince de Lorraine. Étais-je à ma place ? Personne ne me le fit remarquer.

L'effervescence de nos rencontres et l'insouciance qui me liait à Lambesc m'écartaient des réalités du palais et j'en tirai une plénitude qu'il, j'ose le penser, partageait avec moi.

Je revins à la réalité un matin de mars 70, quand Choiseul me demanda de le rejoindre dans un salon près de la galerie.

— Albertine, vous connaissez mon aversion pour la du Barry.

— Oui, en effet, Duc, mais vous n'êtes pas le seul.

— L'avez-vous parfois rencontrée et avez-vous échangé ?

— Parfois, dans deux ou trois salons, mais nous n'avons pas lié d'amitié, nous n'en avons jamais ressenti le besoin et elle est toute au roi.

— C'est bien de cela que je voudrais vous entretenir. Il conviendrait qu'à un moment le roi se lasse de cette maîtresse effrontée.

— Pourquoi voulez-vous qu'il s'en lasse ? En quoi cela vous irrite-t-il ?

— Je ne supporte pas cette catin qui reçoit mes ennemis, qui traite avec les dévots, c'est un comble. Il faut faire cesser le désastre.

— Qu'attendez-vous de moi ?

— Albertine, je vous sais proche de mon cousin Lambesc. Il est tout à vous.

— Et alors Duc, quelle peut en être la relation ?

— Il n'aurait aucun mal à vous introduire dans l'intimité du souverain et s'agissant de votre beauté, je ne doute pas qu'il tombât sous votre charme.

— Rien que cela ? Que me dites-vous là ? Vous comptez sur moi pour séduire le roi ? Vous vous méprenez, Duc ! N'avez-vous plus de considération pour moi pour me proposer une mission de catin ? Vous me vexez, Duc !

— Il ne s'agit pas de cela, Albertine. Il convient pour moi de vous voir en effet séduire Louis, mais aussi ensuite de l'épouser.

— Comment ?

— Oui, de l'épouser, nous entendons, avec mes amis, projeter cela, et même vous faire admettre dans la religion catholique. Cet hymen projeté avec le roi devra demeurer secret mais nous nous y préparons très sérieusement. Le duc de Duras gentilhomme de la Chambre sera tout à nous pour cette manœuvre.

— Mais vous m'imaginez vraiment en reine ? Je pense que vous êtes devenu fou, tout simplement !

— Est-ce important ? Vous pensez que la du Barry s'est posé la question quand elle prit sans scrupule la place de feue la reine, et ne s'interrogea pas pour autant comme vous le faites.

— Oui, mais le roi ne l'épouse pas.

— Ce qui nous inquiète justement c'est qu'au retour de Spa, où elle se trouve en cure, il ait envie de l'épouser. Vous avez toutes les qualités pour lui faire changer d'avis et qu'avec vous, la vérité l'éveille. Vous êtes belle, plus belle que la du Barry, vous avez un esprit supérieur, qu'elle n'a pas, vous avez une naissance qu'elle n'a pas et votre réputation de hautaine, difficile à séduire le conduira à relever le gant.

— Et Lambesc ?

— Lambesc, Baronne, retirera de la fierté de confier son amour au roi, et puis rien ne l'empêchera de vous aimer quand il le souhaitera, vous ne pensez pas ?

— Je dois aller me reposer, Duc, vous m'avez bousculée, je dois me remettre.

V
Du mariage et de l'hymen

Le mariage projeté de l'Autriche et de la France eut bien lieu en mai 70. Laissez-moi vous conter l'arrivée de l'archiduchesse d'Autriche en France.

Il est vrai que le mariage avait été contracté auparavant par procuration en l'église des Augustins à Vienne alors que le Dauphin et Antonia ne s'étaient pas encore rencontrés, mais le pacte entre la France et l'Autriche était ainsi scellé et l'engagement de Choiseul, sauf.

Le roi me fit transmettre l'invitation de me rendre aux cérémonies autant que je pourrais puisqu'il entendait qu'elles se prolongeraient de ce quatorze mai jusqu'au trente, nuit au cours de laquelle, serait tiré un feu d'artifice à Versailles.

Marie-Antoinette était âgée de quatorze ans, Louis-Auguste, de quinze et neuf mois. Ce fut sur une petite île du Rhin, à la frontière allemande, qu'eût lieu la première cérémonie au cours de laquelle la jeune archiduchesse fut officiellement confiée aux autorités françaises. Je ne m'y rendis point, préférant me réserver pour l'accueil à Versailles, aux côtés de la famille royale.

À son arrivée au palais, le roi, avec autour de lui, de nombreux représentants de la cour et bien sûr son petit-fils, le dauphin, dont nous remarquâmes tous qu'il n'avait pas l'air très enthousiaste, montra beaucoup d'entrain. Il fut subjugué par la fraîcheur et la beauté de Marie-Antoinette. À son arrivée, l'adolescente se jeta aux pieds du souverain et embrassa le prince, son mari, qui ne réagit point. Dans le carrosse qui les ramenait à Versailles, c'est à peine si Louis-Auguste consentit à croiser le regard de sa jeune épouse. La cour s'inquiéta, quel avenir pour ces deux jeunes lorsqu'ils seront sur le trône. Des rumeurs déjà couraient sur le bien-fondé d'une telle union, fût-elle politique.

Pas moins de cinq mille invités entrèrent au château et envahirent les galeries, les salons et toutes les pièces disponibles et ouvertes. Tout était resplendissant, brillant, fastueux, sauf l'appétit de la jeune épousée qui toucha à peine aux mets qu'on lui servit. Qui, d'ailleurs s'était soucié de ses goûts ou plutôt de ses habitudes. Il n'en fut pas de même du dauphin qui sans bien s'intéresser à son épouse, consomma tout, et de bon appétit.

Ce soir du 17 mai, un orage éclata, des éclairs, du tonnerre, c'était assez effrayant. On renonça, au grand regret de tous, à tirer le feu d'artifice.

Il fallut bien pourtant que le mariage fût consommé et que l'on constatât au moins l'hymen. Les jeunes mariés, adolescents, convenant en, se dirigèrent vers la chambre dévolue, suivis par des dizaines de témoins comme c'était l'usage. Ils s'allongèrent l'un près de l'autre avant qu'on ne fermât les rideaux et qu'on les laissât seuls, enfin presque, puisque demeuraient là quelques dames mais aussi nombre d'esprits curieux prêts à rapporter la scène. Je n'en fus pas et ne me permettrai pas de colporter ce que je n'ai pas vu. D'ailleurs avaient-ils vu quelque chose ?

En tout cas, très tôt le lendemain matin, je vis le Dauphin partir pour la chasse, laissant déjà sa jeune épouse dans le lit conjugal.

On rapporta sur le champ, dans toute la cour à l'affût du moindre ragot, que le dauphin manquât d'empressement, si toutefois il en eut auprès de son épouse, mais que pouvait-on attendre d'enfants à peine sortis de la puberté ?

On poursuivit les fêtes par des dîners, des pièces de théâtre, des concerts jusqu'au trente mai, où enfin put être tiré le grand feu d'artifice, face aux tuileries, feu tant attendu des Parisiens. C'était enfin leur fête.

Ce soir du mercredi 30 mai 70, j'étais aux Tuileries avec les couples Richelieu, Choiseul, Sartine, et Duras. Lambesc ne se cachait plus à mes côtés. Les Parisiens avaient rendez-vous sur la place Louis XV, qui jouxtait le palais des Tuileries. Tout près de là, une grande foire se tenait sur le boulevard longeant le chantier de la nouvelle église de la Madeleine. La soirée promettait d'être belle. Je fus frappée par l'immensité de la foule. Trois ou quatre cent mille personnes se tenaient là. La marée humaine débordait vers la promenade forestière adjacente des Champs-Élysées et de la rue Royale, qui menait aux étals du boulevard. L'affluence fut à l'aulne du caractère exceptionnel du spectacle. Les feux d'artifice étaient d'habitude le plus souvent tirés à Versailles, pour la cour et loin du peuple. Quelle aubaine, quel cadeau le roi offrait à son peuple, entendit-on.

Voici justement la première fusée qui jaillit. Un cri de joie, puis un autre traversa la foule, tous y répondirent avec le même enthousiasme. Puis les chandelles se succédèrent, depuis un pas de tir, en forme de temple de l'Hymen, ça brillait, ça scintillait, ça éclatait dans le ciel de Paris jusqu'au bouquet final.

Soudain, ce fut la stupeur, une fumée épaisse et rouge s'éleva. Qu'est-ce qui a pu mettre le feu au temple de l'Hymen ? Des murmures s'élevèrent dans la foule, ce n'étaient plus les mêmes qu'il y avait quelques minutes. La peur envahit la foule qui peina à s'ébranler. Les carrosses venus de Versailles et Paris obstruèrent presque aussitôt les accès.

La foule fut cernée. Du haut des Tuileries je pris la mesure du drame qui se jouait, alors que dans l'autre sens, arrivaient depuis le boulevard des milliers de badauds attirés par l'incendie du temple. Le feu envahit tout. Les pompiers peinèrent à se frayer un chemin, ce fut un entonnoir, ces pauvres gens s'entassèrent et n'avancèrent plus.

Des rigoles, des trous, des pierres de taille, plusieurs équipages, rendirent de surcroît le passage étroit et dangereux, impossible.

Le mouvement de foule fut monstrueux.

Selon des témoins que je vis plus tard, des scènes cruelles avaient ajouté à l'horreur du trépas de ces gens, puisqu'ils se marchaient dessus, s'entassant les uns sur les autres pour s'échapper. Le pied d'un fils foula involontairement les flancs de la mère tombée. Le père eut beau se débattre, il passa sur le corps de son fils.

Le bilan funeste fit état d'un nombre ahurissant de cent trente-deux morts et plusieurs centaines de blessés.

Les cadavres furent inhumés au plus près, dans le cimetière de la Ville-l'Évêque, tout proche de la Madeleine en chantier.

Le mariage du dauphin et de l'archiduchesse commençait, il faut bien le souligner, sous de mauvais augures, commentèrent les langues de vipère de la Cour. Puisse Dieu leur donner tort.

Les mois passèrent et Lambesc mettait toujours autant d'empressement à mon endroit. Nous nous rendîmes régulièrement à l'opéra et aux concerts de la capitale. Mes visites à Versailles, même si je m'y rendais et assurais mon devoir, s'espaçaient pour laisser libre cours à mon insouciance dans les bras de mon amant. J'allais avoir vingt-sept ans et je devais préserver ma jeunesse qui s'estompait et surtout vivre libre.

Au moment de Noël 70, je me trouvais néanmoins à Versailles quand la du Barry, qui ne m'aimait guère, m'apprit que mon protecteur allait être renvoyé et que le roi le faisait remplacer par le duc d'Aiguillon.

Me prélassant dans un salon en grande conversation avec madame de Richelieu, la favorite me fit signe de la rejoindre. Je compris, parce que cela n'était pas dans son habitude, qu'elle avait des choses importantes à me communiquer.

— Hier soir, chère baronne, je m'occupais auprès du roi après souper. Nous lisions des lettres adressées par la poste que nous n'avions pas encore ouvertes. Je les lus à haute voix au roi, et quelle ne fut pas sa stupeur lorsqu'il m'entendit lire des grossièretés à mon endroit, des éloges pour monsieur de Choiseul et des injures contre le roi, tout cela venant d'hommes de robe du Parlement. Le roi trouva cela très insupportable. Sachez que j'ai répondu au roi que cela était en partie de sa faute, puisqu'il aimait son ministre. Je dois aussi vous rapporter le contenu de l'une d'elles qui dit tout : « Malgré les on-dit, je ne crois pas possible la disgrâce de monsieur de Choiseul. Il est trop nécessaire au roi, qui sans son secours, ne saurait mener les affaires. Sa Majesté sera obligée de conserver notre ami. »

Le roi se mit en colère à la lecture de cette lettre que je lui avais tendue. Parbleu, s'écria-t-il, nous verrons s'il m'est si nécessaire que je ne puisse le chasser.

Sur cet entre-fait, entrèrent, Maupéou et La Vrillière. Le roi tout dans sa colère décida que votre protecteur, Baronne, serait renvoyé aujourd'hui même. D'ailleurs, je tiens dans ma main la lettre qu'il va recevoir, et je vous en donne la primeur, vous pourrez le préparer.

« Mon cousin, le mécontentement que me causent vos services me force à vous exiler à Chanteloup, où vous vous rendrez dans les vingt-quatre heures. Je vous aurais envoyé beaucoup plus loin si ce n'était l'estime particulière que j'ai pour madame la duchesse de Choiseul dont la santé m'est forte intéressante. Prenez garde que votre conduite ne me fasse prendre un autre parti. Sur ce, je prie Dieu, mon cousin, qu'il vous ait en sa sainte garde.

Louis »

Je tiens cette lettre pour la remettre à monsieur de Lavrillère qui la portera ce tantôt au ministre. En attendant, prévenez-le qu'il puisse en protéger la duchesse qui sera je n'en doute pas fort marrie.

Je m'empressai de rejoindre l'appartement voisin des Choiseul et de lui demander de me recevoir sur le champ. Ce qu'il fit sans se faire prier.

— Duc, lui annonçai-je tout essoufflée de mon trajet, je voudrais que vous preniez connaissance sans m'interrompre, de ce que j'ai à vous entretenir. L'heure est grave.

Le duc s'assit sur une bergère, m'en tendit une et je me rapprochai pour qu'aucune oreille indiscrète ne puisse saisir ce que j'allais annoncer au duc.

Voilà… Et je livrais au duc d'un jet, tout ce que m'avait tout à l'heure conté la comtesse du Barry. Le duc s'affala dans la bergère. Il ne me parla pas, ne répondit pas, ses yeux demeurèrent dans le vide. Je le laissai ainsi à ses pensées.

Il n'appela personne, pas même la duchesse, parce que sans doute, il ne savait pas comment il allait procéder pour lui en faire part. Lui, Choiseul cousin du roi, éconduit ainsi par son souverain parce qu'il ne supportait pas sa favorite, c'était un comble. Il se leva et me dit : Que la volonté de Dieu soit faite, puisque le roi entend plus satisfaire ses plaisirs que ceux de ses sujets, laissons faire les choses et partons. Baronne ! ajouta-t-il, notre maison de Chanteloup sera votre maison et vous vous y rendrez comme si c'était la vôtre et nous vous y accueillerons avec un très grand plaisir. Je l'en remerciai chaleureusement et je vis quelques larmes couler sur son visage. Il déclencha les miennes qui n'étaient pas feintes. C'était injuste, certes, mais Dieu en avait décidé ainsi, que sa volonté soit faite.

Sur ces dernières paroles, je saluai le Duc, me retirai et rejoignis mon appartement, toute chamboulée des évènements.

Les Choiseul partirent pour Chanteloup, et je ne le revis plus ou très peu de fois, même si par les Duras j'avais des nouvelles et notamment, toujours sur le projet de séduction qui m'incombait.

La dauphine, avec qui j'eus quelques conversations suivies, nous partagions la langue allemande, cela nous aidait, devait son mariage royal à Choiseul, et entendait ne pas l'oublier. Il était quand même l'artisan de la paix entre les deux Nations. Je m'inquiétais de sa réaction.

Dès que je l'en informai, elle en fut chagrinée, et pleura à chaudes larmes. C'était aussi son protecteur et son premier appui à la Cour. Elle s'en ouvrit sur le champ au Dauphin, tout proche, qui hélas, mais sans surprise, soutint son grand-père. La chose ne fut pas pour rapprocher ce jeune couple assurément.

Je confiai à la reine que j'avais au préalable appris cette horrible nouvelle de la du Barry et que les choses étaient confirmées.

— Dès mon arrivée au palais, chère Baronne, je fus mise en garde contre cette Bécu, favorite intouchable du roi. Vous connaissez déjà mon caractère entier, ma franchise, malgré mon jeune âge. Je lui ai voué d'emblée une vive antipathie. D'aucuns disent que ce sentiment m'aurait été inculqué par les Choiseul et mesdames, filles du roi. C'est peut-être vrai en partie, mais j'ai aussi ma vision des choses.

Je ne lui ai d'ailleurs jamais adressé la parole ce qui indispose encore le roi et les autres Maupeou et d'Aiguillon. Cela vous vous rendez-compte va jusqu'à en indisposer ma mère, l'impératrice à Vienne qui entend m'imposer un comportement plus diplomatique. Dernièrement pour faire bonne figure, vous étiez encore à Paris, j'ai fini par lui lancer, alors qu'il y avait foule dans la galerie : « Il y a bien du monde aujourd'hui à Versailles ». Vous pensez que l'on a jasé, mais je n'ai pu retenir ma saillie.

— Princesse lui répondis-je, je comprends l'animosité qui vous habite et je la partage voyez-vous, mais je puis vous assurer que le coup est porté et que Choiseul est perdu.

— Baronne, si mon mari règne et qu'à ce moment Choiseul est encore de ce monde, je lui demanderai de changer la situation et de rendre sa dignité à ce grand homme.

— Je vous remercie Princesse, de tant de soutien à mon cher ami.

— Venez plus souvent ici, Baronne, j'aimerai partager votre compagnie et savourer votre esprit juste et libre.

Les Choiseul exilés à Chanteloup, près d'Amboise en Touraine, je me retrouvai sinon orpheline, du moins un peu seule, bien que mes amis Brancas, Richelieu et Duras me fassent régulièrement l'honneur de leur salon et je m'y montrai le plus souvent que le temps me le permettait.

Si Richelieu s'était quelque peu éloigné de Choiseul, Duras dans la droite ligne du Premier ministre s'opposait à d'Aiguillon nouvellement nommé. Ce dernier s'affichait comme le vrai rempart de la comtesse du Barry, sûrement par opportunisme dans sa relation avec le roi mais en tout état de cause, je vis bien monter dans les conversations, la barrière qui s'installait entre les partisans de la comtesse et ses détracteurs.

Avais-je un avis, me rangeais-je dans un camp et pour tout dire, cela m'intéressait-il ? Je ne rendais pas à la favorite la haine qu'elle me portait, en quoi cela aurait-il changé ma vie. Les mois passèrent et depuis le départ des Choiseul, je n'eus plus de nouvelles de Duras sur cet ancien projet de m'envoyer séduire le roi.

Je ne sais si trop penser à des situations scabreuses conditionne celles qui suivent, parce qu'en tout cas, il n'y avait pas si longtemps que je ne m'en occupais plus, quand soudain

Duras me demanda audience, laquelle je la lui accordai bien entendu.

Emmanuel-Félicité, puisque c'est son prénom, gentilhomme de la Chambre il y a peu encore, commandant en chef en Bretagne, s'était particulièrement distingué dans les dernières guerres en Allemagne. Mon père le côtoya avec grand plaisir, ce qui nous donna quelques raisons de nous rapprocher.

Ce fut aussi un ami sincère des philosophes et il se montra le soutien des tenants de la Liberté. Richelieu qui partageait avec lui certaines idées ayant cours m'avait déjà informé qu'il avait rédigé quelques chapitres de l'encyclopédie.

C'est vrai que pour venir me rencontrer il n'était pas très éloigné, puisque son hôtel, à Paris, s'élevait place des Vosges.

Le duc, à la bonhomie marquée, au visage rond et souriant, pénétra dans le salon, introduit par Louise.

— Baronne, s'approche-t-il me tendant la main pour prendre la mienne et la baiser, combien j'avais impatience de vous revoir, ce que je n'ai pu depuis le départ des Choiseul.

— Merci, Duc, de cet empressement à mon endroit.

— Vous savez toute l'estime que j'ai pour vous et le souvenir que je conserve de votre héroïque père qui combattit à mes côtés.

Je fus ému de l'expression de ce souvenir et je pense que le duc s'en rendit compte.

— Albertine, si vous me permettez ce rapprochement, Albertine, j'aimerais vous entretenir du projet que nous avions conduit avec notre ami exilé.

— Je savais bien, Duc qu'un jour vous m'en reparleriez, même si j'avais, avec le temps, bien tenté d'oublier.

Le duc dans son habit de velours rouge, la perruque bien ajustée, et col de broderie blanche, s'assit dans une bergère, glissa sa main entre deux boutons de son petit gilet, baissa la tête pour réfléchir, la releva et commença.

— Pensez-vous alors que vous pourriez accepter maintenant de vous lancer dans l'entreprise prévue ? Vous souvenez-vous ?

— Pour l'amour de la France, qui m'offre tout, pour sauver le royaume d'une déchéance avec un roi dans la fange avec votre comtesse, j'y suis prête. Mais Duc n'êtes-vous pas aussi proche de la comtesse ? C'est une trahison envers elle, vous ne trouvez pas ?

— Je le fus Albertine, je fus près de la du Barry mais depuis qu'elle règne en maître près du roi, cela me devient insupportable et pourtant vous connaissez mon goût de la liberté. Je serais tenté d'accepter que le souverain ait une telle maîtresse s'il avait eu meilleur goût. Il est temps d'agir d'autant qu'elle est soutenue par les D'Aiguillon et des Maupeou, cela devient dangereux pour l'avenir.

— Duc, si je me glisse, à votre demande et avec votre soutien, dans la chambre du roi, les pamphlets qui courront sur moi seront à l'identique de ceux qui courent contre celle que nous allons évincer.

— Non, Albertine, votre naissance et votre origine feront de vous une reine légitime même si vous n'êtes pas d'essence royale, votre ancienne noblesse vous le permet et vous y autorise.

— Auparavant Albertine, il conviendra que nous nous renseignions sur ce qui se passe et se dit chez la comtesse.

Il convient d'avancer masqués pour réussir.

— Que pensez-vous d'envoyer Louise qui n'est pas connue des gens de la comtesse ? Elle pourrait se lier avec sa femme de chambre et nous renseigner en retour.

— Je me charge d'éclairer Louise et je ne doute pas qu'elle saura conduire sa mission.

Louise n'eut aucun mal à prendre attache avec la femme de chambre de la comtesse qui se montra plutôt bavarde pour notre plus grand soutien.

— Madame me rapporta-t-elle, la comtesse ne se sépare que très peu du roi. Elle a ses entrées dans tous les salons et s'y comporte en reine. Les meilleurs amis du roi sont aussi ses amis. Mais une chose est à retenir, elle n'a aucun doute sur ses mérites à combler le roi de ses faveurs et de ses pratiques qu'on dit dans l'entourage de notre monde d'une efficacité redoutable sur ceux qui ont eu à la connaître, puisque le roi n'est pas seul comme amant, c'est peut-être là, la faille qui pourrait ne pas plaire à notre roi, madame, vous ne croyez pas ?

— Je vais, avant de m'engager dans une telle entreprise, conduire une stratégie qui soit de nature à réussir, sinon, je cours à ma perte.

— Merci, Louise.

Je décidai de me montrer plus assidue à Versailles et surtout dans le premier rang des courtisans pour m'y faire remarquer, sans toutefois nuire à celles qui en ont l'habitude et en profitant de l'absence de la comtesse parce que cela lui arrivait notamment quand elle satisfaisait aux plaisirs de quelques autres amants, souvent plus jeunes, appris-je. On ne peut se défaire de son origine. Catin un jour, catin toujours.

Je profitai d'une belle journée ensoleillée avec pour seul objectif de m'approcher du roi en promenade dans les jardins de Versailles.

Je pris la file, parce que le départ du roi ne me permit pas d'emblée d'être proche et pour tout dire, quand je démarrai, je ne le voyais pas.

Je saluai les uns, les unes et les autres, on me rendait mon sourire, je pris mon temps néanmoins sans me précipiter. J'aperçus enfin le chapeau du roi et les ombrelles des courtisanes, aussi nombreuses qu'empressées pour s'afficher, avec d'ailleurs, des intentions qui devaient se rapprocher des miennes.

Je m'approchai, ombrelle blanche posée sur l'épaule, tête hautaine, cheveux en arrière et chignon avec plumes de paon. Je m'étais parée d'une robe jaune pâle avec broderie blanche et je me permis un décolleté qui je l'avoue montrait avec ostentation une poitrine naissante qui faisait, à ce qu'on m'en a dit et sans me vanter, l'admiration de mes soupirants.

Je dépassais madame Bèche, femme d'un musicien de la chambre du roi, qui ne se retourna pas, trop occupée à se faire voir pour voir les autres. Puis ce fut madame de Saucerotte, qui portait magnifiquement son nom, puis encore Mlle de Raucourt, actrice de la comédie, mais aussi dans la vie de palais. Elle ne voyait qu'elle. Enfin, madame d'Amerval, fille naturelle de l'abbé de Terray qui n'avait d'yeux que pour le roi et ne le lâchait pas du regard.

Je ne sais si le roi n'avait cure ou pas de ses suceuses de pas mais en tout cas, lorsque je fus à sa hauteur, il tourna la tête et d'un sourire enjôleur, il m'adressa la parole :

— Baronne de Nyvenheim, vous ne vous faites que trop souvent attendre en ce palais. Nous souffrions que vous voir de retour.

— Merci Sire, mais j'avais à faire pour le service de votre Majesté.

— Nous regrettons le départ de votre ami pour Chanteloup.

— Moi aussi Sire, et maintenant qu'il est à Chanteloup, je suis tout à vous, Sire.

— Aurions-nous le plaisir de vous garder ce soir pour le souper, j'ai tellement de choses à vous dire encore, et qui ne sont pas de nature à être dites dans ce jardin qui possède mille oreilles.

— Sire je suis tout à vous entièrement et serai toujours là où vous me le demanderez.

— À ce soir donc, Baronne, je savoure déjà votre parfum m'enivrer et faire de moi le plus heureux des souverains.

— Je ferai tout Sire pour vous être agréable.

Je me laissai distancer par mes suivantes et le roi, guilleret, poursuivit sa promenade. J'avais gagné le premier temps, j'étais invitée.

Il soupa, plaisanta et fit le tour des tables de jeu. J'en occupai une pour le twist et il s'approcha doucement, furtivement.

— Baronne ! N'est-il pas prévu que nous partagions une conversation déjà entamée tantôt ? me lança-t-il en souriant du coin des lèvres.

— Bien sûr Sire lui répondis-je, d'un même élan, me levant, alors qu'il me prenait la main et la gardait pour me conduire vers un petit salon. Il referma délicatement la porte, n'ayant plus de gardes à cet endroit-là. Je compris que nous nous trouvions là dans un de ces lieux que seul lui avait le secret. Le décor était époustouflant, de peintures de roses et de chérubins au plafond, les boiseries dorées encadrant des amours au-dessus des glaces. Les banquettes plus larges et étoffées que dans les autres salons reflétaient le pouvoir de séduction du plus grand seigneur du

Royaume. Il me devançait. Il entendait me ravir avant d'être lui-même séduit. Les choses semblaient s'inverser.

— Baronne, me souffla-t-il à l'oreille, se rapprochant et me serrant sur la banquette de velours d'or, je ne cesse du désir de me retrouver ainsi avec vous et vous dire combien je n'ai jamais pu aimer une beauté comme la vôtre. On me l'avait vantée mais maintenant que je vous tiens près de moi, je reçois le plus beau cadeau d'un prince puisse espérer.

— Sire vous me faites rougir. Je sentis néanmoins monter en moi un sentiment partagé.

Certes le roi avançait en âge mais sa douceur et sa grâce demeuraient celles d'un jeune amoureux plein de sève.

Il me prit la main, la baisa à nouveau puis remonta le long de mon bras dénudé. Il se pencha, m'embrassa dans le cou puis je perdis la raison qui me retient de vous conter ce qui arriva cette nuit-là où je demeurai dans la chambre jouxtant le salon. Ai-je séduit le roi ou m'a-t-il séduit ? Je ne saurais le dire. Je compris nonobstant qu'il avait assouvi sa passion de souverain et qu'il entendait posséder plus qu'aimer. Je ne le vis pas quitter la couche. Il disparut au petit matin, me laissant un collier d'émeraudes sur le guéridon. Le présent était somptueux, certes, mais je ne devais pas en demeurer là. J'étais sous l'émotion, je devais avancer.

Les jours suivants dans la galerie, Louis parut, les yeux nourris d'une chaleur très libertine.

— Baronne, m'interpella-t-il, me prenant à l'écart des autres courtisanes qui m'accompagnaient, il me plairait de vous revoir et je vous attendrais ce soir au salon que Lebel vous indiquera lorsque vous vous présenterez devant la porte.

— Je suis tout à vous Sire et sachez que je m'y rendrais avec grand plaisir, vous m'honorez et j'entends bien me placer à la hauteur de vos désirs.

J'entrais en scène pour la seconde partie. Je devais savoir si la comtesse l'occupait aussi ou s'il s'en lassait.

Comme convenu, après le souper, je vis le roi disparaître sans passer aux tables de jeu. Je compris que mon temps était venu de rejoindre le lieu de rendez-vous. Je quittai furtivement la table, me présentai à la porte du salon, gardée par Lebel, son fidèle valet de chambre, alors que je préférai Champlost mais Lebel n'était-il pas son entremetteur et surtout celui qui lui présenta la comtesse ou dame Bécu, lorsqu'elle était encore dans la mode et la fange.

Lebel me fit ouvrir la double porte, me précéda et me fit signe de m'installer pour attendre mon amant, puisqu'il était celui qui profita de mes faveurs la nuit précédente. Je savais que je devais dépasser la favorite pour le surprendre. Je n'avais pas encore donné la veille tout ce que je pouvais réserver pour que le roi succombât au point d'oublier sa comtesse.

— Baronne, très chère, me salua-t-il en souriant et entrant dans le salon par une porte dérobée.

J'étais assise et je me prélassais alanguie sur un canapé. Il m'y rejoignit et m'embrassa amoureusement, vigoureusement et avec passion cette fois. Je savais que Lebel devait écouter aux portes et j'en ajoutai sur le plaisir que ces baisers me procuraient.

— Quittons ce salon et rejoignons notre nid d'hier soir me glissa-t-il, m'entraînant déjà vers la couche d'à côté.

Je me laissai guider et conduire vers les étreintes douces, passionnées et irraisonnées du souverain. Je mis toute mon énergie de maîtresse libérée, pour satisfaire mon roi au-delà de ce qu'il pouvait espérer. Je ne connaissais peut-être pas le saut de l'anguille mais j'avais l'assurance de le satisfaire pleinement et tout autant.

— Jamais, Baronne, l'on me traita ainsi et l'enthousiasme que vous mettez à satisfaire mon plaisir, la douceur de vos lèvres et de vos mains me font oublier tout ce qui précéda chez moi en amour, me chuchota-t-il.

— Sire, par amour pour vous je pourrais déborder d'initiative au point que même votre favorite y serait dépassée. Je venais de me laisser aller à le provoquer sur son terrain.

— Vous vous aventurez Baronne. La comtesse tient auprès de moi la place que nulle ne peut prétendre que vous puissiez la supplanter. Vous êtes de surcroît, protestante et personne ici ne l'accepterait.

— Je pourrais me convertir, Sire, lui susurrai-je, nous trouvant nus sous la couche qui nous abritait et alors que je lui mordillais l'oreille.

— Nous pourrons en reparler baronne mais pour l'heure autant je passe des moments délicieux et inoubliables avec vous, autant je n'entends pas pour l'heure me séparer de la favorite. Demeurons-en là, voulez-vous, la concernant et poursuivons ces adorables moments que nous partageons cette si belle nuit.

Au petit matin, le roi était toujours là et je compris que s'il ne faisait pas encore de moi sa favorite, il ne dédaignait pas non plus faire savoir, s'il le fallait, qu'il y avait quelqu'un d'autre qu'il entendait aimer en dehors de la comtesse. Son âge aidant, peut-être voulait-il aussi profiter de ses instants pour lesquels demain il pourrait être privé.

Je demeurai à me prélasser langoureusement dans le lit négligemment défait et regarder le roi se lever. Lebel entra subrepticement, comme un chat. Je ne me dissimulai pas pour autant. Le roi assumait et je compris que par le valet, la comtesse serait rapidement informée. Je devais me préparer à souffrir les affres de sa vengeance.

— Baronne, sachez que vous ne prendrez pas pour l'heure une autre place que celle de céans, j'entends vous dire et vous remercier des moments de bonheur que vous me concédez, aussi vous inscrirai-je ce matin pour une rente de douze mille livres en reconnaissance de ce vous m'apportez.

— Sire ?

— Non, baronne, acceptez et prenez vos aises comme vous l'entendez à Versailles. J'en réponds.

Je pris, comme entendu, mes aises au Palais et chacun put comprendre que c'était la volonté du roi. Néanmoins, je compris aussi que le roi tenait à la comtesse et qu'il ne serait pas aisé de me substituer à elle.

Désireuse néanmoins de savoir si la favorite en fut informée, c'est Louise, à nouveau et habituée dorénavant à me servir d'espionne, qui me fit le rapport de sa réaction.

— Madame, entama Louise, la chose est maintenant connue de la comtesse et ses gens disent qu'elle aurait même fortement tancé Duras mais qu'elle n'en a pas perdu sa superbe pour autant.

— Comment cela s'est-il passé, racontes Louise, racontes, tu me vois gourmande de la suite.

— Elle aurait demandé au duc s'il connaissait cette étrangère en parlant bien sûr de vous. Il aurait répondu par l'affirmative et en retour le duc lui aurait demandé si vous l'aviez reçue.

La comtesse ne nia pas aussi s'être rapprochée de votre salon quelques fois mais que vous n'aviez toujours pas lié d'amitié. Nonobstant, elle a avoué vous avoir trouvée d'une beauté remarquable, mais que si votre esprit eût répondu à vos attraits, toute la cour serait aujourd'hui à vos pieds. Elle se contenta d'ajouter qu'heureusement vous n'aviez pas cet esprit qui plaît aujourd'hui en France.

Je ne fis pas de remarque devant Louise et me réservai pour plus tard en d'autres endroits.

— Poursuis Louise !

— La comtesse lui montra une lettre qu'elle avait réussi à vous subtiliser, et je ne sais pas par quel stratagème, mais en tout cas elle mit le duc devant le fait accompli. Il dut se résigner à accepter que la chose existât.

Eh bien oui madame, répondant à la du Barry, se reprit-il après avoir nié, vous savez ce dont je voulais vous cacher, mais il continua de nier avoir fait partie des entremetteurs pour vous faire rapprocher du roi.

— Vous vous égarez en mensonges, se fâcha la comtesse après Duras, vous m'avez traitée en ennemi mortel, vous m'avez desservie parce que vous pensiez gagner quelque chose à ma chute, parce que c'est bien de ma chute qu'il s'agit ? Non ?

Sachez Duras, que je ne tourmenterai pas le roi de mes plaintes, mais que vous n'obtiendrez plus jamais de moi aucune complaisance. Voilà, madame, ce qui s'est dit entre eux. Mais sur ce, intervint à ce qu'on m'en dit, la maréchale de Mirepoix, qui tenta de réconcilier la comtesse et Duras pour son intérêt près du roi. Elle n'eut pas le temps de parvenir à ses fins que le roi entra chez la comtesse.

Là, je sentis ma gorge se serrer puisqu'assurément, il allait être question de ma position.

— Fut-il question de ma personne ? demandai-je à Louise.

— Eh bien, madame, il ne fut question de rien, la comtesse se tut, le roi lui fit ses amitiés et personne n'en parla plus dit-on.

Je compris à l'instant que je me faisais berner et que la comtesse ne se managerait pas pour me snober, elle, cette catin des faubourgs qui pourtant régnait en maître dans la chambre royale. Le roi se perd, pensais-je, le roi pourrait perdre la France s'il ne se reprenait pas.

Louise se retira et je me plongeai dans des pensées qui n'étaient pas pour me rassurer. Je préférai m'éloigner un temps de la cour et recevoir à Paris, ce qui me serait bien plus profitable. Enfin c'est ce que je pensai sur le moment.

Je me trouvai bien seule sans visite quand je reçus une missive de Hollande. Ma sœur Catherine m'annonçait sa venue prochaine et elle s'en faisait une joie.

Je pris une plume et m'engageai à lui répondre aussitôt. Je sentis là l'occasion d'oublier un temps mes désagréments passagers.

Catherine ne tarda pas à me rejoindre à Paris. Je mis toute mon énergie pour préparer son accueil. Il me fallait réunir des amis, il me fallait lui présenter les meilleures personnes et la faire rayonner. Le soleil avec Catherine entrait dans la maison, elle devait ressentir toute la chaleur que je désirai lui prodiguer.

Maintenant, je devais préparer Brancas. Il était veuf depuis quelque peu et qui d'autre, eût mieux que lui, pu instruire ma sœur de la vie parisienne.

Je me présentai à son hôtel et fus reçue avec toute la prévenance qu'il savait y mettre.

Cet été 73, était très chaud à Paris et le duc contrairement à ses habitudes portait une seule chemise dégrafée mais avait gardé sa perruque. Cela lui donnait un air coquin qui ne me déplut point à regarder pour le moins du monde.

— Duc, commençai-je, Catherine ma sœur, dont je vous ai maintes fois entretenu, me fait savoir qu'elle arrive prochainement à Paris et qu'elle entend peut-être y demeurer près de moi un temps. Je suis dans un enthousiasme que j'entendais partager avec vous.

— Vous faites bien Albertine, et sachez que je partage votre joie et vous pourrez d'ores et déjà compter sur moi pour lui réserver le meilleur accueil qu'il me soit permis de lui offrir.

— En aurai-je douté mon ami ? Je suis même persuadée que vous vous ferez un plaisir certain de lui faire visiter et connaître à Paris tous les endroits que vous connaissez et dont rien ne vous échappe.

— Quel honneur vous me faites, Albertine, me répondit-il, me prenant la main et la baisant et m'entraînant vers deux cabriolets qui semblaient nous attendre. Il sonna et l'on apporta des rafraîchissements qui nous soulagèrent de cette chaleur étouffante.

— Que devenez-vous, Albertine, il y a trop de temps que je ne vous aie pas croisée ?

— Duc, vous savez les désagréments et les quelques malentendus qui m'ont opposé à la Comtesse du Barry.

— J'en ai ouï dire, en effet.

— J'ai ainsi préféré me reléguer quelque temps dans mon hôtel et méditer, écrire à ma famille et me reposer. L'âme parfois a besoin de se retrouver et de quitter l'effervescence qu'on lui impose et dont souvent elle vomit les conséquences.

— Voilà bien l'Albertine que je connaissais et retrouve. J'en ai le privilège et je vous en remercie. Nonobstant, chère amie, ne continuez plus ainsi à me priver de votre présence, cela me fait souffrir.

— Je vous promets, Duc, que dès l'arrivée de Catherine, je serai tout à vous deux et ne vous quitterai plus.

— C'est entendu, je tiens là votre promesse pour quitte.

Nous bavardâmes des potins des uns et des autres, du roi et de sa favorite, et là, il faut bien reconnaître que le duc ne la portait pas dans son cœur, d'autant qu'il avait peu de nouvelles de Choiseul, son ami, toujours en exil à Chanteloup.

Nous établirent déjà des plans pour l'accueil de Catherine et je pus me retirer satisfaite de mon entrevue avec Brancas, ce qui, j'en suis sûre, lui a fait aussi beaucoup de bien, se sentant souvent trop seul, au-delà des visites protocolaires qu'on lui rendait par pure politesse depuis son veuvage.

Catherine gagna Paris deux semaines plus tard. La berline entra par le porche de l'hôtel et j'entendis les gravillons crisser sous le poids des roues ferrées et les chevaux hennir par la chaleur toujours aussi torride qui rendait les chemins poussiéreux et irrespirables.

Catherine, aidée du cocher descendit de voiture, titubante tellement elle était fatiguée. En tenue blanche et légère, et au chapeau de lin blanc aussi entouré d'un joli ruban de soie bleu, elle se lança vers moi et me serra dans ses bras sans mot dire, car tout était dit dans cette embrassade que je ne voulus pas couper.

Nous nous dégageâmes pourtant et nous nous regardâmes sans un mot non plus. Voilà dix années déjà que j'étais partie de Hollande et Catherine était encore adolescente. C'était aujourd'hui une belle et grande jeune femme élégante, svelte et souriante que j'accueillais à Paris. J'en pleurai de joie, elle aussi d'ailleurs.

— Entrons Catherine nous placer au frais. Louise nous aura préparé quelques collations et rafraîchissements qui te soulageront des épreuves de ce voyage.

— Albertine, que je suis heureuse d'être près de toi, me dit-elle se rapprochant et s'épanchant sur moi. Je la serrai encore très fort et nous restâmes de longues minutes ainsi, quand Louise se présenta avec des jus de pommes pressées et des gâteaux qu'elles avaient elles-mêmes préparés pour l'occasion.

Catherine me devançant la remercia et Louise sentit chez ma sœur ce doux caractère qui la caractérisait si bien.

Elle me donna des nouvelles de nos père et mère, de notre frère au pays Batave. Tout allait pour le mieux pour nos parents même si leur âge avancé maintenant les tenait dans une position de reclus.

Je fis part à Catherine des projets que j'avais envisagés pour elle, autant de choses qu'elle acquiesça avec bonheur tant elle était pressée de découvrir Paris. En attendant, elle devait se reposer ; ce qu'elle fit après la collation et je ne l'ennuyai plus jusqu'au souper.

Nous consommâmes seules ce premier souper, nous en ressentions le besoin pour nous recueillir sur nos souvenirs et partager entre sœurs ce qui nous liait, l'amour de notre famille et de notre patrie la Hollande.

Je proposai pour le lendemain matin, un peu avant le dîner pour éviter de nous imposer, de rendre visite à mon ami le duc de Brancas. Catherine ne s'y opposa point au contraire, elle était impatiente de faire au plus vite des connaissances parisiennes.

Brancas pour tout dire savait par nos gens que nous arrivions à son hôtel et nous reçut avec toute l'élégance qui le caractérisait.

— Albertine, vous me charmez de me présenter votre chère sœur qui déjà illumine cette demeure.

Nous prîmes une banquette. Le duc s'installa sur une bergère face à nous. Nos robes blanches et nos chapeaux décorés de roses firent les éloges de notre hôte.

— Mais Duc, vous ne rayonnez pas moins dans votre habit de satin bleu qui fait le pendant de notre toilette.

Il nous servit un rafraîchissement et sans plus de façon s'adressa à Catherine, pour lui faire conter les dernières nouvelles de Hollande, des patriotes face à la famille d'Orange. Catherine ne s'étendit pas plus qu'il ne le fallut et évita de prendre position, ne connaissant pas les intentions de mon ami. Je me tournai vers elle pour la rassurer.

Le duc lui proposa pour le lendemain de la conduire dans Paris et l'invita à rejoindre un certain nombre de nos amis pour le souper et clore ainsi la journée.

Catherine le remercia et s'en trouva confortée par ses intentions et me sourit. Nous prîmes congé pour qu'il ne fût pas retardé dans son dîner.

— Mais Albertine, peut-être accepteriez-vous de vous joindre à nous pour la visite sans forcer votre choix ?

— Volontiers Duc. Je prie ma sœur par le bras et nous quittâmes l'hôtel pour rejoindre à pied ce qui nous permit de deviser sur cette première visite.

— Albertine, me confia Catherine, le duc est très charmant, et certes il est plus âgé mais possède un charme et une élégance qui me ravissent.

— Ton goût est sûr, Catherine, c'est un homme qui mérite assurément ton intérêt.

Nous ne rencontrâmes pas d'autre monde au cours de cette journée et nous nous gardâmes au repos pour nous montrer le lendemain sous notre meilleur jour.

Catherine tout émerveillée mais aussi comblée de la prévenance du duc profita pleinement de la visite de notre auguste ville de Paris. Le Louvre, les Tuileries le Palais Royal mais aussi l'Île Saint-Louis et la cathédrale Notre-Dame l'émerveillèrent.

Brancas entraîna Catherine dans un tourbillon virevoltant, de grâce, d'empathie, d'élégance, et de légèreté, qui plut sans conteste à ma sœur.

— Albertine, ton ami le duc de Brancas me fait tourner la tête, il n'est certes plus très jeune, je ne sais pas, mais il déploie un charme qui m'émeut assurément.

— Catherine, cela te conviendra assurément, nous sommes invitées ce soir pour le souper, tu pourras peut-être à cette occasion lui montrer combien sa présence te fait battre le cœur.

Brancas pour éblouir Catherine et me plaire, convia pour ce souper les Sartine, les Châteauroux, les Richelieu et leurs cousins les d'Aiguillon.

Nous parvînmes en second à l'hôtel Brancas, Les Sartine nous ayant précédés. Le duc me chuchota à l'oreille :

— Albertine, j'ai convaincu Beaumarchais de se joindre à nous, vous y opposez-vous ?

Je mesurai la confiance que le duc mettait en moi.

— Duc, lui répondis-je, vous connaissez l'auteur du Barbier de Séville et ce qu'en pense le roi, y compris la guerre entreprise avec la comtesse.

— Certes, mon amie, c'est pour cette raison et pour montrer à d'Aiguillon notre ministre, qui sera là aussi, que Beaumarchais tient fort le salon de la dauphine et que demain il sera à l'honneur.

— Attendez-vous à une joute entre le poète et le ministre qui pourrait nuire à votre réputation.

— Ou au contraire me mettre en avant dans tout Paris.

— C'est ainsi que vous voulez séduire ma sœur Catherine ?

— Que me chantez-vous là ?

— Duc, ne niez pas, ma sœur, depuis votre arrivée vous a rendu une décade.

Le duc me sourit et poursuivit :

— Albertine, rejoignons Catherine déjà prise en main par les Sartine. Elle s'habitue bien à ce que j'en constate.

Les Richelieu nous succédèrent, puis les d'Aiguillon qui se firent attendre, enfin le pensaient-ils, mais ils ne furent pas les derniers.

Mon cher duc les accueillit :

— Si vous pensiez être les derniers de notre souper, je dois vous avouer que vous aurez une surprise, puisque j'ai demandé à monsieur de Beaumarchais de se joindre à nous. Mais vous savez…

— Oui, je sais, Duc, tous les propos qu'il tient à votre endroit, mais c'est un auteur ? Comment me faites-vous cela ?

— Mais je ne vous fais rien, j'essaie de vous ouvrir les yeux Duc, et cher ami.

— Comment m'ouvrir les yeux ? Vous savez bien que la Comtesse et le roi ne veulent même plus entendre le nom de

Caron ? Puisque Beaumarchais est un soi-disant nom qui le place mais tous, nous savons qu'il n'a rien de notre monde.

— J'entends bien votre manigance et ne vous en tiendrai pas rigueur bien au contraire mais que dirai-je demain au roi ?

— Vous direz au roi que vous souhaitiez recevoir les faveurs de la dauphine en acceptant de souper avec l'auteur du Barbier de Séville et le roi cessera toute discussion sur le sujet.

— Puissiez-vous avoir raison.

— Et puis vous défendez constamment la Comtesse mais êtes-vous bien sûr de ne pas vous tromper alors que les temps changent, que le roi se fait plus vieux et que le dauphin, vous le savez, verra les choses d'un jour différent.

D'aiguillon ne répondit point et nous nous rassemblâmes pour le souper au moment où Beaumarchais apparut enfin.

Il salua comme un gentilhomme toutes les femmes du salon, avec son charme habituel puis fit le tour de nous tous et enfin se présenta devant d'Aiguillon.

— Monsieur de Beaumarchais, quelle surprise pour nous de partager un souper avec l'auteur qui vient de nous livrer le Barbier de Séville sans être certain qu'il put plaire au roi.

— Monsieur le ministre lui répondit Caron, le roi, vous le savez, n'est pas toujours en accord avec mes saillies mais il sait les services que je lui rends dans le secret.

— Vous êtes dans le secret monsieur de Beaumarchais ? C'est peut-être pour cela que vous m'inquiétez.

— Qu'ai-je d'inquiétant monsieur le ministre, en dehors de mes écrits qui ne plaisent pas à tous, je le concède ? Mais monsieur le duc, vous savez bien que sans la liberté de blâmer, il n'est point d'éloge flatteur, il n'y a que les petits hommes qui redoutent les petits écrits.

— Je ne redoute aucun de vos écrits mais vous m'attaquez si souvent que je ne peux croire que vous le faites pour me flatter. Le roi en prend ombrage et ne supporte pas ou plus vos empressements à ternir l'image de la comtesse.

— Monsieur le ministre, peut-être devriez-vous réviser votre jugement à l'avenir à l'endroit de la comtesse, lorsque le roi en sera lassé, qui vous sauvera ? Sûrement pas le dauphin et encore moins la dauphine.

Brancas frappa dans ses mains et nous rejoignîmes nos places assignées pour honorer son souper qui fut bruyant, charmant et où chacun put s'exprimer à loisir, satisfaire les plaisirs du palais et ceux de l'esprit. L'honneur était sauf pour Brancas, d'Aiguillon passa une excellente soirée et en remercia son hôte.

J'écoutai plus que je participai pour ce souper. Catherine me suivit pour entendre et comprendre. Surtout, je ne voulais pas chercher à m'opposer à d'Aiguillon, qui savait Choiseul mon ami intime et son opposant politique.

Beaumarchais, épris de liberté de parole et libre de ses écrits se satisfit aussi de l'accueil qui lui fut réservé. Un Caron à la table de trois ducs, sans qu'on s'en offusquât, donnait le ton. Le monde changeait.

Fidèle serviteur de l'État mais n'étant apparemment doué d'aucun génie particulier, Armand de Vignerot, duc d'Aiguillon et pair de France, descendait du cardinal de Richelieu par sa nièce pour laquelle avait été acheté le duché d'Aiguillon. Le jeune Armand avait tout naturellement commencé sa carrière dans l'armée, ce qui le mena, en 53, à être nommé commandant en chef du gouvernement de Bretagne. Il s'opposa au procureur général La Chalotais, esprit nourri de philosophie. En 70, ayant à ses trousses une meute d'accusateurs réclamant sa condamnation à la suite de l'affaire de Bretagne, d'Aiguillon eût recours à la protection de madame du Barry, et la favorite plaida sa cause auprès du roi. Louis s'exécuta d'autant plus volontiers qu'il avait, autrefois, soufflé au duc les faveurs de madame de Châteauroux et se crut obligé à quelque bienfait envers lui. D'Aiguillon fit désormais partie du clan de la favorite et des intimes auprès du roi. Aux Affaires étrangères où il fut appelé en 71, à la suite du renvoi de mon ami Choiseul, il mit en œuvre la politique voulue par le roi. Choiseul avait été renvoyé parce qu'il voulait la revanche sur l'Angleterre. D'Aiguillon, lui, était l'homme de la paix. Cela apaisa le roi, mais était-ce le meilleur choix ?

Nous allâmes sortir et prendre congé de Brancas lorsque le ministre s'approcha, me prit délicatement le bras, m'écarta délicatement pour m'entretenir.

— Baronne, je ne suis pas votre ennemi. Je sais que vous êtes distante avec moi et que vous êtes sur vos gardes en raison du soutien que je porte à la comtesse et aussi de la confiance que le roi m'accorde.

— Monsieur le ministre, lui répondis-je, je ne peux en aucun cas porter un quelconque jugement sur la confiance que le roi vous accorde et s'il le fait c'est qu'il a raison mais une certitude existe, c'est que je suis et serai toujours l'amie de votre prédécesseur exilé à Chanteloup. Au-delà du soutien que vous portez à la comtesse c'est une autre raison pour que je garde mes distances avec vous. Pour quelles raisons voudriez-vous que je change d'attitude à votre endroit ?

— Et si Baronne, j'en avais une ? Changeriez-vous ?

— Il eut fallu qu'elle fût d'importance, exposez-la, monsieur le ministre et je vous répondrai ensuite.

— Je vais vous surprendre une seconde fois ce soir Baronne. J'ai admis côtoyer Beaumarchais, vous l'avez constaté, et ce que je vais vous dire vous surprendra d'autant plus.

La comtesse, chère Baronne, j'ose à peine vous en parler mais je dois m'en ouvrir, prend maintenant une place trop importante auprès du roi au point de lui en faire perdre l'esprit et de jugement.

— Il y a peu encore peu, ce n'était pas votre avis, convenez-en !

— Certes Baronne mais souffrez que mon esprit s'ouvre et acceptez ce que j'ai à vous instruire. Nonobstant, l'hôtel de notre hôte n'est pas l'endroit pour ce genre de conversation, acceptez que nous poursuivions chez moi demain tantôt.

— Volontiers, monsieur le ministre, j'ai hâte de savoir ce dont vous souhaitez m'entretenir et sachez que vous m'intriguez en même temps.

Le lendemain comme convenu, je me présentai à l'hôtel d'Aiguillon, près du Palais Royal, hôtel luxueux certes mais pour un homme de son rang, presque aussi riche que le roi, on le dit seconde fortune du royaume, c'était juste maintenir son rang. Je ne l'appréciai que peu pourtant, mais qu'avait-il donc à m'annoncer, au point de me rencontrer presque dans l'alcôve ?

À peine étais-je installée, qu'il m'accueillit avec toute la prévenance due à ses rangs et qualités, et d'une traite me déroula :

— Chère Baronne, j'estime que la comtesse, je vous l'ai dit au souper, a fait son temps, et j'ai quelques craintes s'agissant des affaires du roi, s'agissant de ses conseils.

Parlait-il juste ? Je n'en savais rien et je ne me trouvai pas suffisamment dans les arcanes du pouvoir pour comprendre toujours ce qui se tramait.

— Aussi voudrais-je profiter de l'absence de la comtesse en voyage pour les eaux de Spa pour vous convier à vous rapprocher du roi, comme vous le fîtes, il y a peu encore, avec bien entendu, votre entière discrétion me concernant, ne souhaitant pas me compromettre si la chose échouait.

Je voyais bien là la fourberie et le pleutre qui s'affichait dans le ministre.

— Monsieur le ministre, lui répondis-je, comprenant enfin le coup qu'on entendait me faire porter, le roi lui-même est-il dans ses dispositions ?

— Baronne, le roi parfois souffre physiquement et sa dévotion le tourne à faire amende honorable des péchés qu'il a pu commettre avec la du Barry, puisqu'il s'agit d'elle.

— Mais je ne comprends pas, il en commettra autant lorsque je l'aurai rejoint, à sa demande bien entendu.

— Bien entendu, Baronne, on ne vous demande pas de forcer le passage mais d'être sur le chemin lorsqu'il vous y invitera.

— Alors ? Et pour sa dévotion ?

— Pour vous, avec vous, il ne pêche pas, puisque si la comtesse est éloignée de la cour et que vous êtes invitée à la supplanter, votre rang l'autorisera à vous épouser.

— Vous me voyez reine de France ? Vous faites des rêves la nuit monsieur le ministre.

— Pas du tout, là-dessus, n'ai-je pas rejoint les idées de votre ami Choiseul et n'était-ce pas cela qu'il voulait faire de vous.

N'êtes-vous pas aussi l'amie de la Dauphine ?

— Assurément, mais sans être encore son amie, nous partageons en langue allemande, ce qu'elle ne pourrait parfois pas exposer publiquement.

Vous avez compris que vous jouez là votre avenir dans un temps très proche.

— Baronne, je vous demande de vous tenir prête le moment venu, je sais compter sur votre silence et surtout sur votre discrétion me concernant.

— Vous les avez, monsieur le ministre, je suis maintenant à la disposition du roi et du Royaume si Dieu en décide ainsi.

Quelques jours passèrent et je n'avais toujours pas d'annonces de la part du ministre quand la comtesse revint de Spa. Je ne savais rien non plus de la santé du roi. Pour tenir ma discrétion, je me tenais éloignée du monde avec l'espoir que cela ne durerait pas trop longtemps.

Nonobstant, je devais m'enquérir par un biais. Je mis à nouveau Louise en mission de me rapporter des éléments de nature à m'éclairer, tant sur la santé du roi que sur l'avenir de la comtesse ou au moins sur ce qui se disait.

Les choses ne traînèrent pas et Louise, fidèle à son habitude, et aussi peut-être en prenant plaisir à l'intrigue, ce qui ne gâtait rien, me rapporta dans un premier temps des informations sur la santé du roi.

— Madame, en revint-elle, le roi, j'en doute, ne vous convoquera sûrement pas, en tout cas pour l'heure. Il est faible et alité, pourtant, il y a à peine trois jours, tous, y compris le roi, assistèrent à la première d'Iphigénie de ce monsieur Gluck, dont on dit la dauphine très proche.

— C'est évident, Louise, allons, il est de Vienne et ami de la cour de Schonbrum.

— Je ne savais pas, madame. Ce que j'ai appris par une servante de la dauphine, c'est que le lendemain de la première, sa maîtresse, qui vous savez, devait sur ordre, se préparer à changer de situation.

Je restai coi et me figeai.

— Poursuis Louise, poursuis.

— Autour du roi six médecins au moins s'agitent et autant de chirurgiens et d'apothicaires. Le roi veut guérir, il ne cesse d'appeler des renforts et se fait prendre le pouls au moins six fois par jour. Le Monnier que vous connaissez lui fait tirer la langue, mais cela ne lui suffit pas. Il faut qu'il la présente aussi à Lassonne puis à Bourdeau et à Lorry. Cela n'en finit pas. On dit qu'il est proche de la troisième saignée mais il s'y refuse.

— Je comprends répondis-je à Louise, s'il accepte la troisième c'est que sa fin est proche et il veut en éloigner le sort.

J'ajoutai :

— Ce que tu me rapportes là Louise est très important sur l'avenir de la comtesse puisque si la troisième saignée est exécutée, le roi se doit de renvoyer sa favorite.

— Retourne et prends bien soin de tout retenir ce dont on va te confier et glane tout ce que tu pourras sur l'avenir de la comtesse.

Quand Louise revint, c'était chargée de propos, recueillis çà et là, qui me firent froid dans le dos, je l'avoue.

— Madame, pas plus tard qu'hier et l'information est de ce matin, après avoir reçu mesdames ses filles, le roi fit venir à lui la comtesse. Elle demeura seule auprès du roi, alors qu'il avait demandé qu'on s'éloignât, vous pensez bien que mon amie écouta par une porte secrète dont elle a presque seule le secret dans les serviteurs.

Il avoua à sa favorite avoir la petite vérole. Il lui fit toucher des boutons qui naissaient sur son front çà et là. Il avait de la fièvre.

Ils se dirent adieu, la comtesse comprit qu'elle ne reverrait pas son amant et se retira doucement. Le roi ne la retint pas à ce qu'on m'a rapporté.

Je me suis alors enquise auprès de la servante de la comtesse que j'ai à ma main.

— C'est tout bon Louise, tout bon, je saurais m'en souvenir. Louise rougit et savait que cela lui rapporterait et surtout elle savait pourquoi elle le faisait aussi.

— Alors que sais-tu de ce qui s'en suivit chez la favorite ?

— Madame, à peine la comtesse avait-elle rejoint ses appartements, que le duc d'Aiguillon se présenta, et l'on me dit qu'il pleurait.

— Ah oui, il pleurait ?

La comtesse lui demanda d'emblée : Le roi est mort ?

— Non, madame, lui répondit-il.

Ils poursuivirent leur conversation.

— Le roi est homme, madame, mais il est l'oint de Dieu, il se sait malade et il craint pour l'avenir de son âme. En plus il se doit à son peuple pour une sorte de réparation.

La comtesse se troubla et s'assit dans une bergère, tandis qu'on s'affairait autour d'elle.

— Sa Majesté, poursuivit d'Aiguillon, souhaiterait se mettre en règle avec Dieu et ne voudrait pas mourir en philosophe. Le roi ajouta qu'il avait beaucoup péché, qu'il avait toujours respecté le carême, fait dire plus de cent mille messes, respecté les uns et les autres du clergé, mais qu'il était un sacrifice qu'on lui reprocherait de ne pas avoir fait, et qu'il fallait y remédier.

— Lequel, monsieur le ministre, s'enquit la comtesse ?

— Celui de vous conduire pour un temps à Rueil sous l'escorte de madame d'Aiguillon elle-même.

Le roi dit qu'il cédait ainsi à la nécessité et qu'il s'y soumettait espérant un temps meilleur. Il ajouta : « Dites à la comtesse que je ne la renvoie pas pour autant ».

La comtesse s'affaissa d'après sa servante et répondit au duc :

— Je comprends dès à présent la réalité de ma chute. Faut-il partir maintenant ?

— Non, comtesse, demain matin, le temps des préparatifs sera bien temps, termina le duc alors que tous sanglotaient autour de la favorite.

— Merci, Louise pour ta fidélité. Prends quelques heures pour te reposer.

Je n'en demeurai pas là et aussitôt pris-je le temps de me rendre chez d'Aiguillon qui me reçut sans façon.

— Duc, j'apprends par des voies détournées, des entretiens que vous eûtes il y a quelques heures avec la Comtesse, qu'en est-il donc ? Le roi serait-il au terme ?

— Baronne, pardonnez-moi de ne pas vous avoir mise dans la confidence mais les affaires vont si vite.

Je ne crois plus que notre projet se réalise, le roi se meurt Baronne, des temps nouveaux approchent.

La cour est consternée, le roi vient de recevoir les derniers sacrements et s'est repenti d'avoir donné du scandale à ses peuples que si Dieu voulait le garder un temps sur cette terre, il vivrait désormais comme au temps de sa jeunesse et emploierait sa vie à soutenir la religion, défendre la foi et gouverner son peuple.

L'ordre vient d'être donné à toutes les églises de France de se mettre en prières pendant quarante heures pour demander au ciel sa guérison. On va descendre le châssis de Sainte-Geneviève et l'exploser un temps à la vénération des fidèles.

— Merci, monsieur le ministre, attendons et prions pour le roi. Je compte sur vous pour m'informer à nouveau de l'évolution du Bien-Aimé.

Je retournai à mon hôtel, passai une journée sans information, et décidai d'attendre dans la solitude. Que pouvais-je faire d'autre ?

Catherine fréquentait maintenant assidûment et presque quotidiennement Brancas, ce qui n'était pas pour me déplaire et les choses en restaient là jusqu'au matin lorsque je vis déambuler à pas forcés d'Aiguillon dans le salon.

Je ne posai aucune question au ministre et attendis qu'il ouvrît la bouche.

— Ce matin 10 mai à trois heures, le roi a rendu son âme à Dieu Baronne. Il sera conduit à Choisy. L'étiquette m'interdisant comme les autres ministres de suivre le roi, je demeurerai donc à Paris.

Le duc d'Aumont souhaita dès ce matin que la Martinière procédât à l'embaumement mais le premier chirurgien, et je vous présente mes excuses Baronne pour la description qui suit, mais le premier chirurgien lui a répondu : « Je le ferai, monsieur, si on m'en donne l'ordre, mais dans ce cas, il me faudra que, pour remplir les devoirs de votre charge, vous receviez dans un plat d'or les entrailles de Sa Majesté, et je vous déclare que, vu l'état d'infection du cadavre, ni vous, ni moi, ni aucun de ceux qui assisteront à cette cérémonie, nous ne serons en vie huit jours après. C'est à vous, monsieur le duc, de décider maintenant ce que vous désirez que je fisse. »

Sur ce, d'Aumont quitta La Martinière et il ne fut plus question d'embaumement. On le plaça dans un cercueil de plomb, d'où je puis vous assurer Baronne, qu'il s'exhalait encore une puanteur affreuse.

Je portai la main à ma bouche pensant me sentir mal quand Louise se précipita avec des feuilles de menthe, toujours à sa disposition, qui me firent reprendre mes esprits.

— Et la comtesse poursuivis-je à l'endroit du ministre ?

— La comtesse, chère Baronne, en ce moment, retenue à Rueil, va être exilée à l'abbaye du pont aux Dames près de Meaux.

— Le roi ne lui fait point de cadeau pour sa dernière demeure.

— En effet baronne, c'est un vilain monastère qui date de Saint Louis, ruiné avec des murs sans tapisseries ni autres décorations. Elle se contentera de chaises en bois sauf quelques fauteuils de Marocains noirs. Voilà Baronne où peut résider l'avenir des hommes, alors encore heureux qu'ils ne sachent pas leur sort par avance, ils se pendraient.

VI
L'espoir et la montée des Lumières

« Vive le roi ! » « Vive le roi ! » C'est dans cette euphorie nouvelle que la foule des courtisans dévala la galerie des Glaces pour se rendre dans l'appartement du Dauphin au rez-de-chaussée.

Le roi est mort, vive le roi ! Voici ce que j'entendis lorsque je me rendis aussitôt à Versailles, pour enfin paraître et où je savais pouvoir m'entretenir avec Marie-Antoinette, maintenant reine de France.

Madame Campan qui se trouva dans leur appartement, nous rapporta que Louis XVI et Marie Antoinette, à l'annonce de la mort du roi, se mirent à genoux murmurant enlacés : « Mon Dieu, guidez-nous, protégez-nous, nous régnons trop jeunes ! »

Louis XV, est mort, certes, mais le peuple je le ressentais, forgeait un espoir non dissimulé dans le règne de Louis XVI.

La reine, non pas intimidée, ce n'était pas son tempérament, mais soucieuse de son nouvel état, entra dans la galerie, où l'on s'écarta sur son passage, pour la saluer et l'honorer. Le silence était de rigueur. Elle s'arrêta auprès des unes et des autres et parvint jusqu'à moi.

Le roi se préparait, il entendait avant de descendre, revêtir les effets de sa nouvelle dignité. Il savait le poids qui dorénavant tombait sur ses épaules. Il en était conscient et entendait bien s'en montrer responsable. Elle me confia en Allemand, bien qu'il n'y eût là aucun secret :

— En tout état de cause, certaines choses et personnes vont rapidement changer dans cet aréopage de courtisans.

— Que voulez-vous dire ainsi Majesté ?

— Je veux dire que certains vont sans tarder quitter cette maison et ne plus y revenir. Nous en avons ainsi décidé avec le Dauphin avant l'issue funeste de son aïeul.

— Si votre Majesté estime qu'il doit en être ainsi, c'est que cela est bon pour la France et son gouvernement.

Le roi fut acclamé à son arrivée et la fraîcheur des jeunes et nouveaux souverains annonçait une ère nouvelle, une ère de liberté qui flottait dans notre monde. Puisse Dieu les accompagner vers la réussite de leur règne.

Je profitais de nombreux moments de liberté, pendant que les souverains prenaient leurs marques, pour visiter Catherine, il y avait trop de semaines au cours desquelles je l'avais négligée. Je ne sais si ma sœur, tout à Brancas, sentait venir les évènements, elle semblait bien à l'écart de tout cela et affichait un bonheur certain dans l'intimité de son amant. Ils se marièrent sans tarder, mais sans faste, nos parents ne pouvant se rendre à Paris, eu égard à leur âge. Peu de sociétés donc. Une trentaine de personnes participèrent au souper très simple que le nouveau roi offrit aux Tuileries puis une messe à Saint-Sulpice. Au retour, le roi donna un feu d'artifice sur la Seine, qui combla non seulement notre société mais aussi le peuple de Paris. Catherine s'installa chez Brancas et commença, à son tour, sa vie de salonnière, à laquelle elle s'était patiemment entraînée avec moi.

Et puis, il y avait le sacre qui se préparait.

Duras qui en son temps avait testé ses talents d'entremetteur pour me glisser dans la couche du Bien-Aimé fut désigné en qualité de maréchal de France pour l'organisation du couronnement de Louis XVI, en ce onze juin 75, et la reine en personne m'informa que j'étais conviée à Reims, ce qui m'honora au plus haut point.

La mort de Louis XV entraîna, comme me l'avait confié la reine, la chute d'Aiguillon, mais aussi de celles de Terray et Maupeou, il fallait s'y attendre. Autant de gens auxquels Marie Antoinette n'avait pas pardonné la disgrâce de Choiseul ni surtout la faveur de son ennemie personnelle, la du Barry : d'Aiguillon fit partie de la charrette même s'il avait viré de bord au dernier moment mais en toute discrétion, peut-être trop. Je demeurai bien à l'écart et à aucun moment je ne m'ouvris auprès de la reine des intentions du ministre quant à ses anciens projets, bien m'en a pris puisque la reine eût pu en prendre ombrage et m'éloigner. Aujourd'hui j'en recueillais les fruits.

La jeune reine, vingt ans à peine, ne semblait pourtant pas identifier avec toute la mesure qui seyait à son rang, la responsabilité qui sera la sienne le jour du sacre.

— Pensez Albertine me dit-elle, alors que nous nous croisâmes dans la galerie, que l'abbé de Vermont veut me faire comprendre que je serai sacrée en même temps que le roi, mais je ne l'entends pas ainsi et je voudrais garder toute ma liberté, vivre et m'amuser comme mes amies, jouer, faire de la musique et prendre le temps qui me convient pour satisfaire mes moindres désirs. Si comme me le dit l'abbé, je suis sacrée comme mon mari, je perdrais tout cela.

— Majesté, vous vous trompez, me permis-je, vous ne perdrez rien au contraire, vous pourrez amener la cour et toutes vos amies vers ce besoin de liberté et le roi vous y aidera.

— Vous le croyez vraiment, Albertine ?

— J'en suis certaine, car comme vous, je suis éprise de liberté mais je défends l'idée de la vivre dans un Royaume fort qui nous protège et nous empêche de vivre dans l'anarchie.

— Alors Albertine vous me verrez couronnée reine, et la reine de ceux qui aiment la liberté.

À Reims, ce onze juin, dans la cathédrale décorée à la mode antique, étincelante des lustres, le roi était étendu aux côtés de l'archevêque. Il entendit, au terme des onctions successives, cette phrase qui lui sonna comme à tous ses prédécesseurs depuis Clovis :

« Que vous n'abandonniez point vos droits sur les royaumes des Saxons, des Merciens, des peuples du nord et des Cimbres. »

Il était revêtu de la tunique de la dalmatique et du manteau fleurdelisé.

C'est ainsi, sonné par les psalmodies en tous genres, que le roi reçut les dernières onctions aux côtés de ses frères Provence et Artois. Il en faut de la force me dis-je pour recevoir cette lourde couronne de Charlemagne chargée de rubis et d'émeraudes.

Je regardai discrètement la reine fixant son époux tenant le spectre supportant le lis émaillé et la main de justice en corne de licorne, elle pleurait et de chaudes larmes coulaient sur ses joues nacrées.

Le connétable Clermont-Tonnerre, ensuite, lui présenta joyeuse, la pesante épée de Charlemagne et le roi, se dirigeant vers le jubé fut intronisé.

Tous crièrent ensuite à toute volée : « Viva rex in aeternam ».

La foule en transe envahit la nef au cri de : « Vive le roi, vive le roi, Noël, Noël… ». Les cloches de la ville comme partout en France répondirent au gros bourdon de la cathédrale. La reine n'y tenait plus, elle éclata en sanglots. Étaient-ce des sanglots d'émotion ou de souffrance ? Je ne le saurais jamais.

Le souper fut aussi consistant que la cérémonie fut lourde de protocole et de cérémonial. Pourtant la reine n'avait qu'une hâte, entraîner le roi pour se retrouver seuls. Elle y réussit et ainsi purent-ils se promener dans le parc et rencontrer la foule qui les acclamait.

Le couple semblait heureux, c'était prometteur.

Je rentrai à Paris mais dans les chemins en construction à la sortie de Reims, j'aperçus de la fenêtre de ma berline des ouvriers à genoux, tendant les bras au ciel. Je m'arrêtai. Je ne sais pas s'ils me prirent pour la reine ou une personne de sa famille. Pour eux, on se ressemble toutes.

« Nous voulons du pain, madame, du pain, nous mourrons de faim, faites quelque chose pour nous. »

Je leur promis que je ferai tout ce qui est dans mon possible et que j'en informerai la reine.

Je tins ma promesse et de retour à la cour comme chaque jour je rencontrai la reine, je lui exposai mon aventure.

— Mais, me répondit-elle, je comprends ces gens et ferai ce qu'il faut auprès du roi. Cela ne me privera pas pour autant du plaisir de mes distractions qui passent par de multiples amusements, cela peut choquer mais rompre avec mon plaisir changerait-il le sort de ces malheureux. Je ne le pense pas ?

Je saisis à l'instant que je ne changerai pas la reine, qu'intelligente elle avait compris les malheurs des pauvres gens mais que ces amusements n'étaient en aucune façon la cause de leur faim. La reine comblait un je ne sais quoi de malheur à sa façon, mais elle n'était pas heureuse, c'était certain.

Elle entendait se réfugier de temps en temps à Fontainebleau dont elle appréciait la tranquillité et elle s'y fit aménager un boudoir pour « bouder » les courtisans. Elle avait aussi ce souci de l'introspection et de se réfugier dans son for intérieur, ce que peu voyaient à la Cour, et c'est grand dommage. La reine méritait qu'on s'attachât à sa personnalité et creuser le fond de son cœur.

— Albertine, demain je serai aux Tuileries où j'aime me promener dans les jardins. Pourtant ce ne sont que des « haies de chieurs », selon le gouverneur qui s'en plaint constamment au lieutenant de police. Les haies d'ifs cachent toutes sortes s'insalubrités et d'immoralités. Odeurs et infections sont le quotidien de tous ceux qui fréquentent l'endroit. Albertine, voyez-vous, on y pisse en plein air et pour le reste on fait comme on peut. C'est pour le moins immonde.

Nonobstant accepteriez-vous de m'accompagner seule pour que nous bavardions, je connais des endroits du jardin qui n'ont pas cette réputation et qui me sont réservés. J'ai besoin de votre amitié, de votre présence et de quelqu'un qui me permette d'être moi et hormis du regard de tous ces gens qui n'attendent de moi que des sourires comme s'ils se regardaient dans un miroir et que je leur renvoyais en retour ce qu'ils cherchent éperdument. Ils ne savent peut-être pas non plus ce qu'ils cherchent. Ils s'ennuient trop, voilà la raison. Vous ne pensez pas Albertine ?

— Majesté, être courtisan, est un métier à la cour de France. Ils sont là pour le bon plaisir du souverain ou de la souveraine. Nonobstant ils ont leur vie, leurs souffrances, leurs maladies, leurs peines et ne doivent jamais le montrer pour votre bon plaisir. Soyez indulgente pour eux. Ils vous le rendront.

Je ne sais si la reine me comprit mais je me devais de le lui faire savoir, et voilà que c'était fait.

Ce qui fut dit et décidé fut exécuté, je me rendis donc aux Tuileries, rejoindre la reine, qui exceptionnellement demeurait seule, hormis quelques domestiques prêts à satisfaire quelques volontés soudaines.

— Merci de votre présence Albertine, certes vous êtes parfois là pour plaire et nous plaire mais je sais aussi que des pensées plus libérées que la plupart des autres courtisanes de cette cour nous préoccupent. Je vous sais femme libre mais fidèle.

Me voilà reine de France et j'entends montrer à la cour et au reste du monde qu'il faille épurer ce protocole, nous montrer moins guindés, plus ouverts, à l'écoute des gens. Je sais que vous avez été heurtés par ces ouvriers affamés. C'est l'affaire du roi et des ministres. J'entends que si je m'amuse trop, on me reprochera de ne pas montrer assez de compassion à l'endroit de ces gens. C'est quand même la politique de mon mari qui en est responsable et surtout celle de ses ministres. Je m'en suis ouvert à lui et je fais en sorte qu'on sache que je m'y intéresse et je le fais naturellement. Je voudrais Albertine que vous soyez mon relais dans votre petit monde à Paris pour le faire savoir, sinon que va devenir ma réputation, déjà qu'on me nomme l'Autrichienne, et que le commun ne se souvient que des guerres qui nous opposèrent pendant si longtemps. Je suis mariée à Louis pour la paix et non pour faire renaître de ses cendres un quelconque conflit.

Que me conseillez-vous, Albertine ?

— Majesté, le seul conseil que je puisse vous donner c'est de rester vous-même, d'être agréable, douce et compatissante. Le temps fera le reste, et je comprends votre besoin de vous amuser. Continuez, cela aérera votre esprit qui sinon se ternira.

— Je me rappellerai ce que vous dites là, Baronne, et quel bon moment vous venez de me consacrer. Il est temps maintenant que je rejoigne ces dames qui s'impatientent de me courtiser et de me plaire. Vous savez que je réfléchis à me réserver un lieu éloigner du château qui me permette de vivre un peu comme une fermière près de la nature et qui m'apaiserait.

— Faites, Majesté, faites, suivez votre instinct.

Sur ces paroles d'espoir, nous nous sourîmes et nous quittèrent pour rejoindre une meute de demoiselles toutes aussi folles les unes que les autres.

J'étais encore dans le parc et avant de quitter le palais, quand j'aperçus un homme d'une belle élégance, affairé à surveiller quelques travaux d'entretien. Je m'approchai puisque je ne voulais pas passer pour une personne qui se dérobait. Il se dirigea vers moi, me salua en retirant son chapeau. Il portait l'épée, un costume d'un bleu luisant et sa canne au pommeau d'argent était ramenée sous son bras gauche.

— Madame, je n'ai pas le plaisir de vous avoir déjà rencontrée aux Tuileries et pourtant Dieu sait que cela circule lorsque la reine y est présente. Permettez-moi de me présenter, je suis le Chevalier de Champcenest, gouverneur du palais.

— Baronne de Nyvenheim, monsieur et je viens justement de partager quelques pas avec la reine à sa demande et puis vous assurer que j'y reviendrais volontiers, mais peut-être pas dans ces endroits nauséabonds dont la reine me fit la description et dont vous ne parvenez pas semble-t-il, a-t-elle ajouté, à assainir.

— Le lieutenant de police Sartine, fait de son mieux pour jeter dehors les malfaisants, mais il n'y parvient point, tellement ce peuple se renouvelle. J'envisage de demander au roi de faire pencher des ingénieurs sur l'étude d'un réseau de salubrité.

— Vous avez devant vous quelqu'un qui vous soutiendra, monsieur le Chevalier.

— Ce fut un réel plaisir de vous avoir croisé, Baronne et pourquoi ne pas accepter bientôt mon invitation lorsque je les lancerai pour la fête des Tuileries. Je serai fort aise de vous avoir à mes côtés.

— Je vous en remercie, monsieur de Champcenest, et si je la reçois, je m'y rendrai avec beaucoup de plaisir.

— Elle vous parviendra, je vous en fais le serment.

Nous nous saluâmes et reprirent chacun notre chemin. Curieusement nous nous retournâmes au même moment. Ce chevalier, me disais-je est un homme que j'aurais beaucoup de plaisir à retrouver. Sa voix et sa conversation m'ont enthousiasmée.

Je rentrai ainsi guillerette à mon hôtel et Louise s'en aperçut.

— Madame à ce que je ressens, a passé une excellente journée.

— Assurément Louise, assurément, lui répondis-je, toute encore retournée de cette rencontre.

Je vins effectivement à la fête des Tuileries en ce mois d'août 76 accompagnée de ma sœur, qui je le sais, si je rencontrais le gouverneur, saurait me laisser seule et prendre part aux amusements des autres courtisanes.

Le Chevalier m'aperçut et s'empressa de venir me quérir. Il y avait là des musiciens, des jongleurs et quelques amuseurs et bateleurs. Tout cela pour désennuyer le bon peuple mais rien qui ne m'intéressât plus que de revoir mon chevalier servant.

— Baronne, m'accueille-t-il, voulez-vous que je vous fasse visiter le palais si vous ne le connaissez pas ?

— En effet, je ne le connais point et c'est avec grand plaisir que j'accepte d'autant que je trouve cette journée d'été trop étouffante.

— Le palais est frais rassurez-vous.

Je suivis Champcenest qui aussitôt me prit le bras délicatement pour m'entraîner vers l'entrée « bord de seine ». Plus je le regardais, plus je le trouvais bien fait de sa personne, joli visage et l'air droit et noble, ce qui me plaisait, je le concède.

Il se retourna vers moi, me sourit et je lui rendis cette amitié. Je ne sais s'il comprit que je ne refuserais pas ses amabilités et avances s'il s'aventurait.

Nous visitâmes quelques salles et salons, puis il me conduisit vers un boudoir plus intime où il me proposa que nous prenions un rafraîchissement tandis qu'il appelait pour nous soyons servis.

Nous prîmes place sur une banquette de velours fleuri et la chaleur aidant, je me laissai aller à me prélasser contre le dossier. Il le vit et m'encouragea.

— Prenez vos aises Baronne, reposez-vous quelques instants, et cette allure vous va à ravir.

Je compris dès lors que moi aussi je ne lui étais pas indifférente.

On nous servit des verres de jus de pommes, nous bûmes et gardâmes le silence quelques instants, avant qu'il ne le rompe.

— Baronne…

— Albertine, appelez-moi Albertine, je préfère.

— Albertine, donc, souffrez que je vous dise combien vous êtes ravissante, et que votre beauté illumine ce palais et cette pièce. Votre délicatesse votre sourire et tout en vous n'est que charme.

Je ne vous demande rien qui puisse vous obliger mais pour vous revoir à nouveau, je remuerai la terre entière. Vous avez bouleversé mes sentiments et mon cœur.

Je me retins non par timidité mais par correction et ne voulant pas me livrer d'un coup, d'autant que je ne le connaissais que trop peu. Je ne souhaitais pas m'engager dans une aventure tortueuse.

— Chevalier, vous me faites déborder d'émotion mais si nous prenions plus de temps, ne serait-ce pas mieux ?

— Bien sûr… Jean-Louis, je me prénomme Jean-Louis.

— Alors Jean-Louis prenons l'air maintenant pour nous remettre mais je vous promets que nous nous reverrons au plutôt, j'attendrai votre billet avec impatience.

Nous quittâmes le palais, sans mot dire, tout était dit, nous nous regardions, nous sourions, nous savions, je rentrai chez moi et je me mis à rêver.

Que m'arrivait-il, pourquoi étais-je aussi transportée, depuis ma furtive rencontre avec le roi, je ne m'étais pas encore livrée ainsi. Je n'avais pas l'intention de résister, ce Jean-Louis de Champcenest gouverneur des Tuileries me plaisait et je ne pensais plus qu'à lui.

Le gouverneur m'accueillit à nouveau mais à Meudon cette fois, m'ayant au préalable informée sur l'invitation qu'il en était le gouverneur, notamment des chasses royales. Je compris alors qu'il était proche du souverain et même qu'il en avait la confiance : la chasse étant pour le souverain la plus grande partie de son temps.

— Albertine, m'accueillit-il, bienvenue à Meudon sur les terres du roi qui m'y concède un très bel appartement. Vous êtes chez vous Albertine et j'ai demandé que vous y soyez accueillie comme la maîtresse de maison.

Nous gagnâmes le salon qu'un maître d'hôtel nous indiqua, nous précédant, dans l'aile des Marronniers. Nous prîmes place sur des bergères proches l'une de l'autre séparées par un guéridon d'acajou marqueté et bordé de bronze doré.

Le salon luxueusement meublé et paré de tapisseries à la gloire des dieux anciens était d'une luminosité qui m'impressionna.

— Jean-Louis, vous vivez seul ici en dehors de la maisonnée, m'enquis-je.

— Je suis veuf Albertine de ma seconde femme depuis plus d'un an. Et vous Albertine ?

— Je suis séparée et divorcée en Hollande de mon mari depuis 63. Je n'ai pas beaucoup de nouvelles. Catherine ma sœur m'en a donné néanmoins quelques-unes. Il serait souffrant et ses jours seraient comptés à Dresde où il réside maintenant.

Nous sommes donc libres vous et moi ! lui ajoutai-je, inconsciente de ma saillie, aussi sotte que saugrenue.

— En Hollande ? Vous êtes venue à Paris depuis longtemps ?

— Je suis arrivée avec mon mari en 63 et il est reparti aussitôt. Il n'a pas apprécié les salons parisiens. Depuis je me suis installée rue de Richelieu, dans l'ancien hôtel Montpensier.

— Je suis venu au monde au Louvre où mon père était premier Valet de chambre jusqu'au jour où j'ai acquis la charge en survivance. C'était tout proche, le destin nous rapproche par les lieux Albertine. Vous croyez au destin ?

— J'y crois, Jean-Louis, parce que si devais expliquer tout ce que la vie me réserva depuis douze ans, et si de surcroît le destin n'existait pas, je n'aurais pu un instant, imaginer vivre ce qui m'est advenu. Je n'ai rien décidé, tout m'a été donné, tout m'a été imposé, tout a été décidé sans que j'eusse prise sur les évènements. Tout ce qui m'advint le fut par la grâce du divin. Que Dieu soit loué.

— Albertine, vous me conterez votre parcours quand vous le souhaiterez.

— Quand nous aurons fait plus de connaissance Jean-Louis, je ne suis pas encore prête à dévoiler tous mes secrets et pour tout dire, les livrerais-je bien tous ?

Et vous Chevalier, dites-moi ! Qui êtes-vous et d'où venez-vous ? Vous avez des enfants de vos deux unions ?

— Voulez-vous consacrez votre temps à ce que je vous conte l'histoire de ma famille, vous pourriez-vous lasser ?

— Absolument pas Jean-Louis, bien au contraire, si j'ai accepté votre invitation c'est justement parce que j'ai grande envie de mieux vous connaître et votre histoire en fait partie, vous ne pensez pas ?

— Alors lançons-nous :

L'origine ancienne de notre famille se situe en Anjou, et si des rameaux y demeurent encore, ma branche n'y a plus d'attache. Je ne me souviens qu'à partir de mon grand-père, même si mon père a bien tenté de me conter nos origines.

Je commencerais donc par mon grand-père qui vint à Paris pour tenir une maison de bain dans le Marais. La Montespan que le roi entendait honorer autant qu'il le pouvait, vint un jour trouver mon aïeul pour, dit-elle, lui demander des « confortatifs » afin de réveiller les sens de son royal amant. On surnommait mon grand-père La Vienne, peut être le nom d'une terre que ses propres aïeux possédèrent mais sans certitude. Je ne saurais le dire. En tout état de cause, il fournit à la maîtresse royale tout ce dont le roi eut besoin et dans un temps assez court, il lui octroya en récompense une charge de barbier étuviste au Louvre. Il gagna dit-on la confiance du roi, et se mit à coiffer toutes les dames de la Cour, avec en premier d'entre elles, madame de Sévigné. Il avait un cousin et aussi un frère avec lesquelles ils s'associèrent et se mirent dans la perruque. Plus tard, il acquit une charge de premier Valet de chambre, tout comme son cousin. Ces charges permirent à la famille d'acquérir des terres, pour mon grand-père à Champcenest dont il devint marquis par lettres patentes et Champlost pour mon cousin, qui devint baron.

— Quel destin aussi, pour eux ? Comment auraient-ils pu avoir une quelconque influence sur leur vie et en décider si ce ne fut la volonté de Dieu ?

— Il confia en survivance sa charge de premier valet de chambre à mon père qui me la transmit à mon tour, et c'est mon père aussi qui me précéda dans la gouvernance des bourgs chasses et château de Meudon. Il y est inhumé dans l'Église Saint-Martin.

Je me plaçai dans ses pas alors qu'il gardait le commandement de l'équipage du daim, équipage privé du roi Bien Aimé.

Nous avons la confiance des souverains, par la grâce de Dieu, et nous tâchons de nous en montrer dignes. Je suis fier et heureux, Albertine, de vous accueillir ici dans cette demeure ô combien imprégnée de la présence royale.

J'eus pu, si Louis XV avait vécu, pensai-je, y venir il n'y a pas si longtemps, le destin en a voulu autrement.

— J’ai épousé Marie Rose Tessier en 48 mais elle a rejoint le ciel en 54. C’est alors que j’épousai ensuite en 55 Madeleine Pernon.

De Marie-Rose, nous eûmes Pierre, et de Madeleine, Edmond-Ferdinand, et René, vous ferez bien assez tôt leur connaissance.

— Pourquoi bien assez tôt ?

— Parce qu’ils ne sont pas toujours d’un tempérament conciliant et j’oserais dire que parfois ils sont perturbants hormis Edmond encore bien jeune.

— Vous vous partagez entre Meudon, et les Tuileries, mais parvenez-vous à satisfaire seul convenablement, ces lourdes charges ?

— Je me fais seconder depuis peu par mon aîné Louis. Il préfère les Tuileries alors je l’ai nommé en survivance pour qu’il puisse prendre la suite avant que la charge ne lui échappe.

Je vous ai aussi évoqué mon cousin Champlost. Il y a dix ans lorsque la marquise de Pompadour rendit son âme à Dieu, c’est mon cousin qui se trouvait à la fenêtre avec le roi qui lui confia sa peine.

Et vous Albertine, avez-vous quelque famille avec vous à Paris ?

— Oui Jean-Louis, ma sœur Catherine vient d’épouser le duc de Brancas mais j’ai aussi un frère gouverneur de Batavia, aux Indes Hollandaises. Je le vois peu mais nous échangeons des lettres. Mes parents nous ont transmis ce sens de la famille qui est demeuré très fort chez nous.

Les heures passèrent ainsi à échanger sur nos vies, pas sur tout, sur nos familles et nos origines. Nous comprîmes surtout que rien ne nous séparait, enfin rien, ce n’est pas certain. J’étais protestante et nous ne l’évoquâmes nullement, pas que nous

nous y refusions mais parce ce que nous n'en avions pas estimé l'importance.

Mon cocher m'attendait dans la berline et je rentrai rue de Richelieu, comblée d'un si grand moment. Champcenest était tout à moi et j'avais, je l'avoue, l'envie aussi d'être toute à lui.

Je m'étourdis par le roulis de la berline, m'endormis peut-être, et ne vis pas le parcours. Lorsque le cocher tapota à la porte, je me réveillai, sursautant. Louise vint m'accueillir à la portière et m'aida à retrouver mes esprits embués peut-être d'un bonheur nouveau, en tout cas d'une grâce certaine.

Je venais de juste de passer mes trente-deux ans et je me trouvai à rêver de voir la vie autrement, quand la reine parfois dans la galerie des Glaces lançait à la cantonade : « Il ne devrait plus y avoir céans de personnes de plus de vingt-cinq ans » et tous riaient parce qu'ils pensaient qu'elle plaisantait ou riaient jaune tout simplement, mais ne voulaient en aucun cas déplaire. Pourrais-je ne plus vivre seule, pourrais-je partager ma liberté, pourrais-je me livrer alors que je suis secrète, pourrais-je ? Autant de questions qui me conduisirent vers un profond sommeil.

VII
Liberté et insouciance

Les semaines passèrent, nous les partageâmes ensemble avec Jean-Louis. Je passais de Meudon aux Tuileries, de salon en salon et aussi de Versailles à Marly ou Fontainebleau, tout cela quand sa tâche l'accaparait et je faisais partie des voyages.

On s'habitua à ma présence, la reine m'en félicita, nonobstant je n'avais pas encore fait officiellement la connaissance de ses enfants et je pressentais en lui un frein qu'il devait lâcher.

— Jean-Louis si vous profitiez de l'invitation que nous venons de recevoir en vue de l'inauguration du parc et château de bagatelle que le comte d'Artois, vient de faire construire. C'est une folie paraît-il, et si nous profitions, dis-je, pour qu'au retour à Meudon vous me présentiez vos enfants ?

— C'est peut-être le moment aussi où la cour sera présente, au moins dans sa plus grande partie, annoncer que nous allons bientôt nous épouser, ajouta-t-il.

— Nous épouser, Jean-Louis ?

— J'entends faire cette annonce, Albertine, devant nos amis, avant que les enfants, arguant de toutes sortes de principes et d'objections, puissent contrecarrer notre projet.

Je me jetai de joie dans les bras du Chevalier et je l'étreignis de toutes mes forces. J'aimais Jean-Louis et il m'aimait, les anges nous entouraient.

L'invitation de l'inauguration de Bagatelle parvint en son temps et nous la reçûmes de la signature de la reine elle-même, une pour chacun de nous. Nous en fûmes flattés. Je ne connaissais pas l'idée même de Bagatelle et je souffrais de savoir où nous nous rendrions dans quelques jours.

Aussi me rapprochai-je à nouveau de Brancas, maintenant mon beau-frère, qui se fit un plaisir de venir m'entretenir du sujet à Meudon, d'autant que s'il avait déjà rencontré ou croisé Jean Louis aux Tuileries, en aucun cas ils ne s'étaient attardés à parler du temps qui court.

— Ma chère Albertine, quel plaisir de vous retrouver, s'annonça-t-il.

Jean-Louis et moi étions sur le perron de Meudon pour l'accueillir.

— Vous êtes le bienvenu aux Chasses du roi, Duc, mais peut-être y avez déjà participé ?

— En effet, marquis, cela m'est arrivé. Mais être reçu personnellement en cette maison, jamais et je vous en sais gré.

— Entrons voulez-vous, continua le Chevalier. Nous entrâmes dans le grand salon.

Nous prîmes des fauteuils, et on apporta des rafraîchissements puis quelques gâteries de pâtisserie.

— Albertine ! Commença le duc, je crois comprendre que vous êtes invitée avec le gouverneur à l'inauguration de Bagatelle ?

— En effet, et je savais que je pouvais compter sur vous pour m'éclairer sur le sujet, car même si Jean-Louis a quel qu'idée quant à la construction, il ne connaît pas l'histoire du lieu et nous ne supporterions pas de nous y rendre, ignorant cela.

— Bagatelle, se mit à raconter Brancas, est aujourd'hui un pavillon de plaisance, ou « folie », comme on dit à la cour qui fut construite cette année dans un temps immensément court, par François Bellanger, architecte, sur la commande du comte d'Artois. Certes, il y avait déjà des constructions dans le bois de Boulogne, mais pour celle-là, la reine y mit la main.

— Comment la reine se mêla-t-elle de cette affaire ? Elle ne m'en a jamais parlé.

— Non mais son beau-frère le comte d'Artois est aussi son ami et confident, ils sont comme frères et sœurs, ils s'adorent.

Alors que la réputation du domaine était déjà bien établie, la maréchale d'Estrées donna au domaine une vocation ludique et libertine. On dit que la Pompadour y donna de fastueuses fêtes, notamment en l'honneur de Richelieu, et vous le savez libertin, je ne vous apprends rien et du roi de Pologne.

Mademoiselle de Charolais aussi fréquenta Bagatelle. La demoiselle que vous connaissez fut aussi une libertine assumée qui mena une vie dissolue et qui se retira un mois ou deux à Bagatelle pour accoucher discrètement du fruit de ses amours. Vers 53, elle créa l'ordre de Bagatelle, réservé aux intimes de la maison : la maréchale de Luxembourg, la comtesse d'Egmont ou la princesse d'Hénin, afin de participer à des spectacles de théâtre. L'idée était par le fait généreuse, eu égard à l'honorabilité de ces dames.

En début d'année, cette maison étant passablement délabrée et jugée peu digne des fêtes, que le comte d'Artois projeta d'y entreprendre des travaux. La reine, nous y voilà, le mit au défi de réaliser cette construction en cent jours. Le comte d'Artois, du haut de ses dix-huit ans, releva le défi et paria la somme de cent mille livres.

On dit qu'une maîtresse du prince aurait prêté ses traits aux sphinges en marbre ornant la façade sur jardin, mais ce n'est que pure supposition et pamphlets.

Voilà ma chère amie ce que vous allez découvrir. Bagatelle est une merveille et je vous envie de vous y rendre.

Nous fûmes effectivement émerveillés de la visite mais tout fut surfait, tout fut artificiel, sauf quand la reine se produisit avec d'Artois et quand ils nous donnèrent les pièces de Gluck. Un ravissement.

Je fis aussi la connaissance des favorites de la reine que je ne connaissais pas encore, Gabrielle et Diane de Polignac. Elles étaient belles-sœurs et il me sembla qu'elles supplantaient assez bien la princesse de Lamballe plus effacée.

On ne peut dire que ces dames de Polignac, au demeurant particulièrement charmantes et virevoltantes, l'étaient. Elles se montraient beaucoup, cela se voyait et la reine ne voyait que par elles.

Diane notamment ne quittait pas d'Artois qui semblait assez entiché. J'aimais observer cette faune, ce rucher d'abeilles autour du pouvoir, le monde est ainsi fait, ainsi les choses sont et seront, je ne suis pas là pour les blâmer. La reine était heureuse, jeune, belle, la cour brillait de sa présence, j'en suis aussi comblée.

Fourbus des spectacles, des concerts et des discussions, il fallut retourner à Meudon où nous étions attendus par les enfants de Jean-Louis. J'avais le cœur un peu serré, je l'avoue, mais je me repris et ne laissai rien voir à Jean-Louis. Je suppose qu'il en était de même pour lui. Il n'était plus d'âge à se morfondre pourtant mais ainsi vont les sentiments. On avance en âge mais nous gardons nos âmes enfantines comme si nous avions encore besoin d'une protection, d'un pare-feu parental. C'est du moins ce que je ressentis à cet instant où nous fûmes tous les deux, assis dans la berline, pensant à la suite de la soirée.

Le parcours ne fut pas très long entre Bagatelle et Meudon. Je dis à Jean-Louis, pour rompre le silence et amorcer la conversation :

— Mon ami, nous voici arriver et que puis-je vous dire d'autre que la pièce va commencer.

Il se retourna, me sourit et nous nous rendîmes directement au salon, où j'aperçus trois garçons nettement plus jeunes que moi, c'est heureux, la vingtaine, qui virevoltaient et fanfaronnaient autant qu'ils le pouvaient, s'estimant en terrain conquis et souhaitant le montrer.

Je ne me dépareillai aucunement et fis un arrêt juste derrière Jean-Louis qui se dirigea vers ses enfants près d'une cheminée de marbre de carrare.

— Mes enfants, les faisant se réunir autour de lui, en demi-cercle, souffrez que je vous présente, la Baronne Albertine de Nyvenheim.

Les garçons me firent une révérence de politesse en esquissant, je le devinai, un sourire narquois, sauf le plus jeune, apparemment plus réservé.

— J'ai rencontré, je vous l'ai déjà dit, Albertine aux Tuileries et si nos chemins se sont croisés ce jour-là, alors que la reine réunissait des amies, nos routes ne se sont plus déviées. Nous comprîmes assez tôt que nous devions annoncer officiellement que nous serions désireux de nous unir.

Je vis Pierre, enfin je suppose, l'aîné, opiner du chef, les yeux à terre, sans mot dire, et surtout sans me regarder, tandis que le cadet, René souriant malicieusement, se dandinait d'un pied sur l'autre. Enfin Edmond, stoïque, demeurait coi, se bougea pas et se tut aussi.

Un silence d'ange traversa la pièce. Je compris que je devais me présenter pour couper court à ce silence gênant et pesant.

Je m'approchai, maintenant que Jean-Louis m'avait présentée, et fis un pas vers celui que je pensai être l'aîné.

— Je suppose que vous êtes l'aîné, m'adressai-je à Pierre ?

— C'est très juste, madame, me répondit-il relevant la tête enfin mais sans me sourire.

Puis portant mon regard sur le côté droit, je m'adressai à celui que je pensais être René.

— René, je suppose, c'est bien cela ?

— C'est bien cela Baronne, et je vous souhaite la bienvenue dans notre auguste demeure, occupée déjà par mes grands-parents. Nous y sommes très attachés ainsi qu'à tout ce qui se décide céans.

Je compris qu'il entendait donner là son avis pour l'union que son père projetait.

— Enfin, continuai-je, là je ne peux me tromper, vous êtes bien Edmond ?

— Vous ne vous trompez pas, madame, et je vous souhaite tout simplement la bienvenue chez nous.

Lui au moins ne fit aucune remarque désagréable qui put me blesser tandis que déjà les deux premiers mettaient quelque hostilité à m'accueillir ou alors ils dissimulaient bien leur joie mais j'opterai plus pour la première solution.

Jean-Louis reprit la main, avant qu'un enfant le fasse ce qui eut l'heur de mieux briser la glace, il le fallait.

— Albertine mes enfants, est Hollandaise et nous vient de Nimègue. Nonobstant, elle vit à Paris depuis 63 et se trouve déjà assimilée aux mœurs parisiennes et tous les salons lui sont ouverts y compris ceux de la reine.

Je compris que mon ami voulait d'emblée marquer son territoire, en développant à ses enfants que je n'avais pas été découverte par hasard.

Il poursuivit en racontant mon odyssée par le menu, alors que nous avions tous pris place dans des bergères posées en demi-lune. Les enfants écoutaient et ne bronchaient pas. Jean-Louis parla aussi des exploits de mon père avec l'armée du roi, des attaches avec quelques grandes familles de Paris et enfin des nombreuses rencontres et liens d'amitié que j'avais pu tisser au cours de ces dix dernières années. Il omit de parler de Louis XV. Je ne m'en étais néanmoins toujours pas ouvert, mais je ne doutai pas que mon futur mari s'était au préalable renseigné. En tout état de cause, il n'en dit mot et c'était bien ainsi. Il brossa avec précision mon arbre généalogique, et je le concède, un des plus glorieux de Hollande. Je devais m'en montrer digne mais aussi fière pour ne pas ternir l'image de notre famille à l'étranger.

À mon tour, je remerciai Jean-Louis, de tant de louanges sur ma famille.

— Mais si le marquis de Champcenest, dis-je, me tournant vers Pierre, vous a, par le détail, éclairé de ma personne, il me serait agréable de vous connaître plus. Voulez-vous vous lancer Pierre ?

Je venais de surprendre ce genre de personnage, au moment où il ne s'y attendait le moins, de se livrer et de se découvrir. Son visage enfantin, lisse et imberbe, ses yeux brillants, malicieux mais aussi peu francs, je le ressentais, sa bouche petite et dédaigneuse, n'étaient pas faits pour me rassurer sur sa personne.

— Baronne, que voulez-vous savoir de moi ? J'ai encore si peu vécu.

J'ai vingt-trois ans, et Baronne, vous revenez de la maison du prince dont j'ai eu l'honneur d'être le favori. Depuis 70, je sers en qualité de sous-lieutenant à Mestre de camp général dragons, puis à colonel général dragons et capitaine depuis 72. J'en suis là pour ma carrière. Je m'ennuie et profiterai bien de la première opportunité pour partir sur terre ou sur mer, combattre pour la France. Mais madame, le militaire que je suis et la fougue qui m'habite me donnent la force de vous dire d'emblée que je suis particulièrement hostile à l'idée d'apprendre que mon père, à cinquante-quatre ans, entend s'unir à une femme de trente-deux ans, ayant déjà vécu, fut-elle baronne de Nyvenheim et des meilleures familles hollandaises.

Loin de me laisser troubler par ce freluquet, ma réponse fut aussi sèche qu'immédiate.

— Vous m'offensez, monsieur, notre différence d'âge n'a aucune commune mesure avec l'estime que nous nous portons.

— Si, madame, cela a de la mesure, je ne l'entends pas ainsi et tiens à vous en faire part. Je m'opposerai à tout ce que vous entreprendrez pour arriver à vos fins. J'ai la certitude que vous vous servez du serviteur qu'est mon père pour vous placer dans les sillons du roi, alors que vous êtes déjà dans ceux de la reine.

— Vous vous égarez et je vous le montrerai le moment venu, Pierre.

— Madame, vous me trouverez toujours sur votre chemin, sachez-le.

Le marquis ne broncha pas. Il savait son fils être un être arrogant souvent abject, mais là il venait de dépenser les bornes.

— Pierre, la baronne est mon invitée et je n'accepte pas les allusions et les a priori que vous venez de lui lancer. Je vous demande de bien vouloir présenter vos excuses pour votre comportement. Je place cela sous le signe de votre émotion à me voir ainsi refaire ma vie.

— Père, j'ai du respect pour vous et vous le savez mais acceptez que je quitte ce salon et que je n'y revienne que seul avec vous ou avec mes frères mais jamais avec madame la Baronne qui vous égare.

— Soit Pierre, sortez si c'est votre choix et revenez ici sous de meilleurs hospices, ce serait préférable.

Pierre, en colère, quitta le salon à notre plus grande stupéfaction. Les deux autres frères demeurèrent cois.

Je ne me départis pas non plus, et mis cela sous le compte de sa jeunesse et déjà je lui pardonnai, tout du moins je ne lui en voulais pas.

— Et maintenant René, seriez-vous dans d'autres dispositions de Pierre pour que nous échangions.

Le visage de René, plus avenant que celui de son frère, plus allongé et plus fin aussi, montrait des yeux amendés, un nez long mais pas très gros et surtout une bouche sensuelle et gourmande, ce qui laissait supposer qu'il mordait la vie à pleines dents.

— Du haut de mes dix-sept ans, madame, je ne permettrai pas de porter un quelconque jugement sur mon père et son désir marital. Je viens d'entrer aux mousquetaires et suis à ma place. Mon goût se porterait volontiers vers les lettres et les écritures. Nonobstant je goûte fort bien le temps que je passe à croiser le fer aux mousquetaires.

— Vous me paraissez très fougueux et suis certaine que le destin vous réservera des surprises et j'espère celles de nature à combler votre ambition.

— Merci, madame, me répondit-il en souriant.

Je sentis un jeune homme quelque peu effronté et son entrée récente aux mousquetaires me conforta dans cette disposition. Je préférai m'en faire un allié plutôt qu'un opposant comme venait de s'affirmer son frère Pierre.

Je me tournai maintenant vers le benjamin, tout juste âgé de quinze ans mais très mûr pour son âge. Le visage encore enfant, au visage agréable et prometteur, il me plaisait.

Au-delà de sa formation de futur sous-lieutenant à Noailles dragons, il n'eut pas l'envie de se livrer plus, et je ne l'ennuyais point.

Pierre ayant quitté le château, nous nous mîmes à table pour le souper. Le cuisinier de Meudon nous prépara des filets de lapereaux à la vénitienne, puis des côtes d'agneaux et enfin des tartelettes à l'allemande. Je compris fort bien l'allusion et sus remercier Jean-Louis de son intention. La conversation continua et s'éternisa, notamment sur les mamans des enfants, qui étaient je le savais différentes entre Pierre et ses deux frères. Tout se déroula dans le calme et la bonne humeur, malgré l'absence de Pierre, mais je compris tout de suite que la famille était habituée à ces envolées. René fit beaucoup d'esprit, tandis que son benjamin se montra peu loquace. Je parlais de la Hollande tandis que Jean-Louis nous parla de ses ancêtres baigneurs, étuvistes et perruquiers, François et Jean, qui venus d'Angers achetaient des cheveux pour en faire des perruques, appréciées du roi qui en changeait plusieurs fois par jour.

Jean-Louis parla aussi de Pierre qui avait l'habitude de faire les choses sans consulter aucunement, ne prenant que rarement soin de prévenir son père avant de s'engager. Cela le chagrinait.

Je compris que ce garçon souffrait et delà venait sans conteste son tempérament irascible, emporté, coléreux et impétueux.

Jean-Louis s'y était engagé, il fit sa demande et nous nous épousâmes en 79, alors que mon ex-mari était décédé. La cérémonie fut simple et familiale. Simple certes, parce que nous ne conviâmes que peu de gens pour ce mariage tardif et qu'il s'agissait là juste de régulariser une situation qui devait devenir officielle. Je n'étais plus la maîtresse de Jean-Louis, je devenais marquise de Champcenest.

Je décidai de garder mon hôtel de la rue de Richelieu, mais m'installai à Meudon et y pris goût.

Les trois enfants assistèrent au mariage, même Pierre et si René et Ferdinand se satisfirent de la situation sans se montrer certes plus enthousiastes que cela, il n'en fut pas de même de Pierre qui continuait ses sarcasmes et qui frondait aussi son père, ce qui eût l'heur d'irriter Jean-Louis, qui pourtant gardait son calme.

Je revins progressivement à la cour après un voyage en Hollande pour présenter Jean-Louis à ma famille. Ce fut un moment de grâce mais j'eus assez hâte de rentrer à Paris où se situait ma vie. J'étais Hollandaise certes jusqu'à ma mort, mais mon cœur battait pour le royaume de France.

En déambulant dans la galerie des Glaces, je fus interpellée par Gabrielle de Polignac. Elle souhaitait mieux me connaître et j'en fus ravie. Ce n'était que pluie de plumes, forêt de chapeaux et rubans, jusqu'à des navires dans les coiffes, des roses et autres décorations. Léonard, Frémond et Frédéric, leurs coiffeurs étaient à l'œuvre pour satisfaire et créer la mode de ces courtisanes.

S'il n'y avait que ces dames, mais ces messieurs n'étaient pas en reste, et même brillaient. Leurs justaucorps brodés étincelaient, leurs culottes et vestes longues les allongeaient, les manches galonnées et gilets de soie sans omettre les boucles des chaussures faisaient se pâmer ces dames emplumées.

— Madame de Champcenest m'interpella-t-elle, la reine qui m'est tout, me parle souvent de vous et je m'étais promis de tout faire pour entamer au plus tôt une conversation avec vous.

— Volontiers, madame, lui dis-je, nous dirigeant vers un petit cabinet attenant, plus tranquilles pour deviser. Nous étions toutes les deux à la mode du temps. Je lui fis observer cette situation, elle en sourit. Nous portions toutes de larges chapeaux rehaussés de plumes de faisan, qui nous donnaient des airs de Diane chasseresse. Ce n'était pas pour me déplaire. Gabrielle de Polignac portait à merveille le sien mais aussi sa robe de dentelle blanche et l'ensemble de sa toilette, élégante, soignée, la rendait désirable aux yeux de tous les hommes de la galerie qui n'hésitaient pas à se retourner sur son passage. Elle le vit bien sûr et sur le champ releva son cou, fin et délicat, ce qui dégageait sa taille fine, légère et fluide.

Nous prîmes des bergères, nous nous sourîmes pour la circonstance et j'attendis qu'elle prenne la parole la première, ce qu'elle fit et me proposa de se présenter pour mieux se faire apprécier à mes yeux.

J'acceptai bien entendu.

— Je suis tout ouïe, madame !

— Je préfère Gabrielle, et vous savez qu'à la cour et la reine elle-même m'appelle, madame Jules, du prénom de mon mari, Jules de Polignac, c'est curieux mais je m'y suis fait.

— En effet, répondis-je, c'est très curieux. Mais je n'insistai pas plus, c'eût été inconvenant.

— Je suis issue de La Maison de Polastron. Je n'avais que trois ans quand ma mère rendit l'âme, et mon éducation fut alors prise en charge par ma tante, la comtesse d'Andlau. Je fus fiancée à 16 ans au comte Jules de Polignac, capitaine du régiment de royal dragons, et je crois qu'il y croisa récemment votre beau-fils Pierre de Champcenest. Nous nous épousâmes en 67. Il y a quelques années déjà. C'est en 75 que nous fûmes conviés pour un bal à Versailles. La reine me regarda en souriant lorsque nous traversâmes la galerie. Elle quitta sa direction et vint à ma rencontre et s'arrêta à ma hauteur. Je lui fis ma révérence. Elle me prit la main, pour me relever.

— Pourquoi ne venez-vous pas plus souvent à la Cour, je ne vous y rencontre jamais.

— Je lui rétorquai que la solde de mon capitaine de mari était trop faible et que je n'avais plus de fortune personnelle.

— Je suis confondue par la franchise de votre réponse et de votre simplicité Comtesse, mais vous si jolie et si gracieuse que je crois ne plus jamais pouvoir me passer de vous, me répondit-elle.

— Madame, Paris et Versailles viennent de vivre des émeutes de gens affamés, des boulangeries attaquées, des gens pendus et comment aurais-je pu dire à mes gens que je brillais à Versailles alors que je n'avais plus grand bien pour faire vivre mes gens.

— C'est tout à votre honneur, madame, mais vous me rappelez ces évènements troublants alors que le roi était préoccupé du prix du blé et de la vente des farines pour que chacun y ait sa part. Il en avait un grand souci, puisse-t-il aujourd'hui y remédier.

La reine se confia très vite à moi et me permit de vivre à Versailles et même me dota pour récompenser mon amitié de quoi faire face aux indemnités de mes gens. Je vous confie que la reine souffrait des rapports qu'elle entretenait avec le roi. Il n'était pas tout à elle et la délaissait trop souvent pour la chasse et bien d'autres occupations.

Je résidais à Claye, la reine venait me visiter chaque semaine et rapidement m'invita à venir habiter de manière permanente à Versailles. Je dus lui refuser sa proposition une seconde fois en raison de mon peu de fortune.

N'ayant pourtant rien réclamé mais juste exposé une franche situation, la reine fit éponger mes dettes familiales pour quatre cent mille livres et surtout elle fit octroyer une charge de grand écuyer à mon mari. J'en fus stupéfaite, je voulais refuser, mais la reine eût pu s'en offusquer. On ne refuse pas une pension royale. Me voici donc installée à Versailles, très près des appartements de Marie-Antoinette, puisqu'elle exigeait ma présence constante. La tête me tournait, vous savez marquise. C'est ainsi que je suivis la reine dans tous ses amusements, avec ses autres amies mais aussi son beau-frère, le comte d'Artois, que vous vîtes à Bagatelle.

— En effet la coupai-je, c'est un très beau gentilhomme et je comprends qu'il fasse beaucoup d'effets au sein des dames de la Cour.

— Chère amie, il n'a qu'à choisir. On se bouscule à son alcôve.

Nonobstant, je ne me fis pas que des amis, vous le devinez aisément. Même le confesseur de la reine, l'abbé Vermond, et son acolyte, le comte de Mercy, pourtant ambassadeur n'hésitèrent pas à produire des lettres dénigrantes à l'endroit de la reine qu'ils adressèrent aussi à l'impératrice sa mère. J'aurais semble-t-il reçu trop d'avantage sur la cassette royale, mais je n'avais rien sollicité. Il est vrai que dernièrement ma belle-sœur Diane, qui était jusqu'alors dame d'honneur pour accompagner la comtesse d'Artois, fut nommée dame d'honneur de madame Élisabeth par le roi. Voilà Marquise où vous me trouvez et maintenant que je vous ai exposé qui je suis et d'où je viens, je me hasarderai bien à me transformer en Marie-Antoinette pour que vous devinssiez mon amie. Je vous ai observée à Bagatelle mais pas vous. Quand la reine vous parle, je me retourne. Je n'ai aucune jalousie, soyez rassurée. Je ne sais pourquoi je recherche votre amitié mais c'est ainsi, je ne sais quel esprit est derrière et qui guide mes pas. Vous croyez aux esprits qui guident nos pas et dessinent notre destin ?

— Comtesse, je partage comme vous venez de l'évoquer la présence d'un monde qui nous échappe sur cette terre mais crois de toute mon âme au monde invisible qui nous gouverne. Encore faut-il bien nous comporter pour ne pas être redressés.

— Revenons vers la galerie, l'on va encore jaser sur nous, du moins sur moi puisque tout ce que je fais est épié, depuis que la reine nous couvre de bienfaits.

— Ne vous formalisez pas sur les bienfaits que la reine vous couvre, moi-même, ai bénéficié de bienfait du feu roi et j'en suis fort aise.

— J'oubliais, Marquise. Avant que nous nous séparions, à Bagatelle le peintre Greuze, que vous connaissez peut-être, fut impressionné par votre beauté divine, votre mise et votre élégance naturelle. Il m'a même soufflé qu'il se verrait bien peindre votre portrait, n'hésitez pas à le lui faire savoir lorsque vous le croiserez dans la galerie. Il s'y trouve peut-être aujourd'hui.

— Non, Comtesse, je ne connais pas ce monsieur Greuze, mais vous me plaisez en me disant qu'il entendrait faire mon portrait. Il me serait agréable de le rencontrer.

— Alors laissez-moi faire l'entremetteuse et vous le faire rencontrer lorsque ce sera le bon jour.

— Merci, Comtesse.

Nous nous fîmes mille politesses avant de nous quitter et rejoindre la meute de la grande galerie, bruyante, mal odorante et désagréable au possible. Mais voilà, il fallait y être vu.

Gabrielle ne tarda à m'annoncer que le peintre royal se déplacerait dans quelques jours et qu'il entendait déjà procéder à quelques croquis.

Greuze s'annonça à Meudon, un samedi de septembre 79, je m'en souviens, il faisait encore beau, la lumière éclatait et les rayons du soleil heurtaient les pampilles des lustres en cristal du salon.

Il me fit une révérence et se présenta.

— Madame, la beauté que l'on me chanta dépasse ce que j'aurais pu imaginer, je ne sais si mon pinceau pourra rendre tant de lumière, de grâce, et de féminité.

Puis, il attendit, à demi courbé, attendant mon invitation à s'asseoir.

— Monsieur Greuze prenez un siège et approchez-vous. Je veux aussi observer celui qui entend percer le mystère de mon portrait.

— Madame, vous touchez là l'essentiel de mes recherches. J'entends placer dans mes tableaux, de portraits ou de scènes, des couleurs claires, lumineuses et légères. J'estime que les lourdeurs de tons ont que trop duré. Je voudrais et vous me comprendrez, introduire un réalisme d'influence hollandaise dans ma peinture. J'entends citer des détails de costumes et de décors, pour tout dire, je voudrais parler au cœur, éduquer le regard et rendre vertueux celui des observateurs.

— Monsieur Greuze, l'on ne m'a pas trompé en me proposant d'accepter votre idée de portrait. Maintenant, comment voulez-vous que je pose pour vos premiers croquis ?

— Si vous acceptez, je souhaiterais, vous peindre alors que vous serez plus haute que ma position, aussi aurais-je besoin d'une estrade et qu'on y posât une bergère, sur laquelle vous vous assiérez et vous pencherez légèrement en avant laissant tomber l'épaule droite.

— Pourquoi donc maître, l'interpellai-je ?

— Parce que j'entends donner ainsi au portait une ligne de mouvement qui soit de nature à remonter jusqu'à votre regard et qu'ensuite on ne puisse admirer que vos yeux.

— Faudra-t-il aussi que je tienne quelque chose dans mes mains ou sur mes bras ?

— Bien entendu, madame, si votre petit King Charles veut bien rester quelques instants en place, vous le poserez sur vos genoux et le retiendrez de la main droite tandis que vous poserez votre coude gauche sur le dossier de la bergère. Ainsi ma ligne sera parfaite et j'obtiendrai le résultat de ma recherche, la vie et le mouvement dans la lumière la plus éclatante de votre salon.

— Je sentis la puissance du maître, sa volonté de rendre le meilleur pour l'art.

Je ne pourrais dire le nombre de fois que je posais mais il termina le tableau en atelier. Ce fut une merveille et au-delà de ma personne tous admirèrent ce pinceau direct franc et léger à la fois.

Je constatai assez rapidement que ma nouvelle amie, la comtesse de Polignac, aussi saine fut-elle, continuait à faire l'œuvre des pamphlétaires et à juste titre, puisque ce que le roi octroyait à cette famille allait au-delà de la récompense :

En septembre 80, Jules de Polignac son mari fut élevé au rang de duc héréditaire de Polignac. Mon amie devint duchesse en un jour. Et certains pamphlets dénonçaient même qu'elle était la maîtresse de la reine, alors que j'avais déjà constaté que la souveraine nourrissait une amitié non masquée avec Axel Fersen, un très beau garçon, du Royaume de Suède. Nonobstant, n'étant informée de rien, je ne me permis nullement d'entrer dans de nauséabondes discussions avec qui que ce soit et encore moins avec la famille Champcenest. Mon mari très discret ne s'épanchait jamais sur ce qu'il apprenait ou constatait, c'est ainsi qu'il garda la confiance du souverain qui savait s'en souvenir. Je n'allais pas le trahir.

Je passerai également sur cette drôle d'affaire du collier dont je ne compris pas grand-chose. Je n'étais pas assez française pour comprendre tous les méandres qui conduisirent à cette affaire.

La reine ne prenait pas au sérieux ces pamphlets qui lui étaient indirectement destinés. Elle menait, en occultant tout cela, avec Louis, les affaires du royaume comme elle le souhaitait, pour le bien du peuple disait-elle et j'ose aujourd'hui affirmer qu'elle était sincère.

Je la croisai subrepticement, un jour de septembre 80, je ne sais plus lequel, il faisait très chaud et la galerie paraissait un peu vide.

— Marquise, m'aborda-t-elle, vous savez que le roi est en pleine gestation gouvernementale et que l'effervescence est grande dans les salons.

— Vous savez Majesté qu'eu égard à la charge de mon mari, très en retrait, je ne me mêle peu de politique même si j'aime exprimer mes idées mais quant à préférer l'un ou l'autre, je fais confiance à vos Majestés.

— Merci Marquise mais, voyez-vous, je suis un peu fâchée parce qu'on dit que mon amie Gabrielle de Polignac serait intervenue pour les dernières nominations des jours derniers.

— Auprès de qui ajoutais-je, serait-elle intervenue ?

— On dit qu'elle aurait approché Necker pour que Sartine soit relevé de la marine par de Castres et le pauvre Montbarey par Ségur plus en vue tous les deux dans le clan Choiseul surtout.

Ce matin Maurepas, alité, s'étant remis, est venu me trouver en fureur, et m'accuse d'avoir été abusée par mon amie Gabrielle qui lui aurait soufflé les noms de ces remplaçants.

— Et qu'allez-vous prendre comme décision Majesté, vous ne pouvez en demeurer là. Soit vous coupez, soit vous éclairez le sarcasme.

— Je vais de ce pas, convoquer mon amie, et si c'est son fait, je la renvoie. J'en souffrirais, je le sais, comme le renvoi d'une sœur aimée.

La reine me quitta sans en dire plus et se dirigea d'un pas leste et léger vers les appartements de Gabrielle de Polignac. Elle paraissait très décidée. J'étais trop curieuse pour que la discussion m'échappât. Je suivis la reine dans ses pas sans qu'elle pût s'en apercevoir et parvint près de l'appartement de la favorite. Gabrielle était aussi mon amie et je souffrirais aussi de cette cassure. Ce n'était pourtant pas mon tempérament mais pour une fois j'écoutai derrière la porte, pas la principale, mais une autre dérobée, à l'abri des regards, celle des amants lorsqu'ils existaient.

— Gabrielle, je suis offensée, je me sens trompée, entendis-je la reine se plaindre. Je ne pensais pas que vous puissiez manigancer ainsi pour changer le gouvernement et asseoir les propres intérêts de votre famille et les vôtres aussi. Je vous pensais mon amie et vous me décevez. Que vais-je devenir si je perds votre confiance ?

— Majesté, mais je n'ai rien manigancé du tout. Si le clan Choiseul, qui sont vos amis aussi, réussit à ramener les siens, je n'y suis pour rien, et votre colère à mon endroit Majesté et votre ton me choquent. J'en suis peinée. Si vous persistez ainsi majesté, je pars sur le champ du palais, je vous rends tous les bienfaits que vous m'avez octroyés, y compris la charge de mon mari. Adieu Majesté.

— Mais Gabrielle, je voulais juste vous faire observer que je n'avais pas apprécié que vous soyez consultée et que vous ayez donné votre avis sur les membres du gouvernement, les Sartine et Montbarrey. Je ne voulais pas vous froisser ainsi. Je pensais qu'une amie pouvait se le permettre.

— Majesté, c'en est trop, je ne peux supporter que vous m'ayez soupçonnée, je pars et vous ne me reverrez plus au palais.

Je constatai, sur ces derniers mots de Gabrielle, que la reine se mit à pleurer à chaudes larmes. J'entrouvris délicatement et en très grand silence la porte, je savais qu'il se passait quelque chose. La reine implorait son amie à genoux.

— Je vous en prie Gabrielle, pardonnez-moi, je reviens sur tout ce que j'ai dit et oubliez tout. Ne partez surtout pas, j'en mourrai.

La reine demeura presque affaissée au sol. Gabrielle se mit aussi à pleurer à chaudes larmes et elles se relevèrent ensemble, se serrant dans les bras, ne pouvant plus se séparer. Elles s'embrassèrent chaudement, se prirent la tête dans les mains, se regardèrent, essayèrent leurs larmes, et Gabrielle dit à la reine :

— Je suis votre amie pour toujours et ne vous quitterai plus, nous n'aurons plus jamais de raison de nous fâcher.

— Je vous le promets, Gabrielle, murmura, en sanglots, la souveraine redevenue telle une enfant.

Je me retirai avant qu'on me découvrît parce que moi aussi j'aurai perdu là deux amies. J'étais seule à connaître cette entrevue. Je me promis de le garder pour moi ma vie durant. La reine se retira et je puis certifier que plus jamais elles ne se fâchèrent réellement.

Les mois passèrent quand en novembre 80, l'abbé Vermont, confesseur de la reine, se présenta à ses appartements, je m'y trouvai. Il avait la tête basse, contrairement à son habitude, au pas lent et les lèvres fermées. À peine fut-il entré, qu'il nous salua sans plus, n'avançant qu'à peine. Il s'approcha doucement de la reine, stupéfaite de cette attitude.

— Qu'avez-vous l'abbé, vous êtes malade ? L'interpella-t-elle.

— Non, Majesté, je ne suis pas malade, c'est pire, j'ai une nouvelle terrible à vous transmettre.

— Quel message monsieur l'abbé, serait-il arrivé quelque malheur au roi, au dauphin ?

— Non, Majesté, c'est madame l'impératrice.

— Ma maman ? Mais que lui est-il arrivé ?

— Elle a rejoint le ciel il y a trois jours Majesté. Nous l'apprenons à l'instant et le roi m'a chargé de vous en informer. Il vous rejoindra dans quelques instants.

La reine se jeta dans mes bras et se mit à pleurer à chaudes larmes. Elle qui jouait, s'amusait, chantait, tout le jour, voilà que je la voyais pleurer par deux fois. Le roi s'approcha. Je me retirai, ainsi que l'abbé, laissant le jeune couple à son deuil.

Dans les jours qui suivirent, la reine me manda pour relire la lettre qu'elle adressait à son frère Joseph, tandis que Gabrielle ne la quittait pas un instant, la consolant sans cesse parce qu'elle pleurait toute la journée. Elle était inconsolable.

Gabrielle dut parvenir à l'apaiser, parce qu'au terme de quelques semaines, vers décembre, me trouvant avec elle dans la galerie et déambulant un matin peu animé, elle me confia qu'elle se sentait enfin libre et que la chape de plomb qui la privait de sa liberté, avait cédé.

— Je n'entendrai plus de réprimandes, je n'aurai plus de reproches sur ma vie, et je sais qu'elle savait tout par l'abbé. Maman était très possessive. Je vais pouvoir enfin vivre à ma guise et montrer vraiment ce que je souhaite pour la cour et mon entourage. Je vais commencer, ajouta-t-elle, par Trianon, et installer une ferme au fond du grand parc. À Trianon, je pourrais réunir mes amis pour jouer des pièces de notre composition, nous ferons de la musique, le comte d'Artois m'organisera tout cela, et je sais que le roi sera ravi. Nous inviterons des gens de tous genres, et pas que des courtisans. Nous devons nous ouvrir sur le monde Albertine. C'est devenu une nécessité. Une urgence même.

Elle venait de m'appeler Albertine, elle était vraiment libre, elle lâchait l'étiquette. C'était une femme comme toutes les jeunes femmes de son temps, gourmande de la vie.

La souveraine se montra moins à la cour et ce deuil la rapprocha de Louis. Ils se montraient très proches et bientôt elle fut à nouveau grosse. Tout cela les réjouit énormément.

Ils rayonnaient !

VIII
Le roi et les temps nouveaux

La brise légère et le ciel azuré de ces premiers jours de mai 82 réchauffaient nos gentilshommes dans la cour des Tuileries. J'étais au balcon de l'appartement du gouverneur quand soudain j'aperçus Pierre qui errait dans la cour, en grande tenue de colonel de dragons du régiment d'Artois. Certes, c'était un personnage parfois ignoble, mais il avait de la prestance, on ne peut la lui contester. Il leva les yeux vers les étages à la recherche de quelque visage connu. Il tenait son chapeau à la main. Sa haute taille ne laissait pas non plus indifférentes ces belles demoiselles déambulant dans la cour, qui lui lançaient de longs sourires aguichants. Toutes étaient des amies de la reine, j'en reconnus certaines de loin. Très peu le connaissaient, il y avait bien longtemps que notre colonel n'avait pas réapparu au logis familial.

Quels évènements pouvaient-ils l'amener ainsi en tenue de colonel à se rendre aux Tuileries, sans prévenir.

Son benjamin était à l'appartement, près de moi.

— Mais c'est Pierre dans la Cour, s'écria-t-il, je cours l'accueillir. Le jeune frère était très proche des deux aînés, son innocence me plaisait. Je demeurai en retrait.

— Edmond-Ferdinand ! lance-t-il tout à coup au milieu de la Cour, comme je suis heureux de te trouver en cette cour royale où je ne croise que des visages inconnus, fussent-ils pourtant très agréables, comme ses fraîches jeunes personnes qui viennent de passer, lui sourit-il, se retournant sur ces belles créatures de la cour.

— Oui ce sont les demoiselles d'atour de la reine. Elles sont jeunes belles et insouciantes. Je les rencontre et les courtise à l'occasion lorsque je suis invité aux représentations de Trianon. Pierre, je suis vraiment heureux de te retrouver, que tu es beau mon frère dans ton uniforme de dragon. Tu sers en permanence le roi ? Et as-tu déjà rencontré et salué notre père à son cabinet ?

— Non je n'ai pas encore rencontré père, je ne voulais pas croiser la Nyvenheim, et je ne sers pas ces temps, voilà pourquoi je viens et j'ai quelque projet à présenter.

— Elle est pourtant à l'appartement et là, te regarde errer dans la cour.

— Ah, si notre mère Marie Rose eut vécu, qu'il n'en eût pas été ainsi.

— Mon frère, n'est-ce pas notre père qui traverse ? Je serais très heureux que l'on soit tous les trois pour vous annoncer une grande nouvelle.

— J'ai hâte de vous entendre mon frère, mais vous devrez supporter votre belle-mère, Pierre.

Les deux frères entrèrent par l'entrée principale tandis que leur père prenait un raccourci sans s'être aperçu que son fils se trouvait dans la cour.

Les deux frères sautillants, claquant les bottes sur les pavés, les pans de la vareuse balayant l'air, les cannes virevoltant, s'élancèrent quatre à quatre par l'escalier en colimaçon qui conduisait au premier au-dessus du porche. Ils tambourinèrent à la porte.

On ouvre. Jeanne la servante, ne connaissait pas Pierre, mais elle l'accueillit néanmoins chaleureusement. Jean-Louis les avait précédés.

— Monsieur, votre père va être content de vous voir.

— Qu'entends-je Jeanne, que Pierre est là, qu'il vienne ! Entre Pierre, entre.

Jean Louis n'avait pas vu Pierre depuis des semaines, et même si l'aîné n'était pas toujours facile avec son père, le patriarche souffrait d'être séparé de lui trop longtemps. Il était déjà entré dans son salon bureau, à sa table de travail, dont la fenêtre arrière donnait sur la Seine. Il était en habit de siamoise cramoisi. Que je le trouve beau encore à plus de soixante ans.

— Entrez parbleu, entrez !

Pierre entre à pas feutrés dans le bureau de son père. Constamment en campagne, et indisponible, il n'avait surtout pas été charmé du remariage de son père avec moi, après le décès de sa mère, c'est le moins qu'on puisse dire.

— Pierre mon fils, que Dieu soit béni ! s'exclama-t-il. Entre mon fils… Oui c'est un bonheur de te revoir… Viens que je te serre dans mes bras.

Son père l'avait-il un jour autant serré dans ses bras, c'était qu'il lui manquait assurément…

— As-tu de bonnes nouvelles à nous apporter, Pierre ? S'enquit son père.

— Oui Père, lui répondit Pierre en se retirant des bras de son père, même un peu gêné. J'ai des nouvelles, et une permission à vous demander.

— Dis-nous Pierre ce que tu as appris à ton régiment d'Artois dragon.

— J'ai appris père que La Fayette a récemment demandé au roi d'armer une marine à Rochefort pour les Amériques. Il est déjà parti avec l'Hermione, un magnifique bateau de trente-six canons.

— Ah oui, mais le roi a sa marine toute prête, et ses marins formés à La Rochelle et Rochefort depuis fort longtemps.

— Oui mais il a besoin d'une forte armada, et… Père avec votre permission, je voudrais bien partir aux Amériques servir la France et me montrer au-delà des mers.

Tétanisé, le vieux chevalier chancela. Je le retins parce venue à leur rencontre et j'ai bien fait. Je l'assis sur un fauteuil. Il s'affaissa. Un silence profond envahit la pièce.

Le patriarche leva les yeux vers son fils aîné.

— Pourquoi diantre voulez-vous naviguer vers les Amériques et combattre qui ? Bon sang !

— Mais les Anglais, père !

— Ils sont meilleurs marins que nous et toi es-tu marin pour partir, c'est une mort annoncée ?

— Non ! Père, mais je saurais me montrer digne de vous et de vos valeurs. La France doit aider le Nouveau Monde. La Liberté est au prix de notre aide. Père autorisez-vous mon engagement ?

— J'ai bien envie de te refuser, Louis mais te connaissant, tu me désobéirais, alors je te l'accorde mais ce n'est guère de bon cœur, même si je sais que tu t'y conduiras avec honneur et droiture.

— Jeanne ! Apportez ce porto que je garde pour les grandes occasions familiales, et qu'on lève les coupes à la gloire du roi de France.

Jeanne apporta un plateau, sortit de petits verres à pied torsadés gravés aux armes Champcenest. Elle les remplit de cet excellent nectar du sud. Je me joignis aux agapes, Pierre ne me dit mot mais ne m'agressa pas non plus de ses sarcasmes.

— À la gloire du roi.

— Au roi ! lançâmes-nous en chœur.

Pierre, je le ressentis, s'attendait à un refus et s'y était préparé. Il nous quitta gaillard, prêt à en découdre sur les mers.

Je devais comprendre pourquoi il avait tant d'allant pour s'engager. Par l'entourage de la reine et du comte d'Artois, qui fit un séjour vers les Antilles il y a peu, j'appris et compris que le roi entendait chercher à récupérer de l'influence sur les territoires cédés à l'Angleterre lors du traité de Paris en 63.

De nombreux Français s'embarquèrent pour les Amériques,

Et un nommé La Fayette donna une impulsion toute nouvelle à l'émigration de nos jeunes nobles en Amérique. Son engagement dans la guerre d'indépendance fut, on le dit, l'aboutissement d'une orientation personnelle, mais il fut surtout le produit d'un plan longuement mûri par Charles de Broglie, ancien chef du Service diplomatique secret du feu roi. La reine ne me cacha pas que le choix de ce Lafayette était secret et que ce n'étaient pas ses qualités militaires qui lui avaient été favorables mais sa parenté avec feue madame de Maintenon.

Il fut donc décidé que la France enverrait aux Américains une escadre de sept vaisseaux de ligne et un corps de troupe de 10 000 ou 12 000 hommes sans compter les six millions de livres qui s'y ajoutaient.

Monsieur Rochambeau fut nommé commandant en chef du corps expéditionnaire, et le chevalier de Ternay fut mis à la tête de l'escadre.

La Fayette se préoccupa des moyens d'exécution. Il avait fait comprendre aux ministres que, s'il ne commandait pas en chef le corps expéditionnaire, ce qui serait surprenant pour les Américains, il fallait du moins mettre à sa tête un général français qui consentirait à ne servir que sous les ordres du général en chef américain[8].

C'est ainsi que le choix se porta sur Rochambeau qui embarqua à Rochefort le 18 février 80 sur la frégate l'Hermione que le roi lui avait donnée comme l'estimant très bonne voilière. C'est sur ce navire que La Fayette rejoignit Boston deux mois plus tard.

Les victoires furent à la gloire de la France et le roi poursuivit officiellement ce qu'il avait commencé timidement en secret, mais je n'ai pas connaissance des détails des combats qui y furent conduits.

En tout état de cause, peu après sa visite aux Tuileries, Pierre rejoignit Rochefort, sa corderie, son port, ses équipements.

Ce que je savais c'est que Pierre était accompagné d'un billet de recommandation au chef d'état-major de la Marine, sur les injonctions du comte d'Artois son protecteur.

Pour Jean-Louis, cela le suffoquait. Il ne savait pas s'il reverrait un jour son fils. Certes, il ne se montrait pas toujours conciliant mais il lui pardonnait ses frasques. Je le protégeai comme je le pouvais. Dieu seul sait quand il reviendrait.

Le départ de Pierre fut-il la raison pour laquelle René se rapprocha des Tuileries ? Je ne puis le dire, mais c'est ce qui néanmoins se produisit.

René, à la mode, faiseur de chansons, de bons mots, de petits vers, était, par le Tout-Paris, cité pour son esprit, son élégance et sa gaieté.

Il se fit une réputation en produisant des couplets satiriques d'une excessive légèreté, parfois cruels à l'endroit de ceux à qui ils étaient adressés. Ses chansons portaient la marque de ses mœurs fort libres et il assumait. Il ne cachait pas sa relation avec Rivarol, journaliste comme lui.

Je le concède, sa vie était mouvementée, nous nous y étions habitués, mais il tranchait avec la rigueur de son père. Si l'aîné le frondait, le second l'irritait. Il servait certes aux Mousquetaires, mais il rimaillait plus qu'il ne combattait. Nonobstant c'était un fin bretteur et se compromettait dans de nombreux duels.

Dès qu'il observait le ridicule d'une situation, il en brocardait ses auteurs.

— Vous finirez à la Bastille, le foudroyait souvent son père. Nous ne pourrons pas toujours vous sortir des geôles qui vous feront taire.

— Mais père, qui pourrait me faire taire et je ne m'en prends pas ouvertement à la cour ou seulement pour certains de ses membres.

— Cessez néanmoins vos duels, vous allez vous faire occire pour de bons mots, cela en vaut-il la peine ?

— Père, j'ai mon honneur et je le lave aussi bien par la plume que par l'épée.

— Protégez-vous mon fils ! Pourtant, nous tenons à vous et souffririons de vous perdre, retenez-le.

Je ne me permis pas d'intervenir derrière mon mari, mais je partageai ses craintes et angoisses.

— René, mon beau-fils, je n'ajouterai rien au discours de votre père mais me permettrais-je de vous demander de quoi est fait votre quotidien en ce moment ?

— Je sers madame, je sers les mousquetaires c'est seulement mon emploi. J'écris quelques vers et surtout j'écoute, j'entends, je recueille, le monde bruisse, la cour n'est pas seulement brocardée par mes amis, elle l'est dans la rue, nous devons l'entendre. Je soutiens le roi, je défends la reine, mais le peuple sachez-le grogne, il crie.

— Je vous rejoins René, je l'ai constaté déjà lors de mon retour du sacre, où j'ai croisé des ouvriers affamés et je m'en suis ouvert à la reine qui l'a retenu.

— Oui le peuple souffre cher fils, le roi le sait, il en parle avec ses ministres, alors de grâce, brocardez ceux qui méritent de l'être, et pas ceux qui œuvrent.

— Je vous entends, madame, mais je laisserai toujours aller ma plume là où il faudra la porter.

— René, votre plume vous porte trop à brocarder mon amie Gabrielle de Polignac et sa famille, elle ne le mérite pas.

— Vous pensez, madame, que cette famille ne cherche pas à se placer et que son poids pèse dans les décisions des nominations. Ouvrez les yeux, la reine en fait trop pour son amie, et la cour la brocarde autant que moi.

— Soyez prudents tout de même, et quittez si vous le pouvez cette impertinence qui fait parfois rire, qui parfois et trop souvent irrite et qui pourrait bientôt vous desservir.

— Merci, madame et si vous me le permettez je voudrai embrasser père et me retirer. J'ai quelques feuilles à sortir.

René, guilleret, et insouciant partit comme à son habitude pour rejoindre son régiment et surtout continuer à rimer tout en brettant.

Si en 79, peu après notre mariage, le roi dota Aglaé la fille de Jules et de mon amie Gabrielle, à hauteur de huit cent mille livres, il fit surtout le mariage de cette enfant de douze ans avec le duc de Grammont et aussi duc de Guiche, tout en décernant au marié un brevet de capitaine allié à une propriété rapportant plus de soixante-dix mille ducats. Le roi avait déjà élevé au rang de duc héréditaire Jules de Polignac, mon amie devenant duchesse. La boucle était bouclée pour eux.

On jasait et René dans ses pamphlets ne ratait pas une occasion de brocarder la favorite de la reine, la dernière nouvelle n'était pas pour le faire arrêter dans son élan.

— Chère belle-maman, vint-il me trouver quelques jours après le départ de Pierre pour Rochefort, savez-vous la dernière qui occupe la Cour, et qui concerne une nouvelle fois les Polignac ?

— Vous allez me l'apprendre mon cher fils.

— Le roi vient d'octroyer, comme si tout ne suffisait pas, le privilège des postes au duc de Polignac, la rente la plus lucrative du Royaume, et pour comble du tout, à la suite de la banqueroute de Rohan-Guéméné que vous connaissez, la princesse, gouvernante des enfants royaux dut démissionner et savez-vous par qui elle est remplacée ?

— Je pense comprendre René, à votre regard espiègle et moqueur.

— Par la duchesse de Polignac, bien sûr.

Je puis vous dire que la cour est choquée, pas vous ?

— La duchesse, comme la reine, sont mes amies René et vous me demandez de trancher un avis que vous seriez bien capable de rapporter dans vos feuilles arrogantes.

Mais oui bien sûr que je pense que la reine en fait beaucoup pour maintenir l'amitié qu'elle porte à sa favorite. C'est comme pour vous lorsque je vous préviens que vous dépassez les limites, la reine dépasse parfois les siennes.

— Je n'ai pas terminé belle-maman, savez-vous aussi que Gabrielle n'occupera pas les quatre pièces de la princesse de Rohan mais un treize pièces proche de ceux de la reine.

La cour commence à la haïr, vous devriez intervenir pour que ces libéralités freinent au plus vite, je n'entends pas me taire, c'est mon devoir de journaliste. J'aime et défends la monarchie, j'aime le roi, c'est par amour pour lui que je voudrais que cela cessât. Et si ce n'était que cela, vous avez déjà entendu je le sais tout ce qui se dit.

Je décidai de me rendre au plus vite à Versailles, je m'y rendais moins, me plaisant mieux à Meudon.

J'entrai librement chez Gabrielle, mais je n'étais pas habituée au nouvel appartement et dus me faire annoncer. Elle m'accueillit sans tarder.

— Gabrielle, vous êtes mon amie, et je sais que nous la partageons.

— Vous voilà bien grave ce matin, Albertine.

— Je suis grave en effet, puisque la franchise pour laquelle je me permets de vous visiter de manière impromptue le requiert. J'entends, j'écoute, je retiens ce qu'on me rapporte, et ce qui se dit, m'inquiète duchesse.

— Pourquoi Albertine, m'appelez-vous Duchesse, comme pour vous éloigner.

— J'insiste, Duchesse, parce que c'est un peu de cela que je voudrais vous entretenir.

— Vous trouvez mon titre usurpé ? Comme je l'entends aussi ailleurs.

— Que nenni, Gabrielle, mais le favoritisme qui marque votre famille heurte nombre de nos familles et alimente l'impopularité de la reine, non seulement auprès de ses sujets, mais aussi auprès d'une part grandissante de la noblesse que nous représentons.

Les griefs suscitent des rumeurs, qui vous nuisent.

— Que fallait-il alors que je fisse pour éviter ces griefs ?

— Je ne suis pas ici mon amie pour juger et conseiller, je ne me le permettrai jamais, ô grand jamais ! Mal m'en prendrait. Je ne voudrais pas de cette situation pour moi.

— Aurais-je dû refuser les bienfaits royaux ?

— Ce n'est pas l'acceptation, qui vous est reprochée, mais on soupçonne que vous les ayez suscités.

— Vous pensez que j'aurais quémandé ?

— C'est ce qui se dit, surtout depuis qu'Aglaé fut dotée largement et que votre appartement ne correspond plus à celui de la princesse de Rohan. Je suis venue pour vous demander de ne plus rien accepter d'autres bienfaits, cela conduirait votre perte et peut-être celui de la reine.

— Vous m'oppressez Albertine, j'ai envie de fondre en larmes, alors que je ne cherche que le bien des miens et le service de la reine et de ses enfants que je chéris.

— Continuez à servir la reine, et de bien la conseiller, cela vous sera rendu au centuple.

— Je vous ai entendu Albertine.

Nous partageâmes un succulent chocolat et regagnai mon appartement de Meudon heureuse de m'être ainsi livrée pour le bien du royaume qui m'avait si bien accueillie avec tant d'amour.

Le surlendemain, René fut à nouveau à Meudon, et je lui confiai que je m'étais entretenu avec la duchesse de Polignac, mais j'avais déjà une autre question à lui soumettre.

— René, si vous me le permettez, ôtez-moi d'un doute concernant les libelles sur mon amie Gabrielle qui la soupçonnent de pratiques saphiques avec Marie-Antoinette. D'où proviennent-ils ?

— Vous avez ma parole, Mère, ces propos ne m'appartiennent pas, vous savez la reine, ne manque pas d'ennemis, surtout dans son propre entourage. Vous savez ô combien le premier cercle se montre le plus dangereux et le plus hostile.

— Je le sais, René, puisse la reine s'en préserver, et surtout dites à vos amis qu'ils laissent la reine, cultiver les amitiés qui la rendent libre, paisible et qui lui permettent d'assumer sa tâche qui est rude plus rude que les plus grands détracteurs feraient bien d'approcher avant de la salir de pamphlets qu'elle ne mérite pas.

Les semaines passèrent et l'affaire du collier entacha à nouveau la reine mais surtout le prestige de la monarchie. J'entendis du chef de son meilleur entourage, des propos irréversibles. Certains me firent pleurer tellement j'aimais la reine et me firent aussi trembler.

La noblesse se colletait aux bourgeois, aux philosophes aux procureurs et aux plumitifs pour salir les souverains. Que voulaient-ils donc ? Les renverser, le chaos. Le monde était-il donc à la merci des jaloux, des faiseurs de sociétés, des criminels. Il en va de la France mais aussi de mon pays la Hollande, puisque les patriotes que je soutenais néanmoins s'opposèrent aux Standhousers. Je sentis que des frissons refroidissaient l'atmosphère qui sera difficilement contrôlable en ce pays. Lorsque le chaos s'installe, comme la mer en furie, plus que le feu, l'eau en colère submerge tout sur sa route. J'entendais dire à la reine que le roi se devait de se mettre dans les pas du prince de Machiavel, pour enfin retenir qu'il faut préparer les choses pour ne pas avoir à les subir.

Je n'entretenais pas spécialement de très bons rapports avec Pierre mon beau-fils mais son absence fut longue pour mon mari et enfin son retour fut annoncé.

— Albertine je reçois, me dit Jean-Louis, un billet m'informant de sa venue prochaine à Meudon et qu'il entend nous conter son odyssée des Amériques, d'où il est rentré.

Pierre nous retrouva au terme d'une année. Il se présenta dans son bel uniforme de colonel du régiment d'Artois. Il se montra particulièrement amical à mon endroit, ce qui me surprit quelque peu. La distance qu'il prit avec nous l'aurait-elle transformé. J'essayai de m'en persuader. Il salua son père chaleureusement. René était absent, au journal, comme à son habitude.

— Je viens de retrouver Paris avant de vous rejoindre à Meudon. La ville grouille, bout, s'active, plus que je l'ai laissée. Était-ce une impression d'absence ou était-ce la réalité ?

— Votre observation est juste, Pierre, lui répliquai-je, Paris se transforme, Paris bouille, mais peut-être qu'aussi votre voyage en Amérique et que certains rêves de liberté ne sont pas étrangers à cette effervescence.

— Je suis étourdi, j'ai cru un moment que c'était le temps passé en mer qui en était la cause mais vous m'édifiez sur d'autres raisons. Je m'y range.

Néanmoins j'ai l'impression de me sentir ailleurs au sein de cette faune active. Les charretiers, les marchandes des quatre saisons, les portefaix, les visiteurs, les crieurs de marché, Paris braillent, crient. Paris vit certes, mais Paris me fait peur.

Que devient René ? J'espère le rencontrer au plus vite.

— Il écrit. Vous le connaissez, lui répond, consterné, Jean-Louis, cela ne plaît pas à tout le monde ! Ses écrits sont satiriques, et il s'y complaît. Le duc d'Orléans même n'a pas aimé ce qu'il a écrit sur lui, au point qu'il a réussi à le faire enfermer au fort d'Ham pendant quelques semaines mais il ne freina aucunement. Il prend pour drogue de fouetter la cour alors qu'il la soutient. Pourtant et heureusement, il ne braille pas avec le peuple des rues ou avec les philosophes.

— Il s'en est pris au duc d'Orléans ? répliqua Pierre. Il ne sait pas, bon sang, que je suis de son entourage.

— De quel entourage, nous contez-vous Pierre, le duc aurait-il édifié un entourage particulier ?

— Mais madame, le duc est le maître de la loge à laquelle j'adhère depuis mon départ sur les mers. Nous sommes du Grand-Orient.

— Vous êtes Maçon Pierre ? s'écria son père, éberlué.

— Oui cher père, nous travaillons à l'amélioration de nos sociétés, à plus d'égalité parmi les hommes et à promouvoir plus de liberté. Ce fut la cause de mon engagement pour la Liberté.

— Le pape Pierre est hostile aux loges, vous allez déplaire au roi. Le duc n'est pas le bienvenu à la cour ces temps, ajoutai-je.

— Mais madame, que deviendront le roi et la monarchie si la société se pervertit, habitée par le mal. Je veux œuvrer pour la conduire vers le bien, le beau et surtout vers sa liberté.

— Faisons une trêve Pierre, coupa Jean-Louis, sur ses propos qui ne nous font pas avancer plus avant.

— Pierre se tue.

— Allez, Pierre, contez-nous, voulez-vous, votre expédition.

Nous étions au grand salon, confortablement installés, et tout ouïe à ce qui allait sortir des lèvres du fils prodigue.

— Lorsque je parvins à Rochefort, sans encombre, dans cette ville tout à la Marine tel que l'avait voulu notre auguste roi Louis XIV, avec sa corderie et ses marais aussi infectés de moustiques, qui la rendaient assez repoussante, je fus reçu par monsieur de Sartine déprésent à Rochefort, à l'intention duquel je remis une lettre de recommandation du duc de Chartres aujourd'hui d'Orléans. Je n'y reviens pas.

En effet, peut-être l'apprenez-vous, mais le duc voulut partir comme je le fis pour Rochefort et commander une unité vers les Amériques, mais voilà le roi y préféra La Fayette, cet inconnu qui partit avant moi sur l'Hermione.

— Chevalier, m'accueillit-il, vous servirez dans un premier temps sous Valognes, et vous mettrez les voiles à bord de la Gloire. Voilà votre mission.

— À vos ordres, monsieur, poursuivis-je.

— Rejoignez le bord, vous y recevrez les instructions.

Je me rendis sans délai à bord du navire. J'y fus accueilli avec les honneurs de mon rang et par une brise assez fraîche de bord de mer même si le climat de l'estuaire de la Charente était tempéré, la Gloire largua les amarres par un temps pas si tranquille. Je me retrouvai second à bord.

À peine avions-nous navigué trois mille qu'une violente tempête se leva au large vendéen. Le navire se rapprocha trop près des côtes. Valognes vociféra des ordres. Je me positionnai à la passerelle de commandement, les cheveux mouillés au vent, l'habit trempé. Je gardai le cap et transmis mes ordres :

« Virez à tribord, à bâbord toute ! »

Le navire fendit les vagues, les creux, la mer était noire, l'écume bavait sur les vagues comme sortant de la bouche d'un épileptique. Les hommes vomissaient, les mats craquaient. Tiendront-ils ? me disais-je.

Les voilent se gonflèrent, je ne retins pas le navire.

La bête de bois se maintint mais je dus me retrancher des côtes et me replier sur la Loire pour réparer le mât.

Ce fut la baie de Paimbœuf qui nous servit de refuge.

La Gloire dut réparer. Valognes contacta les charpentiers nantais qui devaient bien le servir.

— Monsieur, vous pourrez repartir la semaine qui vient, lui dirent-ils, votre mat sera neuf avec ces fûts de chêne venant de la forêt proche du Gâvre. Ils ont fait leurs preuves.

— J'ai confiance en vos œuvres messieurs, le roi vous en saura gré, je m'en porte garant.

Pourtant le roi demanda à Valognes de retarder le départ, d'occuper son navire à réparer et protéger ensuite les côtes de Nantes à Brest.

— Pourquoi le roi mettait-il si peu d'empressement à vous faire reprendre la mer ? lui demanda Jean-Louis.

— Je ne compris pas tout de suite, mais je saisis assez vite, après m'être informé auprès de l'intendant, que le roi n'avait aucun empressement de se rendre aider les Américains qui se battaient pour la liberté. Tout était dans sa lutte avec les philosophes, La Fayette et son cousin d'Orléans. Certes il entendait reprendre les terres perdues au détriment de l'Angleterre en 63, mais il tergiversait avec Washington. Les finances n'étaient pas non plus au plus haut. Pour tout dire la politique étrangère du roi n'était pas encore assurée.

Les marins s'impatientaient. J'étais fébrile, j'avais hâte de me brosser à ces Anglais qui nous barraient la route des Amériques.

Ces allées et venues entre Nantes et Brest durèrent néanmoins jusqu'au 25 juillet et c'est à Rochefort que le roi nous ordonna de retourner pour retrouver un autre vaisseau en vue de faire route ensemble. Ce nouveau vaisseau, ce fut l'Aigle, un navire de quarante canons, commandé par La Touche, ami du duc D'Orléans. J'y retrouvai là un appui supplémentaire. Je fus à la suite basculé sur l'Aigle et pris comme au départ le commandement en second. J'obéis bien sûr sans broncher. J'avais juste hâte de repartir.

— Champcenest ? m'interpella La Touche.

— Commandant ! Je vous présente vos amis d'équipage, monsieur de Vauban, messieurs de Talleyrand, de Fleury, de Laval et de Chabannes.

— Mes amis, ensemble nous servirons le roi et la Liberté en nous rendant au Nouveau Monde, alors pour le roi, vive le roi ! hurlâmes-nous en cœur.

— Champcenest, venez me retrouver dans ma cabine.

Je le suivais d'un pas accéléré.

— Voilà Champcenest, j'ai votre confiance et nous sommes tous les deux du sérail du duc d'Orléans. Il est de mon devoir de vous annoncer que je suis accompagné d'une dame dont je vous tairai bien sûr le nom afin de ne pas la compromettre. Cette dame m'a suivi depuis Paris et j'entends qu'elle voyage avec nous vers le Nouveau Monde. Aussi entends-je faire remorquer un navire marchand derrière l'Aigle. Elle sera sur ce navire mais seulement vous, et vous seul en aurez le secret en qualité de second et de non moins ami.

— Monsieur ! Le remorquage va nous retarder ! lui fis-je remarquer, en qualité de second.

— J'en prends la responsabilité Champcenest.

— Monsieur, poursuivis-je, concilier l'amour et le devoir est une première que je suis amené à vivre, puisse votre imagination nous conduire à bon port.

— Regagnons nos postes de commandement, voulez-vous, conclut-il.

Les navires, comme convenu, quittèrent Rochefort et naviguèrent sans ambages à travers l'Atlantique. Les hommes de quart étaient aux aguets, monsieur de la Touche rejoignait discrètement chaque soir, le navire marchand, tandis que je rêvais à des aventures de combats au Nouveau Monde.

Alors que notre armada croisait au large des Bermudes, au cours de la nuit du 4 au 5 septembre, la vigie nous cria :

— Homme à la mer, homme à la mer.

— Allumez les fanaux, lança la Touche. Canot à la mer, en direction.

Soudain La Touche se reprit :

— Éteignez les fanaux ! Il venait de comprendre qu'il pouvait se faire piéger.

Les fanaux furent éteints, mais au large, un navire ennemi eut le temps d'apercevoir les lueurs. C'était l'Hector, nous l'avions identifié, vaisseau de sa Gracieuse Majesté, enfin depuis peu, l'Anglais l'ayant conquis sur le comte de Grasse. On savait que ses cales étaient remplies des prisonniers français. Quel bon vent dut se dire le capitaine de l'Hector, vais-je doubler mon tableau de chasse français aux abords de ces côtes. Enfin j'essayais de lire dans ses pensées.

— Champcenest pensez-vous comme moi que c'est l'Hector ? Saisi au comte de Grasse, qui venait de nous apercevoir, m'interpella la Touche. Il possède, continua-t-il, trente-quatre canons et nos deux navires réunis ne seront pas de trop pour en venir à bout.

— Monsieur, lui rétorquai-je, il conviendra d'adapter l'attaque.

Je lui proposai que la Gloire approche seule et harcèle l'ennemi sans qu'il ait le temps de riposter, trop occupé à la manœuvre. Lorsque la Gloire aura rempli sa mission, nous viendrons donner l'Hallali, lui proposai-je.

L'on m'écouta.

L'Aigle se mit en retrait de tir, tandis que la Gloire sous les ordres de Viomesnil et Montmorency en second, approcha et nourrit un feu constant, les boulets heurtèrent le ventre de l'Hector, qui, solidement construit, ne bougea pourtant en rien.

À son tour l'Aigle approcha et balança ses boulets sans répit. Aux côtés de la Touche nous étions à la manœuvre. La nuit ne permit pas de voir au-delà du feu des bouches de canons.

Où en était la bataille ? La Touche n'en savait rien. Impossible de se faire une religion.

Au lever du jour, la vigie annonça une horde de navires venue en renfort pour l'Hector. L'Aigle et le La Gloire se retirèrent hors de portée de canons tandis que l'Hector, immobilisé, éventré, coula lentement. Nous venions de gagner la bataille, c'était la joie sur nos bâtiments. Les hommes coururent aux tonneaux et lapèrent jusqu'à plus soif ce vin de la victoire. Nous ne demeurèrent pas en reste et furent solidaires de leurs agapes, nous l'avions tous mérité, vous ne pensez pas ?

— Tout à fait Pierre.

— Nous aperçûmes nonobstant un autre navire anglais se lancer auprès de l'Hector et sauver une bonne partie de l'équipage et des prisonniers français. Dieu soit loué pour nos compatriotes.

— Champcenest, m'apostropha à nouveau la Touche, en me tapant l'épaule, ce qui n'était pas dans ses us. Votre manœuvre nous a donné la victoire, je m'en souviendrai bien entendu et demanderai au roi une récompense. Viomesnil et Montmorency, se tournant vers eux, leur dit : la France vous doit des honneurs, en attendant, allons à la réparation de votre frégate, un tant soit peu endommagée pendant le combat.

Nous reprîmes sans plus tarder nos postes, nous étions tout de même en guerre.

Les deux frégates entrèrent enfin dans le Delaware. La Gloire se refit une beauté tandis que l'équipage de l'Aigle s'adonna aux joies de la découverte des autochtones.

La frégate réparée, La Touche entendit reprendre sa route vers la flotte de Rochambeau, parce que, ce qu'ignoraient les équipages, c'est que Rochambeau attendait trois millions de livres du roi pour s'armer et aider l'armée américaine.

La mer grossissait de jour en jour, et pourtant il fallait bien larguer les amarres. Au moment où nous reprîmes la mer non loin du Mississippi, un navire anglais se glissa subrepticement entre nos deux frégates. Nous venions de nous faire surprendre. Malgré le gros temps nous engageâmes le combat, et quelques coups de canon bien visés firent couler l'Anglais.

Cependant nos frégates furent endommagées. Nous devions laisser des marins pour satisfaire aux réparations tandis que nous devions repartir. Seuls La Touche et moi-même savions que le trésor transporté devait sans tarder parvenir à destination pour la poursuite de la guerre.

Nous fîmes rapidement fabriquer un radeau et glissâmes la précieuse cargaison bien arrimée à destination de Rochambeau sur cette frêle embarcation. Je me dis et m'interrogeai à quoi pouvait tenir la poursuite d'une guerre au Nouveau Monde pour la liberté. Tout tenait sur un radeau de fortune. Ainsi allait le destin écrit par le tout puissant. Notre radeau voguait sur le Mississippi vers Rochambeau.

Nous rejoignîmes Rochambeau à temps et sans qu'il s'y attendît il reçut l'ordre du roi de rentrer tandis que les combats se poursuivaient sans lui. Ainsi avec Viosmenil et La Touche nous embarquâmes, à peine arrivés, pour Nantes que nous atteignirent ces dernières semaines.

Je fus, depuis Nantes, convoqué par le roi accompagné de tous ceux qui rentrèrent avec nous, pour y être reçus dès notre arrivée à Paris.

— Messieurs ! S'adressa-t-il à nous, droit et martial alors que nous venions d'entrer et de saluer selon le protocole, au-delà des mers et à travers tous les périls encourus pour aider Rochambeau, vous vous êtes conduits en héros, sachez-le et j'entends le souligner devant vous. La France vous doit.

Viomesnil et la Touche ! Se tournant vers eux, nous vous faisons maréchal de camp.

Champcenest, nous vous offrons le régiment d'Artois et vous prendrez en survivance le gouvernement des Tuileries à la suite de votre père.

— C'est un honneur Sire de vous servir ! lui répondis-je, même si lorsque le roi octroyait, nous devions nous taire. Nous nous retirâmes, fîmes la révérence d'usage et quittèrent le salon royal.

— Voilà Père, le résultat de mon départ et pour lequel, vous souffriez de me voir m'éloigner de vous.

— Pierre, nous sommes et je suis fier de vous. Votre audace et votre courage sont aujourd'hui récompensés. Le résultat eût pu en être différent et vos manœuvres, vous pouvez en être fier, furent de nature à sauver les navires et vous fûtes à cette occasion l'honneur du royaume.

Je ne repris point les compliments du gouverneur et dit quelques mots anodins qui les complétaient.

— Paris est toujours aussi bruyant, je ne m'en souvenais pas, coupa Pierre, pour changer le discours. Que deviens-tu mon frère ? Alors que René nous faisait l'honneur de venir.

— J'écris Pierre, j'écris et ça ne plaît pas à tout le monde ! Mes écrits sont satiriques et je m'en félicite même si l'on me somme de freiner parfois.

— Tu sais que le duc d'Orléans n'a pas aimé ce que j'ai écrit sur lui, il m'a même fait enfermer au Ham pendant quelques semaines mais voilà j'en suis sorti.

— Tu ne savais donc pas j'étais et suis encore dans l'entourage du duc d'Orléans ?

— Non, je ne le savais pas, mais cela ne m'aurait pas pour autant arrêté ou freiné, j'entends, tu le sais garder ma liberté, dussé-je y laisser quelques plumes.

À Meudon, je pris pour habitude de recevoir le mardi après dîner jusqu'au souper pour ne pas accaparer ceux et celles qui entendaient souper ailleurs. Cet ailleurs se trouvait souvent être à Versailles pour y être vu. Nonobstant, je ne cache pas que je m'y rendais aussi de temps en temps, à l'invitation de la reine et de mon amie Gabrielle de Polignac et de sa belle-sœur Diane.

Mon salon devint le siège des défenseurs de la liberté mais aussi le plus grand soutien de la monarchie qui ne cessait de se faire égratigner par quelques penseurs et pamphlétaires de renom, connus, reconnus, parfois honnis, notamment de la Cour, mais aussi entendu, par une frange non négligeable de l'aristocratie qui s'acoquinait là avec quelques parlementaires ou procureurs en mal de carrière.

J'aimais inviter mes amis en présence de mon beau-fils René, aujourd'hui journaliste, peu avare de bons mots, parfois de mauvais et qui blessaient.

Ce mardi 2 juillet 87, j'invitai monsieur de Beaumarchais, qui venait d'acquérir une immense propriété entre la rue Amelot et la Bastille. Il devait nous en parler, d'autant que sa vigueur était intacte, avec une nouvelle épousée de trente-deux ans plus jeune que lui et originaire de Suisse. Il devait aussi nous la vanter et j'étais également friande de l'entendre nous conter ses exploits.

Il s'annonça aux côtés de Mirabeau-Tonneau, de Brissot, et surtout de Condorcet que tous les salons épris de liberté se disputaient. René m'avait dit qu'il serait présent. J'entendais leur donner quelques sujets de conversation que je souhaitais conduire pour trancher s'il le fallait. Ils parleront évidemment de cette liberté indéfinie que Condorcet et Brissot devraient défendre et aussi Beaumarchais, pensai-je. Ils parleront de la perfectibilité de l'homme, vaste sujet, puisque inépuisable sachant qu'il ne parviendrait assurément pas à la perfection, un sujet qui devrait permettre à Condorcet, de sortir de ses sciences et nous conter son nouveau sujet lié à des droits qu'il entendait défendre, notamment les minorités, les Juifs, les noirs et quelques autres peuples qui seraient, selon lui, opprimés. Brissot devrait développer la souveraineté, qu'il entend détacher au peuple et en priver le roi. Quelle audace ! Je ne savais pas qui parlerait de Voltaire et d'égalité, peut-être moi pour livrer mes idées parce qu'en opposition avec les radicaux de ce mouvement.

Si Beaumarchais portait l'habit avec élégance, Condorcet, plus rond et bonhomme, n'y portait pas une attention particulière. Son col porté haut lui cachait le cou qui lui manquait. Brissot, malingre, se montrait assez emporté et ne parvenait pas à cacher une origine et une enfance qui le firent souffrir. Pour tout dire, les écrits de Rousseau sont pour lui parole d'évangile. C'est dire s'il avait des choses à nous conter sur les sujets de discussion du moment.

Lorsque je me présentai au salon, ils étaient déjà tous là en pleine discussion avec René qui m'avait précédé, pour assurer mon entrée.

— Mes amis, les saluai-je, c'est un plaisir de vous recevoir à Meudon, alors que Paris a plus souvent vos habitudes, mais ici le tumulte parisien est remplacé par la fraîcheur campagnarde même en ce début juillet.

Mes hôtes sourirent et je pris place parmi eux autour de la grande table dressée pour l'occasion non loin de la porte-fenêtre qui laissait passer un courant d'air qui nous rafraîchissait.

— Monsieur de Beaumarchais, commençai-je, si vous nous disiez comment vous êtes installé dans votre nouveau palais avec votre magnifique épouse helvète.

— Mes amis, souffrez que mon propos ne soit pas si humble que vous le souhaitiez, mais acquérir un immeuble de plus de quatre mille mètres carrés, ne s'improvise pas.

— Quatre mille ? reprit suffoqué Brissot, lui qui fut élevé dans la campagne beauceronne dans la boue, le fumier et les animaux de ferme. Vous allez vous perdre dans ces pièces.

— Ce n'est pas pour seulement y vivre cher ami, c'est aussi pour asseoir mon État. Sans État, dans ce monde point de salut.

— Mais reprit Brissot, alors que Condorcet ne disait mot, cela me paraît bien contraire à ce que j'entends au théâtre, où vous prônez une autre forme de société, me trompai-je ?

— Vous n'êtes point dans l'erreur, mais autant je puis militer pour plus de justice, de liberté et d'égalité, moins de royauté et parfois la malmener, autant je n'entends point passer à côté des finances. Je ne vous cacherai point que toujours il faudra paraître pour exister, mais encore faudra-t-il faire reconnaître ses droits pour cela.

— C’est pour cette raison que vous combattez afin que les droits d’auteurs soient reconnus aux auteurs artistes et écrivains ?

— C’est exact, c’est pour cela que j’ai créé la société des auteurs et compositeurs dramatiques, pour que les écrivains ne soient plus des mendiants à la merci des mécènes, mais deviennent les gestionnaires de leur œuvre. Vous savez, mon père est né huguenot, j’en ai gardé un goût non caché pour l’argent qui est bien gagné.

Le silence se fit et je crus comprendre que tous ici ne partageaient pas la même opinion, de quelque philosophie, ils retournaient.

— Monsieur de Condorcet, nous aimerions vous entendre sur votre nouvelle manie à chercher et trouver des droits pour ceux que vous appelez les minorités. Si vous nous en disiez plus. C’est nouveau n’est-ce pas ?

— Si pendant longtemps, j’ai pu me consacrer aux sciences, aux mathématiques et aux probabilités qui me passionnent encore, aujourd’hui j’estime qu’il est de mon devoir de porter un nouveau regard sur la place des femmes, de juifs mais aussi des noirs, à qui pour tous, on ne fait pas dans notre société, la place qui devrait leur revenir. Après avoir travaillé sur l’arithmétique politique, j’ai découvert que bon nombre de personnes paraissent oubliées.

— Comment cela oubliées ? ajoutai-je.

— En effet, madame, les Juifs vivent en France mais pas seulement, mais en France, quelle place leur fait-on, comment sont-ils traités, pourquoi n’ont-ils pas droit au cimetière comme nous tous, pourquoi ? Dites-le-moi ?

— Peut-être que par rapport aux catholiques, il y a un rejet qui ne fut jamais tranché par les papes successifs.

— Je ne pense pas, reprit Condorcet, je pense que cela a rapport à l'argent et au monnayage. Nombreux sont ceux qui s'adonnent à l'usure et peu nombreux sont ceux qui s'adonnent aux mécaniques. Cela le leur est reproché. On oublie que chaque homme ou femme a un talent et que c'est ce talent qui lui permet de poursuivre sa vie. Il en va des juifs qui ont le talent du négoce et de l'argent, c'est ainsi. S'ils avaient le talent de la terre, ils seraient paysans. D'ailleurs comment auraient-ils des terres puisqu'ils sont rejetés le plus souvent, et qu'ils sont devenus nomades ?

— Mais pour les Noirs, repris-je, pour les défendre ainsi, encore faudrait-il qu'ils soient nos égaux ?

— Mais ils le sont, madame, je défends l'idée que ce n'est pas parce qu'ils devinrent esclaves sur nos plantations des Antilles, qu'ils n'ont pas d'esprit ou d'âme. Et s'ils ont l'un et l'autre, ils sont nos égaux et doivent être défendus par conséquent.

— Mais vous voulez les défendre de quoi, puisqu'ils ne vivent pas sur notre sol.

— Marquise, reprit Condorcet, certains sont amenés sur le sol français depuis les Antilles et y ont pris pied, et combien même ils ne seraient pas nombreux, il convient de les considérer. Voilà ce que maintenant je veux défendre auprès du roi. Je voudrais aussi qu'on en parlât dans les lieux d'instruction et je travaille en ce sens pour en développer l'apprentissage.

— Vous voilà bien chargé d'ouvrage cher ami, conclus-je pour lui. Monsieur Mirabeau, nous aurions du plaisir à vous entendre sur la liberté que certains disent indéfinie, mais si la liberté est indéfinie, nous vivrons bientôt dans l'anarchie ?

— Il n'y aura point d'anarchie, madame, si j'écris sur la liberté, fut-elle nommée indéfinie ou pas c'est que l'homme vit dans une société qui l'oblige, qui le fait sacrifier ses libertés et par conséquent le dégrade.

— En quoi monsieur Mirabeau, la société est-elle empreinte de sacrifices non consentis. Si demain vous voulez donner des droits nouveaux aux hommes pour plus de liberté, il y en aura a contrario qui la perdront, ne le pensez-vous pas ?

— Je souhaite qu'on ne condamne plus parce qu'on écrit, parce qu'on s'épanche sur la vie des souverains, qu'on discute les ordonnances des ministères. Il faut vider la Bastille de ceux qui s'y trouvent en raison de leurs opinions. Voilà la liberté que je souhaite pour les hommes.

— Mais si vous octroyez tous ces droits, chacun pourra dire ce qu'il pense du roi, de la reine de vous et de moi. Je ne l'entends pas ainsi voyez-vous. Il convient dans ce monde qu'il existât de la réserve, du respect et de l'autorité. Sans cela, comme je vous le présentai, ce sera l'anarchie. Vous savez monsieur Mirabeau, que tous ne vous suivront pas.

— Beaucoup madame, beaucoup comprendront qu'ils ont envie d'être libérés.

— Et vous, René, si vous nous disiez ce que vous pensez des propositions de monsieur Mirabeau.

— Monsieur Mirabeau, chère mère, est mon ami, il promeut des idées de liberté et je suis à ses côtés, mais j'ai des réserves sur le respect que l'on doit à la personne du roi et à celle de la reine. J'estime que si je les ai brocardés parfois, je dois mesurer à l'avenir ce que j'écris, il y a un pas à ne pas franchir si le peuple est manipulé. J'écris pour me faire entendre par celui à qui s'adresse le propos mais pas pour soulever le peuple en vue d'une transformation de la société.

Brissot se mêla de la conversation et conduisit les propos sur la souveraineté.

— Cher Mirabeau, la liberté est-elle celle aussi de devenir souverain pour que le roi obéisse au peuple et non le contraire, le roi, comme le dit monsieur Rousseau, est un homme à l'égalité des autres hommes.

— Oui le peuple est souverain, répondit Brissot, mais encore faudrait-il organiser le peuple en corps, parce que sinon, qui gouvernera, qui commandera, qui obéira à qui ? Voilà encore bien des questions qui doivent obtenir des réponses pour qu'on puisse mettre en place la souveraineté du peuple. En attendant le roi demeurera souverain.

— Qui veut bien maintenant nous éclairer sur la perfectibilité de l'homme que je vous ai entendu promouvoir monsieur Brissot. Qu'est-ce qui vous conduit à parler ainsi ?

— Vous me savez habité des idées de monsieur Rousseau et c'est à partir de son idée de l'homme, de l'égalité qui devrait régner entre eux, que je conçois l'idée de perfectibilité. Pour parvenir à l'égalité parfaite, il convient que l'homme soit perfectible, n'est-ce pas monsieur Condorcet, vous qui après monsieur Rousseau, nous avez édifiés en ce sens ?

— Vous voyez juste, Brissot, vous êtes sur la bonne voie, poursuivez.

— Mes amis je pense que l'homme ne peut s'élever et se perfectionner dans l'esprit et la raison, s'il est prisonnier de la religion et des lois iniques qui lui sont contraires. Il doit se détacher de la religion en premier et mettre en place des lois nouvelles qui fassent son bonheur.

— Mais, repris-je, si vous supprimez la religion, vous n'empêcherez pas le peuple de penser et priez, la religion ne sera qu'endormie. Sans religion, sans loi, le peuple se guidera à sa guise et chacun la sienne, ils s'entretueront.

— Il faut une religion nouvelle, la raison, celle du bonheur du peuple et non de son oppression, ajouta Brissot.

— Monsieur de Condorcet, c'est à vous qu'il revient maintenant de développer parmi le peuple ces idées de liberté, d'égalité, de perfectibilité pour notre plus grand bonheur.

Mais repris-je, un tant soit peu refroidie de ce que je venais d'entendre chez moi, que faites-vous du pouvoir royal ? Vous m'effarez mes amis, le roi est notre guide, il est l'oint du seigneur, il a reçu le saint chrême, depuis Clovis dont il est le successeur en ce royaume.

— Si nos idées gagnent le royaume, madame, le roi restera le roi mais devra se conformer à la volonté du peuple, mais voilà je rêve et vis avec une conscience utopique et j'entends le demeurer.

— Merci mes amis de ces belles conversations, les saluai-je.

Je demandai aussitôt à René de demeurer souper quand Pierre s'annonça.

— Mes enfants vous allez faire le bonheur de votre père ce soir, en restant souper, voulez-vous ?

— Volontiers, Albertine, volontiers, les clubs bruissent et avec ce que nous entendons, nous devons nous aussi en deviser pour nous éclairer et comprendre. Il y a peut-être des décisions à prendre, vous ne pensez pas ?

Je regardais mes beaux-enfants face à nous, assis l'un à côté de l'autre. Ils s'épiaient pour savoir qui entamerait le premier le combat.

— René, mon cher frère, s'engagea en premier Pierre, dites-moi ce que vous pensez de nous, les amis d'Orléans ? Dites-le-moi franchement et donnez-moi votre contradiction.

René sourit, de ce petit pincement de lèvres et de ses yeux ronds et malicieux. Sous son air enfantin et poupin à vrai dire, il savait bretter par les mots comme par le glaive.

— Pierre, mon frère, je suis un défenseur de mon roi et vous me provoquez en me demandant ce que je pense d'Orléans et de ses *fraters et sorors.*

— Je m'oppose voyez-vous à cet « anti-Versailles » dont il a tout reçu, je m'oppose à ses amis qui se réunissent au Palais Royal et vous en êtes, pour conspuer la Cour. Je connais son aversion pour le régime, alors qu'il en est. De quel malaise souffre-t-il pour en exprimer une telle haine. Nous savons que le roi ne le tient pas en grande amitié mais la reine lui a toujours ouvert ses salons.

Certes il est adepte de Montesquieu et le régime anglais lui siérait mieux.

— Il est l'ami de ceux qui viennent tantôt de nous exposer leurs nouvelles idées. J'entends qu'on raille, mais je n'entends pas qu'on brûle. Le royaume n'est pas un bûcher où l'on pourrait y déverser toutes nos immondices. Le royaume se défend, il ne se pourfend pas. Je le défendrai et j'ai quelques amis qui m'y aideront.

— Et puis votre ami, cher frère, fait beaucoup jaser depuis qu'il a édifié ses boutiques au Palais Royal. Que veut-il ? Se faire boutiquier ? Il a rétréci, pour le public, l'accès au jardin. Vous savez sûrement que des procès s'engagent pour ceux qui maintenant sont privés de leur vue sur le jardin et je les comprends.

— Je vous retourne la question, Pierre, pourquoi le suivez-vous dans sa franc-maçonnerie ?

— Le duc m'a convaincu et j'en suis habité, que le Grand Orient, puisqu'il s'appelle ainsi maintenant, propose une forme d'égalité des individus tout comme les parlements proposent plus de liberté. Ces deux valeurs je les partage avec le duc et la Loge.

— Êtes-vous bien sûr mon frère, surenchérit René, fronçant des sourcils et abandonnant ses rictus enfantins, que l'égalité que vous recherchez existe réellement. De quelle Égalité vous parlez, de celle de ce monsieur Rousseau, aujourd'hui relégué ?

Vous pensez que les hommes seront demain tous petits ou grands, qu'ils seront tous beaux ou tous vilains, qu'ils devront avoir la même voix, qu'ils souperont tous à la même auberge, qu'ils penseront tous à l'identique. Pensez-vous réellement que chaque œuvre humaine sera payée à la même valeur. S'il n'y a pas de différence ou si vous niez les différences, c'est que vous vous niez vous-même. Nous sommes frères et ne sommes pas identiques, nous ne sommes pas identiques à notre père qui nous entend avec inquiétude, je le ressens. Dites-moi de quelle Égalité vous me parlez ?

— Je vous parle de l'Égalité de conception de l'homme René. Nous sommes aujourd'hui divisés en corps, en noblesse clergé et tiers état. Pensez-vous que cela soit concevable pour des siècles ? Pensez-vous que le peuple demain ne pourrait pas obtenir des prébendes ou des régiments, pourquoi, dites-le-moi, parce qu'il n'est pas né ?

— Les choses sont ainsi voulues par Dieu Pierre, les hommes n'ont pas les mêmes volontés, la même intelligence, le même ressort pour les choses de la vie. Les guerriers ne sont pas les prélats et les laboureurs ne sont pas des artisans. L'équilibre ne se trouve pas dans l'égalité mais dans le respect et le maintien de cet équilibre librement accepté et consenti. Il est un fait je vous le concède que le roi pourrait faire une ouverture comme ce fut le cas auparavant, pour permettre aux roturiers d'accéder à des postes plus élevés, je concède que la porte est aujourd'hui trop fermée. Ne venons-nous pas d'un étuviste que le roi fit marquis ?

— Là, je vous rejoins mais quant à en faire un changement de régime comme vous semblez le souhaiter tout comme le duc d'Orléans, je ne vous suis plus et vous me faites peur.

— Je ne suis pas de ceux qui veulent tout renverser, tant s'en faut, mais je suis de ceux qui espèrent des changements pour que s'ouvre une société plus homogène et plus ouverte.

Je laissai tout comme mon mari, les deux frères échanger sur la nouvelle société en œuvre. Je partageai beaucoup des idées de Pierre et je savais que la reine aussi saurait s'entourer de gens plus ouverts à l'évolution de la monarchie.

Jean-Louis écoutait, il ne reprit pas ses fils et ne s'immisça point dans leur conversion. Selon son habitude il se tint en retrait des paroles mais comprit que la société se comprimait, et qu'il faudrait assez tôt lui donner à s'ouvrir sinon elle exploserait.

Pourtant son envie fut plus forte qu'à l'accoutumée et d'un jet, arrêta ses enfants sur le duel des idées.

— Mes enfants reprit-il, votre effervescence, votre fougue est à la hauteur de vos ambitions, mais si aujourd'hui nous sommes là, c'est qu'un jour un monarque fit de nous ce que nous sommes. La société n'est donc pas si figée que toi, Pierre, ose le prétendre. Mon grand-père étuviste, par son talent, servit le roi, par son habileté sut s'en faire aimer et tant mieux, s'en faire récompenser. C'est ainsi que vont les choses dans ce monde. Il ne faut pas attendre, il faut œuvrer. Il serait facile d'obtenir sans rien créer, il serait facile de recevoir sans donner auparavant. Serait-ce de l'égalité que certains reçoivent sans rien faire tandis que d'autres trimeraient pour n'en recevoir pas plus ? Voyez-vous, évitez de chercher les brisures, les cassures, de vous transformer en faiseurs de sociétés. En d'autres temps et en d'autres lieux certains s'y s'ont aventuré, ils n'y sont pas parvenus.

Les enfants écoutèrent leur père avec intérêt et au-delà du respect qu'ils leur devaient. Nous nous séparâmes assez tardivement mais tout cela me fut bénéfique pour me retourner vers la reine et lui faire part de mes inquiétudes de ce qui se disait dans les salons et qu'elle puisse à l'avenir œuvrer auprès du roi et de ses conseillers.

Au petit Trianon, le lendemain, je m'approchai de Marie Antoinette et c'est en allemand que je m'adressai à elle pour éviter les malentendus et surtout les oreilles tendues.

— Majesté, l'interpellai-je, je désirerais vous entretenir d'un sujet qui me tient à cœur, il se dit des choses au dehors et à Paris qui sont à entendre de la cour et que si ces choses étaient ignorées, elles vous mettraient en difficulté.

— Vous voilà bien ombrageuse mon amie, me rétorqua la reine. Prenons la petite allée de droite et écartons-nous vers la volière, nous serons à l'abri.

J'exposai ainsi à la reine et toujours en allemand ce que j'entendis la veille et surtout les manigances du duc d'Orléans et de ses amis, même si je ne m'avançai pas trop, s'agissant de Pierre.

— Sur l'Égalité, me répondit la reine, je me suis en son temps entretenu avec mon cher Voltaire, et voici en substance ce qu'il me proposait :

« Chaque homme, dans le fond de son cœur, a droit de se croire entièrement égal aux autres hommes ; il ne s'ensuit pas de là que le cuisinier d'un cardinal doive ordonner à son maître de lui faire à dîner ; mais le cuisinier peut dire : “Je suis homme comme mon maître, je suis né comme lui en pleurant ; il mourra comme moi dans les mêmes angoisses et les mêmes cérémonies.

Nous faisons tous deux les mêmes fonctions animales. Si les Turcs s'emparent de Rome, et si alors je suis cardinal et mon maître cuisinier, je le prendrai à mon service." Et ce discours est raisonnable et juste ; mais en attendant que le grand Turc s'empare de Rome, le cuisinier doit faire son devoir, ou toute société humaine est pervertie. »

— Je lui avais répondu que je partageai son opinion. Mais si vous me dites que maintenant les tenants de monsieur Rousseau veulent aller au-delà et que les serviteurs sont les égaux des maîtres, notre société ne se tiendra plus. J'en parlerai au roi.

Je vous le promets.

Nous en demeurâmes là et nous rejoignîmes nos amis, Vaudreuil, les sœurs Polignac, et surtout le comte d'Artois, toujours assidu auprès de sa reine qu'il chérissait.

Pourtant continuant à cheminer, elle me glissa à l'oreille avant de les rejoindre :

— Voltaire me disait qu'un ennemi guettait, le fanatisme religieux.

Je l'interrogeai sur ce qu'il entendait par cette évocation.

Il me répondit : « Madame, en jetant un œil à l'histoire médiévale, on se rend vite compte que les doctrines religieuses abusives mettent un cran d'arrêt aux progrès sociaux et ont divisé plus qu'autre chose. Les fanatismes poussent le pouvoir spirituel à tout contrôler de manière insensée ».

— Devons-nous nous inquiétez, rétorquai-je à la reine, ne nous dirigeons nous pas vers plus de liberté en ce sens, alors que Louis vient de permettre plus de liberté aux Juifs du royaume. N'est-ce pas là de la tolérance à leur endroit, continuai-je ?

— Vous avez raison Albertine et je puis vous confirmer que Louis n'entend pas se faire scléroser par des fanatiques et qu'il n'a qu'une idée, le bonheur de son peuple. D'ailleurs n'ai-je point ouï dire au Palais que le roi entendait nommer Pierre au gouvernement du Maine et du Perche. Nous savons l'une et l'autre que sa fraîche noblesse ne lui permet aucunement d'occuper ce poste mais le roi n'en a cure, il entend le récompenser à sa manière pour ses exploits aux Amériques. Il parle même de lui faire les honneurs de la Cour.

— Voilà bien beaucoup de bonté de la part de Sa Majesté. Je ne doute pas qu'il saura servir le royaume à la hauteur de ce qu'il recevra.

— Vous me permettrez d'insister Albertine et de maintenir que le roi ne devrait pas accepter que l'on nommât à ces postes des gens qui ne remplissent pas les conditions de noblesse exigées du feu roi Louis XV. Si le roi cède, il perdra son autorité vis-à-vis des parlements et de la Haute Noblesse. Il convient de maintenir chacun à son rang, le contraire conduirait à l'anarchie.

— La Bourgeoisie gronde Majesté, Voltaire vous en a souvent ouvert les yeux. Elle entend prendre place et ne se cache plus parfois de comploter contre le roi.

— Ce n'est pas parce que quelques excités grondent que le royaume est en danger. Le roi est là pour le maintenir.

— Majesté, je vous sais pourtant ouverte sur les mœurs, pourquoi donc ne le montrez-vous pas sur le protocole ?

— Parce que le royaume est un édifice qui tient par toutes les pièces qui le composent. Si l'une d'elles est retirée, le tout s'effondre. La noblesse guerroie, le clergé prie et le peuple travaille. Ôtez l'un et le tout s'écroule.

— Majesté puissiez-vous avoir raison et que le peuple accepte longtemps cet édifice, parce que sinon la gronde pourrait, tel un ouragan, tout emporter.

Ces discussions avec la reine se renouvelèrent à plusieurs reprises et je crus comprendre qu'elle s'en entretint avec les ministres sans en référer au roi qu'elle entendait tenir à l'écart.

Son beau-frère le comte d'Artois, se montrait lui aussi intransigeant sur le progressisme ambiant, et la renforçait dans ses convictions.

Les mois passèrent assez calmement pour le royaume et le 24 juin 87 comme promis, en effet, Pierre obtint les honneurs de la Cour. En ce jour de la Saint-Jean, alors que se dessinaient les festivités champêtres dans toutes les paroisses du royaume, nous nous rendîmes Jean-Louis, Pierre et René, à Versailles pour la présentation officielle de Pierre au monarque.

Si l'habitude était d'accueillir au milieu de la grande galerie les impétrants, le rendez-vous fut donné, sur le parcours qui conduisait aux grandes écuries. Le roi, ayant déjà nommé Jean-Louis à l'équipage du Daim, entendait réserver la présentation sur le chemin de la chasse et l'inviter à l'accompagner pour la chasse matinale.

— Monsieur, le marquis de Champcenest interpella le roi du haut de sa monture blanche, voudriez-vous m'accompagner pour la chasse.

Il nous salua, Jean-Louis me regarda, peut-être envieux du sort de Pierre qui ne lui fut pas réservé en son temps. Il demeurait gouverneur mais n'était pas présenté.

René, cabotin et espiègle contrairement à ses habitudes, se retint et nous nous éloignâmes maintenant que Pierre était monté dans la voiture suiveuse derrière le roi. Il pouvait maintenant être invité aux bals de la reine, au sein des différents cercles royaux et surtout aux chasses, lui qui les organisait à la suite de son père à Meudon.

Je compris dès lors qu'un pas était franchi dans la volonté du roi. Il entendait casser la haute noblesse comme l'aurait fait Louis XIV, mais aurait-il la force de son aïeul pour la contenir ?

Six mois plus tard, les choses se précipitant pour Pierre, le 3 janvier 88, Pierre se vit confier Orléans dragon par le duc lui-même alors que la reine s'y était opposée.

Je me souviens de la conversation que nous eûmes à ce sujet à Trianon lorsqu'elle apprit le projet.

— Albertine, je vous tiens en très grande estime mais ne puis vous cacher que le roi est trop faible face à son cousin d'Orléans.

Le régiment d'Orléans Dragon a toujours été confié à une plus grande noblesse que celle de votre beau-fils qui, nous le savons tous, intrigua pour se faire admettre par Chérin dans une généalogie qui ne lui appartient pas. Personne ne fut dupe, mais personne ne rechigna. Pourquoi ? Parce qu'il est le protégé du duc après avoir été le favori d'Artois. Il sait y faire convenons-en, mais l'affaire fera le tour des salons, ce qui ne sera pas pour le servir. Je crains les réactions. Pensez, à qui succède-t-il ? Aux Pons, aux Clermont-Gallerande, aux Montboissier.

— Mais le roi l'a au préalable nommé mestre de Camp, c'est qu'il entendait aussi lui confier un régiment, vous ne pensez pas ?

— Certes Albertine, mais je maintiens que le roi se coupe de la haute noblesse et qu'elle saura le lui rappeler.

Nous nous quittâmes sereines néanmoins, mais je compris que la reine camperait sur ses idées sans concession aucune. Il faut bien dire aussi qu'elle n'avait pas le duc, franc-maçon, en odeur de sainteté.

IX
Orage et révolution

René, en ce début d'année 88, s'enticha d'amis tout autant pamphlétaires les uns que les autres : Mirabeau-Tonneau, Peltier, et surtout Rivarol. Le comte de Rivarol fut le seul qu'il conduisit à Meudon pour nous le présenter.

— Mère, Père, s'annonça René, permettez que je vous présente monsieur de Rivarol.

Les salutations d'usage se succédèrent et nous prîmes place au grand salon, mieux éclairé en ce début janvier. Bien installés dans nos bergères et après que l'on nous eut servi un bon chocolat chaud que tous apprécièrent par ces frimas, nous entamâmes réellement la conversation pour laquelle René entendait nous présenter son ami.

— Mes chers parents, sachez que monsieur de Rivarol fut l'ami de Voltaire même s'il ne partagea pas toutes ses idées. Il écrit au Mercure et tout Paris, vous le savez, lit ses polémiques, même si elles ne sont pas toujours supportées.

Je me permis de le couper.

— N'est-ce pas vous, monsieur, qui offusqua le duc de Choiseul, mon ami, dont vous vous fîtes un ennemi éternel.

— Certes, madame, je me suis permis en son temps de conspuer et de tancer par la plume monsieur le duc.

Ma raison, madame, n'est pas de cacher, mais de dire, et j'entends maintenir ma ligne et montrer jusqu'à l'ironie, ce qui me dérange en ce royaume.

— Ne craignez-vous point pour votre personne ?

— Je ne crains qu'une chose madame. Dieu ! D'aucuns s'en gaussent, me reprochant ma liberté peu conforme pensent-ils avec l'esprit de notre religion catholique et romaine. On me dit peu charitable, mais tous ceux que je traite, le sont-ils à leur tour ?

René reprit le fil de la présentation.

— Monsieur de Rivarol est aussi l'ami de monsieur Grimod de la Reynière.

— N'est-ce pas ce monsieur qui pourfend notre esprit de classe dans les salons, dont on retient qu'il est atteint d'une infirmité des extrémités digitales, qu'il masque par des gants de cuir.

— En effet, madame, mon ami Grimod est né sans doigt. Il fut équipé de prothèses qui lui permettent aujourd'hui de vaquer à quelques occupations qui lui sont indispensables.

— L'on m'a dit dans un salon, repris-je, qu'il cultivait, pour cette raison d'infirmité, une inimitié pour ses parents qu'il étalait dans le monde, était-ce vrai ?

— Cela est vrai, madame, il hait sa mère qui cultive ce don de différencier les castes.

— Si je vous entends, monsieur de Rivarol, et si je comprends ce monsieur Grimod, ce seraient les souffrances intimes, physiques et autres cabosses qui conduiraient naturellement à l'esprit de révolte. Mais alors si tous ceux qui sont et furent cabossés se réunissaient en un seul lieu, ce serait une révolution.

— Mais madame, c'est peut-être ce qui pourrait se produire si l'homme ne met pas tout en œuvre pour corriger ce que la nature a placé de néfaste chez l'autre. Oui nous devons corriger ce que la nature a mal fait.

— N'est-ce pas dangereux de vouloir tout corriger ?

— Je suis certes ami avec monsieur Grimod mais je ne partage pas tout. Je suis un ferment défenseur de la monarchie, quoique vous puissiez en penser et ses propos sur les castes ne sont pas miens.

— À la bonne heure, monsieur de Rivarol, je crois aussi que ses idées sont bouleversantes.

— Soyez rassurée, madame, monsieur Grimod est depuis deux ans déjà placé sous lettre de cachet dans une abbaye, après un écrit plus qu'impertinent sur monsieur de Saint-Ange.

— Que cet exil lui fasse grand bien alors.

— Parlez-nous de votre littérature, monsieur de Rivarol, poursuivis-je.

— J'ai en 84 remporté le prix de l'Académie des Sciences de Berlin tout comme monsieur Schwab, pour un discours sur l'universalité de la langue française. Je plus à Frédéric de Prusse qui me fit aussitôt membre associé de son Académie. Je plaide pour une belle langue française, claire, dégagée de protocole qu'on invente pour le pouvoir et la vanité. La langue française est faite pour la conversation, elle est le lien des hommes et charme tous les âges. De toutes les langues, voyez-vous, elle est la seule qui ait une probité attachée à son génie. Elle est sûre, sociale, raisonnable, c'est une langue humaine.

— Vous ne vous êtes pas arrêté là, je suppose ?

— En 85, madame, je traduisis L'enfer de Dante Alighieri, que j'ai quelque peu adapté. Me voilà devant vous avec mon ami René qui me présente à vous parce que nous travaillons ensemble sur un ouvrage qui pourrait, comme l'orage, tonner dans les salons.

— Vous nous intriguez René, s'interposa Jean-Louis, se tournant vers son fils, vous entendez faire tonner mais point trop j'espère, pour ne point froisser notre honneur et notre réputation.

René reprit le fil de cette conversation et déploya la défense de leur ouvrage.

— Père, nous écrivons un almanach que nous voudrions intituler : *le petit almanach de nos grands hommes*. Il convient de dire que ce seront des satires des écrivains à la mode d'aujourd'hui et sans ternir votre réputation, nous concédons que nous nous ferons quelques ennemis. La plus grande partie est déjà écrite mais rien n'est sous presse.

Nous y malmenons de la plume, monsieur Chénier mais aussi ce monsieur Caron de Beaumarchais, sans oublier madame de Genlis qui ne réserve pas non plus sa plume à l'encre. Elle la trempe souvent dans le vinaigre, nous pouvons bien lui renvoyer le produit.

Jean-Louis parut plus apaisé quand il prit acte de ceux qui étaient malmenés, ne tenant guère Beaumarchais dans son cœur et encore moins Chénier, imbu d'idées égalitaires dont il ne se nourrissait peu.

— Nous avons aussi un projet de lettre que nous adressons à monsieur Necker pour lui répondre sur la religion et la morale,

Il conviendrait de réfléchir au choix d'un épicurisme élevé, soutenant la possibilité d'une morale indépendante de toute religion. Qu'en pensez-vous ?

— Le sujet est intéressant repris-je, encore faudrait-il y réfléchir assez pour ne pas y répondre trop tôt et dire tout et son contraire. Permettez que nous ne nous lancions pas ce tantôt dans cet exercice. Et vous deux, poursuivis-je, quel est l'objet de votre rencontre au-delà de vos envies de polémistes ?

— Nous nous sommes rencontrés au palais royal. J'ai remarqué le chevalier et nous nous sommes plu.

— Vous vous êtes plu ? me doutant déjà de la réponse.

— Oui, si vous entendez l'admettre, madame.

— Admettre quoi ? Que vous vous plaisez ou admettre que vous vous affichiez ?

— Les deux, madame, puisque déjà une partie des salons parisiens nous ont déjà reçus. L'on parle sous le gilet mais nous ne sommes pas honnis pour autant.

— Permettez que nous n'en tenions pas compte nous non plus, terminais-je.

Jean-Louis se tut et accusa. Ses yeux se froncèrent, mais il ne se retira point, ne cherchant pas l'esclandre préférant contenir une colère non dissimulée pour autant et comprise par son fils et son ami.

Je repris la conversation et allégea les propos.

— Monsieur de Rivarol, d'où êtes-vous originaire, votre accent vous trahit ?

— Je suis né, madame, à Bagnols sur Cèse, près de Nîmes, dans le sud du royaume.

— Notre fils vous a présenté, comte de Rivarol. Dites-nous en plus.

— En effet mes origines anciennes sont de noblesse italienne mais le destin fit que mon père tint une auberge à Bagnols puis devint commis des fermes. Je fis mes études en Avignon et porta le petit collet. Si ma famille me destinait à la prêtrise, je voyais les choses autrement y préférant les lettres.

Je vins à Paris et m'appropriant mon origine italienne, je me permis de me faire appeler, pour Paris qui maintenant me connaît ainsi, le comte de Rivarol. Je compris que cela favoriserait mes entrées dans le monde, ce qui se produisit en effet.

— Vous avez usurpé votre titre monsieur et vous trompez votre entourage.

— Madame, je n'ai rien usurpé puisqu'il n'existe pas d'autre comte de Rivarol que moi-même et encore moins trompé puisqu'en Italie il existait.

— Monsieur votre audace est de celles qui font courir bien des risques, puissiez-vous ne point conduire René dans des situations aussi scabreuses.

— Mère, reprit René, je sais qu'elle doit être ma conduite et si Antoine mon ami eût à l'instant le courage de vous dévoiler notre rencontre, je sais que je peux compter sur lui comme lui sur moi et le destin pourvoira au reste.

Nous reprîmes un chocolat, et nous en demeurâmes là pour cette fin de journée éprouvante. Je calmai Jean-Louis après leur départ et lui fit comprendre qu'il ne devait pas renier son fils dont le destin ne lui appartenait pas. Résigné, il se rangea à ma proposition.

Cette année 88, il plut tout l'été jusqu'à l'automne. Les blés pourrirent. Les paysans ne récoltèrent point pour alimenter les moulins et les fariniers comme en 75, firent monter les prix. Le peuple des villes se révolta. Combien de meuniers, combien de fariniers furent pendus par les croquants ? À Paris des émeutiers se transportèrent à Versailles, trouver le roi. Louis entendit leur désarroi, mais rien n'y fit. Le peuple était trop en colère et je ne sais quand cela pourra s'arrêter.

Pierre, quant à lui, s'enquit d'habiter au 25 rue du faubourg Saint-Honoré, du fait que son logement au Louvre, se trouvait constamment envahi d'une foule de parasites, cousins, neveux et domestiques, au point qu'il ne pouvait plus y vivre. Il faut dire qu'il ne manquait pas de résidences, entre Versailles, le Louvre, et Meudon. Il pouvait aussi se réfugier au calme à Champcenest. Pour les voyages entre ces hôtels, il disposait d'une voiture étroite à ressort, à deux places, que nous surnommions « une désobligeante ». Elle avait un intérieur velours bleu et galonné d'or. On l'admirait lorsqu'il arrivait et chacun ou plutôt chacune se faisait un plaisir d'être admise dans la « désobligeante ».

Sa voiture le conduisait souvent au Palais-Royal pour rejoindre la loge du duc d'Orléans. Il me narrait ensuite les discussions qui s'y tenaient. Ainsi je ne pouvais le blâmer de fréquenter ce frère.

— Mère, les maçons que je fréquente souhaitent unanimement que les temps changent. Nombreux sont les bourgeois mais aussi nombre de nos amis, qui s'inquiètent des rumeurs qui circulent de la moindre masure aux plus grands châteaux.

— Mais de quoi réellement veulent-ils le changement, Pierre ?

— Mère, j'ai besoin d'un peu de temps pour vous en entretenir, me le permettez-vous ?

— Bien entendu, Pierre.

— Le peuple, celui qu'on nomme depuis deux siècles, le tiers état, les roturiers, ceux qui œuvrent au quotidien, s'estiment étouffés par l'impôt. Il faudrait surtout un ministre qui fasse les comptes pour leur dire la vérité. L'esprit est là, le peuple des villes et des campagnes souffre et le fait savoir. Il ne supporte plus que les blés soient engrangés pour que les prix grimpent.

De surcroît, il n'y a pas que cela. Les pamphlets sur la reine courent le royaume. Ils lui prêtent des relations salaces avec votre amie la Polignac. Les gens sont sûrement trompés, mais vous savez bien que lorsqu'une rumeur se répand, il est bien difficile de l'arrêter.

— Qui, mon Dieu, peut bien répandre autant de sarcasmes à son endroit, alors que sans cesse elle instruit le roi sur les malheurs des pauvres de ce pays ?

— Vous les connaissez, mère, ces bourgeois dont nous parlions mais aussi bien ces nobles, qui propagent ces idées. Je l'avoue, ce sont des amis du duc d'Orléans dont je n'apprécie guère la présence dans son salon. Je le lui en ai fait part, mais il n'a pas pris la précaution jusqu'alors de s'en séparer.

— Et vous Pierre, pourquoi continuez-vous à vous colleter à leurs côtés.

— Mère, je veux aussi une meilleure vie pour les besogneux et aussi plus de liberté pour tous. Il conviendrait que le roi réforme nos institutions pour sauver la monarchie.

— Vous voyez peut-être juste Pierre, mais il faudrait quand même que d'autres s'adressent aussi au peuple pour l'édifier sur ce que fait le gouvernement pour eux.

— Ceux qui s'adressent au peuple le mobilisent pour le soulever et non pour l'instruire. Il est bien difficile de les contrer.

— Et les autres, nos amis, les nobles ?

— Ah nos amis, ils sont partagés. Ils se divisent entre ceux qui soutiennent une monarchie sans rien lui ôter, et d'autres comme le duc et dont j'épouse les idées, mais sans nuire au roi et à la reine, qui souhaitent des réformes.

— Pourquoi alors Orléans n'est-il pas entendu par le roi ?

— Parce que la reine bloque son entrée près du roi qui, trop faible, se range à ses côtés.

Et puis si vous saviez ce qu'on dit encore des Polignac, vous qui les fréquentez assidûment ?

— Que dit-on d'eux, Pierre ?

— Sur le plan politique, les Polignac, ainsi que d'autres favoris, constituent, vous le savez, ce qu'on appelle le parti de la reine, qui la soutient indéfectiblement. Gabrielle et sa fille sont trop souvent conviées par la reine à jouer et paraître à son théâtre du Trianon. C'est cette proximité qui conduit à jaser parce qu'on pense que les Polignac susurrent les décisions à l'oreille de la reine. Ce n'est pas sain mère. Le roi entend nommer prochainement Necker pour conduire les affaires du royaume et on oit dans les salons que Gabrielle de Polignac fait le pied près de la reine pour barrer la route à ce futur ministre, cela non plus n'est pas de nature à faire taire les rumeurs.

— Je m'en ouvrirai à la reine et vous savez comme moi que malgré l'intérêt qu'elle me porte, mon avis n'aura que peu d'importance.

— Mère, j'ai bien peur que bientôt, cela soit trop tard. Puisse Necker, s'il réussit à se maintenir, convaincre le roi des réformes à faire. Maintenant, souffrez que je me retire parce que je dois rejoindre des amis dans Paris.

Je me permis d'intervenir auprès de la reine. Je ne sais si je fus entendue, mais elle ouvrit les yeux, m'écouta, et je le sais par Gabrielle, elle s'en ouvrit au roi.

Je me trouvai quelque temps plus tard, dans la galerie, lorsque la reine m'apostropha. En ce printemps 89, il faisait encore frais à l'extérieur, les frimas étaient néanmoins passés, et la reine arborait une magnifique robe de mousseline blanche ceinturée de roses colorées. Son chapeau porté sur le côté droit dégageait délicatement son visage, ce qui la rehaussait de prestige. Elle en imposait, c'était la reine.

— Albertine, vous m'instruisiez il y a peu, des humeurs populaires qui bruissaient çà et là, et bien je puis vous dire que le roi entend y remédier.

— De quelle manière, Majesté ?

— Avec Necker, il prépare la convocation des États généraux qui ne se sont pas réunis depuis plus d'un siècle, vous voyez chère amie, qu'il entend frapper fort.

— Je soutiens, Majesté, cette idée, encore faudrait-il que ce qui en ressortira soit de nature à être suivi par la suite et que la rage du peuple ne tombe point dans le tonneau des Danaïdes.

Je me retirai de l'entourage de la reine et laissai ma place aux autres courtisanes qui piaffaient d'empressement pour se mettre en valeur.

Ce qui fut dit fut mis en œuvre et je puis en témoigner, le roi réunit effectivement les États généraux début mai.

— Albertine, m'interpella Jean-Louis, qui depuis le Louvre et de Meudon, suivait les évènements de près, les États se tiendront à Versailles et tous les députés du royaume s'y rendront. Je me demande bien comment la ville va pouvoir accueillir tout ce monde ?

— Mon ami, lui répondis-je, il y a bien des compétences pour l'organisation de l'évènement et si le peuple du tiers n'a pas de famille en ville, nos amis et le clergé ne seront pas en peine dans leur parenté de se loger en famille. N'avez-vous pas vous-même quelques cousins éloignés qui pourraient nous visiter ?

— Il y a bien ceux d'Anjou et de Touraine. S'ils se présentent, nous les accueillerons avec grand plaisir. Pour l'heure, Albertine, vous savez que nous pouvons assister aux discussions de ces États ? Je voudrais bien que nous y assistions.

— Cette idée m'enchante Jean-Louis. Quand pensez-vous que se déroulera la première journée ?

— Ce sera le 4 mai par une grande procession, puis le 5 pour les débats.

— La procession aussi m'intéresse Jean-Louis. Je vais demander à mes amies de nous accompagner. Savez-vous si la reine s'y affichera ?

— Sans aucun doute, et j'ai ouï dire qu'elle se fera aussi accompagner de Diane et de Gabrielle de Polignac.

— Pourtant vous savez bien que le tiers pourrait les huer.

— Certes, mon amie, mais les choses sont ainsi. Peut-être ont-elles aussi raison de faire face à la haine.

— Nous verrons bien, et en tout état de cause, je m'apprête à vivre ce moment qui fera date comme il y a un siècle et demi maintenant.

Le 4 mai, avec Jean-Louis nous nous installâmes très près de l'Église Saint-Louis du Château pour sinon admirer, plutôt regarder cette longue file de plus de mille députés des trois ordres du royaume qui partiront de l'avenue de Paris et se dirigeront en procession vers l'église où Monseigneur l'évêque de Nancy désigné, officiera la messe d'ouverture.

Les choses se déroulèrent comme prévu. Tous se tassèrent comme ils purent. On voyait tant la noblesse dans ces habits d'or, de soie et de broderies, tandis qu'on ne pouvait échapper à cette horde de corbeaux du tiers en habit noir et chemise blanche à cravates de mousseline, sans ganse au chapeau qui tranchaient avec celles de la noblesse, rehaussées de chapeaux à plumes blanches.

Le bas clergé en soutane noire était dirigé par les évêques au bonnet carré et en robe violette.

De longtemps je ne m'étais interrogée sur l'importance de l'habit dans la séparation des corps.

Le roi et la reine en habits de magnificence étaient déjà dans la chapelle lorsque j'entrai à mon tour et me hasardai à me rapprocher. Je ne sais si l'on me prit pour un membre de la famille, le passage se fit naturellement et l'on s'écarta pour me laisser passer. Je me trouvai tout près de la reine. Elle m'aperçut. Je la saluai discrètement et elle me rendit mon salut par un sourire. Je la sentis tendue, assez inquiète.

Si cette foule d'hommes, qu'ils fussent nobles, marchands ou prélats, se montra bruyante à l'entrée, une fois assise, elle se tut et se tourna dans le plus grand silence vers les souverains. Le roi et la reine se levèrent pour les saluer et ils les applaudirent à tout va. Ils se rassirent tous et l'évêque prit sa place. Il se tourna vers le roi et à mon avis frappa fort par ses premiers mots d'accueil.

— Le peuple sur lequel vous régnez a donné des preuves de patience, Majesté ! C'est un peuple martyr à qui la vie n'a été laissée que pour le faire souffrir plus longtemps !

Le roi baissa la tête comme pour prier et le prélat poursuivit par des mondanités habituelles. En tout cas, s'il voulait transmettre un message, c'était réussi. C'est un fait, des réponses étaient attendues à tous ses cahiers recueillis dans chacune des paroisses du royaume. Tous savaient maintenant que les jours qui allaient venir seraient ceux d'un profond changement dans le royaume mais tous aussi ne s'attendaient pas à moins, non plus.

Le lendemain, je ne me fis guère prier pour me rendre à nouveau à Versailles dans la salle des menus plaisirs mais en galerie cette fois puisque c'est ainsi que le public non député pouvait assister.

Nous fûmes plus de deux mille à rejoindre la galerie.

En bas, la noblesse et le clergé occupèrent la droite et la gauche tandis que le tiers s'installa face à eux.

Le roi s'installa sur le trône et la reine me parut encore plus tendue que la veille. Il dit bien quelques mots d'ouverture mais ce que je me souviens c'est qu'il ne sut pas s'adjoindre le tiers comme il l'aurait fallu. Plus, même, il reprocha l'agitation populaire des derniers jours. Ce fut une erreur. Pauvre Louis, pensais-je, pauvre Louis qui ne voulait pas régner.

Des sifflets contre la reine couvrirent même la voix de tonnerre du député Mirabeau. Il fallait voir cet homme fort comme un bœuf, à la chevelure de lion, aux lèvres pulpeuses et sensuelles, au visage rond et lourd, aux yeux sortis des orbites. Tout cela en faisait un homme hors du commun. Il ne me laissa pas indifférente, non par son charme qu'il n'avait pas mais par sa stature et par sa voix de tribun. Il galvanisait les députés qui buvaient ses paroles, ses emportements, ses vociférations. Il emportait tout. Certains de mes amis, je le vis, rougirent et prirent peur. Tous enfermés, là avec ce tiers tumultueux, avec tous ces gens qu'en province, ils oppressaient parfois, sûrement trop.

Mirabeau néanmoins, malgré les cris de la foule, de toute sa puissance, reprit la main. On égrena tout ce qui fut écrit dans les cahiers de doléances. Des voix s'élevaient pour contrer, d'autres pour crier, d'autres se levaient, mais le tribun ne lâcha pas et tint ainsi la journée. Le roi pouvait le remercier. Il venait de sauver la première journée, parce que sans lui le tiers eût pu se ruer et tout aurait pu dégénérer.

Je n'eus pas envie de revenir les jours suivants, et pour tout avouer, j'eus peur à mon tour. Pourtant les États continuèrent. J'appris que deux jours plus tard, le roi fit entourer la salle du jeu de Paume par la troupe, où les états s'étaient déplacés, par crainte du peuple qui eût pu se joindre au tiers. L'effervescence était en route, cela se devinait.

Si le peuple de Versailles, qui savait tout des réunions, se mobilisait pour tenir la rue et crier des injures à la reine mais aussi à la noblesse, Paris ne fut pas en reste.

J'appris par René que les gardes parisiens qui désobéirent parce qu'ils s'étaient joints aux manifestations furent enfermés à la prison de l'abbaye.

Pierre nous effraya quand il nous apprit à son tour, que le duc d'Orléans, qu'il soutenait jusqu'à présent, entendait renverser son cousin.

— Belle maman, je vais prendre mes distances avec Orléans parce que, par les temps qui viennent, le roi aura besoin de tous les soutiens et je crains aussi pour la reine qui ne mérite pas tout ce que l'on propage sans rien savoir sur elle. Elle est victime de philosophes qui répandent des rumeurs pour nuire à la monarchie et ils se servent de la reine. Je fais amende honorable.

— Mais Pierre, certains furent de vos amis ?

— J'en conviens, mais admettez que je puisse choisir pour éviter d'avoir à me le reprocher lorsque les temps se calmeront.

— Hier un homme est sorti du café de Foix. Devant une foule de bons bourgeois, il sortit une lettre et lut à la multitude que des gardes avaient été incarcérés et qu'il fallait aller les libérer.

Sa voix portait, d'autres se joignirent à eux pour écouter et tout d'un coup l'orateur les harangua : allons délivrer ces gardes !

Puis je les vis partir, galvanisés, armés de cannes, de barres de fer, trouvées sur les chantiers, pour la prison de Saint-Germain. Je les suivis sans me joindre à eux pour autant. Discrètement j'en conviens. Ils pénétrèrent sans se battre dans la prison. À plus de six cents, les gardes de la prison cédèrent. Les prisonniers furent libérés.

Chère mère, je me demande bien ce que le roi allait en dire, puisqu'il avait donné l'ordre d'enfermer ces désobéissants ?

Aux États généraux, la fièvre n'était pas redescendue, paraît-il, et je ne savais pas ce qu'il s'y disait, même si René et Pierre s'y rendaient souvent. Par bonheur nous pouvions être ainsi informés, quand ils revenaient à Meudon à l'issue des séances.

— Chers parents, revint René il y a peu, je dois vous faire savoir que le roi est furieux depuis qu'il apprit que l'abbaye avait été attaquée et les gardes libérés, alors que les débats s'éternisaient à Versailles et que rien n'en sortait.

Pourtant, ajoute René, de nombreux thèmes furent abordés les derniers jours. Il fut discuté de la carrière des bas-officiers qui pourraient, comme les nobles, devenir officiers par le mérite, il fut aussi discuté des offices de vénalités, qui ne permettaient pas aux meilleurs d'œuvrer en office. On se jette, poursuit-il, des tas de choses à la figure sans qu'il en sorte de décisions. Il y a plus de rancœur étalée que d'évolution. Chacun campe sur sa position et je n'en vois pas la fin. Les temps à venir m'inquiètent, termine René, avant de prendre congé et de rejoindre Paris.

Nous apprenons par Pierre qu'à Paris, les bourgeois enflammés constituent une milice. Ils constituent une municipalité parallèle, ils ne se maîtrisent plus. Ils veulent tout bouleverser, rien ne les arrêtera. Restez sur vos gardes, nous conseille-t-il, ils vocifèrent contre les aristocrates disent-ils, je ne sais pas exactement ce qu'ils cherchent et que peut être eux non plus, ne savent pas où ils se rendent. Un certain Guillotin les mène. Je n'en avais pas encore entendu parler hier et voilà que déjà il s'érige comme le porte-parole de ce peuple de Paris vers l'Assemblée. Il crie à qui veut l'entendre, sur les estrades qu'il faut se révolter, que les nobles sont débordés par le tiers à l'Assemblée et que le peuple doit prendre le pouvoir. J'ai aussi appris qu'on y discute jusqu'au droit de veto du roi. Le roi s'ergote, pense tenir tout en préparant la troupe, mais si cette foule se soulève, ce sera un raz de marée insubmersible.

— Vous nous effrayez René, devons-nous nous calfeutrer à Meudon ou partir à Champcenest ? interrogeai-je mon beau-fils, me sentant quelque peu perdue sur la suite que nous devions donner à nos vies au milieu de cette anarchie.

Pierre nous rejoignit, René resta, nous étions rassurés.

— Le roi vient de renvoyer Necker, Père.

— Mais c'est impossible, il était le seul à savoir comment prendre ce peuple en colère.

— Assurément, mais il l'a fait.

— Il l'a renvoyé comme un laquais. Et comme je restai dans la salle pour comprendre, je vis les femmes Polignac applaudir au renvoi du Premier ministre.

— Je sais qu'elles ne le tenaient pas dans leur cœur, mais elles avaient tort cette fois.

Gabrielle ajouta même qu'elle était prête à payer pour qu'il disparût de Paris. Sa haine débordait sa raison.

Pourtant en dehors de moi et de mes amis, anciens proches ou toujours proches du duc d'Orléans, la noblesse applaudissait tandis que le peuple qui en attendait tout criait au scandale. C'en était trop pour lui. Le saute-ruisseau devenu Premier ministre n'était pas des leurs, alors la noblesse eût raison de lui. Il était parvenu par la finance, laquelle était exécrée de la plupart d'entre eux, alors que lorsqu'ils grattaient un peu, ils venaient presque tous de la ferme. Je ne fus pas de ceux-là pour me joindre au troupeau, Père.

— Vous avez raison, Pierre, c'est un heureux choix que vous faites. Le roi se fourvoie ou on le trompe et je me range plus à la seconde version. Avez-vous néanmoins entendu certains des nôtres contrecarrer Louis ?

— Oui, mais ils ne sont pas nombreux. J'ai cru reconnaître très franchement Mathieu de Montmorency et Clermont-Tonnerre.

— Patientez et prenez garde, je retourne à Paris, c'est là que les choses se font et non à Versailles comme on le pense.

— Je vous accompagne Pierre, vous me le permettez Jean-Louis ?

— Prenez votre liberté, Albertine, je demeure à Meudon, les comptes du domaine n'attendent pas. Prenez soin de vous, et barricadez-vous.

— Soyez rassuré, Jean-Louis, je saurais me préserver.

Je quittai donc Meudon en ce 11 juillet dans la légère berline de Pierre, qui ne passait pas inaperçue. En ces temps, j'eus préféré une voiture moins voyante mais je n'avais pas le choix.

Pierre me déposa rue Saint-Honoré et je vis la berline se diriger vers le Palais Royal. Je ne sus s'il se rendait chez lui ou chez le duc d'Orléans même s'il affirmait qu'il s'en écartait. Pierre est de nature à courir vers tous ceux qui pourraient un jour le préserver.

Je ne pus m'empêcher de quitter mon hôtel, mais à pied cette fois, déguisée dans les habits de Louise. En effet personne ne m'importuna ni ne m'agressa. Surtout, je ne fus pas reconnue.

Je m'approchai de la forteresse de la Bastille, parce que j'y entendais des cris. Il n'y avait pourtant pas de foule armée, mais un groupe de paysans et de miliciens de Paris tenait un homme par les bras. Il se débattait. Je compris qu'il venait de sortir d'une voiture et je m'approchai pour deviner.

— Appelez le maire, Bailly sortez ! Nous vous apportons Foullon, le voleur de blés !

Voilà ce que je saisis en premier, sans comprendre. J'étais nonobstant intriguée. Je prêtai l'oreille.

Je vis Bailly sortir de la forteresse.

— Qui est cet homme ?

— C'est un voleur de blés. Les paysans de Viry l'ont arrêté ce matin. C'est peut-être un vieil homme, mais il ne faut pas s'y tromper, il spécule les blés, fait monter les prix et les vend au plus prix le plus fort quand le peuple meurt de faim. Vous devez l'emprisonner avant qu'il soit jugé.

Je m'approchai et je m'aperçus que l'homme avait curieusement du foin dans la bouche. Bailly le vit aussi et les interpella :

— Pourquoi votre prisonnier a-t-il du foin plein la bouche ?

— Parce que lorsque les paysans de Viry s'en sont saisi, ils lui dirent qu'ils l'arrêtaient parce qu'ils n'avaient plus rien à manger. Il leur répondit : « Eh bien vous n'avez qu'à manger de l'herbe, mes chevaux en mangent bien ». C'est ainsi qu'ils le bourrèrent de foin et pourtant ce gros fat n'est toujours pas mort.

Bailly héla son chef de garnison, La Fayette, que je crus reconnaître. Il se présenta pour prendre en charge le prisonnier mais au moment de la remise, les choses se précipitèrent, des hommes armés sortirent de je ne sais où, bousculèrent le militaire et s'emparèrent de Foulon. Bailly et La Fayette qui à vrai dire et selon leur comportement ne semblaient guère vouloir s'embarrasser d'un tel homme, ne firent pas de difficultés pour leur laisser.

— Gardez-le ! Puisque vous le voulez, lança Bailly.

Je ne connaissais ni n'avais entendu parler de ce Foulon. Cet homme, gros, ventru, bouffi, au jabot de soie souillé par le voyage, bavait, sous le foin. Ses yeux de sang ne pouvaient masquer son inquiétude. Il avait beau se débattre de toutes ses forces, il ne pourrait échapper à ses nouveaux gardiens.

Le groupe ne fit que peu de pas. Je fixai l'évènement. L'un d'eux se fit apporter une corde qu'il monta sur un réverbère. On fit un nœud et je compris ce qui allait se passer et là je tressaillis mais continuai à regarder tout de même. Malgré la chaleur de juillet, j'avais froid, froid de peur, froid d'angoisse. On hissa Foulon pourtant lourd en haut du poteau, on passa la corde, et on lâcha l'homme comme un sac. Malgré le poids énorme du pendu, il n'était sûrement pas mort, puisqu'ils le hissèrent à nouveau et le lâchèrent une seconde fois en appuyant. Là il était bien mort. L'un des gardes, calmement, souleva son sabre et d'un geste leste et violent décapita le pauvre pendu. Le sang gicla, le bourreau prit la tête du malheureux par les cheveux et la lança vers les autres assassins. Je portai pourtant les mains à mes yeux, mais je les vis néanmoins empaler cette grosse tête sanguinolente au bout d'un pique pour commencer à la promener dans les rues adjacentes proférant des mots que je n'entendais plus au fur et à mesure qu'ils s'éloignaient. Je pense que je venais d'assister au premier crime de cette révolte. Je courus me réfugier et me barricader en mon hôtel, me promettant de ne plus en sortir pour quelque temps.

Le lendemain soir je reçus la visite de Pierre, de René et curieusement de Gabrielle de Polignac qui, elle aussi, quitta Paris pour le Louvre, la reine étant occupée à bien d'autres choses que de se divertir.

— Quelles sont les nouvelles de cette journée ? dis-je à Pierre, et quelqu'un a-t-il su pour ce monsieur Foulon ?

Gabrielle, qui savait tout auprès de la reine et qui aussi s'intéressait à tout, m'en dit plus.

— Chère Albertine, ce Foulon, qu'on dit baron de Doué, d'une seigneurie d'Anjou près de Saumur, était un vieil homme de plus de soixante-dix ans aujourd'hui. La cour en parlait parfois. Je crois qu'il fut avocat à ce qui se disait et qu'il rejoignit Paris pour prendre une charge de commissaire des guerres. Il fit des campagnes et ce sont sûrement ces activités qui le firent s'intéresser aux blés et à leur approvisionnement. Les années qui passaient l'enrichissaient et on parlait de lui au Palais mais on laissait faire aussi. Il enrichissait le roi.

— Il ne sera guère regretté alors, et sûrement oublié du Palais, non ?

— Sans aucun doute, Albertine. Qui voulez-vous qui s'en réclama, maintenant qu'il a terminé ses jours autour d'une corde accrochée à un réverbère de la Bastille. Qui ? Dites-moi ?

— Alors Pierre, avez-vous des nouvelles des évènements ?

— Oui, et pas de très bonnes non plus. Si nous nous estimons encore tranquilles dans nos hôtels, cela pourrait ne pas durer. Soyons et demeurons vigilants.

Le lendemain, Gabrielle me rejoignit rue Saint-Honoré, pour le dîner. Elle était ravissante comme à l'accoutumée dans sa robe de mousseline blanche et son petit nœud tombant sur sa poitrine. Son chapeau de paille jaune orné d'un ruban de soie blanche, d'un bouquet champêtre et d'une plume noire, la mettait toute en valeur. Quelle élégance, pensai-je sans aucune jalousie. Elle me sourit de ses petits yeux verts et de sa bouche fine et sensuelle. Elle amorça par ces mots :

— Chère amie, l'on tire vers les Tuileries, j'en reviens, et j'ai pris peur. C'est la raison de ma visite. Je ne sais plus où me rendre. Je suis affolée.

Votre beau-fils, à la garde du Palais, m'a conseillé de vous rejoindre et me voilà devant vous, pétrie d'angoisse.

— Qu'avez-vous vu et entendu Gabrielle ?

— Les soldats ont tiré pour défendre les Tuileries mais la foule armée rend maintenant les tirs. Des soldats sont tombés. La foule a repris la rue Saint-Martin, puis celle de Greneta et de Saint-Denis. Je l'ai devancée avant de me réfugier chez vous. Elle pourrait remonter la rue Saint-Honoré, nous devrions guetter.

Nous nous plaçâmes au balcon du grand salon du troisième étage, qui donnait sur la rue. Nous prenions un risque, j'en conviens, surtout que les tirs se rapprochaient et je répondis à Gabrielle que son intuition était bonne. La foule remontait en effet la rue Saint-Honoré. Je regardais furtivement, elle paraissait bigarrée, les hommes en chemises ouvertes et la chevelure hirsute, les femmes en chemises aussi ouvertes laissant pour beaucoup d'entre elles, apparaître des poitrines populaires et généreuses. Quel spectacle donnaient-elles, me dis-je. La plèbe était ainsi, elle se livre corps et biens, elle se livre à qui veut la prendre, la foule est une fille facile. Ses cris stridents, ses vociférations, couvraient et atténuaient le claquement des mousquets. Les souliers ferrés de presque tous ces gens et les sabots de bois résonnaient sur les pavés. Nous nous effaçâmes derrière les rideaux tout en nous gardant un espace pour suivre les mouvements.

J'entendis un ouvrier maçon, que je reconnus à son tablier, hurler à ses comparses, que Lambesc avait tué de son sabre un pauvre vieillard avant de quitter les Tuileries : « Aux armes, aux armes ! » criait-il. « Prenons le palais royal ! »

— Le feu couve, madame, j'ai peur, que devons-nous faire ? me glissa Louise en pleurs.

Je calmai Louise et rassurai mon amie. Néanmoins je savais au fond que tout cela n'était pas le fruit du hasard et je me rappelai à cet instant les débats que nous menions avec les philosophes il n'y a pas si longtemps encore et les idées nouvelles qu'ils entendaient répandre. Nous y étions, mais personne ne pouvait savoir où cela pourrait bien nous conduire. Pour l'heure, je devais rassurer ma maison, c'était le mieux qu'il me restait à faire.

Nous tremblions et nous nous prenions dans les bras, à qui voulaient-ils s'en prendre au Palais Royal ? Au duc d'Orléans ? À mon beau-fils ? À qui d'autre ?

— Louise ! Appelai-je, veux-tu sortir nous renseigner ? Tu ne seras pas inquiétée, c'est à nous qu'ils s'en prennent, et n'hésites pas à prendre leur parti, ce sera mieux encore.

Louise malgré son inquiétude, débrailla sa chemine pour les imiter et quitta l'hôtel. Elle ne revint qu'après plus d'une heure, alors que nous demeurions dans l'inquiétude.

— Alors Louise, raconte, dis-nous.

— Mesdames, la foule des bourgeois et des ouvriers, par bonheur, s'est calmée et n'a rien pillé, mais je pense qu'elle est réunie au Palais Royal pour préparer les journées à venir. Mais je n'ai rien perçu de leur conversation. Quelques personnes ont harangué mais aussi calmé les plus enragés. Ils se sont dispersés et sont rentrés dans leur foyer. Nous ne craignons plus pour aujourd'hui.

Gabrielle regagna le Louvre en voiture, son cocher l'attendant en bas de l'hôtel. C'est la première fois que je la sentais inquiète, elle, qui d'habitude montrait un caractère désinvolte, insouciant et léger, pour lequel, au fond de moi, je savais bien qu'elle masquait, comme beaucoup, des fêlures qu'elles n'entendaient pas faire apparaître.

La nuit fut calme et nous n'entendîmes plus aucun tir. Nous profitâmes de ce répit.

Jean-Louis, à Meudon, semblait éloigné de ce qui se tramait. Il me fit envoyer un domestique pour obtenir des renseignements de Paris et je lui fis le rapport de ce que nous avions pu savoir la veille, grâce à Louise. Je savais aussi que ce que je lui écrivis serait transmis à Sa Majesté, c'était son rôle et son devoir de gouverneur. Non seulement il administre mais il assure la sécurité du Palais. Il se doit de prendre des dispositions, mais toutes, avec les instructions de Louis.

Le matin du 13 juillet, j'entendis au lever, le tocsin sonner dans toutes les églises de Paris. Que pouvait-il bien se passer pour que le roi en décidât ainsi ?

Je me portai en déshabillé et bonnet au balcon donnant sur la rue Saint-Honoré. Je vis passer plusieurs centaines de soldats courir en armes. Où allaient-ils ainsi ? Je hélai un marchand des quatre saisons en bas.

— Madame, le roi a convoqué ses troupes autour des palais, et des prisons. Il a donné l'ordre de tirer dès la première attaque du peuple maintenant qu'il sait que nous sommes armés.

— Vous êtes armé vous ?

— Bien sûr, madame, et malheur à ceux qui voudraient nous empêcher de prendre notre liberté. Le peuple est souverain en a décidé l'Assemblée, le roi doit nous obéir.

Ce terme me glaça et je compris qu'à partir de maintenant il ne s'agissait plus de manifestations, pas même d'émeutes mais qu'une seule étincelle pour allumer le brasier et que c'était une Révolution.

Gabrielle de nouveau me rejoignit, elle se sentit seule et prit peur au Louvre.

— Albertine, la foule est dans Paris, le long de la Seine, elle est pleine de gens hirsutes, de femmes enragées, des fusils, des couteaux et des barres de fer à la main. On n'entend que : « Tuer, sang, purger, à nous la Nation ».

— Où comptent-ils se rendre ?

— Ils veulent libérer les prisons. L'abbaye, les Carmes, Sainte-Pélagie, l'ancien couvent Saint-Lazare, et même le Grand-Châtelet, le repère des grands criminels.

— Et la Bastille ?

— Ils n'en parlent pas, mais ils veulent s'y présenter pour récupérer les fusils entreposés.

— Mais d'où tenez-vous cela ?

— De mon cocher qui tôt ce matin s'est rendu aux halles pour la pension des chevaux.

Gabrielle n'avait pas terminé son compte rendu que je vis passer une foule de plusieurs centaines d'hommes et de femmes dépenaillés les bras et les paniers remplis de vin et de liqueurs, il ne faisait aucun doute qu'ils commençaient à se livrer au pillage. Ils se préparaient à tenir un siège. C'est ainsi avant chaque insurrection. On réunit les armes, les denrées et on attend que des ordres soient donnés par les meneurs. Qui étaient-ils ? Des gens de métiers, des artisans, des commis de boutiques. Je reconnus dans le cortège des salariés des faubourgs, des pères de famille, avant-hier très paisibles. C'est vrai que depuis quelques jours le pain et la farine, me disait Louise, avaient augmenté et que bientôt les ménagères ne pourraient plus assurer le quotidien.

Je les connaissais ces meneurs, je les avais vus à l'Assemblée, et au Palais Royal, pas seulement Mirabeau, qui ne cherchait pas l'insurrection, mais les autres, les sans-grades, les sans-noms, qui s'érigeaient en chefs, qui prenaient le pouvoir sur le peuple, ces nouveaux élus de la municipalité de Paris. Ils portaient une cocarde à leur chapeau. Ils le manipulaient.

— Gabrielle, quel sens a cette cocarde bleu et rouge qu'ils arborent tous ?

— Je ne puis vous le dire, nous aurons bien le temps de le savoir, barricadons-nous surtout.

Nous nous trouvâmes isolées et j'interdis à Louise maintenant de sortir. Nous avions quelques provisions en cuisine, je savais que Louise pourvoirait à tout.

Le lendemain vers midi, René se présenta à l'Hôtel. L'inquiétude n'était pas par nature, son quotidien, mais lui si imprévisible, présenta un visage angoissé et tiré.

— Que nous vaut René cette visite inattendue ? Que se passe-t-il en ville ?

— Vous n'entendez donc pas ?

— Non, depuis hier nous sommes barricadés à l'opposé de la rue, nous craignons même pour nos vies.

— Mesdames, la foule ce matin a pris la direction du faubourg Saint-Antoine et s'est présentée devant la forteresse de la Bastille. Elle réclamait de la poudre et des armes.

Ça a débuté vers six heures, aux Champs-Élysées. Pierre a placé le double de soldats devant les Tuileries, mais pour l'heure, c'est à la Bastille qu'ils entendent s'en prendre. Ils savent qu'ils y trouveront plusieurs milliers de fusils et même des canons. Le roi a demandé qu'on tire, et la troupe s'y est refusée dans un premier temps.

Launay a fait doubler la garde, mais je le connais, ce n'est pas un stratège, c'est un peureux, il ne va pas tenir.

Depuis ce temps, on crie, on gesticule, mais pour combien de temps. Le roi, dit-on, entend tenir. Ce n'est sûrement pas la bonne solution, j'estime qu'il est mal conseillé. Le royaume doit être sauvé et ce n'est pas en attisant la foule qu'il y parviendra, bien au contraire.

Demeurez là, sans sortir voulez-vous, je repars m'enquérir d'informations, je dois rédiger avec Rivarol un article pour demain matin. Si cela perdure, il faudra même que je crée une feuille spéciale, si je veux être entendu.

Je me résignai ainsi à ne pouvoir visiter tant Diane et Gabrielle de Polignac, que Versailles, ou ma sœur dont je n'avais guère de nouvelles depuis quelques jours. La duchesse de Brancas devait aussi se terrer de peur. La peur avait gagné Paris.

J'avais juste hâte que cela cessât au plus vite et priai pour que le roi prît les bonnes dispositions pour calmer son peuple. Que voulaient-ils en somme, ces gens, je me le demande ? Certes, le prix des blés, s'ils continuaient de grimper, pourrait l'affamer, mais en plus ? Parlent-ils de liberté, ces gens ? Parlent-ils d'égalité ? Bien sûr que non. C'était l'affaire des bourgeois, ces idées, le peuple n'en avait cure et je ne sais si seulement il s'en était quelquefois inquiété.

Au fond de moi, dans quelques jours, me rassurai-je, nous n'en parlerons plus et tout cela sera effacé au profit des quolibets trop nombreux qu'on déverserait encore sur la reine et sur mes amies.

Je me trouvai dans mes pensées quand Louise me fit sursauter.

— Madame, j'ai laissé entrer Marie, la gouvernante de madame de Polignac. Affublée en haillons et en sabots, elle ne fut pas inquiétée mais voilà qu'elle est en mesure de nous dire la suite des évènements.

Il n'était pas encore l'heure du souper mais nous nous en rapprochions, alors que je regardai la pendule de la cheminée.

— Madame, commença Marie, madame de Polignac m'envoie parce qu'elle prend peur. Pour elle mais aussi pour son amie la reine.

— Que s'est-il passé depuis ce matin ? Ne nous laissez pas plus longtemps dans l'inquiétude.

— Madame, la foule enfle dans Paris et les têtes s'échauffent, à leur tête un certain Camille Desmoulins, à ce que j'ai entendu, les harangue et leur parle de choses que je ne comprends pas. Des filles ouvraient leur chemise et avaient mis leur poitrine à l'air, tous criaient, se bousculaient, hurlaient de colère, jusqu'à ce que la foule se présenta devant la prison de la bastille, tous armés de fusils, de piques et même de bâtons. Ils pénétrèrent dans la prison et je n'ai pas vu ce qui s'y passait, mais je les ai entendus vociférer : « les aristocrates, on les aura, on les aura, ces scélérats ». J'ai eu peur, madame, mais je me suis cachée pour voir. Tout à coup, j'ai vu un homme hirsute, rouge et enragé qui brandissait un pique, et je n'ose vous le dire, madame, ce qu'il y avait au bout de cette pique. Une tête sanguinolente, les chairs pendantes, y était empalée. C'était, je l'ai reconnu Launay sanguinolent, les yeux fixes, sortis des orbites.

J'ai vu Pierre votre fils, qui l'interpella courageusement.

— Qu'avez-vous fait malheureux, leur lança-t-il ? C'est un meurtre. Que vous a fait ce malheureux Launay ?

— Écartés-toi Bourgeois, lui a rétorqué un homme grand et gras à la tête rasée et sans culotte, enfin longue et rayée.

— Vous êtes des monstres, des montres, il n'y a que les mahométans pour couper ainsi les têtes, Dieu ne vous ne le pardonnera pas.

Je poursuivis mon chemin sans savoir où j'allais et c'est une seconde tête que je vis au bout d'une pique. Cette fois celle du second de Bailly, faute de s'en prendre au maire lui-même. Flesselles s'appelle-t-il à ce qu'on m'en a dit. Avant que j'arrive, je ne vis que cadavres en sang, le pavé rougi de tous ces morts. Je ne sais ce qui m'empêcha de m'évanouir ou de crier, je ne sais plus. Je me tournai vers le mur et me mis à vomir tout mon saoul.

Pierre m'aperçut, s'approcha de moi et me dit : « Marie ce n'est plus une émeute, c'est une révolution, courre chez madame de Champcenest, courre vite les prévenir puis retourne chez ta maîtresse et n'en bouge plus surtout ».

— Me voilà, madame, essoufflée et tremblante.

— Louise ! Conduis Marie en cuisine et prends soin d'elle.

Je me retrouvai seule et ne savais que penser, que faire, attendre, mais attendre quoi, je m'interrogeai quand Pierre fit son apparition, quelque peu dépenaillé, tellement il courrait et surtout par cette chaleur.

— Les temps sont devenus sombres. La Bastille est tombée, le peuple braille et répète à l'envie ce que des gens comme Mirabeau, Beaumarchais et Desmoulins leur inculquent depuis des lustres, vous le savez. Le peuple braille contre les aristocrates, contre nous, parce qu'il nous rend responsables de tous leurs maux alors que ce sont des bourgeois sans scrupules qui les ont exploités en stockant les blés. Pour l'heure, le roi doit rejoindre Paris et prendre des dispositions, je vous quitte et me rends à Versailles, pour m'en enquérir.

Pierre glissa dans sa voiture et je continuai à me réfugier en attendant des heures plus claires.

Le lendemain, de mon balcon, je vis moult ouvriers se rendant à la bastille, munis de pioches et de pelles et je compris qu'ils démolissaient l'édifice. Pierre avait raison, ce n'était plus une émeute, mais une Révolution. Qu'allait décider le roi, qu'allions-nous devenir, si le peuple en voulait à nos vies ? Il était temps que la famille se réunisse pour en décider, pensai-je.

Il pleuvait, et la pluie lava le sang des pavés, mais l'orage demeurait dans Paris.

Toujours au balcon, je voyais, menaçants, des hordes de sans aveu, des mendiants, louches, pas même munis de pioches, qui pillaient, hôtels et commerces. Ils venaient des faubourgs et autres environs de Paris, des affamés, des profiteurs, de pauvres erres me dis-je en somme, qui n'avaient plus rien à perdre.

Il n'était pas l'heure du dîner que René s'invita à mon grand soulagement.

— Avez-vous des nouvelles de Père ?

— Non, René, il est auprès du roi et ne craint rien pour l'heure mais rapidement nous devrons nous réunir. Il serait temps que nous nous retrouvions ici ou à Meudon. Que savez-vous de Paris ce matin ?

— Mère, c'est à Versailles, maintenant, que les choses vont se passer. Les Mirabeau et autres Lafayette haranguent les députés et c'est de la salle des Menus Plaisirs que sortiront les nouvelles. Nous devons de ce pas rejoindre Père, Pierre et Edmond-Ferdinand, s'y trouvent déjà.

Nous nous hissâmes dans la berline jaune de René et le cocher fouetta pour nous rendre au plus vite à Versailles.

À notre arrivée, point de promenade, point de Cour, tout au plus quelques dames et courtisans s'affolaient dans la galerie à la recherche de nouvelles qui puissent les orienter.

Jean-Louis nous accueillit avec ses deux fils dans la galerie. Il paraissait calme tandis que Pierre s'impatientait de nous donner des informations.

— Jean-Louis, mon ami, comment se porte le roi, et qu'entend-il décider ?

— Le roi, Albertine, est désabusé, surpris des évènements et se demande s'il possède pour l'heure les moyens de répondre. Pierre vous dira ce que l'Assemblée prépare pour la monarchie.

— Le roi poussé par Mirabeau et La Fayette vient de demander le retrait des troupes dans Paris. Il entend donner l'ordre à une délégation de députés, conduite par Bailly, de se rendre à l'hôtel de ville pour clamer la réconciliation, dire que le roi est le protecteur du peuple et qu'il l'a entendu.

— Pensez-vous que cela suffira ?

— Je n'en sais rien mais c'est toujours un pas.

— Je les accompagne, s'engage René, je rejoins Rivarol et vais suivre et écrire ces évènements qui, je puis vous le dire, sont le début d'une nouvelle histoire. Je vais défendre le roi, je vais écrire pour que le peuple comprenne que ce ne sont pas les agitateurs qui veulent leur bonheur mais ceux qui depuis toujours sont nés pour assurer cette fonction et qui doivent le demeurer.

— Et la reine, interrogeai-je Jean-Louis ?

— La reine et Gabrielle de Polignac ne se quittent pas, en compagnie du comte d'Artois. Ils voudraient quitter Versailles et Paris et comme au temps de la Fronde, établirent la cour en province. Pour tout dire, ils semblent désemparés.

— Le roi a raison, rien ne doit s'immiscer entre lui et le peuple, rien, sinon ce sera l'anarchie répondis-je à Jean-Louis. Je me sentis tout d'un coup ragaillardie par ce que mon mari venait de me dire. Le roi pourrait sauver la monarchie.

Je voulus me rendre près de la reine et de Gabrielle de Polignac. Je ne tardai pas à les retrouver dans leurs appartements qui me furent ouverts de bonne grâce.

— Majesté, chère amie, j'étais très inquiète pour vous, me présentai-je.

Nous nous embrassâmes chaleureusement mais en pleurant. Pleurions-nous sur nous, sur l'avenir ou sur le royaume ? Sur les trois sûrement. Nous pleurions de peur tout simplement.

— Albertine, me dit la reine, il faut convaincre le roi de ne doit pas se rendre à Paris. C'est une faute. Il doit renoncer. S'il se jette dans le chaudron parisien, il court à la mort.

Le surlendemain, le roi n'écouta pas la reine et sous escorte au pas lent de la berline, il quitta Versailles par l'avenue de Paris.

René fit partie du voyage, il s'était accroché pour ne rien omettre de l'histoire qui s'inscrivait. Il se donnait de tout son être à son journal et à son ami Rivarol.

À son retour, il nous fit le compte rendu. Sur le chemin, le monde criait : vive la Nation, vive Bailly, vive La Fayette. Parfois : Vive le roi, mais très peu. Lorsque le convoi atteignit le Louvre et le Palais Royal, non loin de mon hôtel, le silence nous dit-il, se fit lourd et prégnant. Le roi était bonhomme presque satisfait, mais au fond de lui il devait être angoissé et souffrant. Je connaissais sa nature et ceux qui le fréquentaient ne devaient pas se tromper en disant qu'il avait peur.

À son arrivée, Bailly devant les députés lui tendit une cocarde aux couleurs de Paris, blanc et bleu. Personne ne se courba devant le roi, mais seul un trône lui fut présenté. Le roi se mit au balcon, s'afficha devant la place de Grève, noire de monde, et il leur dit : « Mon peuple peut compter sur mon amour ». C'est tout. Toute la journée, la tension fut extrême et le roi ne dit aucun autre mot sur le retour. Je me trouvai là lorsqu'il s'approcha de Marie-Antoinette et des enfants. Par bonheur leur dit-il le sang n'avait pas coulé et que jamais sur son ordre une goutte de sang français ne coulera désormais.

Il en allait à chaque fois ainsi, lorsque le danger grondait, nous avions tous besoin de nous resserrer et là maintenant il n'y avait rien de différent. Nous nous retrouvions dans la grande galerie. Il n'y avait plus de coquettes, il n'y avait plus de courtisans, il n'y avait qu'affolement, on courrait, on se bousculait surtout, on se croisait mais on ne se disait rien. J'eus comme l'impression que chacun prendrait son sort comme il se présenterait. L'apparence s'effrite plus vite quand la mort rôde. Plus de masque, plus de fard, les soies et autres taffetas n'avaient plus d'importance.

La reine était au milieu de nous, le roi aussi. On prenait conseil, on écoutait, le roi est notre protecteur, il le savait, il est né pour cela, il vit pour cela, il fera tout ce qui sera en son pouvoir pour protéger son peuple, je n'en doutai pas.

À notre arrivée, de Gabrielle, Diane, et de mes fils, il se desserra de la reine et se rapprocha de nous, surtout de Gabrielle pour laquelle il nourrissait une grande affection parce que très près de la reine, et cela le rassurait.

— Madame, ni Paris ni Versailles ne sont sûres pour vous désormais. Il en va ainsi pour nous tous. Des listes de proscrits circulent et vous en êtes. J'ai sur le retour donné l'ordre au comte d'Artois de partir avec une bonne escorte, de rejoindre Chantilly et de s'apprêter à quitter le royaume. Il choisira sa destination. Pour vous, je vous supplie d'en faire de même. Je sais que mon cruel destin m'oblige à éloigner de moi ceux que j'estime le plus et que j'aime, ajouta-t-il. Je vis là une larme glisser sur sa joue. Ne perdez pas un seul instant, comptez sur moi, je conserve vos charges. Partez en famille, Duchesse, emmenez la Duchesse Jules, Vaudreuil, la Duchesse de Guiche, et vous madame de Champcenest, demeurez auprès d'elle je vous en supplie, protégez-les, vous Hollandaise, il ne vous arrivera rien et en aucun cas vous ne serez inquiétée. Gabrielle, on vous accuse déjà d'avoir dilapidé des fonds du royaume à votre profit et d'entraîner la reine dans des machinations et commerces qui dépassent l'entendement. Vous êtes en danger, partez ! Partez ! Il est encore temps.

Nous voilà affolées et prévenues, devons-nous retourner à Paris au risque d'être arrêtées par on ne sait qui ?

Jean-Louis était au palais et les garçons vaquaient je ne sais où à leurs occupations. Il me fallait au plus vite rejoindre Jean-Louis, l'informer des mesures du souverain et le persuader de tout quitter.

Nous nous mîmes toutes à pleurer, je serrai Gabrielle dans mes bras. Elle ne quittait pas la reine des yeux.

Je me demandai comment elle allait faire pour s'écarter de son amie. Quel déchirement. Partir ? Pour où ? Partir ? Mais avec quoi ? Avec qui ? Tout de suite ? Je ne pouvais l'imaginer.

— Gabrielle, je rejoins le gouverneur, ainsi l'appelai-je en public, nous nous retrouverons dans deux heures, voulez-vous. Je vais m'empresser de préparer des hardes et autres affaires pour partir. Peut-être que tout cela sera arrangé dans quelques semaines et que nous rentrerons, ces hordes de gueux hirsutes ayant été matées par la troupe. Gardons confiance, espérons.

Je me rendis aussitôt et d'un pas pressé, au risque de trébucher, dans nos appartements et j'y retrouvai avec soulagement Pierre, René, et Jean Louis. Ils étaient en pleine discussion des évènements parisiens. Les traits tirés, les regards inquiets, la mine blafarde.

— Mon ami, mes enfants, le roi, leur dis-je d'un coup, nous demande de quitter le royaume, nos vies sont en danger. Quant à nous Jean-Louis, le roi entend que nous protégions Gabrielle et Diane de Polignac. Il y tient comme aux yeux de la reine, c'est tout vous dire et surtout vous faire comprendre qu'il ne nous laisse aucun choix.

Nous nous affairâmes et préparâmes peu de bagages, un petit trousseau sans plus. C'est dans l'angoisse d'un départ précipité pour une destination encore inconnue que nous rejoignîmes en hâte nos amis les Polignac. Vaudreuil et Gabrielle pleuraient à chaudes larmes.

La reine nous rejoignit dans la grande galerie.

— Gabrielle mon ami, votre ami Vaudreuil restera auprès du comte d'Artois, qui a besoin de ses services à ses côtés, mais une fois en place, il vous rejoindra.

Quant à vous, le roi vous a tracé une route pour Bâle en Suisse et à Gimilingen dans un premier temps. Il garde l'espoir de vous préparer une retraite près du cardinal de Bernis, ambassadeur à Rome dont il est assuré de la confiance la plus absolue.

— À Bâle, pour la Suisse, lui répondis-je ?

— Parce que seul ce pays pour l'heure est en capacité d'être franc avec le royaume.

Une voiture se présenta dans cour. Les roues crissèrent, les chevaux hennirent, le cocher hurla l'arrêt des chevaux qui stoppèrent dans un nuage de poussière chaude et âcre.

Un postillon descendit de la voiture, une escorte se présenta et se plaça de chaque côté de la berline. Je reconnus la voiture du comte d'Artois et constatai que les blasons avaient été biffés et la porte repeinte. C'était une bonne initiative. Il eût sinon, été vite reconnu.

Le frère du roi fit des adieux déchirants à Marie-Antoinette, le roi demeura digne et après quelques conseils d'usage pour le voyage, Vaudreuil se sépara de Gabrielle, se précipita près de son ami d'Artois et sans plus attendre monta dans la berline qui démarra en trombe, il n'était plus question de perdre du temps, le peuple pouvait surgir dans Versailles à tout moment, vu les massacres qu'ils avaient commencé à perpétrer dans Paris. Notre diligence approcha. Une berline n'eût pas suffi. Nous ne bénéficiâmes d'aucune escorte. Nous étions des bourgeois en mal d'affaires pour rejoindre la Suisse, telle était notre couverture.

La reine pleurait, on se tirait, on se serrait, on se regardait, on s'éloignait en tendant les bras. Mais il fallait partir d'urgence, déjà des cris se faisaient entendre de la rue.

— Je n'ai qu'à peine la force de vous embrasser, partez dit Marie-Antoinette à son amie et nous grimpâmes sans aide que celle de nos amis, dans la diligence et quoiqu'un peu serrés, nous primes tout de même quel qu'aise pour nous installer avec le nécessaire et quelques provisions pour la journée. Pas question de s'arrêter dans quelque auberge où nous eûmes pu être reconnus.

Je ne sais si le postillon et le cocher connaissaient les chemins qui conduisaient à Bâle mais nous devions nous en remettre à leur compétence, nous n'en avions aucune dans ce domaine. Jean-Louis demeurait muet, il pensait, il laissait tout, sa famille, son gouvernement, il laissait ce qu'il était, gouverner était son état, il n'avait plus d'état, il ne savait plus qui il était. Pour tout dire, je le voyais pour la première fois hagard et perdu. Je ne sus comment le rassurer et je le laissais ainsi dans sa méditation.

Vaudreuil, qui venait de partir de son côté avec d'Artois, était né dans un rang élevé. Il devait sa réussite plus à sa nature qu'à sa fortune, quoique celle-ci l'eût comblé de tous ses dons. Aux avantages que donne une haute position dans le monde, il joignait toutes les qualités, toutes les grâces qui rendaient un homme aimable. Grand, beau il convient de le souligner, bien fait, doté d'un noble maintien et d'une élégance sans pareille, il présentait un regard doux et fin, allié d'un sourire très obligeant. D'un esprit très aiguisé, il ouvrait la bouche que pour faire valoir le vôtre, tant il vous écoutait d'une manière aimable et gracieuse, soit que la conversation fut sérieuse ou plaisante, il en savait prendre tous les tons, toutes les nuances, car il avait autant d'instruction que de gaieté. Il contait admirablement, et je connais des vers de lui que les gens les plus difficiles citeraient avec éloge, vers, qu'il réservait uniquement à ses amis. D'ailleurs, ses amis, si on les attaquait, il les défendait avec tant d'énergie que les gens froids l'accusaient d'exagération.

La société qu'il recherchait était celle des artistes et des gens de lettres les plus distingués. Il aimait tous les arts avec passion, et ses connaissances en peinture étaient très remarquables. Comme sa fortune lui permettait de satisfaire des goûts forts dispendieux, il avait une galerie de tableaux des plus grands maîtres de diverses écoles. Son salon au sein duquel j'avais l'honneur être très souvent admise était enrichi de meubles précieux et d'ornements du meilleur goût. Il donnait fréquemment des fêtes magnifiques et qui tenaient de la féerie, au point qu'on l'appelait l'Enchanteur.

Pourtant, sa plus grande jouissance était de soulager les malheureux. Dieu seul reconnaîtra un jour ses bienfaits pour eux, car jamais, au grand jamais, il ne s'en prévalut.

Cet homme épris de Gabrielle qui le lui rendait son amour au centuple quittait le royaume en compagnie de son prince, et je trouvai cela bien ingrat qu'un peuple puisse ainsi infliger dans rien connaître, de telles souffrances par haine et par jalousie.

X
Les émigrés et la Révolution

Il se faisait déjà tard, un peu avant souper, ce seize juillet lorsque nous prîmes le chemin de l'exil comme des vauriens. Nous fuyons vers la Suisse, mais étions-nous certains d'y parvenir sains et saufs. L'essentiel était de quitter Versailles et Paris pour rejoindre au plus vite une région moins hostile. On disait la plaine de Brie plus calme et nous y avions à Champcenest notre château qui pouvait nous y accueillir pour la nuit. Le postillon se chargea de nous annoncer.

Je laissai Louise à Paris, assurée qu'elle ferait bonne garde de l'hôtel et de ce qu'il contenait. Je ne craignais guère pour elle. Loin d'être sotte, elle saurait tracer son chemin tout en se préservant.

Je laissai aussi ma sœur que je n'ai pu embrasser avant de quitter Paris. Puisse Dieu la préserver des affres de ces enragés révolutionnaires.

La nuit fraîchement tombée, nous parvînmes à Champcenest. Le personnel surpris d'un tel mouvement, se précipita vers nous, s'enquit des bagages de chacun et nous mit le plus vite possible à l'abri des regards.

Jean-Louis avait hérité de Champcenest de ses parents et de grands-parents pour qui la terre fut érigée en marquisat vers la fin du siècle précédent.

C'était une demeure rustre, bien meublée et surtout fraîche pour cet été chaud. Je donnai des ordres pour que mes amis reçoivent de bonnes chambres et qu'ils puissent se reposer afin que nous puissions le lendemain poursuivre le périple qui devrait nous conduire en Suisse.

Après une excellente nuit en limite de la Bourgogne, nous entrâmes en pays moins connu. Après Saint-Florentin, alors que nous nous dirigions vers Dijon, nous entrâmes dans un village dont je ne me souvins plus du nom.

À l'entrée, un groupe de paysans et de gardes nationaux armés barrait la route.

— Halte à la voiture ! lança celui qui me parut être le chef de la bande.

Le cocher fit ralentir les chevaux, la voiture s'arrêta juste à la hauteur de ces hommes bien décidés à ne pas s'en laisser compter.

Qu'ils fussent paysans ou gardes nationaux, leur allure était la même : mal fagotés, les cheveux longs et broussailleux, la barbe en friche et les yeux surtout sortis des orbites. La matinée me dis-je commençait bien mal.

— Qui sont ces gens ? demanda l'un d'eux, arrogant, méprisant à notre endroit et surtout sur le qui-vive, appuyant sa baïonnette sur nos poitrines bien couvertes malgré la chaleur naissante de la journée.

Jules de Polignac prit le premier la parole pour nous.

— Nous sommes marchands d'étoffes de soie et nous nous dirigeons vers l'est pour les marchés de Franche-Comté. Nous y sommes attendus pour demain.

— Vous êtes tous marchands ici ? Vous êtes bien nombreux pour faire du négoce.

— Partir si longtemps monsieur nous oblige à partir en famille comme vous le voyez. C'est notre mode de vie.

— Avez-vous des sauf-conduits à nous présenter ?

— Bien entendu.

Jules, sortit sans sourciller de son sac, les papiers que lui avait remis par le roi avant de partir. Ils étaient certes faux, mais en bonne et due forme. Chacun de nous évita de croiser le regard de ces hommes avides de sang. S'ils avaient pu embrocher l'un ou l'autre, ils ne s'en seraient sûrement pas privé.

— Voici, prenez acte de nos identités. Et pourquoi vous ne nous délivreriez pas votre signature pour nous faire gagner du temps sur le reste du trajet ? proposa Jules.

L'homme au contrôle tendit nos documents à un autre en retrait et lui ordonna :

— Marceau, va-t'en au poste de la maison commune et reviens avec ta signature en dessus de la date de ce jour, veux-tu ?

Marceau revint quelques minutes plus tard, sans que personne ne se soit parlé et sans non plus avoir échangé. Il remit le document à celui que nous considérions comme le chef au visage rougeaud et au nez fraisé, homme qu'il ne faisait pas bon de rencontrer en fin de journée après s'être trop abreuvé.

En fin de matinée, nous ne craignions pas trop. Il n'émit aucun doute sur nos identités et nous permit de repartir.

Le cocher fouetta doucement les chevaux sans faire de gestes brusques et montrer notre empressement, puis fouetta à nouveau pour prendre de l'allure. Nous étions enfin sortis de cette mauvaise passe qui eût pu nous être fatale.

Nous nous regardâmes et pour conjurer notre angoisse et souffler, nous éclatâmes de rire, nous jetant toutes dans les bras l'une de l'autre. Nous nous étreignîmes de joie comme si pendant tout ce temps de contrôle nous avions été séparées trop longtemps. Je n'avais jamais ressenti une telle peur et compris qu'il fallait que je me forge une carapace pour durer ces quelques semaines où nous serions dans l'incertitude.

Nous traversâmes Dijon, puis ce fut Besançon et nous pénétrâmes en Suisse sans autre mauvaise surprise, Dieu merci.

La voiture entra dans Bâle pour notre plus grande satisfaction. Enfin libres, nous étions libres de vaquer, de nous montrer mais libres dans une prison forcée, dans un pays inconnu. Que nous réservera le destin ? Quel avenir ici ? Dieu seul le sait et il y pourvoira.

Nous traversâmes la ville entourée d'une rivière charmante l'Aar, pour nous rendre sur une colline dominant la ville.

Nous fûmes accueillis chez un certain Roll, qui nous fut recommandé. Il nous réserva une maison des plus agréables, d'un confort simple mais dotée d'une vue imprenable sur la vallée en dessous de nous.

L'accueil fut charmant et chacun fit tout pour nous rendre la vie facile. On m'offrit une chambre des plus claires et ma première envie après nous être reposés et sustentés, fut de prendre une plume, de l'encre et de couvrir sur le papier notre périple et de l'adresser tant à Pierre qu'à René, ainsi qu'une autre pour Louise qui devra la remettre à la gouvernante de la reine.

Je leur contai tout ce qu'il advint depuis notre départ. Surtout je leur demandai ce qui se passait dans Paris et dans les environs, dans quel sens évoluait le Royaume, que devenaient les souverains.

Je séchai l'encre, pliai la lettre et la remis à notre hôte qui me promit de prendre toutes les dispositions pour la faire parvenir au plus vite.

Je pouvais enfin m'allonger et dormir en toute tranquillité, une semaine que nous étions tendus et inquiets au point de ne pas dormir.

Les jours qui suivirent furent consacrés à des promenades champêtres qui nous enchantèrent et qui, sans nous faire oublier nos tracas, nous éblouirent néanmoins. Que de paysages sublimes, je n'avais pas encore vu les montagnes alpines de si près. Je n'avais jamais vu autant de cascades vives et de pâturages si riches.

Nous visitâmes aussi le cœur de ville et nous pûmes admirer le travail de précision de différents horlogers et j'eus bien des difficultés à comprendre comment autant de petites pièces assemblées pouvaient nous rendre le temps qui passe avec justesse. L'intelligence de ces gens me subjuguait.

Mais surtout j'attendais des missives de Paris ou de Versailles. Nous n'étions pas en villégiature même si cela y ressemblait quand même.

Nous savions, bien entendu, que monsieur Necker se trouvait à Bâle mais ne faisant pas partie de son entourage et très éloigné des Polignac qui ne l'avaient pas soutenu auprès du roi lorsque, peut-être, il eût été de bon aloi de le faire, nous ne le rencontrâmes point.

Et sur ce sujet, j'ai, je pense, une autre approche que mes fidèles amies. Monsieur Necker, bien que protestant, ce qui eût pu nous rapprocher, et bien avancé dans les idées, se montrait de bon conseil pour le roi. Personne ne le soutint. Ni la noblesse, ni le clergé, et encore moins le tiers. Pourtant il demandait au roi quelques sacrifices qui eurent pu calmer la tempête naissante, mais pour cela il eût fallu un soutien plus fort de la noblesse, qui engluée dans ses vieux principes, ce céda point.

Le roi, pressé de toutes parts, le rappela tout de même il y a deux jours. Je supputai qu'il faisait là un choix judicieux.

Le 29 juillet, alors que nous étions partis depuis treize jours, je reçus enfin une lettre de Pierre :

Chers mère et père,

Votre lettre relatant votre périple nous a tous rassurés. J'en ai fait part au roi qui a transmis à la reine et tous furent soulagés.

À Paris et même en province, les émeutes s'aggravent. Les paysans brûlent les châteaux. Ils crient : À mort les aristocrates ! Mais qu'entendent-ils par aristocrates ? Combien du tiers se trouvaient près d'accéder à l'Ordre et combien de nobles de fraîche date, n'avaient pas deux générations à présenter depuis qu'ils avaient quitté le tiers. Tout cela est bien flou. Ils sont manipulés par des faiseurs de société qui ne cherchent qu'à renverser l'ordre établi et prendre le pouvoir. Ils ne cherchent en aucun cas le bonheur de la Nation et de son peuple. C'est affligeant. Des vengeances aussi naissent çà et là.

Sur tous les monuments, les armes et blasons sont cassés, démolis arrachés, quand ce ne sont pas les propriétaires en personne qui sont tués et massacrés.

Nous sommes tous en danger. Le royaume a basculé dans le sang et Dieu seul sait comment cela se terminera.

Le roi et la reine qui se joignent à mes baisers ne sont plus en sûreté, même si après le discours du roi, quelques députés freinent la violence à leur endroit.

J'apprends avant de clore cette lettre que de nombreux amis ferment leurs malles pour quitter Le Royaume à leur tour.

Je vous informe enfin que le comte d'Artois est à Namur avec intention de vous rejoindre en Suisse et pouvoir se rapprocher des Polignac. Prenez soin de vous, René vous salue bien et embrassez notre père pour nous.

Pierre

Heureusement pour nous, Pierre et René nous écrivaient et nous tinrent chaque jour informés des évènements qui prenaient des chemins sûrs et même si les massacres nous angoissaient pour les amis demeurés à Paris, nous ne demeurions pas dans l'incertitude.

Dans une seconde lettre Pierre nous fit savoir que Mirabeau contactait régulièrement la reine et qu'il tentait de s'en faire une alliée, mais il n'était pas certain, juste des bruits qui couraient. Je me demandais néanmoins ce qu'il entendait en retirer puisque je n'ai jamais eu confiance en ce gros fat personnage, gouailleur, joueur et pervers. Comment la reine pouvait-elle recevoir un tel homme, il fallut bien qu'elle soit aux abois. Quant à lui, il continuait de fréquenter sa loge et surtout se montrait assidu dans les salons du duc d'Orléans, ce qui ne devait pas être du goût du souverain. Je me demandais bien aussi quel jeu jouait mon beau-fils en protégeant d'un côté les souverains et de l'autre en visitant son cousin et pire ennemi.

Quant à René, il nous fit savoir qu'il achevait la mise en route d'un journal avec Mirabeau-Tonneau, au demeurant cousin du gros fat, Peltier et surtout avec Rivarol. Ils entendaient s'en servir pour défendre le roi, la reine et la monarchie. Si autrefois il ne se gênait guère pour fustiger la cour et ses princes, il s'exposait aujourd'hui pour leur salut et je compris que cela pesait sur l'esprit de mon mari. Pour tout dire, il craignait pour son fils et je le comprenais. René était imprévisible et surtout un tant soit peu cabotin.

Depuis notre arrivée en Suisse, mon amie Diane fut constamment souffrante. Elle était sans cesse prise du nez, de la gorge et des bronches. L'humidité de la fin d'été en ce pays n'était pas pour encourager une rapide guérison. On en parla dans l'entourage, et surtout après quelques lettres échangées entre Vaudreuil et le comte d'Artois, il fut décidé qu'il eût été de bon aloi de changer de refuge. Mais la famille Polignac, partie avec à peine cinq cents louis, prêtés par la reine, devait faire attention aux dépenses. On disait pourtant tellement de choses sur elle et sa belle-sœur Gabrielle, qu'elle en était meurtrie. Quant à moi, que je fusse à Bâle ou à Rome, je m'en moquai, j'étais avec Jean-Louis, et à l'abri. C'était l'essentiel.

Nous étions peut-être mi-septembre, je ne sais plus très bien, quand Vaudreuil se présenta dans nos appartements. Fidèle à lui-même, élégant et gracieux, mais surtout l'œil particulièrement soucieux.

— Je viens vous rejoindre à Bâle maintenant que mon prince est installé.

Mesdames, s'adressa-t-il aux dames Polignac, mais tout en me regardant et me souriant, je viens d'écrire au frère du roi et je suis déjà inquiet de ses intentions.

Vous connaissez sa fougue naturelle. Il entend profiter de s'être exilé, et en sûreté pour prendre langue avec des pays qu'il dit amis. Il voudrait se rapprocher de l'Autriche, notamment, et comploter un retour rapide de la monarchie en France.

Il va trop vite, il oublie le peuple. Ce n'est pas quand il est enragé ou en colère qu'on met de l'huile sur le feu. Au contraire, il doit se monter diplomate et découvrir des éléments de langage et d'attache qui soit de nature à trouver des compromis pour sauver le royaume, sinon, il court à des évènements plus graves et incontrôlés.

— Que lui avez-vous conseillé ? repris-je.

— Madame de Champcenest, j'ai conseillé au prince de se raisonner, d'attendre et s'il voulait sceller des alliances, il serait plus judicieux de s'engager avec Madrid, alors que le trône est tenu par l'un de ses cousins.

— C'est une initiative très heureuse, monsieur, lui répondis-je.

— Si mesdames, je m'ouvre à vous, et là, il s'adressait à Diane, c'est que j'aimerais pouvoir obtenir votre soutien épistolaire auprès du comte d'Artois. Je sais qu'il vous entendra.

— Vous pourriez compter sur moi, monsieur mais je ne me sens pas en force d'entreprendre quelque complot qui fut, ma santé ne me le permet pas. J'entends changer d'air au plus vite et prendre soin d'elle et surtout ne pas attiser sur moi d'autres quolibets autres que ceux qui sont diffusés constamment non seulement à Paris mais aussi en Italie, à Turin, Rome ou Naples.

— D'où pensez-vous que viennent ces quolibets ?

— Depuis que nous sommes partis, le roi a dû remettre aux députés l'état des sommes qu'il a octroyées ces derniers temps et cela figure sur une liste qu'il a remise sans précaution à l'Assemblée. J'y figurais comme gouvernante des enfants et bien entendu, le roi m'octroyait suffisamment de bienfaits pour que les enfants soient choyés. Maintenant la Politique a changé de mains et l'on use de ce que j'ai reçu pour le mettre en avant et surtout nuire aux souverains. Mais voilà, ici aussi je n'ai pas que des amis, et ils savent en profiter. J'ai l'intention de demeurer sage et tranquille et surtout de ne pas de me compromettre, voyez-vous ?

— Je vous comprends Diane, mais une lettre qui partira en toute discrétion vers le comte d'Artois ne vous compromettra pas. D'ailleurs j'ai l'intention de la faire porter par Nyvenheim, votre frère Albertine. Il entend lui aussi aider la France et je sais et saurais toujours compter sur sa fidélité.

Diane avait raison et elle reçut le soutien inconditionnel de sa belle-sœur. Vaudreuil toujours aussi épris de Gabrielle est satisfait de sa rencontre. Il sait maintenant que le prince très épris quant à lui de Diane réfléchira avant d'entreprendre quoi que ce soit, enfin il l'espère.

Malgré le coût d'un voyage pour Rome en famille et les difficultés de traverser les Alpes, nous partîmes le 10 octobre pour l'Italie. Je me demandai bien comment nous allions franchir ces barres rocheuses, moi qui n'avais encore jamais vu de telles montagnes. Je n'étais pas d'un naturel préoccupé mais je dus assumer que l'aventure m'angoissait quelque peu.

Nous partîmes à l'aube. Les conseils que nous avions reçus, de traverser les Alpes avant le dîner pour éviter nuages pluvieux et vents plus forts en fin de journée, furent pris à la lettre. Nous dûmes faire étape au lac Majeur, qui nous avait été vanté comme sublime. Ce fut un ravissement.

Les Alpes furent franchies sans encombre et nous pûmes admirer un magnifique coucher de soleil sur le lac Majeur. Nous étions au comble du bonheur malgré notre fuite incertaine. Diane se sentait mieux. Était-ce l'idée de se rendre plus au sud qui lui rendait tant d'énergie, était-ce aussi l'adrénaline qui montait en elle en admirant cette beauté de la nature ? En tout état de cause, toutes ces raisons améliorèrent sa santé pour la plus grande joie de sa famille.

Du lac, nous rejoignîmes Côme, aussi enthousiasmant puis Milan et Gênes où nous purent en longeant la mer rejoindre Rome sans difficulté. Cela nous prit quatre jours sans nous arrêter une fois pour dîner, juste pour sommeiller. La voiture partait le matin, et nous gardions les chevaux exténués jusqu'au soir.

À Rome, nous fûmes recommandés par Vaudreuil au cardinal de Bernis, ambassadeur des lieux, qui l'avait au préalable certifié de tout mettre en œuvre pour notre installation.

Rome, la ville sainte, la demeure du Saint-Père. Je suis protestante à l'origine et par mon mariage avec Jean-Louis, je me suis fait catholique. J'épousai non seulement cette religion mais je la défendis par la suite. Voir Rome fut un émerveillement. La voiture pour rejoindre la demeure du cardinal, passa devant le Colisée, et longea le Tibre. Nous entrâmes dans le cercle papal, et au terme de notre périple, harassant j'en conviens, par une belle journée douce et automnale, j'aperçus enfin le rouge de la robe cardinalesque.

— Chers amis, monsieur de Vaudreuil qui est mon ami vous a confié à mes soins. J'entends ne pas y déroger, se présenta-t-il alors que nous étions à peine descendus de voiture.

Gabrielle, Diane, Jules, leurs enfants, Jean-Louis et moi suivîmes notre hôte d'un pas leste vers le palais qu'il nous avait réservé près du sien, face à la basilique Saint-Pierre. Des gens avaient reçu des ordres pour s'occuper de nos bagages, parce que si pour partir de Paris nous n'avions que quelques hardes bourgeoises, depuis notre arrivée à Bâle, nous reprîmes tout de même le goût de nous revêtir soigneusement et conformément à notre situation.

Nous fûmes logés aux frais de l'église, et nous sûmes la remercier. Les plafonds à caissons, luxueusement décorés de peintures anciennes, surplombaient des pièces assez hautes, meublées avec soin et tout le confort pour satisfaire notre séjour. Du personnel fut mis à notre disposition pour notre quotidien. Diane souriait, Gabrielle n'avait plus qu'à attendre que Vaudreuil quittât Bâle pour la rejoindre, ce qui était prévu pour les jours à venir.

Vaudreuil nous avait maintenant rejoints et ce n'était pas parce que nous logions dans un palais, spacieux et accueillant que nous faisions débauche de réceptions. Au contraire, les Polignac à la portion congrue ne pouvaient se permettre aucun écart. Pour ma part je n'avais pas de difficultés financières et curieusement par rapport à ma vie parisienne, je me montrai beaucoup plus frugale. Nous n'allions à aucun bal et nous nous sustentions de peu.

— Cher ami, alors que nous étions à dîner et que j'interrogeai Vaudreuil, avez-vous obtenu une réponse du comte d'Artois au sujet de ce que vous nous aviez entretenus avant notre départ ?

— Oui, Albertine, il m'a même déjà répondu. Nous nous écrivons chaque jour. Mais s'il consent à demeurer mon ami, ce dont je ne doute point, il nie me donner raison et encore moins changer sa conduite.

— Je vous demande cela parce qu'il n'a pas répondu à Diane.

— Le Prince, reprit Vaudreuil, n'a sûrement pas voulu lui répondre pour ne pas la blesser en la contrariant sur le choix qu'elle lui proposait.

— Alors qu'est-ce qui réellement pourrait le faire changer d'avis ?

— Rien j'en ai bien peur, mais je ne désarme pas et vais encore le relancer en lui présentant d'autres arguments. Je pourrais même user du cardinal qui sera de mon côté aussi pour l'encourager.

Je ne fais pas cela par sens politique, sachez-le, ou pour en retirer quelque agrément, non, je le fais parce que je suis convaincu que lancer une nation étrangère contre la France en ce moment serait la pire des solutions et que le peuple de France crierait à la trahison de ses princes. La poudre est prête à exploser, il n'est pas nécessaire d'accélérer la mèche.

Nombreux furent les Français qui arrivèrent à Rome cet hiver 89. Ils y donnaient de brillantes fêtes et se pensaient en villégiature pour la plupart. Nous nous tenions en retrait, autant par économie, puisque les finances des Polignac étaient amputées par les précédents voyages, que par goût. Nous évitions les bals, les concerts et les spectacles. Le cardinal était tout aux Polignac comme eux à lui. Ce vieux prélat que j'appréciais beaucoup s'était autrefois fait appeler m'a-t-on rapporté, Babet la Bouquetière, ou plus intimement le Bonhomme. Sous ce caractère rond se cachait un second Richelieu. Je le compris vite. Il enrobait qui il entendait mettre de son côté. Il n'avait pas besoin d'emploi dans les rangs de cette nouvelle société d'émigration, qui se refaisait à l'étranger. Non, il était ambassadeur de Louis, et s'agissant de s'adresser au comte d'Artois, il attendait d'en avoir la garantie de son maître, Le roi.

Je compris comment il usait de Vaudreuil pour écrire au prince et lui conseiller de ne pas se découvrir en venant à Rome. Il devait se tenir sage à Turin et attendre. Là-dessus Vaudreuil et lui étaient des Siamois.

Me trouvant un jour à leur table et écoutant plus que je ne participais devant de si beaux esprits, j'entendis que Bernis s'adressait ainsi à Vaudreuil :

— Voyez-vous cher ami, nous sommes tous les deux et vous aussi mesdames, commença-t-il nous regardant, habitués à contempler la France et même l'Europe depuis les fenêtres de Babiole ou de Bagatelle. La Révolution qui vient de s'opérer dans le royaume est l'œuvre de la volonté nationale et le terme en est trop éloigné encore. Ce sont les maux et leurs excès qui ramèneront ce peuple aveuglé vers le droit chemin.

Ce sera l'opinion, poursuivit-il, qui opérera seule une contre-révolution. En conséquence, il convient de ménager les adversaires, recourir à la persuasion, ouvrir les yeux des égarés et surtout ne pas s'en prendre à eux.

— J'entends tout cela, Éminence, répondit Vaudreuil à Bernis, et j'ajouterais, si vous m'y autorisez, que ce sera à mon avis des provinces que reviendra le bon esprit. C'est pourquoi il est de notre devoir de continuer à faire comprendre au prince que c'est de l'intérieur, en s'appuyant sur le clergé persécuté, fidèle au royaume qu'il faut s'appuyer. C'est de ces provinces que sortiront nos auxiliaires. Nous devons surtout le persuader que toute intervention armée ou même diplomatique de la part d'une autre nation serait condamnable et mettrait en péril les souverains retenus à Paris.

Toute influence étrangère ne ferait que souder la Nation contre le roi, surtout venant de pays ennemis parfois, rivaux la plupart du temps.

J'acquiesçai à tous ces commentaires et analyses bien conduits et exprimés. Encore eut-il fallu que le comte d'Artois s'en inspirât.

Je retirai une certaine fierté d'être admise à partager les dîners de tels hommes. Cela changeait de la désinvolture et de la légèreté de Versailles dont, je l'avoue nous avions cure avant ces malheurs, comme si nous devions être remis à nos places pour comprendre l'essentiel de notre destin.

Nonobstant, le prince demeura sourd aux injonctions répétées de mes deux amis, qui ne ménagèrent pourtant pas leur peine pour lui faire entendre raison. Il comptait plus sur les rois d'Europe que sur les Français fidèles. De mauvais conseillers l'exhortaient même à s'appuyer sur l'Angleterre et lui sur Vienne.

Vaudreuil lui répéta en vain que Londres était dans le fond d'une complicité clandestine et non moins active du parti révolutionnaire. Cela servait ses intérêts, contre le roi.

Sous l'impulsion de Bernis, il aurait quand même in fine accepté une médiation de Madrid. Il aurait, c'est surprenant retenu ce que Vaudreuil lui avait précédemment écrit.

Tout cela, nonobstant, n'était qu'échanges et discussions. Les émigrés de Rome pensaient plus à leurs plaisirs que de relever le royaume en péril et à genoux.

Enfin nous reçûmes une lettre de René, et malgré son laisser-aller permanent et son impertinence constante qui lui donnaient plus d'ennemis que d'amis, sa missive nous entretint de propos de la gravité la plus extrême.

« Mes chers parents, avec Rivarol, je m'en étais ouvert auprès de vous, avant votre départ, nous avons finalisé l'ouverture du journal. Nous l'appelons : *Les Actes des Apôtres*. Le sujet n'a rien de catholique et encore moins de religiosité. Les apôtres, ce sont nous, tenant de la liberté et de la démocratie royale.

C'est vrai que nous sommes plus connus dans la capitale, comme buveurs, bretteurs, coureurs de ruelles et de tripots et on dit que je réunis tous ces vices à la fois, que journaliste sérieux défendant les souverains.

Nos articles déjà publiés étripent à la fois Mirabeau, les jacobites, ainsi dénommons-nous les jacobins et même le duc d'Orléans, n'en déplaise à Pierre, mais il le faut.

Nous publions trois numéros par semaine, en utilisant l'arme de la presse politique, dont l'essor est remarquable dans cette période, en employant la parodie et le burlesque. Nous ne dédaignons pas non plus user de la plaisanterie, l'épigramme, les vers badins, la chanson même, les calembours et même de gauloiseries. Certains pensent que nous rions de tout, alors que sous cette forme nous alertons et nous montrons beaucoup plus graves qu'il n'y parait. Nous estimons que c'est ainsi que nous pourrons convaincre et nous faire connaître. Oui cela nous conduit vers le danger, nous en sommes conscients mais nous prenons des précautions et nous changeons de logis constamment.

Paris a bien changé. Il n'y a que hurlements, vociférations, poitrails à l'air. Le peuple s'est libéré et pour le montrer il n'hésite pas à plonger dans la fange et l'obscénité. Tout est permis. Si nos mœurs empreintes de libertinage, parfois, mais élégantes, étaient souvent décriées, ces mœurs-là sont dépravées, sales et vulgaires.

Aussi, nos armes et blasons sont grattés détruits et effacés. De tous les édifices et berlines. La peur règne en maître. Je ne sais pas si je vais continuer à me vêtir de soie et de rubans pour adopter une allure plus bourgeoise. J'en suis là.

Portez-vous bien et prenez soin de vous.

René »

Je pris à mon tour la plume en mai 90 pour écrire à la reine mais je plaçai tout cela au nom de Louise ce que j'entreprenais régulièrement pour fausser les contrôles.

« L'hiver se passa, madame, au coin du feu et nous ne prîmes aucun risque à sortir et prendre froid. Pourtant les plus jeunes n'en ont eu cure et ont accepté quelques invitations à des bals.

Ma nièce que j'ai tant envie de vous présenter, Idalie, qui nous avait rejoints pour le Nouvel An, souhaita rester et l'Italie l'enchantait. Elle est encore bien jeune, à peine seize ans et pourtant elle est tombée sous le charme d'Armand de Polignac. Il en est aussi très épris. Je suis persuadée que cela devrait vous plaire. Idalie est la fille de mon frère, c'est une Nyvenheim née à Batavia. C'est une très jolie fille, fine, brune, élégante, qui a reçu toute l'éducation qui sied bien entendu à son rang. Elle est aussi décidée et ne craint point le monde, quel qu'il soit. Il faut parfois la dompter.

D'autre part, vous me connaissez certes mais je tiens à vous le rappeler, nous sommes une famille capitulaire à trente-deux quartiers. Le mariage se fera donc en septembre et je suis avec impatience attendue parce qu'il faut établir les actes de ce qui revient à chacun et aussi établir des contrats de mariage.

C'est pour cette raison, madame, que je vais me rendre à Paris dans un mois environ et si les circonstances le permettent je me ferai une joie de venir vous saluer.

Prenez bien soin de vous, madame.

Albertine »

Je pris bien soin de ne pas placer de Majesté et autre nom de rang royal pour ne point attirer l'attention. Je me mis donc en préparation de ce voyage et surtout pris des attaches avec nos notaires au Châtelet pour mettre en place les contrats.

À l'issue d'un voyage de dix jours harassants à travers le royaume du nord au sud en passant par Lyon la soyeuse, puis à Champcenest sur nos terres avant de gagner Paris, je me présentai discrètement à notre hôtel de la rue Saint-Honoré.

— Madame ! m'interpella Louise, mais vous prenez de grands risques en vous présentant ici. Plusieurs fois des hommes de la garde nationale sont venus perquisitionner pour découvrir où vous vous cachiez.

— Et que t'ont-ils demandé ?

— Ils voulaient connaître votre refuge, dont je n'avais fort heureusement aucune idée.

— Dieu soit loué, Louise, tu n'as subi aucun tracas, j'espère ?

— Non au contraire, et les gardes se sont montrés plutôt flatteurs à mon endroit et j'en ai joué, pour ne plus être importunée.

— Tu es une belle personne Louise et je suis fière de t'avoir à mon service. Je demanderai au notaire que je m'en vais rencontrer pour le contrat du mariage d'Italie, qu'il me rédige un papier qui te procure une pension si nous devions ne point revenir.

— Mais madame ?

— Louise, ne dit aucun mot, dans notre famille, il en est ainsi, nos gens lorsqu'ils sont honnêtes et serviables, font partie de notre maison et donc de notre famille.

Je vis des larmes couler sur les joues de Louise et aussitôt elle se jeta dans mes bras pour me serrer très fort. Je lui tendis aussi les miens et l'embrassais de toutes mes forces.

— Madame, j'ai eu tellement peur pour vous, que chaque jour et chaque nuit j'ai tremblée de peur qu'ils vous trouvent et que vous terminassiez comme tous vos amis dont je vois la tête ensanglantée en haut d'une pique et promenée dans Paris.

Ce sont des fauves, des sanguinaires, ce ne sont plus des hommes, puisse Dieu leur réserver l'enfer. Ce ne sont que des vengeurs, des buveurs de sang. Pensez que des femmes se jettent dans leurs bras à chaque fois qu'ils embrochent un noble ou un prêtre, me terrifie de savoir qu'ils sont pour la plupart de ma condition. J'en ai honte.

— Tu ne leur ressembles pas Louise et nous sommes tous des humains mais voilà certains sont nés bons et honnêtes et d'autres sont arrivés au monde avec des sentiments différents de jalousie, de colère, de vengeance et de violence. Pourraient-ils changer ? Je n'en sais rien mais je ne le pense pas. Ils ont un destin à accomplir et couvrent leurs congénères de souffrances, peut-être pour faire comprendre que notre passage sur terre n'est pas un paradis mais une terre d'épreuves que nous devons accepter.

Ainsi va l'humanité jusqu'à ce que Dieu en décide autrement et je ne pense pas qu'il soit prêt à mettre un terme à la souffrance du monde eu égard au comportement des humains.

— Je ne comprends pas tout ce que vous m'expliquez, madame, mais j'aimerais juste qu'on arrête de s'entretuer ou de s'entredéchirer, juste cela, pas autre chose.

— Louise, je vais te confier une mission. Je voudrais que tu te rendes au Châtelet rencontrer Me Bouvet et lui confirmer que je suis à Paris. Il sait que je dois venir le trouver mais je dois le confirmer pour qu'il me reçoive.

— Je m'y rends de ce pas, madame, et en attendant gagner votre chambre et n'en sortez pas. Paris brûle, ce n'est plus votre Paris.

Je me réfugiai dans ma chambre et m'endormis pendant que Louise se rendait au Châtelet. Je me réveillai à peine lorsqu'elle rentra.

— Madame, en rentrant, j'ai aperçu deux gardes nationaux non loin de l'hôtel, je suis persuadée qu'ils espionnent les entrées et sorties de la maison et qu'ils vous soupçonnent ici.

— Sois rassurée, Louise, s'ils m'avaient vue, ils seraient déjà là. Ces gens-là ne perdent pas leur temps dans la politesse.

Je me trompai. À peine Louise eût-elle achevé son avertissement qu'on heurta à la porte extérieure de l'hôtel.

— Louise, vas ouvrir, veux-tu.

Je vis s'engouffrer dans le hall une petite horde de gardes nationaux renfrognés, front bas et cheveux en l'air, baïonnettes en avant.

— Ta maîtresse serait revenue à ce qu'on dit, cracha l'un d'eux, le pistolet à la ceinture pendante, manifestement pas au service depuis longtemps vu son harnachement.

— Entrez, messieurs, vous verrez par vous-même, répondit Louise alors que j'entendis sa réponse, la double porte demeurant ouverte, pour faire circuler l'air par cette chaleur de début juin.

Trois gardes pénétrèrent dans le salon et je les accueillis.

— Citoyenne, êtes-vous la ci-devante Champcenest ?

— Oui, messieurs, je suis la marquise de Champcenest, née de Nyvenheim.

— Il n'y a plus de marquise depuis le 4 août dernier, vous devez le savoir. C'est un crime d'user de vos titres, contraires à l'égalité des citoyens. Suivez-nous, citoyenne.

Je suivis ces hommes, quelque peu angoissée, mais avant de partir je demandai discrètement à Louise de prendre langue avec Pierre.

Rapidement, je me retrouvai dans le couloir de l'hôtel de ville et l'on me fit asseoir sur une chaise en bois. Je demeurai là au moins deux heures avant de voir se présenter face à moi un homme que je reconnus comme étant le nommé La Fayette.

— Monsieur de Lafayette, quel honneur de vous voir devant moi, vous le vainqueur de Yorktown. Vous êtes donc le chef de la garde nationale de cette ville ?

— Nous ne sommes pas là pour échanger des politesses, madame, et je n'ai pas l'intention d'être trop polie avec vous, mais de vous interroger sur votre condition et votre refuge.

Il semblerait que vous fomentiez quelque complot contre l'Assemblée et ses députés et donc contre la France. C'est un crime de haute trahison, madame.

— Je ne fomente rien et ne combats rien, monsieur. Je suis à Paris pour organiser le mariage de ma nièce qui est Batave comme mon frère. Et pour moi, je ne suis pas Française mais Hollandaise malgré mon mariage avec le marquis de Champcenest.

— C'est bien de cela qu'il s'agit, le gouverneur de Meudon, n'avait pas à quitter la France sous peine d'être poursuivi pour trahison. Votre beau-fils Pierre, gouverneur des Tuileries est demeuré à Paris et n'est pas inquiété, tant qu'il ne complote pas contre la Révolution.

— Qu'allez-vous faire de moi, monsieur ? Vous ne pouvez rien contre moi et vous le savez.

— Madame, je voulais vous dire, que bien entendu nous allons vous rendre la liberté à laquelle nous sommes attachés, mais gardez vos distances avec les émigrés qui ont fui la France parce nous savons qu'ils complotent contre la France et si nous les arrêtons ce sera la mort. Qu'on le dise autour de vous.

— Oui, monsieur, j'ai bien compris, lui répondis-je sans rien ajouter et me levant pour quitter cet endroit sordide.

L'hôtel de ville est dépouillé de ses lustres et les murs privés de ses tapisseries. Je ne reconnus pas l'endroit où je m'étais si souvent rendu autrefois. Je transpirai, ce qui n'était pas dans mes habitudes.

À mon grand soulagement, j'étais sauvée des griffes de ce monstre de Lafayette parce qu'au-delà de sa douceur apparente et de son flegme d'ancien noble, c'était un acharné de la Révolution qui plaçait ses idées surréalistes au-dessus de tout au point d'éliminer ceux qui seraient contraires au chemin qu'il s'était fixé.

Je regagnai titubante mon hôtel quand Pierre croisa mon chemin, alors qu'il venait à ma rencontre.

— Pierre, ramenez-moi à la maison, je dois me refaire, j'ai cet après-dîner à me rendre chez le notaire pour les préparatifs du mariage d'Idalie.

— Idalie va se marier ? Mais dites-moi, ils vous ont libérée ?

— Oui, Pierre, je suis hollandaise, ils ne peuvent rien contre moi, mais ont tenu à m'intimider et surtout faire passer le message à mes amis en Italie. Pour le mariage, cela s'est fait assez vite, mais Idalie est éperdument amoureuse de son promis.

— Quel est-il ?

— Armand de Polignac, le fils de Diane, vous vous connaissez.

— Armand ? J'en suis heureux pour vous, mais les Polignac sont au-delà de tous les autres, les plus recherchés du royaume. Vous ne craignez pas que votre nièce devienne à son tour une proscrite ?

— Non, Pierre, si tous, nous convainquons, chacun de notre côté, l'entourage des gens du peuple, il saisira qu'il a été trompé par des Mirabeau et des Lafayette, même par des Orléans, et je m'en excuse pour vous. Tout cela sera rentré dans l'ordre d'ici quelques semaines.

— J'entends ce que vous me dites et c'est ce que pense le roi. Ces temps-ci, j'estime comme vous que le duc d'Orléans prend trop d'aise avec ces révolutionnaires. Le roi ne veut pas qu'on prenne les armes contre le peuple et ce qu'il veut c'est regagner sa confiance. Il lui faut du soutien. Je serai de ceux-là.

Madame, poursuit-il, que fomente à Turin, le comte d'Artois ?

— Le comte est fidèle à son frère et c'est vrai, il faut le contenir.

— C'est ce qui se dit à Paris et cela excite les révolutionnaires. Ils ne cessent de cracher sur la famille royale à l'Assemblée. Des tribuns comme Mirabeau et Danton qui vient d'apparaître et Fabre d'Églantine, ne veulent que la destitution de Louis, et l'exiler.

— Pierre laissez-moi me rendre chez le notaire mais demain je voudrais bien saluer la reine. Pensez-vous que je puisse la rencontrer sous votre couvert ?

— Je vous en reparlerai au souper si ce soir vous m'ouvrez votre table, madame.

— Présentez-vous à huit heures, c'est l'heure que j'ai toujours donnée à Louise pour le souper. Elle n'y dérogera pas.

— Je serai au rendez-vous et voyez-vous, je m'en vais de ce pas chez le duc d'Orléans. Je sais que vous ne l'appréciez guère mais il est aujourd'hui le seul qui puisse vous obtenir des sauf-conduits pour circuler dans Paris et sur le territoire national sans être inquiétée lors des futurs contrôles et il y en aura. Il y a parfois des concessions à faire pour survivre. Les nobles en France dans toutes les provinces sont chassés comme le paysan chasse la perdrix. Ces vauriens ne font aucun quartier lorsqu'un noble leur résiste.

Pierre vint pour le souper et nous pûmes librement échanger sur le couple royal.

— Dites-moi, Pierre, avant de venir avez-vous pu vous renseigner auprès de la reine pour que je puisse la rencontrer.

— Elle se terre aux Tuileries et je place des gardes pour sa sécurité. L'Assemblée n'a de cesse que de faire chuter le roi et à la moindre incartade, ils ne s'en priveront pas, déjà qu'il n'a plus de pouvoir. Pour vous recevoir, elle devrait me le confirmer demain matin, elle souhaiterait être certaine d'être seule.

— À quoi s'occupent-ils, s'ils ne sortent pas ?

— Peu de choses, quelques amis demeurés à Paris, comme la princesse de Lamballe, la visitent et elle joue, elles prennent le thé, s'inquiètent de l'avenir et s'occupent des enfants. Elle n'a plus de gouvernante. Le roi consulte le peu de conseillers qui lui restent, mais il ne se fait aucun doute sur l'avenir. Il réfléchit surtout à sauver la vie de sa famille.

Nous partageâmes les dernières nouvelles que nous avions pu obtenir des uns et des autres, partis soit dans leur province ou à l'étranger.

René se terrait plus discret mais pas par ses écrits qui en faisait une cible à abattre pour les sans-culottes.

Pierre obtint une réponse de la reine comme prévu et sans tarder, je me fardai sans trop et me protégeai la tête d'un voile, en raison du soleil mais aussi pour éviter d'être reconnue. En tout cas pas de chapeau, pas de plumes, une simple coiffe blanche.

Je me rendis à pied aux Tuileries toutes proches. Ce fut le seul moyen de me faire discrète, une berline eût attiré l'attention.

Pierre m'accueillit à l'entrée, fit signe aux gardes de me laisser pénétrer et d'un pas vif, je le suivis pour rejoindre le salon de la souveraine.

Il s'annonça et la reine le fit entrer.

— Majesté, je suis accompagné de la marquise de Champcenest, pouvez-vous la recevoir ?

— Mais qu'elle entre, qu'elle entre, voyons !

J'entrai, fit ma révérence à ma reine qui debout me releva d'un léger signe de la main et m'embrassa. C'était la première fois que la reine m'accordait une telle affection.

Elle me sembla avoir les joues plus rondes et rougies que lorsque je l'avais laissée. Son visage était triste, son cœur serré à l'évidence. Elle portait un fichu sur ses cheveux, retombant sur le côté droit de même tissu et bleu comme sa robe qui lui tombait jusqu'aux pieds dont je n'apercevais pas les chaussures qu'elles portaient pourtant avec merveille. Sa superbe était d'un autre temps, elle me paraissait lasse.

— Albertine, j'ai su par le gouverneur que vous étiez de retour à Paris. Donnez-moi vite de vos nouvelles et de celles de nos amis demeurés en Italie. Je me morfonds et si je n'avais mes enfants que j'aime de tout mon être, je ne pourrais être heureuse. N'avez-vous pas aperçu, mon fils, ce chou d'amour dans les couloirs en venant ?

— Non, Majesté, c'est dommage, il m'aurait aussi enchanté, lui répondis-je en souriant pour l'apaiser. Je lui fis ensuite mon rapport. Elle m'écoutait avec attention et surtout beaucoup d'émotion. Je la préservais de la santé précaire de Gabrielle, alors que depuis le passage en Suisse, elle souffrait de flux de poitrine, même si depuis l'arrivée à Rome, il y avait un peu d'amélioration.

La reine m'offrit un thé froid pour me rafraîchir, et poursuivit en me faisant part de ses angoisses pour la monarchie.

— Voyez-vous Albertine, ces criminels, nous humilient chaque jour, nous insultent et ne respectent plus le roi. Pour eux nous ne sommes que des ci-devant. Fersen mon ami suédois me conseille de m'éloigner de France mais jusqu'à aujourd'hui je m'y suis refusée. Pourtant nous allons devoir penser à nous protéger mais se rendre où ? Peut-être chercher de l'aide vers la Prusse ou à Bruxelles pour quelques semaines. Je ne décide de rien, Louis non plus, il se laisse guider par ses conseillers.

Je devenais encore plus inquiète pour les souverains, je ne partageai pas cette idée de départ des monarques hors de France. Le peuple pourrait ne pas lui pardonner. Le roi se doit de protéger son peuple, pas de le fuir. Puissent les conseillers ne point prendre ces décisions. Je décidai de ne pas le cacher à Marie Antoinette.

— Majesté, je ne partage pas, si vous me le permettez, cette idée de quitter le royaume, tout au plus vous rendre en province comme pour prendre quelques moments de villégiature. Cela sera entendu, une fuite hors de France ne le sera pas.

— Je vous écoute Albertine et puisque vous êtes franche avec votre souveraine, je le serai aussi avec vous. Monsieur Mirabeau a demandé à me rencontrer. Vous savez que je ne supporte pas ce gros fat, mais ai-je le choix si c'est pour l'intérêt du royaume ?

— Et où entendez-vous le recevoir majesté ?

— C'est encore tenu secret et souffrez que je ne partage pas cela avec vous. Le danger est partout et je sais qu'on écoute aux portes de ce palais.

Avant de quitter ma souveraine, je lui fis part de ce qu'elle avait raison d'accepter cet entretien et que seules des négociations pourront alléger les conséquences de cette révolution.

Je me retirai et n'entendais partager avec quiconque le secret de Marie-Antoinette, mais je me faisais fort de solliciter René dans quelques jours et lui soutirer ce qu'il aura appris, puisqu'il l'apprendra assurément, tout se sait toujours ici.

Je ne sus qu'en penser. Mirabeau n'était pas pour moi non plus dans mon entourage. Certes, je ne puis nier que le gros homme, malgré son engagement dans cette révolution qu'il entend contrôler, ne veut pas nuire au roi. Son affaire, c'est de le convaincre d'accepter une monarchie avec une constitution. S'il a des soutiens, et même dans l'entourage du roi, il a des ennemis au sein des révolutionnaires. Pierre m'a dit qu'il se heurtait constamment à l'Assemblée au triumvirat, Barnave, Lameth et Duport, qui seront là à n'en pas douter, s'il se disperse hors de la Révolution.

Je ne pense pas non plus que son souhait de rencontrer Marie-Antoinette soit une décision qu'il ait partagée. Qui pourrait le soutenir ? La Fayette peut-être, mais ils se détestent. Ces deux orgueilleux ne céderont rien pour s'entendre. C'est aujourd'hui peut-être les seuls soutiens de ceux qui ont le pouvoir. Je me gardai bien aussi de m'en ouvrir, pas même à Pierre ou à René.

Oh, les choses ne traînèrent pas. Quelques jours plus tard, essoufflé et prêt à s'ouvrir, je vis René entrer, ce matin du 5 juillet.

— Mère, commença-t-il, j'ai une nouvelle de la plus grande importance à vous développer.

— Dites, René, dites, enfin. Qu'est-il donc arrivé pour vous voir ainsi sur des charbons ardents.

— La reine ! La reine vient de rencontrer Mirabeau.

— Rencontrer Mirabeau ? L'interrogeais-je, très candide, et ne me troublant point.

— Oui, madame, je viens de l'apprendre de mon ami Rivarol au petit matin. Il en avait été informé la veille par un domestique de Saint-Cloud.

— De Saint-Cloud ? Pourquoi cet endroit ?

— Parce que c'est précisément à Saint-Cloud que la reine a reçu ce pourceau.

— Comme vous y allez !

— Pas plus que vous, je sais que vous ne le tenez pas en grand intérêt non plus.

— Vous avez raison, dites-m'en plus, vous ne pouvez-vous arrêter là, maintenant que vous avez commencé.

Ainsi René, me conta l'évènement d'un jet :

— Le 3 juillet dans la brume matinale, Mirabeau était attendu à Saint-Cloud dans l'appartement de la reine. Le roi s'y trouvait ainsi que Fersen.

Il entra dans le parc par une porte latérale laissée ouverte. Il releva son col à la descente de voiture, baissa la tête, et se précipita dans le château.

Dans la moiteur de ce petit matin tous dormaient au château. Il régnait dans le jardin rapporte Rivarol, à l'abri près d'un buisson, une odeur de terre humide et du lourd jasmin qui embaumait l'air.

Rivarol réussit à s'introduire pour voir et écouter, ayant auparavant soudoyé une soubrette. Il vit Marie-Antoinette frémir de dégoût en voyant débarquer Mirabeau.

Elle demeura digne, même si cela la blessait dans sa fierté.

Mirabeau fit d'emblée et selon ses habitudes directes et un peu rustres malgré sa noblesse enracinée, des compliments à

Marie Antoinette. Il lui avoua qu'il lui trouvait beaucoup d'esprit, de caractère et une grâce incomparable. La reine peu encline à se départir devant quelqu'un qu'elle détestait ne broncha point.

Une fois ces politesses à sens unique passées, la reine, sujet de l'entretien, se lâcha en premier.

— Monsieur de Mirabeau, vous n'êtes pas venu ici à Saint-Cloud déguisé en cocher, pour seulement me faire des compliments ?

— Majesté, je voudrais vous faire part de ce que l'heure est grave et peu d'évènements peuvent conduire à sauver la monarchie à laquelle je tiens. Je m'adresse à vous aussi mon roi. Vos présences aux Tuileries et la pression constante du peuple sont un frein à la mise en place d'une démocratie royale seule capable de mettre fin à la vengeance et la vindicte populaire. Il faut absolument quitter Paris pour retrouver votre liberté d'action. Je préconise que vous quittiez les Tuileries en plein jour aux yeux de tous. Une fois que vous aurez balisé le chemin de dix mille hommes, vous vous rendrez à Rouen. De là, vous vous adresserez au peuple, lui assurant des libertés publiques, vous supprimerez les Parlements, vous dissoudrez l'Assemblée constituante, puis vous annoncerez le retour d'une Assemblée nationale qui garantira le budget du royaume.

La reine réagit :

— N'y a-t-il pas là un risque de guerre civile ?

— Si le roi se montre convaincant, il n'y aura pas de guerre civile, mais il faut faire vite.

— Je me refuse à quitter Paris et risquer une guerre, reprit presque en colère le roi.

— Majesté, reprit Mirabeau, s'adressant à la reine, et niant le roi, écoutez-moi, c'est mûrement réfléchi. Si vous ne conseillez pas le roi en ce sens, la suite sera tragique, les constituants veulent vos têtes, ils ne pensent qu'à cela.

La reine ne broncha point et mit fin à l'entretien. Mirabeau regagna sa berline laissant les souverains bien empêtrés dans les propositions du comte.

— Voilà, Mère, ce que je sais de cette entrevue et peu en sont informés.

— Entendez-vous publier de telles informations ?

— Non bien entendu, mais nous savons maintenant que l'avenir de la monarchie tient à un fil et que Mirabeau s'il n'obtient pas satisfaction dans son projet dont je pense, il entend tirer profit, ne se montrera pas si conciliant et se tournera vers les constituants en prenant des positions hostiles à la Cour. Vous savez bien madame qu'en Politique il n'est que trahisons et que rien n'est jamais figé. Les amis d'aujourd'hui deviennent les ennemis de demain et l'inverse est aussi vrai.

Je vous laisse à vos pensées et vos décisions madame, conclut René en se retirant.

Ah si ! J'oubliais, lorsque Mirabeau sortit du château et avant de monter dans la berline conduite par son neveu, il lui lança :

« Elle est grande, belle, vraiment noble mais très malheureuse et je la sauverai. » Puis ils disparurent comme ils étaient venus, en toute discrétion avant même que le château s'éveillât.

Une semaine plus tard, à Paris, étant libre de mes mouvements et curieux de mieux cerner le comportement de Mirabeau, je m'enquis de me rendre à l'Assemblée et d'assister aux débats. Je ne me dissimulai pas pour autant, après tout, que pouvait-on me reprocher ? Rien en tout état de cause.

Les débats étaient houleux, et je compris assez tôt qu'on parlait de l'Église et du clergé. Des prélats que je ne connaissais pas s'étripaient. Les uns rappelant que la suspension des vœux monastiques, intervenus en février dernier, ne suffisait pas, et qu'il fallait maintenant que ce soit le tour des congrégations. D'autres leur reprochaient que seul le pape entérinait les Lois d'Église.

Alors reprit l'un d'eux, donnons un texte qui soit de nature à la placer sous notre constitution et le tour sera joué. Qu'aurez-vous à dire ensuite ? Son collègue lui exposa qu'il instaurerait de ce fait un schisme. Qu'importe, schisme ou pas, l'Église devra se soumettre à la Révolution, si elle entend toujours exister.

J'étais une fraîche catholique certes mais je compris, me rappelant les guerres de religion en France, que l'Assemblée se dirigeait vers une autre guerre si elle persistait dans ce sens. Les catholiques en France surtout en province tenaient l'église au fond de leur cœur et peut-être plus encore que la monarchie qu'ils ne connaissaient pas.

Ils continuèrent à se succéder à la tribune, les uns braillaient, les autres applaudissaient. Manifestement et indéniablement je vivais la scission de l'église en plein prétoire.

En moins de temps qu'il en fallut pour le dire, on supprima quelques évêchés, on supprima aussi chapelles prébendes et autres dignités ecclésiastiques. On décida que les curés et les évêques seraient élus. Voilà que l'on créait une église nationale.

Je ne fus guère surprise. Je me rappelais qu'en 81, le frère de Marie-Antoinette, Joseph, déjà, eu égard aux écarts du clergé en Autriche mais aussi à Trêves et Cologne, près de chez moi, avait supprimé les ordres contemplatifs, expulsé les religieux et religieuses et confisqué les biens d'Églises. Cela y ressemblait étrangement. Qu'allait en dire le roi, absent de ces débats ?

La réponse ne tarda pas, puisqu'un prêtre de Châteaulin en Bretagne posa la question.

— Et qu'en dit le roi de vos propositions, s'interposa-t-il ?

— Le roi ? Et bien il se pliera, le roi n'a plus de Veto. Il doit se prononcer c'est vrai mais il n'a pas latitude pour modifier un texte de l'Assemblée.

— Ah, en plus, ajouta l'orateur, les curés devront jurer sur la constitution sur le parvis de leur église en présence des municipaux, ainsi ils seront adoubés par le peuple qui en aura décidé.

— Votons, mes amis, votons, lança un abbé dont j'ai retenu le nom, l'abbé Grégoire. Votons la Constitution civile du clergé.

Les votes donnèrent une grande majorité au texte. Le schisme était consommé. Le royaume allait, j'en suis sûre se couper en deux. La religion, lorsqu'on y touche, se transforme en poudre et en glaives.

Cela ne se fit pas attendre, il fallait que les prêtres jurent sur la constitution et une bonne partie s'y refusa. Ils furent arrêtés, déportés à Rochefort et Cayenne quand ils n'étaient pas emprisonnés dans des cachots humides annonçant une mort lente et certaine.

Le lendemain, 13 juillet, au champs de Mars, on élevait depuis la veille en hâte un amphithéâtre capable d'accueillir plus de quatre cent mille personnes. Pourquoi tant de dépenses m'interrogeais-je ?

J'appris assez rapidement que c'était pour rassembler toutes les gardes nationales disait-on, et constituer un rassemblement contre tous les ennemis, de l'intérieur et de l'extérieur. Tous devaient y participer, l'Assemblée, le roi et la reine.

Ce matin le roi passa les troupes des fédérés en revue au pied de l'escalier des Tuileries. Pierre en grande tenue de colonel en qualité de gouverneur, était chargé de l'accueil et je pus y assister auprès de lui en bonne place. Le roi se montra aimable avec tous et la reine présenta le dauphin. De partout on criait : Vive le roi, Vive la reine, vive le dauphin. Le roi même fit quelques pas dans le jardin sans gardes au milieu des fédérés provinciaux qui l'acclamaient. La Révolution avait-elle eu lieu ? me dis-je, que s'était-il donc passé dans la nuit pour que les choses changeassent ainsi ? Je demeurai sur ma faim. Le peuple est ainsi fait qu'un jour il adule et que le lendemain il crache.

Le lendemain 14 juillet, la pluie s'était mise à tomber et par un temps particulièrement maussade, les troupes au nombre de plus de cinquante mille soldats, défilèrent sur la colline de Passy et de Chaillot. Au-delà des parapluies géants installés par les gens eux-mêmes, des bannières multicolores flottaient de partout. On attendait la famille royale et des salves d'artillerie l'annoncèrent. Un évêque bénit les drapeaux et célébra la messe. J'étais portée par cette liesse depuis deux jours, lorsqu'après l'élévation, La Fayette monta à l'autel. Il y déposa son épée et prononça le serment civique : « À la Nation, au roi et à la Loi ! ». Les sabres des officiers sortirent des fourreaux en guise de soutien et de ralliement. Tous répétaient à l'envie : À la nation… Louis prononça à son tour le serment. Là à cet instant le profane se mêlait au religieux. J'eus quelques doutes, mais la liesse se poursuivait.

La fête se poursuivit par un banquet de vingt-deux mille couverts à la Muette, tandis que la famille royale rentra aux Tuileries et moi en mon hôtel.

Les révolutionnaires entendaient ainsi célébrer l'anniversaire de la prise de la Bastille tandis que d'autres souhaitaient rassembler le peuple de France.

Pourquoi le roi n'avait-il pas profité de cette journée pour réagir et s'imposer comme le lui avait suggéré assez intelligemment Mirabeau, je le concède, je me le demande ? Par crainte ? Par timidité ? Par absence de sens politique ? Peut-être même qu'il n'y avait pas pensé tout simplement. Si le roi avait pris les choses en main alors que tout le royaume l'acclamait au moment où il venait de prêter serment à la Nation, il eût renversé naturellement la révolution et ramené la paix sociale dans le Royaume. J'avais hâte de partager mon opinion avec Pierre et René dès qu'ils se présenteraient à l'hôtel, parce que je devais retourner à Rome sans tarder pour les préparatifs du mariage, maintenant que les documents notariaux étaient entérinés.

Je me trouvai toujours dans mes rêveries de paix lorsque les deux frères se présentèrent à l'unisson.

— Mère que pensez-vous de ces fêtes de la Fédération ?

— J'en pense que le roi aurait dû saisir ce moment magique pour s'imposer et il ne l'a pas fait. Et vous ?

Pierre le premier s'exprima :

— J'attendais ce moment et en rêvais mais voilà est-ce que cela durera dans le temps. Les fêtes ne durent que le temps des fêtes. La fracture est réelle. La noblesse, qu'on le veuille ou non, est humiliée. Elle a donné son sang depuis des siècles pour le royaume et voilà qu'on lui dit de rentrer dans ses châteaux quand ils ne sont pas brûlés. Le clergé est séparé. On lui demande de jurer à la Nation alors qu'il obéissait au pape. Le Tiers y trouve-t-il son compte ? Je n'en suis pas certain. Les bourgeois sûrement, mais les paysans, les ouvriers, leur sort changera-t-il parce qu'ils sont gouvernés par une Assemblée et non par le roi. Le peuple aime le roi, et je ne pense pas qu'il y trouve son compte.

René se montra plus direct et plus réservé.

— Mère, cette fête est une mascarade et je soutiens que le roi, qui n'avait peut-être pas le choix, s'est ridiculisé en s'affublant du bonnet rouge. Le roi est oint par le seigneur, le roi est sacré à Reims. Le roi n'est pas un citoyen. Il est au-dessus. Je ne participe pas de ces festivités.

— Chers enfants je vais retourner à Rome rejoindre votre père et j'ai hâte. Protégez-vous, prenez soin de vous et ne faites pas d'imprudence en vous affichant. Défendez le roi mais dans la plus grande discrétion. Résistez à ces farouches débauchés, ses sanguinaires et n'écoutez que la raison du cœur qui vous conduit vers le bien de tous.

J'attendis deux jours pour préparer mes effets et organiser le voyage du retour. Je profitai de ce moment de détente sociale pour prendre le chemin qui me conduira à nouveau vers l'Italie. Je ne fus ni contrôlée ni inquiétée. Les auberges demeuraient fidèles à leurs réputations et le peuple braillard l'était un peu plus puisqu'il sentait que le pouvoir pouvait demain lui appartenir et cela s'entendait.

Lorsque j'arrivai à Rome, mon premier élan fut de rejoindre Jean-Louis qui, se montra heureux de me retrouver et surtout d'obtenir enfin des nouvelles de ces fils des souverains et de la France.

J'étais aussi très impatiente de le retrouver et de partager tout ce j'avais vécu à Paris.

Lui aussi comme les enfants fit l'analyse que la fête de la Fédération ne pouvait qu'être un leurre qui passerait comme un fétu de paille et que les lendemains ne seraient pas des jours de fête surtout avec la constitution civile du clergé qui allait déchirer la Nation en deux.

— Albertine, prochainement, vous verrez, les Bretons, les Angevins les Normands, les Lyonnais, mais aussi d'autres régions, s'enflammeront pour défendre la religion de Rome et elles n'accepteront pas celle de la Nation. D'ailleurs quand vous verrez Bernis il vous en dira quelques mots. Lui et Vaudreuil, souvent plus modérés, et surtout enclins à calmer le comte d'Artois, changent de position.

— Nous devrions pour mon retour les inviter à souper ?

— Albertine c'est une excellente idée.

Nous demandâmes à Julia, à notre service, de se rendre de ce pas chez Bernis et chez Vaudreuil pour leur remettre le petit mot d'invitation. Ils ne se firent guère prier, soucieux de connaître mon sentiment sur les évènements que je venais de vivre.

Ils ne tardèrent point et vers huit heures nous accueillîmes nos meilleurs amis d'émigration ou du moins les seuls dans lesquels nous puissions placer notre confiance. Ce n'était pas parce que les gens étaient émigrés qu'ils étaient sûrs. Il y avait les peureux, les téméraires et les neutres, comme au sein de tout conflit et nous les retrouvions ici comme ailleurs.

— Chère Albertine, commença Vaudreuil, comme nous avons hâte de savoir ce qui s'est passé à Paris même si nous avons reçu quelques lettres de vous. Dites-nous, nous boirons votre compte rendu.

Je fis état de tout ce que j'avais vu et entendu, des rencontres que j'ai pu faire et bien entendu de celle de la reine. Je parlai de l'entrevue de Mirabeau, sans omettre en appuyant mon propos, des réflexions reçues le jour même sur la constitution civile du clergé.

C'est là que le cardinal intervint.

— Marquise, je suis outré d'une telle décision, terrasser ainsi le royaume et l'Église. La monarchie, assise sur l'union du trône et de l'autel, a comme dénominateur commun, l'Église.

Si la Révolution qui s'opère en France détruit les fondements de cette existence, elle détruira tout, elle brûlera tout, elle tuera pour tenir, parce que ce ne sera plus le peuple qui sera souverain mais la dictature de ceux qui auront érigé cette nouvelle société qui régnera. Jusqu'alors je me suis montré modéré pour empêcher la prise de position étrangère visa à vis de la France, mais je pourrai me retourner.

Je repris la parole.

— Cardinal, les nations sur lesquelles le comte d'Artois voudrait s'appuyer, hormis Madrid, ont fait pire vis-à-vis de l'Église, je ne pense pas qu'il faille se tourner vers elles pour nous défendre.

Le cardinal acquiesça.

— Et la rencontre avec Mirabeau, que je trouve nonobstant bien curieuse mais aussi téméraire de la part de la reine, reprit Vaudreuil ?

— Mise dans la confidence en partie par la reine elle-même, je ne me trouvais pas proche de la rencontre, mais Rivarol l'ami de René s'y trouvait, assez dissimulé pour ne pas se faire découvrir.

Je dois vous avouer que les propositions de Mirabeau, si au début m'ont paru fantaisistes et peut être orientées pour se mettre en avant et prendre les rênes d'un futur gouvernement, finalement, m'ont semblé plus évidentes et même intelligentes, après la venue du couple royal à la fête de la fédération.

Vaudreuil reprit la main.

— Albertine, je partage tout à fait votre point de vue à l'analyse que vous nous faites. Le roi aurait pu, après les conseils de Mirabeau, s'adresser au peuple du royaume lors de la fête de la Fédération, alors qu'il était libre. Il n'a pas usé de cette faculté et je dois reconnaître que là il s'est montré faible. Alors que la reine avait pris bien des risques en acceptant de recevoir un tel homme. C'était courageux de sa part. Depuis toujours je trouve des qualités exceptionnelles de clairvoyance à Marie-Antoinette. Dommage que son mari se montre si buté pour ne pas la suivre sur le chemin de la politique.

Le cardinal de Bernis à son tour donna son avis non pas sur ce que venait de dire Vaudreuil mais pour faire la synthèse.

— Voyez-vous, je m'emportai grisé par l'émotion de cette constitution tout à l'heure, mais de toute évidence il n'est pas l'heure de fomenter des attaques et préparer l'étranger à combattre le nouveau régime. Le roi et la reine seraient trop en danger aux Tuileries, déjà qu'ils y sont considérés comme prisonniers. Non nous devons de continuer à calmer le comte d'Artois et de retenir sa main, qui en bon chevalier est toujours prêt à sortir l'épée.

Et maintenant Marquise êtes-vous prête pour l'organisation de ce mariage.

— Tout est organisé à Paris s'agissant du contrat.

— Mais vous ne savez pas, reprit Vaudreuil, qu'avec Jean-Louis et nos amis Polignac pendant votre séjour à Paris, nous avons décidé de changer d'hébergement.

— Pourquoi donc cela ? Encore ?

— Parce que nous sommes regardés en ennemis par certains émigrés qui veulent prendre les armes coûte que coûte contre la Révolution. Ces va-t'en guerre, comme je les appelle, ne comprennent que peu de choses à la politique et nous mettent en danger. Nous devons partir. C'est à Venise que nous avons décidé de nous rendre, plus exactement à Carpanédo, et nous sommes certains d'y vivre tranquillement, le temps de l'attente.

— Mais vous cardinal ?

— C'est un déchirement pour moi de vous quitter, mais je comprends que c'est nécessaire à la sûreté de tous et je m'en remets à Dieu qui pourvoira à tout ce dont vous aurez besoin. Je demeure à Rome, je me dois au service du royaume auprès du pape, c'est mon devoir, je m'y tiens.

Le mariage, chère Marquise, sera donc célébré à Venise. Cela me peine de ne pas officier pour Idalie et Armand.

Je m'inquiétai c'est vrai quelque peu, pensant que le cardinal bénirait l'union mais selon mes habitudes je saurai me reprendre et organiser les choses autrement.

Une semaine plus tard, nous étions transportés à Venise, à Carpanédo.

Les Polignac, Gabrielle et Diane, les enfants, Armand, Guichette et Vaudreuil, moi-même et Idalie débarquâmes à Carpanédo, proche de Venise.

Jules s'était enquis de découvrir une maison confortable pour notre petite tribu. Il y réussit parfaitement. De grands jardins donnaient sur une terrasse qui dominait la grande route d'Allemagne à Venise. Nous trouvâmes l'endroit idéal. Diane respirait enfin comme si elle se sentait chez elle. Elle se sentit mieux, ce qui ne fut pas le cas du comte de Vaudreuil cloué sur un fauteuil par une crise articulaire au pied, ce qui le rendit triste, maussade et vaporeux.

Diane au cours du premier dîner à la villa, me manda pour lui demander si la reine ne m'avait pas remis quelque lettre alors qu'elle n'en avait pas reçu depuis bien des semaines.

Je lui répondis que non mais qu'elle avait beaucoup demandé des nouvelles de toute la famille et qu'elle était bien gênée de ne pouvoir envoyer de lettres, étant étroitement surveillée aux Tuileries comme à Saint-Cloud.

Nous passâmes des moments exquis à Carpanédo. Les vendanges nous prirent beaucoup de temps et ces occupations champêtres, sans nous faire oublier les malheurs du royaume, eurent au moins le mérite de nous changer les idées. Diane se refaisait quelque peu une meilleure santé. Et puis le mariage s'annonçait.

Quel bonheur pour nos deux familles. J'étais amie depuis des années à la cour avec Diane et Gabrielle, mais aussi avec Jules, que je ne pouvais rêver d'une plus belle union pour ma nièce Idalie que je chérissais de toute mon âme.

Idalie venait d'avoir seize ans et je conçus qu'elle était encore bien jeune, mais la vie, aux antipodes du monde, en fit une jeune femme, belle, fraîche et très agréable à vivre. C'était la beauté même, la fille de mon cher frère Bernard, gouverneur de Batavia.

Nous étions maintenant à Venise alors que Bernard restait encore à Batavia. Je dus demander à notre ambassadeur français le marquis de Bombelles de bien vouloir conduire Idalie à l'autel, ce qu'il accepta de bonne grâce.

Ce 6 septembre 90, bien qu'émigrés, de nombreuses personnalités répondirent à notre invitation et nous firent l'honneur de leur présence pour cette exceptionnelle cérémonie qui me transporta d'émotion.

Tandis que le marquis de Bombelles tenait à son bras Idalie, précédé de ses gens en grande livrée, l'évêque de Trevise entouré des ambassadeurs de Vienne et d'Espagne, ainsi que du ministre de Sardaigne, paradaient à leur suite. Puis venaient, Armand au bras de madame de Bombelles. Je me trouvais avec Diane, Gabriel et Jules, fermant ce cortège sous les fifres vénitiens.

Au moment de la bénédiction nuptiale, tous se mirent à genou pour assister au sacrement du mariage. La musique enivra l'assemblée et après la sortie de l'église, nous reçûmes nos invités à la villa Gradenigo richement parée pour l'évènement.

Idalie, maintenant comtesse Armand de Polignac, je n'avais plus qu'à écrire le déroulé de la cérémonie à la reine. Ce que je m'empressai de transcrire le soir même.

Je n'étais rentrée à Venise que pour ce mariage, et au-delà de demeurer auprès de mes amis à Venise, aucune autre activité hormis mon soutien à Jean-Louis ne me retenait en ce lieu plein de charme et je pris la décision de rentrer à Paris. J'avais l'intention de me rendre utile pour mes souverains alors qu'ils se trouvaient en grand danger.

Je voyageai seule avec un marchand vénitien, il aurait pu me servir de couverture en cas de besoin.

Je m'installai à nouveau dans mon hôtel rue Saint-Honoré, Meudon s'avérant trop dangereux. Jean-Louis demeura à Venise, sa tête était recherchée. On ne pouvait prendre ce risque. Où aurait-il pu se cacher ? Pas même à Champcenest où tous nos gens ne pouvaient être considérés comme sûrs.

Pierre et René étaient là pour m'accueillir.

— Mère, me dit René, pourquoi revenez-vous ainsi à Paris. J'avais raison de vous éclairer en vous disant que la Fédération n'était qu'un leurre. Les révolutionnaires le prouvent tous les jours. Ils maltraitent le roi, le menacent souvent. Ils méprisent la reine, plus personne ne les respecte. Nous-mêmes sommes obligés de nous terrer. La nuit j'écris mes articles pour les Actes des Apôtres et parviens à les publier tous les deux jours. Nous arrosons Paris de nos feuilles, mais elles ne semblent pas atteindre les consciences.

À la tribune de l'Assemblée, d'autres tribuns ont fait leur apparition. Mirabeau s'est endurci puisque le roi ne l'a pas suivi. Deux magistrats Robespierre et Danton tonnent de leurs voix tonitruantes. Ils électrisent la tribune. On les écoute religieusement. Robespierre est froid comme la glace mais prêt à se couper de tout celui qui lui barrera la route. Danton semble cracher du sang.

— Je vais me rendre à l'Assemblée pour me rendre compte.

— Vous ne devriez pas, Mère, même votre statut d'étrangère ne vous protégera pas toujours, soyez-en certaine.

Pierre et René ne portaient plus de perruques, leurs cheveux mi-longs tombaient raides sur leur cou et couvraient leurs oreilles. Je n'avais pas l'habitude de les voir ainsi. Cela me troubla. Ils oubliaient leurs vestes bleu ou rouge pour des tenues qui tenaient plus du tiers que de notre noblesse.

— Pourquoi leur dis-je, interloquée, vous affublez-vous ainsi ?

— Mais pour ne pas être inquiétés, voyons. Tout ce qui ressemble à notre ancien monde est suspect à leurs yeux, souvent arrêtés comme traites à la nation, parfois assassinés en pleine rue. Le pavé de Paris est rougi du sang de nos amis, ceux qui restent comme nous le faisons par devoir, mais combien de temps cela durera-t-il encore ?

— Je reviens pour vous, certes, et rassurer votre père, mais aussi pour ma sœur dont je n'ai plus de nouvelles depuis bien des semaines.

— Nous non plus n'en avons pas.

Je me rendis régulièrement à l'Assemblée et personne ne m'importuna. On me contrôlait, on me connaissait comme la femme de Champcenest mais aussi la belle-mère du fils qui gardait le roi aux Tuileries. Pour l'heure, on me laissait tranquille mais au ton des sans-culottes je savais qu'un jour cela changerait.

En attendant, depuis mon départ de Paris pour la Suisse et l'Italie, je n'avais plus de nouvelles de ma sœur Catherine. Je la savais nonobstant bien entourée et protégée par le duc de Brancas, mais eu égard à la nouvelle situation, où ces scélérats pouvaient s'en prendre à toute personne suspectée de complot contre la Révolution, sa vie pouvait être menacée.

Je me présentais rue de Tournon, moi aussi en tenue de bourgeoise et même en fichu de domestique. Le maître d'hôtel faillit ne pas me reconnaître.

— Ah, madame, je ne m'attendais pas ! Me reçut-il, quelque peu effaré. Que madame la marquise entre au plus vite. Je l'annonce à madame.

— Albertine ! Ma sœur se jeta dans mes bras en pleurant d'émotion. Je la serrai de toutes mes forces.

— Catherine, dis-moi comment cela se passe pour toi depuis les lendemains de la prise de la Bastille, l'interrogeai-je avide de tout savoir.

— Les choses, Albertine, se sont précipitées. Brancas, se trouvant sur la liste brandie par Louis à l'Assemblée, n'a pas hésité un instant, il est parti pour la Belgique et a rejoint l'Angleterre, où des amis l'hébergent dans de bonnes conditions. Il m'écrit que le compte de Provence s'apprêterait à quitter la France et qu'il réunirait à Londres autour de lui tous ceux qui un jour seraient en mesure de revenir sauver le royaume.

— Tu es seule à Paris ? me souciai-je et curieuse d'en connaître plus sur les raisons qui ont conduit ma sœur à demeurer chez elle.

— Ma chère sœur, comme toi, notre qualité d'étrangères ne nous expose pas ou très peu.

Je sentais nonobstant que d'autres raisons l'avaient conduite à en décider ainsi.

— Ne me caches-tu pas d'autres raisons Catherine ? Tu connais, ajoutai-je, ma ténacité à savoir les choses.

— Je t'avoue qu'avant que Brancas ne quitte Paris, le baron de Breteuil, très assidu à l'hôtel est devenu mon ami. Il me protège depuis le départ de mon mari. Pourtant un temps éloigné du pouvoir, Louis l'a rappelé.

— Tu es heureuse Catherine ?

— Le Baron me comble de bienfaits et m'entoure de son affection et je me laisse aller à la félicité quand je suis avec lui. La domesticité est discrète et je pense que Brancas, eu égard à son âge, s'en doute et que son départ précipité n'est pas étranger non plus à ma liaison avec Breteuil.

Je connaissais Breteuil pour l'avoir croisé dans les salons de Marie-Antoinette et chez Diane.

Catherine ajouta que le baron venait d'être rappelé par Louis pour se rendre auprès des ambassadeurs des Cours étrangères en vue de faire rétablir l'autorité royale tant à l'extérieur du royaume qu'à l'intérieur. Il a reçu, pas plus tard, qu'hier une lettre peu en phase avec ses idées de la part d'Artois qui de Turin s'agace du choix de son frère, estimant qu'il est le seul à l'étranger pour faire rétablir l'autorité dans le royaume. De plus, en sous-main, Calonne soutient d'Artois derrière le roi. La mission du baron n'est pas des plus simples mais son énergie, sa vigueur, et son entregent devraient le conduire vers la réussite.

Si les semaines et les mois se succédaient en prenant des précautions ultimes pour ne pas se faire soupçonner, non pouvions nous rencontrer et je fréquentai Catherine autant que je le pouvais. N'était-ce pas dans les moments difficiles et dangereux que l'on se resserre sur l'essentiel. Ma famille devenait ma priorité. Je voyais mes beaux enfants Pierre et René, moins Edmond qui se terrait je ne savais où, et peut être que c'est lui qui prenait la meilleure solution.

Un matin de fin juin René pénétra en courant à l'hôtel et je compris que des évènements se produisaient ou s'étaient produits.

— Mère, la révolution vient de connaître un tournant que j'estime irréversible.

— Dites, dites, René, enfin ne traînez pas ? répondis-je inquiète, pendant que nous prenions place chacun sur une bergère.

— Le roi et la reine viennent d'être arrêtés dans un bourg en se rendant vers l'Est, à Varennes, selon les informations que j'ai pu recueillir.

— Mais que faisaient les souverains sur cette route et où se rendaient-ils ? lui demandai-je, essoufflée, tétanisée du propos.

— Ils se rendaient selon mes sources, à Montmedy ?

— Mais pourquoi Montmedy ?

— Ils devaient y retrouver monsieur de Bouillé, et ses troupes. Vous savez bien que Paris pour eux devenait invivable. Tous les oppressaient, ils étaient prisonniers en leur demeure. Mirabeau avait raison quand avant de mourir, il soupira : J'emporte avec moi le deuil de la monarchie, dont les débris vont devenir la proie des factieux.

— Et puis les sœurs du roi, Adélaïde et Victoire, sont déjà parties. Je ne trouve rien d'étrange à ce que le roi et la reine aient voulu s'écarter de ces sauvages. Souvenez-vous à Pâques, lorsqu'à Saint-Germain l'Auxerrois, la famille royale entendait la messe et que le roi refusa la communion du curé constitutionnel. Ce fut le choc chez les révolutionnaires. Ils furent hués sur le passage de la berline. Le roi ordonna au cocher de prendre la route de Saint-Cloud. Souvenez-vous ! Je pense que les révolutionnaires ont pensé qu'ils se rendaient recevoir la communion d'un curé non jureur de leur entourage au château.

Je ne sais ce qu'il en advint mais j'appris que c'est dès cet instant que le roi accepta l'idée de fuir, ou tout du moins de quitter Paris un temps.

Vous n'en aviez pas reçu d'information mère ? reprit René, étonné que je ne fusse pas dans la confidence eu égard aux gens que je recevais ou qu'il pensait que je recevais.

— Mais bien sûr que non, je ne savais pas, comment eussiez-vous voulu que je le susse ?

— Mais votre sœur n'est-elle pas la maîtresse de Breteuil ? Elle eût pu vous en parler discrètement.

— Si René, oui c'est vrai, Catherine est la maîtresse de Breteuil, mais comment savez-vous cela ? Montrant ma surprise.

— Je le sais voilà tout, je suis journaliste mère, je dois m'informer me répondit-il, souriant et manifestement heureux de son coup.

— Et pourquoi me parlez-vous de Breteuil et de ma sœur, cela m'intrigue au plus haut point voyez-vous ?

— J'ai appris voyez-vous, que Fersen et la cour de Suède se sont rapprochés de Breteuil qui a maintenant la confiance du roi, pour préparer cette chevauchée.

Fersen en personne fut chargé d'assurer le départ. La reine et lui on fait préparer une somptueuse berline, peut-être trop d'ailleurs maintenant qu'on en connaît les conséquences. Elle fut peinte à l'extérieur en vert et jaune et recouverte à l'intérieur d'un très beau velours blanc. Elle contenait une cuisinière, des cantines pour les boissons, des pots de chambre en cuir bouilli. J'ai vu tout cela à leur arrivée aux Tuileries où Pierre se trouvait terrassé. Il se terre actuellement au château, peut-être viendra-t-il bientôt. Il était dans la confidence et je lui sais gré de toute sa discrétion, c'est vrai il en allait de la sécurité des souverains et vous savez combien la reine comptait sur lui pour leur rendre la vie plus facile.

Tout avait été minutieusement préparé, les enfants royaux couchèrent la nuit précédente entre deux Suisses des Tuileries qui n'ont pas compris ce qui se passait. Les Tuileries regorgeaient de tas de domestiques, de valets qui erraient sur des matelas tout cela pour non pas servir le roi mais pour le surveiller, lui et sa femme.

La famille fut sortie du château pour rejoindre la cour des princes, par une porte dérobée cachée dans une armoire.

Une simple citadine en guise de berline très modeste attendait les souverains pour les conduire à la Barrière où une plus grande voiture était affrétée. Le roi ne voulut point se séparer de madame de Tourzel pour s'occuper des enfants royaux, et la berline ne pouvant contenir plus de six personnes, Fersen, qui devait faire partie du voyage, dut rester à Paris. La reine, furieuse, s'en offusqua mais le roi ne céda point.

Je dois vous dire que j'eus mal compris que l'amant de la reine, ou celui que tous considèrent comme tel séjourne dans la même berline que le mari, ne partagez-vous pas mon avis ?

— J'en conviens, René, j'en conviens, mais je connais la reine, n'ont-ils pas feint ensemble cette scène ?

— Le voyage fut périlleux. Il fallut franchir les contrôles, les bagages, pas moins de douze avant Meaux. Il fallut aussi changer de chevaux. Il fallut enfin tenir les stores de la voiture fermés pour que l'on ne vive pas les personnes qui s'y trouvaient.

À partir de Chalons, c'était le territoire mis sous la responsabilité de Bouillé qui se faisait fort de conduire la voiture sous escorte jusqu'à Montmédy.

Je ne puis vous dire ce qui se passa, mais à Chalons, il n'y avait point d'escorte, alors qu'elle était prévue. On dit qu'il y eût confusion sur la date de départ, mais voilà, il fallut bien que la voiture circulât et l'on décida de continuer le voyage pensant que tout était sous contrôle par Bouillé. Ce fut le cas en effet, pendant une partie, des hussards aux ordres escortèrent la voiture et la reine dit-on, se montra rassurée. Mais après une barrière, dont j'ignore le nom et l'endroit, enfin à ce que je sais, Choiseul, le neveu du ministre, eut dû prendre le relais mais il se perdit pour le rendez-vous. Je ne sais pas les péripéties qui se déroulèrent pour rejoindre la berline mais à ce qu'on m'a dit le roi se sentit bien seul. Entre Sainte-Menehould et Varennes, où ils furent contrôlés, un certain Drouet aurait reconnu le roi et aurait saisi une monture, couru après la voiture pour enfin la faire stopper à Varennes. La reine m'a-t-on dit, fit bien des pourparlers mais les autorités locales révolutionnaires n'entendirent rien et les voyageurs furent sous bonne escorte reconduits à Paris et nous y voilà. J'ajoute que sur tout le retour dans les bourgades, ce ne furent que bousculades, insultes et crachats. Je me demande comment ils ont pu terminer le retour sain et sauf.

— Mais où sont le roi et la reine à cette heure ?

— La Fayette, appelé en renfort pour commander les troupes du retour, a fait en sorte, il faut le reconnaître, qu'ils parvinssent aux Tuileries sans attentat.

— Dieu soit loué, me soulageai-je.

— Mais aux Tuileries ils sont prisonniers sous bonne escorte. La suite peut assurément se montrer difficile pour eux.

— Je vais de ce pas demander à Pierre qu'il puisse venir vous entretenir de la vie des souverains et qu'il vous rassure. Mais je dois prendre des précautions, l'on me recherche aussi pour mes articles. Je n'entends pas céder. Les feuilles paraissent régulièrement et je les publierai tant que je ne serai pas inquiété. Pour cela je vis en reclus, mais j'arrive à revenir chez moi discrètement, je ne peux laisser plus de deux jours mes livres qui sont pour moi comme des enfants que je chéris.

René prit congé et je repris mes occupations qui se réduisaient à écouter ce qu'on venait m'entretenir et les lettres que j'écrivais pour Jean-Louis et mes amis laissés à Venise.

Je voulais ce matin leur écrire mais il me manquait des éléments que seuls Pierre pouvaient me donner sur la vie de la famille royale et le sort que l'Assemblée et ses suppôts lui réservaient.

Pierre vint me rassurer et je pus apprendre que le roi prenait son mal en patience et jouait au billard. On ne le consultait plus pour prendre des décisions mais la reine quant à elle avait remplacé Mirabeau par Barnave et ensemble avec l'appui de Lafayette, ils et elle, mettaient tout en œuvre pour sauver la monarchie, ou ce qu'il en restait, voilà ce que j'écris à Diane et à Vaudreuil. J'ajoutai que le roi savait que son frère Artois ne lui rendait pas service en souhaitant soulever les Autrichiens.

Le roi avait une nouvelle fois prêté serment à la Constitution. Je savais que cela heurterait mes amis et choquerait Jean-Louis en leur disant la vérité, mais c'était ainsi. Je crois que le roi ne croyait plus à l'ancienne monarchie et qu'un monde nouveau apparaissait. Il se devait de maintenir le peuple en paix, seule mission reçue de Dieu. N'était-il point l'oint du seigneur. Le roi aimait son peuple et la reine aussi quoiqu'on en dise et à sa manière.

Je continuai ma lettre en leur évoquant les luttes des partis, les feuillants, les hébertistes, les jacobins, la gauche et l'extrême gauche voulaient se séparer du roi tandis que les plus modérés entendaient mettre en place une monarchie constitutionnelle. C'est vrai Lafayette parfois revenait à ses vieux démons pour une République qui eut été fidèle à la constitution, mais à titre personnel je crois qu'il ne voyait pas les choses ainsi pour le bien du peuple mais pour sa propre personne. Il se serait bien vu en premier président comme Washington. Et puis tous ces gens des partis étaient contrés par les Amis de la Constitution qui, en clubs régionaux, avaient tissé leur toile à travers tout le royaume et qu'ils entendaient gouverner un jour, en lieu et place de l'Assemblée. Ils voulaient le pouvoir au détriment de la vraie démocratie. Pour clore ma lettre, je demandai à Vaudreuil de répondre au roi et lui demander de continuer à maintenir ses liens avec l'Assemblée, fût-ce avec les plus radicaux pour montrer sa volonté de tout mettre en œuvre pour le peuple, quitte à sacrifier des privilèges. Je savais que la noblesse, amie des princes, s'interposerait au risque de s'allier aux révolutionnaires pour ne pas laisser le roi œuvrer en ce sens, mais Vaudreuil avait encore des amis en France pour que cela fût tenté. Il y allait de la survie du royaume et de ses souverains dont il était difficile de prévoir le destin.

Vaudreuil obtint gain de cause et progressivement sans que le roi commandât pour autant, on le laissa œuvrer dans le sens de la révolution mais pas dans le sang et toujours pour le bien du peuple. Nous soufflions et surtout nous revivions.

Toute cette paix civile, peut-être apparente et forcée, dura jusqu'en juin 92. Artois ne tenait pas compte des intérêts de son frère et de son amie la reine. Il campait dans son idée que le sauvetage de la monarchie ne pouvait venir que de l'extérieur. La Prusse s'allia à l'Autriche et la guerre fut déclarée à la Révolution.

Nous étions une nouvelle fois à terre. Paris était en feu. Les jacobins auraient bien voulu profiter de ce chaos pour prendre le pouvoir, mais le 20 juin tout s'enflamma. C'était le jour anniversaire du serment du jeu de Paume et la populace fonça sur les Tuileries, rien ne put les arrêter. Voilà les premiers passages de la lettre que j'écrivis à Diane. Les émeutiers entrèrent dans l'appartement royal de force. Pierre ne put rien entreprendre pour les arrêter. Par centaines ils se présentèrent vociférant dans le salon. Le roi se présenta à eux. La reine avait peur, se retira dans une pièce annexe avec les enfants. On insultait, on monter le pique les baïonnettes qu'on frôlait sur les gorges de ceux qui étaient demeurés dans la pièce. L'un de ces scélérats présenta un cœur de veau sanglant et dit au roi : Voilà un cœur d'aristocrate. L'Assemblée prit peur voyez-vous, elle pouvait perdre son autorité si le peuple s'érigeait en pouvoir. Des députés furent déployés pour discuter avec Santerre, un ancien brasseur, ivre de sang. Pétion le maire réussit enfin à calmer la foule, et rassura le roi sur sa tranquillité. Je décidais de clore ma missive et de l'envoyer sachant que rien n'était arrêté et que nous nous trouvions dans une situation tellement incertaine qu'à tout moment le royaume pouvait basculer.

Les semaines qui suivirent si je veux en croire ce qui se disait dans la rue, le roi avait été trouvé conciliant et même près de son peuple. L'avantage tournait à l'avantage du roi et moins à celui de l'Assemblée. Elle s'en rendit compte évidemment. Nonobstant, les partis s'entredéchiraient et les jacobins toujours à l'affût, montrèrent à nouveau la tête. Les soldats en partie étaient mobilisés à l'Est pour la guerre et l'Assemblée, pour son intérêt, déclara la Patrie en danger. Cela l'arrangeait. Elle prenait les pleins pouvoirs en dehors de toute légalité.

Pendant ce temps René vînt me visiter et m'informer que son Ami Rivarol trop compromis et plus en mesure de se cacher suffisamment, émigra pour Bruxelles tandis que lui demeurait près de Paris et irait se cacher à Meaux où il savait trouver une maison sûre.

Je ne me montrais plus à l'Assemblée pour suivre les débats. Le peuple devenait dangereux et s'en prenait à tout ce qui ne ressemblait point à un sans-culotte. Pour eux, bourgeois, nobles et clergés, tous dans la même charrette.

D'ailleurs, ils ne s'en cachaient pas, ces sans-culottes de s'en prendre à nous, et ils commencèrent vraiment à faire régner la terreur dans Paris.

Pierre me visita le plus qu'il le pouvait malgré le temps qu'il lui fallait consacrer aux souverains pour leur sécurité.

Ce matin 9 août, il vient me trouver chemise entre ouverte cheveux aux vents, il n'avait que peu de temps à me consacrer mais tint à m'informer des évènements

— Mère, cachez-vous, fermez l'hôtel, barrez-le, on tue place Vendôme et devant l'Hôtel de Ville. On ne sait pourquoi, mais on montre la force.

Le marquis de Mandat a été arrêté ce matin pour une cause futile. On l'a entraîné vers la prison de l'Hôtel de Ville. Et dès qu'il est apparu sur les marches, on l'a abattu de coups de pistolet, de piques et de sabres.

On veut remplacer la commune légale, l'hôtel de ville par une commune insurrectionnelle, sous les ordres du tribun Danton tandis que Santerre serait nommé commandant de la garde nationale à la place de Mandat. Et les cortèges veulent se mettre en mouvement vers les Tuileries, et il n'est pas encore neuf heures. J'eus tellement peur pour vous que j'ai voulu vous narrer cette situation avant qu'il ne soit trop tard. Je retourne au château. On m'attend.

Louise qui n'était toujours pas rentrée de sa tournée pour nous acheter quelques denrées comme à son accoutumée, tardait et je m'inquiétais.

Enfin, elle rentra.

— Madame, madame, c'est affreux, la violence est dans tout Paris, le sang coule à nouveau. J'ai même frôlé quelques sabres avant de rentrer.

— Viens Louise tu vas me raconter. Mais attendant enfermons-nous. Pierre sort d'ici, il ne s'est pas montré rassurant.

Dis-moi Louise, qu'as-tu vu ce matin ? lui dis-je, alors qu'elle aussi s'asseyait sur une banquette tellement elle était perturbée.

— Oh pardon, madame, me dit-elle se relevant.

— Non, Louise reste assise, nous n'en sommes plus là et continue.

— Madame, place Vendôme, de jeunes gens jouaient avec des têtes, ils les jetaient en l'air et les recevaient au bout de leurs bâtons. J'ai reconnu celles du journaliste Suleau ami de monsieur René et de trois de ses amis.

On les obligea à crier « Vive la nation ! ». Ils refusèrent, ils les décapitèrent au sabre.

— On va se cacher, se barricader et prier Louise, voilà ce qui nous reste à faire. Heureusement que René est parti se cacher à l'extérieur de Paris. Il eut pu faire partie de ce massacre. Dieu soit loué.

Nous entendîmes les canons, les fusils crépiter, nous étions aveugles des choses et surtout nous avions peur.

Nous savions Pierre aux Tuileries mais rien ne transpirait. Il fallait pourtant que nous sachions, mais comment pouvions-nous obtenir des informations sans sortir.

— Madame me proposa Louise, je vais me déguiser en femme de sans-culottes, me fagoter en bonnet phrygien et brandir une cocarde. Je vais traverser la rue Royale et me présenter vers les Tuileries. J'obtiendrai bien des informations et même que je pourrais rencontrer Pierre qui sait.

— Louise, tu es courageuse mais prends soin de toi, reviens-nous vite.

Louise ne fut absente pas même une heure lorsqu'elle revint épouvantée.

— Depuis ce matin, madame, ce n'est que massacres, de tueries, de vengeance. Le feu est partout aux Tuileries. J'ai parlé avec des sans-culottes. Ils sont ivres du sang des aristocrates, mais surtout, le peuple en armes s'en est pris aux gardes suisses. Il semblerait que les gardes en ligne aient tiré sur les insurgés prêts à forcer les portes du château. Les insurgés ne pouvaient pénétrer aux Tuileries sans forcer le mur des Suisses.

Après le tir des Suisses, les insurgés se sont lancés à corps perdu sur les gardes, ils les ont percés, hachés, tués par centaines, pendant que plusieurs milliers de sauvages envahissaient les Tuileries. Ils les pourchassaient dans les corridors, partout où ils découvraient des gardes, ils étaient assassinés. Le sang coule à même dans le ruisseau qui conduit à la Seine.

— As-tu pu obtenir ce que sont advenus le roi et la reine ?

— Il semble qu'ils se soient réfugiés à l'Assemblée, après que le roi a demandé qu'on arrêtât de tirer sur les insurgés. Le château brûle et tout est saccagé. J'ai vu des sans-culottes, leurs femmes avec eux, emporter sous le bras des bibelots, des objets de toutes sortes, des tableaux, criant : Vive la Nation. À bas le roi, à bas les aristocrates. C'est affreux, qu'allons-nous devenir ?

— Je ne sais pas Louise mais il faut maintenant que j'apprenne ce qu'est devenu Pierre qui a dû tout mettre en œuvre pour défendre le château et la famille royale.

Nous entendions encore en milieu de tantôt de ce 10 août le bruit du canon. Je remettais au lendemain ma sortie déguisée aussi en femme de sans-culottes pour me rendre je ne sais où, peut-être chez des amies de la rue Saint-Honoré, sans m'éloigner trop.

Combien de fois dans la nuit, nous entendîmes taper dans la porte cochère de l'hôtel. Heureusement aucun de ces scélérats ne tenta une incursion et tous se portèrent vers l'Assemblée, sûrement pour faire peser les décisions des nouveaux tribuns.

Je n'eus pas besoin de sortir de l'hôtel le lendemain matin, une amie anglaise Miss Meyer, que j'eus l'honneur de rencontrer maintes fois en des temps plus calmes s'empressa de me rendre visite.

Presque en chemise, enfin en déshabillé, les cheveux non attachés, pressée, elle heurta. Louise la reconnut et la fit entrer promptement.

— Albertine, j'ai une nouvelle de la plus haute importance à vous communiquer.

Elle ne me dit rien d'emblée, se méfiant de Louise, je le vis dans son regard. Je la compris même si Louise était de toute confiance.

— Vous pouvez mon amie vous ouvrir devant Louise, nous partageons tout depuis quelques jours. Hier encore, elle a pris de très gros risques pour me rapporter des informations des Tuileries.

— C'est aussi des Tuileries que je veux vous entretenir.

Je demeurai muette, j'attendais.

— Votre beau-fils, Pierre…

— Quoi, mon beau-fils, que lui est-il arrivé ?

— Il est…

— Il est chez moi, caché, mais blessé, il perd beaucoup de sang et je l'ai soigné depuis hier soir parce qu'il s'est réfugié chez moi, il me savait ami du duc d'Orléans et pouvoir trouver du secours sans que cela me compromettre. Chez vous, il vous aurait mis en danger. Tous ces sans-culottes qui sont passés cette nuit dans la rue courraient après lui. Ils n'ont pas forcé mon hôtel par bonheur.

— Dieu soit loué, merci mon amie, mais puis-je me rendre à son chevet ?

— Je ne vous le conseille pas, il est recherché et je suis persuadée que d'un instant à l'autre, les troupes visiteront l'hôtel. Je ne pense pas que ces sauvages m'épargneront s'ils le découvrent. Je vais prendre contact avec une autre amie de Meudon, pour qu'elle le prenne en charge. Il connaît cette dame et l'a rencontrée aussi chez le duc d'Orléans, c'est l'ancienne maîtresse du duc, miss Elliot. J'espère qu'elle sera en mesure de le prendre en charge, nous devons le sauver.

Je tremblai en l'écoutant, je n'avais plus de membres, Louise pleurait. Nous étions dans l'incapacité de l'aider, nous devions nous en remettre à la providence.

Ce ne fut que le surlendemain que je reçus d'autres nouvelles de miss Meyer qui me confirma que Pierre se trouvait encore à Paris mais à l'hôtel de miss Elliot, cette fois, non loin de là, près du Palais Royal, hôtel qu'elle avait acquis pour se trouver proche du duc, son amant.

— Albertine, si vous voulez vous y rendre, prenez des habits de circonstance et suivez-moi. Elle-même était en soubrette et cela lui seyait bien. Cela me rassura pour m'accoutrer à mon tour dans les habits de Louise.

Je courrais vers l'hôtel de miss Elliot, prenant moult précautions comme mon amie pour ne pas nous faire remarquer par quelque sans-culotte aux aguets.

Miss Elliot nous reçut et nous conduisit vers un grenier à l'abri des fouilles éventuelles. Elle ne me cacha pas que le blessé était faible qu'il n'était pas informé de ma visite.

À ma vue, il tenta de se relever mais je le priais de ne pas se fatiguer. Il s'affaissa sur sa paillasse et je vis que plusieurs coups de baïonnettes l'avaient transpercé au flanc droit. Je perçus aussi que miss Meyer l'avait pansé avec des linges de fortune pris dans des chemises ôtées des armoires. Il transpirait et ses yeux étaient hagards. Curieusement, il était en tenue de garde national.

Je m'assis près de sa couche sur une chaise abandonnée au grenier, tandis que miss Meyer et miss Elliot nous laissaient seuls.

— Bonjour Pierre, je comprends à ce que je constate que les combats furent rudes et sanglants aux Tuileries. Pouvez-vous sans vous fatiguer, me narrer les évènements ? Mais auparavant comment vous sentez-vous ?

— Je n'ai que peu de forces Mère, je fus percé de part en part et sans l'aide de bien des gens, j'aurais rejoint le ciel.

Vous a-t-on, mère, rapporté comment les combats se sont déroulés ? me dit-il d'une voix faible et saccadée.

Il avait assurément perdu beaucoup de forces, compris-je

— Oui, dans l'essentiel et vous m'en direz plus si vous le souhaitez.

— Lorsque les insurgés se sont présentés hurlant, devant les portes du château, je me trouvais avec le roi et la reine dans leur appartement pour tenter de les évacuer vers l'Assemblée.

Louis perlait de sueur. Il se plaça devant une fenêtre. Il se tint en retrait, pour ne pas être vu des canonniers qui se trouvaient derrière dans la cour. Des gardes nationaux l'aperçurent et crièrent, en le voyant, « Vive la nation ! », « Vive les sans-culottes ! », « À bas le roi ! », « À bas le Veto ! », et « À bas le gros cochon ! »

Mais d'autres gardes nationaux, et les deux cents gentilshommes qui sont venus défendre le château, que j'avais fait entrer discrètement la veille leur ont répondu : « Vive le roi ! » « Vive Louis XVI ! » « C'est lui qui est notre roi, nous n'en voulons pas d'autres ! » « Nous le voulons ! » « À bas les factieux ! » « À bas les Jacobins ! » « Nous le défendrons jusqu'à la mort, qu'il se mette à notre tête ! » « Vive la nation, la loi, la Constitution et le roi, tout cela ne fait qu'un. »

Manifestement la scission était en route entre ceux qui voulaient la monarchie réformée et ceux qui voulaient la tête des souverains.

Le roi regarda Marie-Antoinette, assise loin de la fenêtre, dans la pénombre, tentant d'échapper ainsi à la chaleur torride de ces premiers jours d'août.

Le roi me dit : « Peut-on compter sur le marquis de Mandat ? »

« Mais Sire, il a été assassiné hier », lui rétorquai-je, interloqué qu'il ne puisse s'en souvenir.

Louis s'épongea : « Peut-être n'était-ce pas la chaleur qui le faisait transpirer, mais l'angoisse, l'attente. »

« Monsieur de Champcenest ! » poursuit-il, « ne pourrait-on pas verser quelques milliers de livres à Danton pour qu'il fasse cesser l'insurrection ? »

« Évitons ces compromissions » lui répondis-je, « mais pour l'heure, Sire, vous entendez ces canons, ces crépitements ? Il est temps de rejoindre l'Assemblée. »

« Pressons le pas », renchérit la reine, « poussant ses enfants devant elle, rejoignons l'Assemblée pour la sécurité des enfants, je tremble pour eux, ajouta-t-elle, fatiguée de tous ces évènements. »

J'accompagnai les souverains vers l'Assemblée sans être importuné mais au retour je me lançai avec mes troupes à l'aide des Suisses.

Les insurgés étaient dans toutes les pièces du château. Ils y pénétraient du côté de la cour du Carrousel, par le vestibule du pavillon de l'Horloge. Ce fut un massacre sans pareil. Ils furent surpris du nombre et malgré leur défense, ils périrent tous. Au sud de cette salle, et jusqu'au pavillon de Flore, se trouvaient en enfilade, donnant sur la cour, l'antichambre du roi, la chambre de Parade, le grand cabinet du roi et la galerie de Diane. Ils y pénétrèrent, bien renseignés sur les lieux mais les souverains n'y étaient plus par la grâce de Dieu. Je les avais mis à l'abri à temps.

Nous fûmes vite débordés, les gardes tombaient les uns après les autres, percés sabrés, fusillés, le sang coulait dans tous les corridors du château. Tout à coup, je ne m'en souviens plus mais je fus à mon tour percé sur le flanc. Je réussis à sauter par une fenêtre basse dans la cour. Je n'eus pas d'autre choix que de me cacher parmi les cadavres et je me suis terré ici sans bouger un cil. Un garde qui passait m'aperçut. Il était par bonheur de notre parti. Il prit pitié de moi et nous échangeâmes nos habits. En garde ainsi affublé, je pris la fuite comme je le pus et rejoignis l'hôtel de miss Meyer où je savais trouver du secours, et puis maintenant chez miss Elliot. Je ne doute pas que le duc d'Orléans viendra à mon aide.

— Pierre, vous êtes recherché, vous ne pouvez demeurer ainsi.

— Mère, rassurez-vous, elle prend soin de moi et je suis prudent.

Je le laissai ainsi à la garde de mes amies et rentrai chez moi à peine rassurée pour autant et la suite me donna malheureusement raison.

Miss Elliot une semaine plus tard vint me visiter et me raconta la suite qui fut réservée à Pierre.

Je l'écoutai religieusement.

— Les évènements se sont précipités après votre départ. Je dus avec mon réfugié me terrer à Meudon, mieux placée pour le cacher. Les rues n'étaient que des ruisseaux de sang. Les têtes flottaient au pied des piques, et les philosophes qui nous parlaient des lumières mais où étaient-ils à cette heure ? Où étaient-ils ceux qui avaient allumé la mèche ? ajouta-t-elle désabusée.

La nuit de notre arrivée, une perquisition eut lieu dans ma chambre. J'avais au préalable caché Pierre entre deux matelas.

Les gardes fouillèrent tous les meubles, piquèrent les matelas sans par chance atteindre notre fugitif. Il en sortit en suffoquant, trempé de sueur.

Le duc vint me rendre visite le lendemain. Je lui expliquai la présence de Champcenest. Mais à ma grande surprise, il se mit dans une colère telle que je compris qu'il ne le tenait plus en grande estime. Les choses seraient trop longues à expliquer et nonobstant, il lui délivra des sauf-conduits. Munis de ces papiers en règle il put gagner la porte Saint-Denis et de là monter dans une malle-poste pour rejoindre Boulogne. À l'heure actuelle il vogue pour Londres.

Voilà, chère amie, ce que je puis vous dire sur Pierre.

— Merci, miss, pour votre dévouement. Les Champcenest vous en sauront gré à tout jamais.

Paris est terrorisé, Paris tremble, Pierre est maintenant en Angleterre, à l'abri. René est terré du côté de Meaux, puisse-t-il ne pas en sortir, le connaissant par ses espiègleries et son insouciance impertinente. Même étrangères, maintenant nous risquons à tout moment d'être compromises et mises à mal par ces sauvages révolutionnaires.

Cette hideuse journée du 10 août a tout fait basculer. Le peuple a pris le pouvoir par le biais de la commune insurrectionnelle de la ville et Robespierre, un magistrat dont j'appris qu'il était mon voisin, prit les reines de cette chienlit. Il se heurta dit-on à Danton, qui vient d'être nommé ministre de la Justice. Hier 17 août, un tribunal spécial, pour juger les défenseurs du roi et surtout ceux qui entravaient la marche du peuple aux Tuileries fut mis en place et déjà les têtes tombent. Pierre a vraiment risqué la sienne. Dieu qu'il était temps.

La patrie, que l'Assemblée disait en danger, décréta l'enrôlement de trente mille volontaires pour se porter aux frontières du Nord et de l'Est du royaume. À Paris, mais aussi à Meaux et dans bien d'autres villes des visites domiciliaires sont effectuées pour saisir des armes et arrêter les suspects. La terreur est en marche. Peu s'en faut pour que la lame fasse son œuvre parmi nos amis.

On dit sans certitude que dans les prisons il se formait des complots pour égorger les patriotes, et libérer Louis et sa famille. Le conflit Prusse autrichien n'était bien entendu pas étranger à ses rumeurs. Cela servit d'alibi et il n'en fallut pas tant pour que ces vengeurs ivres du sang de nos familles envahissent lesdites prisons.

En masse, armés de sabres et de piques, de gourdins, de pioches, les sans-culottes pénétrèrent le 2 septembre dans la prison de l'abbaye. Les prisonniers faits le 10 août furent sortis, aussitôt mis à mort, sabrés, hachés, perforés.

Parmi eux, si je devais en nommer un, le cousin de mon mari, Jean-Marie de Champlost, gouverneur du vieux Louvre né en 40, serviteur très attaché à son maître disait-on dans Paris. Je savais que mon mari l'estimait par-dessus tout. C'était son père qui était à côté du roi lors de la mort de la Pompadour et qui recueillit les confidences du Bien-aimé.

Non contents, le lendemain, ils se transportèrent à la Salpêtrière, qui était à la fois un hôpital et une prison pour femmes. Les pauvres, souvent des filles de joie et des femmes adultères que leurs maris avaient fait enfermer, moururent sous les piques de ces barbares. Sans autre forme de procès, ces pauvres femmes furent mises à mort comme à l'abbaye, dès la sortie des cellules. Leurs corps nus furent maltraités, violentés, par ces hordes de sauvages.

Des scènes identiques se reproduisirent au Châtelet, puis à Bicètre, où n'étaient enfermés que des aliénés ou des enfants récalcitrants que les parents avaient fait emmurer pour leur donner de bonnes leçons. Ils furent massacrés et leurs têtes promenées dans tout Paris.

Puis vint celle de l'Église des Carmes, au carrefour des rues de Vaugirard et de Cassette. Il s'y trouvait cent soixante-seize prêtres insermentés, emprisonnés depuis le 11 août, avec à leur tête monseigneur du Lau, archevêque d'Arles et surtout grand serviteur du roi. Ils furent comme les autres massacrés en les sortant de l'église un à un, piétinés sabrés, coupés, et leurs têtes portées au bout des piques des massacreurs.

Enfermée dans l'hôtel, je n'aurais pu savoir comme beaucoup d'autres ce qui se passait si la presse royaliste de René, avec les Actes des Apôtres, mais aussi la presse révolutionnaire avec Marat qui appelle les citoyens à purger la Nation des ennemis de la Révolution, ne nous informait pas ou se vantait de leurs exploits. Louise parvint tant bien que mal à se procurer chaque matin ces feuilles d'informations.

Miss Meyer qui maintenant depuis l'éloignement de Pierre, venait avec toutes les précautions me visiter, se précipita ce matin du 4 septembre pour me narrer un fait tragique.

— Albertine c'est épouvantable et je n'ai pas de mots qui puissent décrire l'horreur qu'hier j'ai été obligé de vivre.

Je me trouvai non loin de l'abbaye, en soubrette, pour ne point attirer l'attention, lorsque je vis un groupe de sans-culottes enivrés, assoiffés de sang, qui tirait une femme par les cheveux et la traînaient dans le ruisseau de la rue. Dans la rue, un simulacre de procès se tenait par un juge qui, pour faire peur aux citoyens, se tenait installé assis sur une chaise et accoudé à une table. Cette femme fut conduite devant ce juge. Sur le moment je ne la reconnus pas, mais m'approchant, quelle ne fut pas ma stupeur lorsque je reconnus enfin la princesse de Lamballe.

— La princesse de Lamballe, amie de la reine, la coupai-je, pétrifiée.

— Oui, la princesse en personne. Je restai pour assister non pas goût malsain mais pour être en mesure de le rapporter. Je me trouvai sûrement être la seule aristocrate à ce moment-là dans la rue.

Le juge lui dit : « Dites que vous détestez le roi et la reine. »

— Je ne le puis, répondit-elle.

Elle fut aussitôt portée par les aisselles, on la força à s'agenouiller et sans autre forme on la décapita au sabre au milieu des autres cadavres dégoulinant de sang.

Je portai les mains à mon visage, comme pour ne plus voir ces horreurs, je sanglotai de terreur. Mais s'ils s'en étaient tenus là, non ! Ils lui ouvrirent le sein gauche, et en arrachèrent le cœur.

— Miss, je suis épouvantée, comment avez-vous pu tenir ?

— Je ne le pouvais, mais j'ai pris sur moi pour aujourd'hui le dire. Un coiffeur qui passait là fut réquisitionné pour lui poudrer les cheveux, lui couper les poils pubiens et lui attifer ses poils en guise de moustache. La tête sanguinolente de la princesse fut placée au bout d'un pique, qui me fut présenté à hauteur de mes yeux. Je tremblais de toutes mes forces.

Tous, ricanant, abreuvés de sang, se mirent ensuite en cortège que je suivis. La tête fut promenée ainsi au palais royal devant l'hôtel du duc d'Orléans, qui se trouvait à son balcon. Il ne put retenir un cri d'émotion et de réprobation. C'est dire si en ce moment sa vie est en danger.

Le cortège poursuivit son chemin vers le Temple, sous les fenêtres de la reine qu'on soupçonnait, vous le savez, de relations saphiques avec la princesse. Ayant entendu tous ces cris, la reine apparut au balcon. Elle en fut retirée titubante, épouvantée et terrassée.

Mon amie, allongez-vous sur le sofa, votre rapport des évènements vous a fatigué, vous ne pouvez repartir ainsi.

Miss Meyer m'obéit et je demandai à Louise de préparer le thé.

Je la gardai encore un peu, le temps qu'elle reprenne ses esprits, mais surtout que je puisse aussi à mon tour sortir de cette torpeur.

— Mais dans quel royaume vivons-nous pour en arriver à ces extrémités de haine ?

— Nous devrons, me répondit-elle, prendre encore plus de précautions et même comprendre que nos vies, sans rien faire, pourraient être en danger.

Dans les jours qui suivirent, la journaliste républicaine, que je ne connaissais pas pour autant, Olympe de Gouges, s'émut quand même de ces horreurs. Elle publia un pamphlet que j'eus entre les mains : *La fierté de l'innocence, au sein duquel elle stigmatise les massacres. Le sang, même celui des coupables, versé avec cruauté et profusion, souille éternellement les révolutions,* écrivit-elle.

Les massacres tant à Paris qu'en province se poursuivirent. À Versailles le 9 septembre, une cinquantaine de prisonniers transférés depuis Orléans, furent massacrés, dont l'ancien ministre Lessart et le comte-évêque Jean Arnaud de Castellane et surtout le duc de Brissac, ancien commandant de la garde constitutionnelle du roi, dont la tête fut portée à Louveciennes à sa maîtresse madame du Barry, sortie depuis peu de sa retraite. L'Anjou pouvait pleurer le duc.

On tuait, on décapitait maintenant à l'aide d'une drôle de machine installée au Carrousel, une guillotine l'appela-t-on.

On plaçait le condamné sur une planche, sa tête enserrée et on faisait basculer une lame tranchante sur le cou qui décollait aussitôt la tête du corps. Non contents de leurs forfaits, ces scélérats hissèrent les têtes à la vue de tout le peuple présent qui applaudissait à tout rompre.

Je ne me suis jamais transportée voir ces massacres mais ont dit que depuis septembre, la machine ne s'arrête pas, mais le peuple de certaines provinces notamment dans l'Ouest, en Vendée et en Bretagne, commençait à se plaindre des autorités révolutionnaires. S'ils avaient accepté au début les premières réformes de justices et fiscales, depuis que les prêtres avaient été malmenés, et depuis que l'on massacrait à tout va, des nobles ont pris les choses en main. On dit qu'ils se formaient des bataillons depuis l'annonce de la levée en masse. Les paysans et les artisans ne voulaient pas aller servir aux frontières. Ils étaient contre la milice, les voilà contre le service obligatoire.

Depuis des mois les députés les plus enragés, de l'extrême gauche se heurtaient aux girondins et aux amis de Lafayette, aux anciens amis de Mirabeau au sujet de savoir si l'on devait juger le roi.

Esseulée, je ne pouvais suivre ces débats, mais lorsque j'appris que les gardes nationaux avaient mis la main sur une armoire secrète aux Tuileries, contenant, à ce qu'on m'a susurré, des lettres compromettantes, échangées avec les princes à l'étranger mais aussi avec Mirabeau et son entourage, c'en était terminé des doutes des fanatiques. Le roi devait être jugé comme tout citoyen.

Les souverains furent dès lors enfermés, prisonniers au Temple sous le nom de Capet. De roi il n'y avait plus, qu'allions nous devenir, le royaume n'était plus. Il était à la merci d'une scélératesse inique, imbibée et vomissant le sang.

Le 11 décembre 92, une voiture sous les ordres de Pétion maire de Paris, accompagné du procureur de la commune, conduisait le roi vers le tribunal qui l'attendait. La voiture traversa Paris entre deux haies de citoyens enivrés de haine, qui vociférèrent tout ce qu'on leur répétait depuis des mois.

Le procès s'éternisa sur des semaines interminables. On chercha, on dénia, on croisa le fer et les paroles. Mais le 16 janvier 93, nous fûmes tous à l'affût du verdict. Nous craignions certes pour sa vie, mais nous gardions espoir. Il y avait encore dans cette assemblée des gens qui gardaient un semblant d'humanité.

Ma sœur qui, au-delà d'être la maîtresse de Breteuil, réussit le prodige d'obtenir, je ne sus par quel subterfuge, un sauf-conduit qui lui permit de se déplacer librement comme étrangère dans tout Paris, suivit les évènements et vint me trouver ce 16 janvier. Elle ne devait juste pas sortir du cœur de ville au risque d'être considérée comme voulant aider les ennemis de la révolution de l'extérieur.

— Albertine, ils n'ont le choix qu'entre la mort, la prison ou l'exil ? Ils se comptent et se recomptent. Ils ne savent pas qui va voter quoi. C'est un chaos. Tous se demandent ce que le duc d'Orléans envisage de faire. S'il se retirait de l'Assemblée, ses amis devaient suivre et le roi serait sauvé, mais voilà, en aura-t-il le courage ?

— Prions, Catherine, voilà bien la seule consolation qui nous reste.

— Nous priâmes pour l'avenir du roi et de sa famille avant que Catherine retourne voir ses amis proches de l'Assemblée.

Il faisait froid dehors mais aussi dedans, et rien pas même le crépitement des bûches dans la cheminée du salon avait la force de me réchauffer. Je tremblais, je suffoquais, comment pouvais-je vivre et attendre. Quel supplice !

Catherine ne revint que dans la soirée glaciale du lendemain.

Épouvantée, les larmes coulant sur son visage, les yeux rougis par le chagrin, elle m'annonça d'un signe de main et de tête que c'était terminé, que le roi serait conduit à l'échafaud. Orléans s'était présenté à l'Assemblée, il avait voté la mort de son cousin. Il avait commis le crime de l'envoyer à la mort, puisque Louis était condamné à une voix près. Catherine s'écroula sur une bergère, j'étais à genou à ses pieds, nous criions ensemble, nous ne comprenions pas qu'on puisse condamner ainsi l'oint du Seigneur. Que vont devenir la reine et ses enfants ? Puisse Dieu leur venir en aide.

Je ne sus point ce qui se passa ensuite au temple et Catherine non plus. Il nous fallut juste attendre les évènements qui malheureusement vinrent sans tarder.

Nous fûmes informés le surlendemain 20 janvier par un ami de René, demeuré à Paris, que l'exécution était prévue pour demain au petit matin.

Si je me fus toujours refusée d'assister à une quelconque exécution, j'avais décidé ce jour-là avec Catherine de me rendre place Louis XV, que ces scélérats nommaient maintenant place de la Révolution.

Nous nous fîmes discrètes, grimées, en bonnet de soubrette, les cheveux malmenés, le poitrail à l'air pour donner le change.

Nous étions là afin de prier pour l'âme du roi que nous chérissions.

Dès 7 h 30, nous fûmes tétanisées par les roulements de tambours. Du temple à la place, ce n'était que haies de piques et de fusils. Au passage de la voiture, puisqu'on lui fit la grâce de ne pas le conduire dans une charrette, ce fut un silence de plomb. Les gardes étaient plus immobiles que des statues armées. Sur tout le parcours les fenêtres étaient closes. Il faisait un froid glacial. À sa descente de voiture, Louis refusa la redingote que lui présenta un valet. Il était en habit brun veste blanche, culotte grise et bas blancs. J'aperçus enfin son visage, il me parut serein et résigné. L'abbé de Firmont était à ses côtés, lisant des psaumes. Les tambours couvraient toutes les voix. Soudain,

Louis s'adressa à la foule en se retournant et avant de monter les marches qui le conduisaient à l'échafaud.

— Taisez-vous ! lança-t-il.

Les tambours s'arrêtèrent net.

— Quelle trahison ! cria-t-il, je suis perdu, je suis perdu.

Je ne compris pas sur le champ ce que cela voulait dire, mais je le retenais pour me le faire expliquer.

Il défit lui-même son col, refusant qu'on le touchât. Il se laissa nouer les mains et il monta ainsi l'escalier alors que les roulements de tambours avaient repris. On lui coupa les cheveux.

Les tambours s'arrêtèrent un instant, et le roi cria à la foule :

— *Je suis innocent de tous les crimes qu'on m'impute. Je pardonne aux auteurs de ma mort et désire que mon sang soit utile aux Français et qu'il apaise la colère de Dieu.*

À peine eut-il terminé cette phrase que les roulements reprirent, mais ne purent couvrir les hurlements de Louis qui criait encore son innocence jusqu'à ce que le couperet le décolle.

Samson s'empara du chef royal et le montra à la foule. Je ne pus retenir un cri d'horreur qui eût pu me compromettre. La foule de Paris criait : « Vive la république, vive la république », tandis que des tricoteuses assistant à toutes les exécutions continuaient comme si de rien n'était leur ouvrage. Il était 10 h 10. La France venait de commettre un régicide, l'irréparable. Qui pourra demain, dites-le-moi, le lui pardonner ?

Dans les régions du royaume, on apprit assez vite l'exécution du roi et des combats contre les troupes révolutionnaires s'engagèrent. Je ne sus pas les choses pour les rapporter, juste que ces pays commencèrent à se battre sous la bannière d'officiers qui avaient servi le roi, j'en ai connu quelques-uns, on me dit qu'il y avait Bonchamps, La Rochejacquelin, Lescure mais aussi Charette, qui servit dans la Marine. J'ai dû les croiser mais si leur nom me parle, je ne me suis pas entretenue avec eux ou je ne m'en souviens pas. Ce furent des héros courageux de défendre ainsi le trône et l'autel menacés, assassinés alors que l'on décapitait, perçait et trucidait à tous les carrefours.

La reine, le dauphin et la famille royale continuèrent de demeurer au Temple mais je ne pus avoir de leurs nouvelles. Je me terrais meurtrie. Il fallait que j'écrive à Vaudreuil ce qui venait de se dérouler à Paris, mais en avais-je la force ? Il le fallait pourtant et je me lançai. Je savais que mes amis au loin seraient effondrés mais je devais prendre ce risque de les faire souffrir, c'était mon devoir.

Les meurtres, les exécutions, les décapitations, des nobles, des prêtres, des religieuses, se multipliaient, et tous à l'Assemblée voulaient maintenant la mort de la reine. Le mari est mort, la femme doit suivre.

À la mi-octobre, on ouvrit son procès. C'est Fouquier-Tinville, ivre de sang qui officiait. On lui refusa un avocat. On l'humilia, on la salit. On la blessa devant ses enfants. Rien ne lui fut épargné. Elle avait gaspillé les fonds de l'État, elle avait forniqué, elle avait eu des intelligences avec l'ennemi, elle était coupable. Deux jours de procès, et Marie-Antoinette fut envoyée à l'échafaud.

Le 16 octobre, je n'assistai pas au supplice, c'était au-dessus de mes forces. Catherine s'y rendit néanmoins et m'en fit le rapport. À 10 h, on lui coupa les cheveux à la conciergerie. Elle ajusta sa robe avec soin, on lui noua les mains dans le dos. On la fit montée dans une charrette à ridelles à un cheval. Elle traversa ainsi Paris. La foule la hua et la dévisagea. Elle ne se plaignit nullement. Elle n'émit aucun murmure. Il était midi, le silence se fit autour de l'échafaud. Elle descendit de la charrette. Elle monta les marches d'un pas léger. Son pas fut toutefois hésitant. Elle heurta le pied de Samson, son bourreau et on l'entendit s'en excuser. Pourtant, sans autre façon, les bourreaux s'emparèrent d'elle, la plaquèrent contre la planche et la basculèrent sous le couperet. Un choc sourd et Samson retira la tête ensanglantée de la reine de France et la tenant par les cheveux, l'exhiba à l'assistance d'où s'éleva une fois encore : Vive la République. C'était une fois de plus sur un crime que naissait une république qui devra à tout jamais rougir du sang français versé pour sa survie.

Le lendemain, Hébert, ordurier comme à chaque fois, écrira dans son journal, « le Père Duchène » : « La plus grande de toutes mes joies est d'avoir vu de mes propres yeux la tête de Veto femelle séparée de son foutu col de grue. »

En lisant ce torchon, je crus vomir. Ainsi naissait la nouvelle France. Ce n'était plus ma France, celle qui m'avait accueillie, celle que j'ai aimée, que j'aime encore puisqu'à l'extérieur, il existe des gens pour mettre fin à cette boucherie.

La monarchie se poursuivait par le dauphin au temple, pris en main par des ivrognes assoiffés du sang des Bourbons. Je craignais pour sa vie, comme maintenant nous devions toutes et tous craindre pour les nôtres. Je devais maintenant et je ne savais comment trouver mes mots, écrire à mon amie de Polignac à Venise. Quelle déchirure.

Je pris néanmoins la plume, la trempai dans cette encre qui me rappellera toujours ce sang versé. Je lui narrai non pas l'exécution, je ne le pus mais l'informai seulement du trépas de la reine pour cause de délaissement et de fatigue ultime. Sa souffrance sera suffisante.

Vaudreuil, je m'en inquiétais, tardait à me répondre, et ce n'était pas son habitude. Enfin vers la mi-décembre, l'on me porta une lettre en provenance de Venise. J'étais fébrile pour la décacheter. Je défis la cire, ouvrit la lettre pliée en quatre et commençai la lecture.

« Chère Albertine, c'est un grand malheur… »

Je me tenais encore debout près d'un guéridon ayant accueilli le plateau contenant la lettre, mais je m'assis lourdement sur la bergère juste derrière moi.

« Gabrielle mon amie de toujours a rendu son âme à Dieu ce 5 décembre. Elle est morte de douleur. Jules la pleure éperdument, Artois est effondré. Depuis février lorsque nous avons appris la mort du roi, je suis resté constamment auprès d'elle. Je lui ai seulement caché que les enfants avaient été enlevés à leur mère et que Marie-Antoinette avait été transférée à la conciergerie. Armand sur la demande d'Artois lui annonça en pleurs la mort de la reine tout en soulignant qu'elle était morte de privation en prison, comme vous l'indiquiez. Nonobstant, Gabrielle, saine d'esprit, malgré son état de santé très chancelant déjà, comprit vite la fin tragique de son amie. Elle ne quitta plus son lit, ce fut le début de son agonie. Elle s'éteint de chagrin, et toutes et tous la pleurèrent ici à Venise. Nous avons fait écrire sur sa tombe : *Morte de douleur.*

Prenez soin de vous, Albertine.

Votre ami dévoué,

Vaudreuil »

Je tenais la lettre dans ma main pendante, je crus chanceler, quand Louise entra et me fit respirer quelque onguent de sa préparation. Je repris mes esprits, l'âme renforcée de devoir tout mettre en œuvre auprès de mes amis pour qu'enfin nous nous levions contre ces hordes qui déshonoraient le royaume de France.

Peu de jours après la reine, je ne sus les raisons de son arrestation, mais la comtesse du Barry laissa à son tour sa tête dans le panier place de la Révolution.

René, ayant réussi à sortir de Paris, après le 10 août, avait passé les années 92 et 93 sans être inquiété, puisque je n'eus pas de nouvelles alarmantes, jusqu'à ce qu'il commît, ce fou, l'imprudence de sortir de sa tanière. C'est du moins ce que me fit savoir son ami Journiac de Saint Méard qui lui, avait réussi à échapper aux massacres de l'abbaye et qui comme journaliste, gardait quelques protections influentes. Il put ainsi procurer à René un certificat de civisme. Certes, toujours recherché, et son certificat en main, René se crut à l'abri.

À peine fut-il entré dans Paris, qu'il fut arrêté, le 13 novembre. Journiac pourtant le pressait de ne pas s'éloigner même de Meaux en province où on ne le connaissait pas. Quand son ami lui reprocha son imprudence, il lui répliqua :

« Voilà les seuls amis qui me restent », montrant ses livres, « et je ne peux me résoudre à les abandonner ». Sa bibliothèque, son insouciance naturelle, l'espoir de n'être pas aperçu des tyrans, l'emporta sur tous les efforts de ses amis.

Je tremblai maintenant pour lui et n'osai l'écrire à Jean-Louis. Voilà que nous aussi étions touchés. Le glaive de la révolution frappait partout.

René logeait rue de Mail dans une maison que Juliette Récamier lui louait. C'est chez lui qu'il fut surpris en plein sommeil à quatre heures. Selon Journiac qui poursuivait son rapport, René, à peine éveillé, affectant de prendre gaiement la chose, dit aux gardes : « Citoyens, je ne suis pas dans l'habitude de monter ma garde en personne ; j'ai un très bon remplaçant, voudriez-vous me permettre de le faire appeler ? »

Voilà encore bien l'insouciance et l'impertinence de notre fils mais qu'y faire, c'était un incorrigible personnage.

Il fut conduit à la prison des Carmes. Je ne parvenais pas à obtenir de nouvelles et me trouvai constamment dans l'angoisse. De surcroît, je n'avais toujours pas annoncé l'arrestation à son père et à nos amis Vaudreuil et Polignac. Encore une terrible nouvelle à transmettre. Dieu m'en pardonnera.

Si à Paris, la terreur régnait, dans l'Ouest, c'était tout aussi affligeant. La Convention, début 94, dépêcha en Vendée douze colonnes meurtrières de soldats abreuvés de sang et de vengeance, sous les ordres du général Turreau. Ces colonnes devaient tout détruire, tout passer par le fil de l'épée, hommes, femmes, enfants, vieillards. Plus un ne devait rester en vie parmi les insurgés pour le retour de l'Église et de la monarchie.

Tout fut brûlé. On tua les femmes enceintes, on sortit des entrailles des enfants mort-nés, on les projeta dans des puits, et ces scènes se reproduisirent à l'infini à travers tout ce territoire. La Convention une fois encore rougit, du sang de ces saints, le royaume de France. Notre pays était à l'agonie, à genoux, notre pays se devait de trouver un roi sauveur, je n'avais qu'une hâte, nous sortir de cette terreur.

À plusieurs reprises, j'adressai des lettres à Vaudreuil et contrairement au temps où ensemble avec le cardinal de Bernis nous freinions Artois qui voulait à tout prix faire intervenir une ou des puissances extérieures, je proposai qu'on écrase ces hordes meurtrières. Les temps avaient changé. Nous voulions protéger le roi et la reine mais nous nous sommes trompés. Il fallait maintenant que toutes les forces réunies fussent-elles de l'intérieur ou de l'extérieur se réunissent pour nous chasser ces hordes sanglantes.

Pourtant, en dehors d'écrire, je me faisais discrète, j'entendais mais ne voyais pas, je ne sortais pas, j'avais trop peur être arrêtée. Le danger était partout pour tous. Je décidai de changer d'hébergement et de me rendre chez une amie, madame de Damas à Neuilly. Je pouvais penser qu'ici au moins on m'oublierait.

Je m'y trouvai depuis deux jours le 9 février, lorsqu'on la cloche du portillon tinta.

Une bande de gardes nationaux pénétrèrent et bousculèrent les gens de mes amis.

— Nous voudrions voir madame de Damas, hurla le chef de bande.

— C'est moi-même répondit mon amie qui se présenta sur le perron à quelques mètres.

— Nous voudrions entrer et faire une visite domiciliaire pour chercher une dame du nom de Champcenest, est-elle là ?

Mon amie se troubla et je me refusai à la placer dans l'embarras.

— Me voici, messieurs, me présentai-je avant qu'ils n'eussent le temps de pénétrer à l'intérieur de l'hôtel de mon amie.

Je devinai que les domestiques de mon amie n'étaient pas tous sûrs et sans que je le lui dise, elle le comprit.

Je fus conduite sur le champ à la prison des Anglaises et sous le prétexte de manœuvres contre-révolutionnaires et de soupçons de correspondances avec l'émigration, on m'enferma. Mon statut d'étrangère ne me protégeait plus. Me voilà moi aussi au fond d'une prison entourée de femmes de joie, de criminelles, et d'aussi de quelques aristocrates de mon rang. Soupçonneuse, ne sachant pas à qui j'avais à faire, je demeurai passivement dans mon coin, attendant la suite.

Je ne m'épancherai point sur le simulacre d'interrogatoire qui me fut infligé. En dehors des soupçons, le tribunal ne pouvait prouver aucune des accusations. En plus, aucun témoin à charge ne se présenta. Il était aisé de penser que des rumeurs non vérifiées m'avaient conduit dans cet antre maudit.

J'appris qu'un certain Ferrières Sauveboeuf, prisonnier autrefois à la force et maintenant aux Anglaises, qui, pour sauver sa propre vie, en donnait d'autres, souvent au hasard, sous des prétextes fallacieux, qui conduisaient la plupart du temps les victimes vers l'échafaud.

Le tribunal me remit en liberté, à son grand dam.

J'étais persuadée que je venais de passer tout près de l'éternel.

René quant à lui, croupissait en prison et se faisait lui aussi oublier, quand une révolte éclata aux Carmes. Il fut impliqué dans l'organisation de ce désordre. Selon Journiac il n'avait rien à voir dans cette conspiration, et ne risquait rien, me dit-il.

Transféré à la conciergerie, il fut conduit au tribunal révolutionnaire comme c'était l'habitude depuis des mois. Les choses allèrent vite, si vite, trop vite.

— Madame, René, le marquis de Champcenest est condamné à mort. La sentence prononcée par Cofinhal est irrévocable. Il sera exécuté demain 23 juillet. Je ne comprends pas répétait inlassablement Journiac, je ne comprends pas, il est innocent de l'émeute en prison. Je prie pour vous et pour lui, mais je ne peux plus rien pour lui, madame, sanglotait-il.

Je ne dormis pas de la nuit, je haletai, je pleurai toutes les larmes de mon corps. Comment un homme aussi doux et gentil, royaliste certes, habité de son souverain, de Dieu et de la religion pourrait-il être coupable aux yeux du monde. Pourquoi aimer son roi et sa reine pouvait-il devenir un crime ?

Oui il n'eut de cesse que de dénoncer ce régime abject, scélérat, assassin.

La postérité lui rendra, je m'en persuadai son honneur, me consolai-je.

Journiac se plaça sur le chemin du convoi de René vers l'échafaud. Dans la charrette qui le conduisait place Louis XV, il riait encore. Un républicain à côté de lui criait son innocence. René lança aux gardes : « n'en croyez rien, il ment, c'est un charlatan, il est aristocrate comme moi ». Au prince de Salm, debout dans la charrette qui précédait la sienne, il cria à nouveau : « Donne donc pour boire à ton cocher, le maraud ne va pas assez vite ». Enfin au bourreau qui l'attacha sur la planche avant de basculer, il lança une dernière saillie : « mène-nous bien, tu auras pour boire ». La tête sous le couperet, il ria néanmoins une dernière fois.

Je dus prendre des forces, et me surpasser pour écrire en Italie à Jean-Louis, le drame qui nous frappait. Je n'eus point de réponse et compris qu'il était atterré. Je ne pouvais le faire savoir à aucun de ses frères, puisque l'un se cachait et l'autre se trouvait en Angleterre.

Je pris fermement le parti, après toutes ces épreuves, de soutenir les projets du comte d'Artois. Son grand-père Louis XV m'avait fait riche en me dotant d'une belle pension et surtout d'une dote qu'aucune épouse légitime n'eût peut-être reçue. Je l'avais depuis tout ce temps préservée et bien cachée depuis le début des évènements.

Si le roi avait son armoire de fer, j'avais à Champcenest une cache que j'étais seule en dehors de Jean-Louis à connaître. Je devais, pour la récupérer, me rendre à Champcenest et obtenir un sauf-conduit. À nouveau je m'enquis de savoir si Journiac pouvait y pourvoir.

— Monsieur, lui demandai-je, pensez-vous que vous pourriez m'obtenir de quoi me rendre à Champcenest, j'ai quelques documents à chercher pour vendre des terrains en l'absence du marquis.

— Je vous les rapporte demain matin ; me répondit confiant Journiac. J'en profiterai pour vanter votre patriotisme et vous devrez aller saluer l'officier de la garde à Champcenest, cela rassurera les autorités sur votre sort.

— Je n'y manquerai pas, monsieur, vous pouvez compter sur moi.

Comme promis il me rapporta le sauf-conduit. Je commandai une voiture de louage sans confort, et en bonne bourgeoise, je me rendis à Champcenest retirer ce que j'avais en tête.

De Champcenest, je ne rentrai pas tout de suite à Paris et en profitai, pour confectionner un paquet à destination de l'Italie pour être remis dans un premier temps à Vaudreuil puis dans un second temps au comte d'Artois en personne. J'y joignis un mot à l'endroit du comte qui expliquait la provenance de cette somme de 70 000 livres, que j'offrais pour le soutien de l'armée des émigrés qu'il enrôlait en vue de marcher sur la France et libérer le royaume de cette révolution.

Mais en qui faire confiance depuis Champcenest ? J'eus bien une idée de personne sûre à m'adresser mais elle n'était pas en ce pays de Brie. Elle était à Paris et je devais la faire venir. Je demandais à notre major d'homme en qui j'avais toute confiance de se vêtir en marchand cocardé aux couleurs de la révolution, de se rendre à Paris pour quelque affaire d'héritage et de revenir avec le baron de Breteuil qui se cachait chez Catherine.

Déguisés à leur tour en marchands, munis de sauf-conduits délivrés par Journiac que je ne remercierai jamais assez, tous deux revinrent sans encombre à Champcenest. Je m'expliquai avec le ministre du roi à peine arrivé.

— Baron, il n'y a qu'à vous que je puisse faire confiance dans ce maudit pays pour une mission de la plus haute importance. Voici un colis que je souhaite faire parvenir au comte d'Artois en Italie. Il contient une belle somme d'argent pour le soutien de l'armée des émigrés et je voudrais que le paquet parvienne à bon port et sois remis au comte de Vaudreuil à Venise qui se chargera du transfert vers Artois.

— Qu'attendez-vous de moi au juste pour cette mission Albertine ?

— Que vous mettiez en œuvre les relais nécessaires au voyage de ce paquet avec des hommes de la plus grande confiance, les avez-vous ?

— Oui, Albertine, j'ai sous la main et dans ce pays de Brie, notamment des gens sûrs, fidèles au roi et prêts à s'en engager. Ils n'attendent que les ordres.

— Qu'ils partent au plus vite alors.

— Madame, vous pouvez compter sur ma fidélité, je donnerais tout pour le retour de nos rois.

Le lendemain, à l'aube trois cavaliers quittaient Champcenest pour traverser le royaume et gagner l'Italie. La contre-révolution était à ce prix et surtout à la grâce de Dieu, et de la Providence.

Deux semaines plus tard, me trouvant à Paris, je reçus une lettre de remerciement d'Artois qui surpris dans un premier temps, dubitatif à la réception du cadeau, se fit expliquer ensuite par Vaudreuil la nature de l'offre. Il comprit néanmoins et l'accepta. Ainsi pouvais-je être satisfaite de participer à ma manière au possible retour de la monarchie.

J'étais comblée, l'armée salvatrice pourrait se mettre en route pour sauver la France.

Depuis l'Angleterre, les choses avançaient aussi et le comte de Provence organisait avec des hommes comme Puisaye et d'autres une expédition qui devait débarquer sur les côtes bretonnes, aux environs de Quiberon, sur la côte rocheuse.

Je ne sais pas ce qui se passa. Le débarquement eut bien lieu, mais les troupes républicaines les attendaient. Ils furent massacrés et ceux qui furent faits prisonniers, fusillés à Auray.

Voilà encore la réponse de ceux qui se disent œuvrer pour le bien du peuple. Que Dieu les reçoive au rang de ses martyrs.

Je demeurai, les mois qui suivirent, dans le silence sans pouvoir observer, pendant que les choses pourtant évoluaient à Paris. Robespierre fut décollé à son tour et avec des hommes de meilleure qualité, s'il en fut, la Révolution prenait un autre tournant plus pacifiant et moins brutal, c'était déjà mieux. Il n'en demeurait pas moins que ce nouveau gouvernement était aussi issu des faiseurs de société, ce qui ne m'enchantait pas beaucoup plus. Le Directoire, c'est ainsi qu'ils se nommèrent, désigna Barras, comme directeur, parmi les cinq pour gouverner. Je ne le connaissais pas bien entendu, même si l'on me dit que sa famille était ancienne et avait bien servi.

Je l'appris, parce que le hasard voulut curieusement qu'il plût à ma sœur, alors que Breteuil avait depuis notre entrevue à Champcenest, rejoint l'Angleterre, pour se rapprocher du compte de Provence, et organiser le retour de notre roi. Catherine n'avait certes pas mon engagement mais je l'aimais, c'était ma petite sœur.

XI
Mon dernier combat

Barras, puisqu'il s'agit de lui, et que je ne l'aurais point connu si Catherine ne m'en eût parlé, était né dans une famille de vieille noblesse provençale.

Député suppléant du Var à la Convention en 92, il siégea avec les Montagnards et vota la mort du roi, ce qui me freinait pour le fréquenter.

Il partit en mission dans les Basses et les Hautes-Alpes, puis à l'armée d'Italie. Face à l'insurrection qui se forma à Toulon, puis à Marseille, il fit preuve d'initiative et de courage et, persuadé de la trahison du général Brunet, il le fit arrêter au milieu de son armée. C'est là qu'il reçut l'ordre de reprendre Toulon, qui, sous l'action du parti royaliste, fut ouvert aux flottes ennemies, britanniques et espagnoles, et de livrer une partie de la flotte aux Britanniques. Je ne suivais point ces batailles dont je n'avais que peu d'informations. Je vivais terrée dans mon hôtel, et si Catherine ne m'eut informée de la politique qu'elle entendait dans les salons, je n'aurais rien appris. Pour tout dire je n'attendais qu'une chose. Que les armées des princes prennent d'assaut le pouvoir et renverse ces sanguinaires.

Craignant un débordement des ennemis, Barras confia à un jeune capitaine d'artillerie, nommé Bonaparte, la défense des côtes de Provence.

Bonaparte, d'après ce que Barras confia à Catherine, fit preuve de beaucoup d'activisme, et n'hésita pas à se dire ultra-montagnard. Barras lui accorda sa bienveillance et sa protection, mais ne lui attribua qu'un rôle secondaire dans la prise de Toulon.

Pourtant, après le siège de Toulon, Bonaparte fut néanmoins nommé général de brigade, le 5 octobre 95, Barras le rappela à Paris pour l'aider à mater une insurrection royaliste qui menaçait la Convention. Enfin c'est ce qui se disait.

Secondé par Bonaparte, il dispersa l'insurrection par la mitraille.

— Si vous le souhaitez ma chère sœur, me dit Catherine, je vous les présenterai lorsque je les recevrai dans quelques jours. Bonaparte est ambitieux et Barras le suit de près. Ils peuvent ramener la paix, c'est l'essentiel, non, conclut-elle ?

Ces hommes de pouvoir grisaient ma sœur, mais pas moi. Mai curieuse néanmoins, j'acceptai son invitation même si deux montagnards ne m'inspiraient guère confiance. Je me sentais suffisamment armée maintenant pour savoir prendre mes distances.

Pendant ce temps en Italie, la famille Polignac voulut changer d'ambiance. Depuis la mort de Gabrielle, plus rien ne les intéressait pas même l'armée des princes qui en dehors d'Armand et de Jules, qui eux s'y étaient engagés et transportés en Angleterre, pour combattre auprès du comte de Provence, le moment venu.

Diane et ses enfants prirent le chemin de la Pologne puis de l'Ukraine fin 95. Ils nous écrivirent qu'ils reçurent des terres et des cabanes où ils vivaient chichement, et où ma nièce Idalie souffrait constamment du froid et de l'humidité. Sa santé s'altérant, elle projeta de revenir en France où les choses s'annonçaient mieux de l'instant où la lame de la guillotine s'était calmée.

La réception de ma sœur s'annonça fastueuse rue de Tournon. Il y manquait son mari Brancas son amant Breteuil et voilà qu'elle chassait sur les terres de Barras et de Bonaparte, directeurs et associés. J'eus, je le concède beaucoup de mal à la comprendre, mais si finalement j'acceptai de les rencontrer c'est que j'avais bien réfléchi au fait qu'ils pourraient nous être utiles, le moment venu. Si mes amis se préparaient au combat à l'extérieur, il fallait bien que de l'intérieur leur accueil fût organisé.

Depuis la chute de Robespierre, Barras, il faut lui en rendre gré, voulait se distinguer et marquer une nouvelle ère. Elle se traduisit néanmoins par des excès, ce qui n'eut rien de surprenant. On adopta des tenues exubérantes et assez déshabillées pour nous ces dames. Je fis rapidement partie de celles-là et je concède que l'étiquette de la cour terminée, je ne me fis point prié pour adopter des tenues plus en phase avec mon goût de la mode et ainsi montrer que j'épousais les temps nouveaux. On nous surnomma aussitôt dans Paris, les Merveilleuses et les hommes, les Incroyables. Il faut dire qu'eux aussi changèrent d'attitude. Barras se para de chapeaux très emplumés, de redingotes courtes et de manteaux assez théâtraux.

Je retrouvai ma sœur ainsi parée en son salon, où elle rayonnait j'en convins, après toutes ces années de privation.

— Entrez, Albertine, venez que je vous présente à monsieur Barras dont je vous ai tant parlé. Il est accompagné de la veuve de monsieur de Beauharnais. C'est une femme charmante qui m'a déjà reçue. Et puis son mari Alexandre fut de la même charrette que René de Champcenest votre beau-fils, cela nous rapproche.

Je m'avançai. Le directeur me salua en se courbant, signe d'une ancienne éducation et madame de Beauharnais me lança un sourire magnifique que je traduisis par un accueil sincère.

— Madame, votre sœur m'a longuement parlé de vous, mais votre charme, madame, va au-delà de mon imagination. Je suis certain qu'un jour vous me ferez l'honneur et le plaisir de venir à Gros-Bois où nous venons d'aménager.

— Ce sera monsieur le directeur avec un grand bonheur de je vous satisferai en m'y rendant.

— Que faites-vous en ce moment m'interrogea-t-il, allant surtout droit au but et n'ignorant nullement mes relations avec les Polignac et Vaudreuil. Il était de ces familles à Paris où tout se savait.

— Vous savez, monsieur, nous sortons d'une période troublée et je ne suis pas certaine qu'elle soit derrière nous. Les jacobins, que vous avez, certes écartés, rôdent et imposent encore leurs prescriptions.

— J'entends votre franchise, madame, mais entre nous, baissant la voix d'un ton et se retournant discrètement, ils sont certes assez présents mais par pour bien longtemps encore. Nous avons pour ambition de nous en séparer, tout en gardant les idéaux de la révolution dont nous sommes issus mais tout en négociant avec les royaux et vous comprenez aujourd'hui que je sois chez madame la duchesse de Brancas au milieu d'un parterre particulièrement partagé.

— Je le vois, monsieur, et suis satisfaite du progrès entamé. Nonobstant, vous admettrez que cela ne me contente pas tout à fait. Je suis, vous le savez, toujours étrangère bien que mariée au marquis de Champcenest, et mon camp est plutôt du côté des royaux que vous entendez rallier pour obtenir un peu de paix dans le royaume, mais je ne peux accepter encore de me colleter avec d'anciens révolutionnaires, tachés du sang des aristocrates, des prêtres, des religieuses et de tous ces gens qui furent décollés pour ne pas avoir adhéré aux principes de la Convention.

— Madame, la convention est derrière nous, nous avons une nouvelle constitution et seul cela compte maintenant.

Avez-vous entendu et croisé monsieur Bonaparte, qui me seconde en tout ? Il m'est d'un grand secours depuis le siège de Toulon où il s'est distingué.

— J'ai ouï dire ces exploits, mais je ne le connais pas.

— Alors je vous le présenterai.

— Avec grand plaisir.

Je continuai ainsi à la réception de ma sœur et passai contrairement à ma première impression, une excellente soirée, insouciante même depuis bien longtemps.

Je rentrai chez moi, assez partagée sur le discours de Barras et surtout sur son ambition de paix. Je ne m'étais pas permis de lui rappeler qu'autour de lui des hommes comme Lareillère-Lepaux, Angevin ou Poitevin, je ne sais plus, mais surtout anticlérical et hostile à toute l'aristocratie n'était pas un homme à fléchir sur ses idéaux. Il n'avait pas hésité à envoyer à Cayenne dans cette maudite forêt tropicale, les monarchistes, les journalistes et les prêtres réfractaires qui s'étaient opposés à lui. Parmi eux, un certain Pichegru, qui se distingua appris-je chez

Catherine dans nos armées. Il avait réussi, chose rare, à s'échapper de Cayenne. Je sais que Barras accepta de s'entourer de lui parce qu'il le savait hostile aux jacobins.

En tout état de cause, je demeurai prudente et laissai ma sœur fricoter avec ses gens, ce qui pendant ce temps me permettait d'être couverte pour mes propres affaires.

Les semaines qui suivirent ne me surprirent pas sur les mœurs et coutumes de ces directeurs et de leurs capacités à gouverner. Je n'avais pas encore rencontré Bonaparte, il était par monts et par vaux, et je n'en étais pas non plus très pressée.

Les directeurs n'avaient, dit-on, plus de finances. Ils levèrent donc des impôts mais rien n'y fit, l'État était en banqueroute. Chacun faisait ce qu'il entendait dans son coin. L'état n'était point gouverné et surtout les directeurs, d'horizons trop différents, ne visaient pas les mêmes objectifs. Mais une chose ne m'échappa point, je finis par soupçonner Bonaparte de vouloir gouverner seul, tandis que Barras papillonnait de salon en salon multipliant les conquêtes et dilapidant à souhait l'argent de l'État qu'il n'avait pas. Le peuple le faisait savoir, bruissait, manifestait et Barras réprimait. Cela ne pouvait durer. L'anarchie régnait une fois de plus en France.

À l'extérieur les guerres coûtaient horriblement cher et la misère dans les campagnes réapparaissait. Nous nous trouvions loin des promesses des directeurs de rétablir, l'ordre, économie, les finances, et surtout la paix sociale tant annoncée. Il restait encore beaucoup de chemin et seul le retour des Bourbons sur le trône pouvait y mettre fin. La contre-révolution dans l'Ouest était à l'œuvre avec l'aide des princes à l'étranger. Cela me faisait espérer que nous pouvions compter sur eux pour détruire les lambeaux de la Révolution.

Je reçus enfin un billet m'invitant à me rendre chez Barras à Grosbois. Catherine ayant reçu évidemment le même billet, nous nous y rendîmes ensemble.

Nous décidâmes de ne pas lésiner sur les tenues et adoptâmes comme cela était devenu la mode, de jolies robes assez transparentes, très décolletées, et ma foi, assez voyantes pour qui voulait nous remarquer. C'était l'intention que nous entendions donner surtout pour la fameuse rencontre avec ce Bonaparte. Que savais-je de lui, presque rien, hormis qu'il nous était venu de Corse, mais sans plus.

La rencontre fut directe. Barras et Joséphine de Beauharnais toujours ensemble, à peine étions-nous arrivées, nous présentèrent le fameux général.

Il n'était certes pas très grand, mais se tenait droit, une main sur l'estomac, cela lui donnait une certaine contenance, les cheveux mi-longs coiffés sur le devant, les bottes cirées et l'uniforme frais. Ma foi, il était distingué et plaisant, pensai-je.

— Mesdames, nous dit Barras, si vous me le permettez je vous présente le général Bonaparte, que je viens de nommer général en chef des armées d'Italie.

Le général, serra les talons, se redressa, baissa la tête et nous prie la main pour la baiser. Quel homme ! À côté de ces républicains assoiffés de sang, il démarquait.

— Je vous abandonne, termina Barras, nous laissant moi et Bonaparte en tête à tête.

— Madame ?

— Albertine de Nyvenheim, je suis Hollandaise mais mariée à l'ancien gouverneur de Meudon.

— Votre mari ?

— Mon mari, général, est émigré, sa vie était en danger sous la terreur. Il a tout abandonné. Il n'attend qu'une chose comme tous ses amis, qu'un gouvernement veuille bien les autoriser à rentrer et sans être inquiétés bien entendu.

— Madame, nous n'en sommes pas encore là mais s'il ne tenait qu'à moi, ces choses seraient déjà mises en marche. Il serait temps de réconcilier cette Nation. Certes le roi décapité par la terreur sera pour toujours un sujet de discorde, je ne peux l'exclure et l'admets. Cependant, vous voyez ce qui se passe en Bretagne, en Vendée et dans tout l'Ouest, nos armées tentent de pacifier. Il faut rétablir la paix religieuse. Il faut réconcilier le peuple avec sa religion ancestrale. Je suis pour un gouvernement qui voudrait mettre cela en place.

— Je vous l'accorde, Général, mais pour l'heure, nous n'en sommes pas là dites-vous et Barras qui est de vos amis, n'est pas suffisamment entouré d'hommes qui puissent permettre ce retour à la paix que vous me présentez.

— J'entends, madame. Je ne doute pas que vous êtes en contact avec vos amis. Qui ne le ferait pas à votre place ? Cependant faites tout de même attention à ne pas vous compromettre. Pourtant voyez-vous, je ne suis pas royaliste, vous vous en doutez, mais si j'étais général des Armées royales je convaincrais un prince de rentrer maintenant alors que le directoire ne tient plus rien. Ce serait le moment. Eh bien il n'y a personne qui se présente. On dirait que ces princes ont peur. Ils sont peut-être assez bien dans leur exil qu'ils ne tentent rien. Voilà, madame, ma façon de penser.

Je ne répondis point au Général sur ce dernier et nous continuâmes d'échanger sur des tas de banalités du moment.

Bonaparte prit congé, lassé de cette conversation sans intérêt et j'en conviens. Je retrouvai un autre groupe avec ma sœur mais ne tentai pas de partager avec quiconque ce que Bonaparte venait de me confier.

Soucieux de sa carrière militaire, il fit sa campagne d'Italie et Barras à son retour l'envoya guerroyer en Égypte. Il l'aimait bien mais le préférait plus au loin que de l'avoir entre les bottes pour le contrer sur sa politique.

Cela dit, Barras, que maintenant je connaissais mieux, mangeait à tous les râteliers de l'écurie. Les jacobins le dérangeaient, il s'en sépara. Les royalistes des conseils le dérangeaient, il en fit autant. Pichegru qu'il trouvait trop remuant, fit aussi partie de la charrette.

Après ces deux rencontres, pour le moins surprenantes venant de moi, je m'empressai d'écrire à Vaudreuil afin de transmettre des informations au comte d'Artois.

Je lui transmis que Barras me semblait assez vénal, mais que Bonaparte, droit dans ses bottes, n'était certainement pas prêt à s'en laisser compter bien que favorable à une paix d'où qu'elle vienne. Barras est plus sournois leur dis-je et il serait intéressant que des hommes du comte l'infiltrent pour le sonder et pourquoi pas le compromettre.

La réponse ne tarda guère. Artois lui-même me répondit.

— Marquise, m'écrivit-il nous vous avons devancé. Nous savons que Barras est malléable et qu'il va où est son intérêt. Nous avons dans la place entre Paris et Londres un marchand du nom de Potter qui se trouve ami de Barras. Nous lui avons donné mission de se rendre en Angleterre et de pousser Barras à négocier avec Londres. Nous attendons. S'agissant de Bonaparte nous n'avons aucune prise et le seul moyen sera, au moment opportun, de tout simplement s'en débarrasser. Les officiers qui commandent à l'Ouest nous aideront dans la tâche.

Les choses s'accélérèrent assez vite et j'appris par le même canal en retour que l'Angleterre s'apprêtait de verser à Barras quinze millions de francs pour qu'il rétablisse la monarchie en France. Voilà l'homme, mais cela nous servait en définitive.

Bonaparte rentra victorieux d'Égypte et est-ce parce qu'il entendit parler du complot de Barras avec l'Angleterre ou pour autre chose, en tout état de cause, il prit attache avec ceux dont il avait une confiance, selon les informations qui me parvinrent.

Nous étions le 9 novembre 99. Je me trouvais invitée chez Joséphine de Beauharnais, rue Chantereine à Paris, lorsque Bonaparte débarqua. Il faut dire que ces deux-là n'avaient pas mis beaucoup de temps pour s'amouracher et éloigner Barras.

— Mesdames si vous voulez bien nous laisser travailler, et occuper un autre salon, nous dit-il sans autre forme de politesse, les bottes encore crottées de son voyage.

Nous vîmes entrer Sieyes, Lucien Bonaparte et Talleyrand. Depuis que je fréquentais quelques salons avec Catherine, je les avais déjà aperçus.

J'écoutai entre deux portes tout comme Joséphine que je trouvai éblouie par son jeune général. Sieyès présenta l'idée de renverser tout bonnement le Directoire demain 10 novembre à l'Assemblée, que les militaires seraient de leur côté et que Bonaparte était là pour les commander.

Bonaparte ajouta que les « pékins » et les « avocaillons » avaient mené la France à la catastrophe, qu'il était urgent d'agir et ce dès demain conclut-il. Il faut profiter de faire transférer l'Assemblée à Saint-Cloud. L'armée est prête. Il revient à rédiger le texte au plus vite.

Le lendemain à 8 heures, il fut remis à Bonaparte par le Conseil des Anciens un décret de transfert de l'Assemblée pour Saint-Cloud. Tout cela avait évidemment été bien préparé.

Il y était dit que le corps législatif était transféré à Saint-Cloud et que toute délibération entre temps était interdite. Que le général Bonaparte était chargé de l'exécution de ce décret, que pour ce faire il disposait que toutes les troupes présentes à Paris. À la suite de ce décret, Bonaparte prêterait serment, et l'on entendrait un cri unanime ou presque de Vive la République, Vive Bonaparte. Voilà ce qui était prévu.

Je me rendis évidement à l'Assemblée pour n'en rien perdre.

Bonaparte s'adressa aux députés et les haranguant en disant que depuis deux ans la France était en déroute et que dorénavant la Liberté, la victoire, et la paix remplaceraient la République au rang qu'elle occupait en Europe et que l'inertie ou la trahison avait pu seule lui faire perdre. Vive la République.

Suivi de tous les généraux et des militaires de tous grades, il se rendit aux Tuileries et Moreau devint aide de camp. Les Directeurs se trouvaient désemparés, impuissants. Barras fit semblant de s'opposer mais il céda.

Quelques jacobins grondèrent, mais Barras signa sans se plaindre sa démission et déclara aussitôt quitter le pays pour se rendre à Bruxelles.

Aux Tuileries on me rapporta que Bonaparte s'en prit au secrétaire de Barras en ces termes : *Qu'avez-vous fait de cette France que je vous avais laissée si brillante ?*

Je rentrai chez moi les laissant à leur administration d'un nouvel ordre qui commençait. Je devais sur le champ en faire part à Vaudreuil.

J'appris que l'Assemblée fut tumultueuse, que le Conseil des cinq cents se débattait, qu'on voulait déjà renverser Bonaparte

On cria à la dictature mais les choses étaient faites, Bonaparte avait pris le pourvoir en trois coups d'épée. Bonaparte fut nommé Premier consul.

La réponse de Vaudreuil était aussi celle d'Artois.

— C'est vrai reconnaissaient-ils, nous avons été doublés. Lucien et Armand de Polignac sont partis pour l'Angleterre parce que c'est à partir de Londres que tout s'organisera. Bonaparte est au pouvoir, il faut tout mettre en œuvre pour le renverser.

Le régime s'installa et Bonaparte gouverna seul. Il fut certes entouré mais s'il consultait, il décidait seul. Il mit en place, il convient de le lui concéder des institutions stables qui tranchèrent par rapport à ce que nous avions connu depuis 89. Bonaparte, s'il fut consul, devint un monarque républicain. Il était talentueux, mais ce n'était pas un Bourbon et je n'aurai de cesse de travailler à leur retour. C'est la Légitimité, Bonaparte est un imposteur qu'il convient d'ôter de son piédestal.

Je reçus une lettre de Vaudreuil à nouveau, m'informant qu'Armand et Jules accompagnés d'un certain Rivière parcourraient L'Ouest pour nourrir un sentiment antirépublicain des campagnes et les faire revenir à la cause royaliste qu'ils avaient un temps abandonnée surtout depuis qu'ils avaient recouvré la paix religieuse. Des officiers comme un certain Cadoudal était acquis à la cause depuis longtemps. Nous entendons, ajoutaient-ils, le faire venir à Londres et ainsi mettre en place ensemble un projet pour éliminer ce dictateur républicain.

Je me trouvai toujours être l'amie de Joséphine même si je ne partageai pas le même sentiment politique de son Premier consul de mari. Joséphine m'écoutait toujours. Tous deux s'étaient installés à la Malmaison mais à chaque fois que je m'y rendais, elle était en travaux, ce qui ne facilitait pas nos rencontres.

— Joséphine, l'interpellai-je, si vous permettez, je trouve que les lois contre les royalistes sont un peu sévères, ne vous serait-il pas possible d'intervenir auprès de Bonaparte pour qu'il en soit sensibilisé. Peut-être que ce n'est pas la bonne manière de se les rallier.

Je n'avais pas entendu le bruit de bottes sur le carrelage fraîchement refait lorsque je vis Bonaparte, en furie, entrer prestement dans le salon où nous partagions calmement une tasse de thé.

— Madame, je vous pensais amie de ce régime et je n'entends pas, cria-t-il en colère, qu'on soutienne les royalistes dans ma maison. Si vous entendez vous y présentez à l'avenir, vous devrez changer votre discours.

— Monsieur le Premier consul, lui répondis-je sans me départir, je ne défends personne contre vous en demandant que les gens qui n'ont pas la même conception politique que vous soient seulement respectés et non pas poursuivis. Il en va de la paix de ce pays ne pensez-vous pas ?

— Mais madame, ne sont-ce pas ces mêmes royalistes qui fomenteraient des complots en Bretagne mais aussi en Guyenne ou à Lyon. Qui sont ceux qui m'ont attenté rue Saint-Nicaise dernièrement si ce ne sont pas des royalistes ?

— Monsieur le Premier consul, s'ils sont remuants, c'est peut-être que pour eux le seul régime qui soit légitime soit celui de la monarchie et que peut-être ils auraient espéré que vous soyez l'intermédiaire qui un jour aurait permis ce retour.

— Comment, madame, osez-vous parler ainsi ?

— Je vous le dis pour le bien de ce pays qui n'est pas le mien. Je vous le dis parce que je sais au fond de vous et il fut un temps où vous me l'avez exprimé chez ma sœur en présence de Barras, que le retour des Bourbons eût pu être possible.

— Cela, madame, était dans un autre temps, ce n'est plus celui-là et s'il devait se représenter, le fruit n'est pas encore mûr. En attendant, madame, je ne veux plus de ces conversations en mon hôtel et je souffrirai de ne plus vous y rencontrer.

— Bien, monsieur le Premier consul.

Il quitta la pièce et je pris congé de Joséphine quelque peu agacée de l'emportement non contrôlé de son mari.

Je ne revins plus à la Malmaison, mais n'oubliai pas de rédiger une lettre de cet évènement au comte d'Artois qui en réponse m'adressa ces mots : si le fruit n'est pas encore mûr, il est en gestation. Dans l'Ouest je m'en suis inquiété, Cadoudal a la confiance des Bretons et c'est important. À Londres Pichegru nous a ralliés ainsi que Dumouriez, que vous connaissez. Je sais il fut tout pour le cuc d'Orléans, nous n'avons en lui qu'une confiance limitée. Ces trois personnages vont bientôt se rencontrer à Londres et recevoir des ordres. Nous vous en tiendrons informés.

Cela ne tarda pas non plus parce qu'un soir, très tard, l'on s'annonça et Louise fit entrer dans l'Hôtel sans que j'en fusse prévenue auparavant, Armand et Jules de Polignac. Je compris que les choses s'accéléraient.

— Madame, commencèrent-ils, nous sommes sûrement surveillés par la police de Fouché mais nous n'avons pas été suivis, rassurez-vous. L'heure est au bouleversement et nous sommes là pour vous instruire du projet des princes et vous demander l'aide qui nous sera nécessaire.

Cadoudal dont on vous a parlé est le chef des Chouans. Il est à Rumsey près de Londres et de là il commandera ses troupes en Bretagne. L'idée est de connaître à la journée, heure et minute près l'emploi du temps de Bonaparte. Cadoudal transférera ses troupes discrètement en plusieurs vagues et plusieurs semaines dans Paris. Il les rejoindra et en prendra le commandement. Pichegru et Dumouriez les rejoindront aussi. Ils auront chacun leur mission.

Le premier consul sera attaqué sur son voyage entre Paris et Saint-Cloud. Il n'est point question d'assassinat, Cadoudal s'y refuse. Pichegru et Dumouriez ont moins d'états d'âme. Mais le choix retenu est que Bonaparte soit isolé, pris vivant, soit mort au combat singulier avec Cadoudal seul. Il l'aura fait descendre de voiture auparavant, lui enjoignant de se battre loyalement.

Nous attendons juste de vous madame, que vous puissiez trouver des caches pour les hommes de Cadoudal et de l'argent pour les nourrir. Nous voulons aussi que ce soit vous qui obteniez les plans de voyages du Premier consul. Nous nous occuperons du terrain et du parcours, pour choisir l'endroit le plus favorable.

Ils ne s'attardèrent pas, prirent congé et s'éloignèrent dans la nuit à peine étoilée de septembre 1803.

Je mis à profit mon amitié avec Joséphine et n'eus aucun mal à connaître, enregistrer et transmettre les informations recueillies à mes amis Polignac demeurés à Paris.

Quant aux hébergements, je devais les choisir dans Paris mais pas au sein de quartiers où l'on puisse soupçonner une quelconque agitation. Je connaissais Meudon et me dis que l'hôtel de Miss Elliot, laissé à l'abandon depuis son départ pour Londres, serait une belle opportunité. Il était assez éloigné des autres habitations et sa configuration en cour fermée, à l'abri des soupçons était suffisamment vaste pour accueillir une troupe qui devra néanmoins faire silence, ce qui ne sera peut-être pas facile pour des Bretons recrutés en campagne et se trouvant ainsi transportés dans Paris.

Les choses se mirent en place. Les soldats arrivaient par petits groupes et je les installai de nuit à Meudon. En deux semaines tout était prêt en ce qui les concernait. Il restait à organiser l'arrivée de Cadoudal, Pichegru et Dumouriez. Ils ne tardèrent pas non plus, une fois instruits de l'installation des Bretons à Meudon. Louise se montra d'une compétence exemplaire pour satisfaire à tous leurs besoins matériels de nos hôtes au langage différent du nôtre et que nous ne comprenions point.

Jules et Armand faisaient de nuit des visites rue Saint-Honoré et mettaient à jour les tracés d'itinéraire. Chaque rue fut étudiée, chaque maison, chaque carrefour.

Un soir, Cadoudal ne revenant pas de Meudon. Je m'inquiétai. Je fis préparer une berline et m'y transportai.

Que vis-je à l'entrée de la Barrière de Paris, des troupes consulaires qui contrôlaient tout le monde, ce n'était plus l'habitude. Je m'arrêtai candide, et demandai pourquoi toute cette mise en scène.

— Madame, descendez de voiture, nous sommes à la recherche de conspirateurs dont nous avons les portraits. Nous venons d'en arrêter un du nom de Cadoudal.

Je frémis en entendant prononcer le nom du chef des gens enfermés à Meudon.

— Mais qui sont les autres ? Nous pourrions prendre peur, leur répondis-je.

Ils me brandirent, à mon grand effroi, les portraits certes mal dessinés, de Pichegru Dumouriez et surtout de mes amis Polignac. J'étais glacée, tétanisée.

— Ils ne nous échapperont pas, nous en sommes certains. Le Premier Consul sait depuis le début, me confia l'officier, un peu niais, l'existence du complot. Il avait envoyé un de ses hommes à Londres qui sut se faire admettre dans leur dispositif. C'était pas bien joué, cette manœuvre ?

Ils ne me connaissaient pas fort heureusement. Nous étions trahis. Ils fouillèrent la berline, interrogèrent le cocher et nous repartîmes. Lorsque je m'approchai de la rue Saint-Honoré, je vis un attroupement armé près de l'hôtel. Je compris et ordonnai au cocher de ne point s'arrêter et de poursuive son chemin, en bifurquant par la droite, ce qu'il fit. Je me trouvai dans la plus grande inquiétude. Qu'allaient-ils devenir ? Où allaient-ils les emmener ?

Je ne rentrai plu à mon hôtel et je réfugiai rue de Tournon chez Catherine. Je fis envoyer sa domestique qui connaissait Louise pour obtenir des informations. Elles confirmèrent que tous avaient été arrêtés chez moi.

Par bonheur personne ne soupçonna la présence des chouans à Meudon et je pris le risque d'y retourner pour leur demander de faire le chemin inverse et de rentrer dans leurs hameaux.

Mes amis furent emprisonnés à Vincennes et interrogés. Ils ne me dénoncèrent pas. Et puisque je ne me trouvais pas dans mon hôtel, je ne fus point soupçonnée.

Je décidai donc de me présenter moi-même au Premier Consul qui me reçut et me montra sa surprise. Je n'avais pas d'autre alternative.

— Comment, madame, on complote dans votre hôtel, ce sont en partie vos amis Polignac et vous me dites ne rien en connaître ?

— Assurément, monsieur le Premier consul, je me trouvai à Meudon et peut-être ont-ils trop profité de ma gentillesse à leur endroit dont j'avais toujours fait preuve auparavant.

— Permettez que j'en fusse bien étonné. Tenez-vous néanmoins à disposition sachez que le châtiment sera exemplaire pour tous ces hommes.

— Ce sont mes amis, monsieur le Premier consul, pourriez-vous vous en tenir compte.

— Vos amis ? Je n'ai plus d'amis, madame lorsque je prononce un châtiment.

Bonaparte ne fit pas traîner le procès. Ils furent presque tous condamnés à mort, soit fusillés, soit guillotinés, selon leur condition.

Cadoudal le premier monta sur l'échafaud, mais avant que ce soit le tour d'Armand et de Jules, Idalie ma nièce, cachée chez Catherine me supplia de prendre attache avec Joséphine pour qu'elle rencontrât le premier consul et qu'elle lui demandât la grâce de son mari. Il ne lui restait plus que cette initiative, elle était terrassée de chagrin.

Joséphine me reçut à la Malmaison et accepta de rencontrer Idalie, ajoutant que le premier consul serait bien aise de discuter avec une personne aussi téméraire qu'elle, qui vient se jeter aux pieds de la victime de son mari.

Je les présentai et laissai Idalie seule en présence de Bonaparte.

Lorsqu'il entra dans le salon où on la fit attendre seule, elle se jeta littéralement en pleurs à ses pieds tentant d'arracher ses bottes, le suppliant d'épargner son mari, qu'il fut entraîné dans cette conspiration par insouciance et qu'il n'en mesurait pas les conséquences.

Bonaparte la releva de ses deux mains, la laissa néanmoins debout face à lui, la regarda et je compris qu'il fut ému de la jeunesse d'Idalie, de surcroît hollandaise.

— Je vais le gracier, madame, mais je demanderai qu'il fasse dix ans de prison, et qu'à l'issue, il soit déporté dans un endroit que nous fixerons plus tard.

— Merci, monsieur le Premier consul, répondit Idalie retombant à ses pieds.

Je ne compris pas tout à fait le pourquoi de la clémence de Bonaparte. Peut-être eut-il peur des conséquences d'une telle condamnation avec la Hollande et que la veuve hollandaise contrecarrerait ses projets, je ne le sus point et ne le saurais jamais.

Ils sortirent du salon, Idalie se jeta dans mes bras et le premier consul m'interpella.

— Madame, ce complot me fait haïr encore plus les royalistes et vous en êtes. J'ai des doutes que je ne peux prouver sur votre action dans cette affaire.

Je ne bronchai pas et attendis.

— En conséquence, je décide que vous soyez reléguée à Fontainebleau, assez éloignée de Paris où vous pourrez vous tenir avec votre mari qui rentrera d'émigration mais vous n'en sortirez pas sans ma permission. C'est le moins que je puisse décider. Votre mari par ailleurs, s'il me prête allégeance, ne sera pas inquiété.

Je ne veux plus de vous en cette maison à partir de cet instant. Sortez, madame, je ne veux plus vous voir ici.

Joséphine tremblait, pleurait mais elle ne put s'interposer.

Je quittai la Malmaison, me réfugiai dans mon hôtel, en instruisit Louise et nous préparâmes nos affaires.

Je me mis à la recherche d'un hôtel à Fontainebleau qui put nous accueillir confortablement. Je le trouvai assez facilement par le truchement de maître Bouvet. Je réglai les documents et nous partîmes avant que Jean-Louis nous rejoignît, une fois son allégeance adressée à Bonaparte. Il ne pouvait me laisser ainsi seule à Fontainebleau. Il rentra désabusé de tous ces changements et Louise se joignit naturellement à nous.

Je savais que je venais de passer près de la lame tranchante et que si je n'étais que reléguée, je le tenais sûrement pas à la bonté du Premier consul, qualité qu'il ne possédait pas, mais bien à mon état de Hollandaise qui me sauva une nouvelle fois la vie qui, maintenant, serait celle d'une recluse, en attendant naturellement que Dieu me la reprenne.

Épilogue

Albertine de Nyvenheim, marquise de Champcenest, rendit son âme à Dieu quelques mois plus tard à Fontainebleau, la nuit de Noël 1805, entourée de son mari Jean Louis qui avait obtenu sa radiation définitive de la liste des émigrés le 25 février 1802, de ses deux beaux-fils, Pierre de Champcenest, gouverneur des Tuileries, qui épousera Armande Pauline Marie de Castellane Majastre, et de Ferdinand de Beauregard de Champcenest, et qui mourut à son tour au 46 rue de Rivoli à Paris le 10 décembre 1849. Il avait épousé en 1784 Louise le Prestre de Neubourg dans un premier temps puis en 1821, Louis Claire Hortense de Saint-Belin. Il eut un fils Félix qui fut tué à Eylau le 8 février 1807. Quant à Pierre, il s'était déjà éteint aux Tuileries sans postérité le 4 mai 1822.

Cette famille Champcenest après avoir servi trois rois de France, et donné leur dernier fils à l'empire, n'eut plus d'héritier.

Quant aux Nyvenheim, ils sont toujours représentés en France et plus particulièrement dans le Bordelais. Ils me firent l'honneur de m'apporter toute l'aide nécessaire pour que je respecte au mieux la vie d'Albertine, venue de Hollande, et qui donna tout pour la gloire et le retour de la monarchie au royaume de France.

Imprimé en France
Achevé d'imprimer en mars 2022
Dépôt légal : février 2022

Pour

Le Lys Bleu Éditions
40, rue du Louvre
75001 Paris